KB120974

영매탐정
조즈카

# 영매 탐정 조즈카

김수지 옮김

아이자와 사코

相沢 沙呼

비채

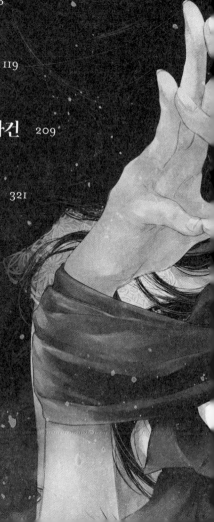

**일러두기**

◎ 외국어 및 외래어는 국립국어원 원칙에 준하여 표기하되, 일부는 의미 전달을 우선
하여 예외적으로 음독한 경우도 있습니다.

◎ 모든 주는 옮긴이주입니다.

# 프롤로그

거역할 수 없는 죽음이 다가오려 한다.

"딸을 죽인 범인을 선생님이 찾아주셨으면 좋겠어요."

그렇게 말하며 고개를 든 부인의 눈을 보았을 때, 고게쓰 시로는 운명과도 비슷한 예감을 끌어안지 않을 수 없었다. 막을 수 없는 죽음이 발소리를 내며 바로 코앞까지 다가왔다는 것을.

부인의 눈동자에는 갈 곳 잃은 슬픔과 분노가 어려 있다.

단골 찻집 안쪽에 있는 칸막이 자리에서의 한 장면이었다. 책상 위에는 부인이 힘닿는 데까지 직접 모았다는, 일련의 사건에 관한 자료가 놓여 있다.

그것은 최근 수년간 간토 지방을 뒤흔든 연쇄 사체 유기 사건에 관한 자료였다.

범인은 밝혀진 것만 해서 이미 여덟 명의 여성을 살해한 것으로 보인다. 그러나 증거를 일절 남기지 않아 경찰 수사는 난항을 겪고 있었다. 수사가 착실히 진행되고는 있지만 수사 관계자들은 하나같이 어찌할 바를 모르겠다는 표정으로, 그가 마치 망령이나 사신이라도 되는 것 같다며 푸념했다. 그렇다. 죽음을 나르는 망령. 형체 없고 교활하며 흔적을 남기지 않은 채 피해자들에게 접근해 죽음을 흩뿌리는, 이 세상에 발 딛지 않은 자.

그런 범인을 감히 누가 잡을 수 있겠는가.

"저는……" 고게쓰가 단어를 곱씹으며 말을 이었다. "경찰도 탐정도 아닙니다. 그저 보잘것없는 글쟁이입니다."

그러나 부인은 애원하듯 고게쓰를 마주 보며 말했다.

"선생님 곁에는 영靈능력자가 있다고 들었습니다."

그 말에 고게쓰는 숨을 삼켰다.

"최근에 그분과 함께 여러 사건을 해결하셨다면서요. 얼마 전까지 뉴스에 연일 보도된 여고생 연쇄 교살 사건도 선생님이 그분의 조언을 듣고 해결하셨다고……."

그 사건은 갖가지 이유로 매스컴의 주목을 받았다. 그 때문일 것이다. 고게쓰가 영능력자와 함께 사건을 해결했다는 소문이 최근 인터넷과 주간지를 통해 퍼지고 있는 듯했다.

그리고 그 소문은 사실이었다.

지금까지 고게쓰 시로는 조즈카 히스이라는 젊은 영매와 함께 온갖 사건을 해결해왔다.

그렇다. 영매의 힘을 이용해서……

대부분의 기사는 그 정체불명의 영매를 비판하는 내용이었다. 어찌 보면 당연하다. 영매의 힘으로 사건을 해결하다니, 뜬구름 잡는 소리나 마찬가지다. 눈앞의 부인은 그런 허황된 소리라도 붙들고 싶은 것이리라.

하지만 다행스럽게도 부인에게는 그것이 절대 허무맹랑한 소리가 아니다.

진실이었다.

"조금만 생각할 시간을 주십시오. 그 영매에게도 할 수 있는 것과 할 수 없는 것이 있습니다."

조즈카 히스이의 힘은 전지전능과는 거리가 있다. 몇 가지 제약과 히스이 스스로도 알지 못하는 법칙이 숨겨져 있기에 그런 것들을 분석하며 수사에 도움이 될 방법을 모색해야 하는 것이다.

예를 하나 들자면 히스이는 죽은 자의 영혼을 불러올 수 있지만, 살인이나 사고로 비명횡사한 사람의 영혼은 그 사람이 죽은 장소가 밝혀지지 않는 한 불러올 수가 없다. 조즈카가 이 법칙을 알게 된 것은 아주 최근의 일이다. 이전까지는 불러올 수 있는 혼과 그렇지 않은 혼이 어떻게 다른지 그녀도 알지 못했다.

또한 영시靈視로 범인을 특정했다 해도, 당연한 말이지만 법적 증거 능력은 전무하다. 범인이 누군지 뻔히 알면서도 증거를 댈 수 없어 속만 끓인 사건도 많았다.

그렇기에 영시로 알게 된 정보를 분석해 과학 수사에 도움을 줄 수 있는 논리를 이끌어내는 것이, 고게쓰 시로가 지금까지 맡은 역할이었다.

답변을 보류하고 부인을 돌려보낸 뒤 고게쓰는 차디찬 겨울 하늘 아래를 걸었다.

이 의뢰를 승낙해야 할지 말아야 할지 신중하게 판단할 필요가 있다. 한 가지 확실한 것은 선택을 하면 조즈카 히스이에게 죽음이 가까워지리라는 사실이었다.

고게쓰는 허연 입김을 내뿜으며 조즈카 히스이가 한 말을 떠올렸다.

한여름에 있었던 일이다.

놀이공원의 소란스러움 속에서 어린아이처럼 들떠 있던 히스이가 불현듯 굳은 표정으로 이렇게 말한 것을 고게쓰는 또렷이 기억한다.

"선생님…… 저는 아마, 평범하게 죽지 못할 거예요."

고게쓰는 그게 무슨 소리냐고 물었다.

"그런 예감이 들어요. 이 저주받은 피 때문일지도 모르지요. 거역할 수 없는 죽음이 제게 다가오는 게 느껴져요."

비취빛 눈동자를 내리깔며 영매는 그렇게 말했다.

고게쓰는 그 연약한 어깨가 공포를 참아내듯 떨리는 모습을 보았다.

고게쓰가 기분 탓일 거라고 했지만 히스이는 고개를 가로저었다.

"제 예감은 틀린 적이 없어요."

서글피 눈썹 끝을 내리고 그 운명을 받아들이는 것이 당연하다는 듯 영매는 웃었다.

아마도 히스이가 예감했던 죽음이란 이것이 틀림없었다.

연쇄 살인마를 마주함으로써 맞게 될 죽음.

설령 그것이 절대적이고 뒤집기 어렵다 하더라도 멀어지려는 노력은 해야 할 것이다. 불안과 공포를 꾹 참고 애써 웃으려 하는 히스이의 사랑스러운 모습을 보자 고게쓰의 마음속에 억누를 수 없는 충동이 끓어올랐다. 고게쓰도 위험을 피해 히스이와의 관계를 가능한 한 지속하고 싶었다. 하지만 히스이의 예감이 절대적이라는 것 또한 외면할 수 없는 사실이리라.

아무도 없는 공원을 거닐며 그렇게 되지 않을 선택지가 존재하지 않는지 생각하고 또 생각했다.

조즈카 히스이는 그 힘으로 살인마를 찾아낼 수 있을 것인가.

초점은 거기에 있다.

그녀가 아무리 초인적인 힘을 가지고 있다 해도 맞는 사건이 있고 그렇지 않은 사건이 있다. 예를 들면 이 연쇄 사체 유기 사건에서는 피해자의 살해 현장이 아직 밝혀지지 않았다. 이 상태라면 히스이가 사자를 불러올 수 없으니 피해자들의 증언을 듣기도 어렵다. 그렇다고 경찰도 알아내지 못한 살해 현장을 직접 알아낼 수 있는가 하면 그 또한 어렵다는 것은 불 보듯 뻔한 일이다. 살해 현장을 알지 못하는 이상, 이 사건은 히스이에게 골치 아픈 사건이 될 것이다.

범인을 특정할 수 없다면 히스이를 이 사건에 개입시킬 필요가 전혀 없다. 무관심한 듯 안전하게, 두 사람의 관계를 이대로 이어나가면 되는 것이다. 하지만 그렇게까지 증거 인멸에 뛰어난 자들을 위협할 수 있는 것은 바로 조즈카 히스이가 지닌 비범한 능력뿐일지도 모른다.

과연 히스이의 능력으로 범인을 특정할 수 있을 것인가. 그걸 확인하려면 히스이가 지닌 능력의 특성과 심령의 성질을 잘 살펴야 한다. 능력 하나하나로는 무리일지라도 여럿을 조합하면 뭔가 생각지도 못한 수법으로 범인을 특정할 수 있을지도 모른다.

생각을 정리하기 위해 고게쓰는 히스이와 만난 첫 사건을 돌이켜보았다.

1화

# 우는 여자 살인

사람이 죽으면 그 영혼은 어떻게 되는 것일까.

불현듯 그런 생각이 스친 까닭은 여기 오기 전에 성묘를 다녀왔기 때문일까. 아니면 예정된 일이 그런 생각을 불러일으킨 걸까. 전철에서 내리자마자 초여름의 열기가 온몸으로 덤벼드는 것을 느끼며 고게쓰 시로는 손등으로 이마를 훔쳤다.

일주일 전에 고게쓰 앞으로 걸려온 전화 한 통. 그것이 사건의 발단이었다.

"선배한테 조금 특이한 부탁을 하고 싶어요."

전화를 걸어온 구라모치 유이카는 고게쓰의 대학 후배다. 정확하게는 고게쓰가 졸업하고 나서 유이카가 입학했으니 재학중에 교류가 있었던 것은 아니다. 졸업 후 드문드문 초대를 받아 참석한 사진 동아리에서 알게 된 사이로, 고게쓰에게는 여동생 같은 존재였다.

"특이한 부탁?"

"네. 그…… 저랑 같이 영능력자를 만나주셨으면 해서요."

"영능력자라면…… 유령 보고 사악한 기운 몰아내고, 그런 오컬트적인 힘을 가진 사람?"

"그렇죠. 다른 종류도 있나요?"

우스웠는지 유이카가 수화기 너머에서 쿡쿡 웃었다.

그러고 나서 유이카는 자세한 경위를 설명했다.

대략 한 달 전쯤의 일이었다. 쉬는 날 친구와 둘이서 놀다가 술김에 점술가에게 점을 보게 되었다. 그곳에서 점술가가 유이카에게 묘한 소리를 한 것이다.

"웬 여자가 저를 보면서 울고 있다는 거예요."

그게 착한 영혼인지 사악한 영혼인지 점술가는 판별할 수 없다고 했다. 유이카는 처음에는 그 말을 반쯤 흘려들었다. 예전부터 영감靈感이 강한 편인 것은 자각하고 있던 터라 약간 오싹해지기는 했지만, 그렇다고 그런 말을 곧이곧대로 받아들일 만큼 부주의한 성격은 아니다.

그런데 며칠이 지나고부터 이상한 꿈을 꾸기 시작했다.

"그게, 사실 꿈이 맞는지도 모르겠어요. 자는 동안 눈이 번쩍 뜨이고 의식은 또렷한데 몸이 안 움직이니 무서워서……. 그리고 누가 침대 옆에 서 있는 거예요. 어찌나 소름 돋던지. 시야 한쪽 구석이라 잘은 안 보이지만 느낌으로 여자라는 건 알겠더라고요. 거기서 코를 훌쩍거리듯이…… 울어요."

그런 경험을 여러 번 하게 됐다.

그러자 역시나 무서워져서 전에 갔던 점집을 다시 찾았다. 그런데 점술가가 말하길, 자신의 전문은 그런 걸 보는 것이지 대처할 능력은 없다는 것이다. 그러면서 어떤 사람을 소개해주었다.

"정확히 말하면 영능력자는 아니고 영매라고 불리는 사람이래요. 상담료 같은 건 따로 안 받는대서 이야기라도 한번 들어볼까 하는데…… 그래도 좀 무서워서요. 그 왜, 신줏단지나 부적 같은 거 사라고 하면 어떡해요."

그렇게 말하며 유이카는 웃었지만 누가 같이 있어주는 편이 든든할 것이다.

그래서 고게쓰는 흔쾌히 수락했고, 오늘에 이르게 되었다.

고게쓰의 집에서 가까운 역이었는데 와보는 것은 처음이었다. 도심이면서도 한적한 고급 주택가로 유명한 동네라 한 번쯤 살아보고 싶다며 동경하는 사람도 많을 터였다. 고게쓰도 조용한 곳을 선호하지만 자신의 벌이로는 어림도 없을 것 같았다.

평일이라 그런지 역 앞에는 인적이 뜸했다. 초여름의 햇볕을 받으며 기다리다 보니 약속 시간이 되었고 이내 유이카가 개찰구에서 모습을 드러냈다. 그녀는 이쪽을 보고는 얼굴을 들며 환한 표정을 지었다.

"아, 선배!" 유이카가 달려와 고개를 숙였다. "감사합니다. 오랜만이에요."

예뻐졌네, 싶은 게 간만의 재회에서 받은 첫인상이었다. 열아홉 꼬맹이 때에 처음 만났으니 아무래도 여동생 대하듯 보게 되지만 그 인식을 조금은 정정하는 게 좋을지도 모른다.

"이야, 엄청 예뻐졌구나. 사회인 다 됐네."

솔직하게 칭찬하자 유이카는 부끄럽다는 듯 웃으며 팔꿈치로 고게쓰를 쿡 찔렀다.

두 사람은 근황을 가볍게 주고받고 걷기 시작했다. 유이카가 스마트폰을 확인하면서 영매가 사는 맨션까지는 걸어서 십오 분 정도 걸린다고 일러주었다.

SNS에서 빈번히 안부를 주고받았는데도 역시 실제로 만나니 얘깃거리가 끊이지 않았다. 유이카는 걸으면서 재잘재잘 떠들었고 즐거운 듯 까르르 웃었다.

지금은 백화점 안내데스크에서 일한다고 했다. 올해로 이 년 차라고 하는데, 화장 분위기가 조금 달라지고 패션 센스도 성숙해졌다. 핸드백이 잘 어울린다고 말하니, 월급을 모아서 자기한테 선물해줬다고 수줍게 말했다.

퍼뜩 유이카가 지도를 내려다보더니 멈춰 섰다. 그러고는 무심코 지나치려 하는 고게쓰의 소매를 붙잡았다. 눈앞에 초고층 맨션이라고 부를 만한 빌딩이 우뚝 서 있었다. 40층은 넘어 보이는 첨탑이 창공을 향해 일직선으로 뻗어 있었다. 주택가를 벗어난 이 부근에는 다른 고층 맨션들도 있었지만 개중에서도 단연 눈에 띄는 건물이었다.

"여기야?"

"어……" 유이카도 의외였는지 멍하게 말했다. "이름은, 맞네요."

의아해하며 유이카를 데리고 입구로 들어섰다. 안쪽으로 이어지는 널찍한 로비를 유리벽이 가로막고 있다. 평소 이런 맨션에는 올일이 없는지라 다소 당황하고 말았다. 안내 직원 같아 보이는 사람의 모습도 보였지만 유이카는 입구 쪽에 있는 패널에 집 호수를 입력한 후 인터폰 벨을 눌렀다.

"네."

젊은 여성의 목소리였다.

"실례합니다. 3시에 만나 뵙기로 한 구라모치 유이카라고 합니다."

유이카가 또렷한 음성으로 말했다. 평소 알던 사람이 아닌 것 같은 목소리였다.

"아, 네. 말씀 전해 들었습니다. 잘 오셨어요. 들어오세요."

두 사람은 환대하듯 열리는 유리문을 통해 로비로 들어갔다.

"와, 역시 다르네. 딴사람인 줄 알았어."

고게쓰가 놀리자 유이카는 창피하다는 듯 뾰로통한 얼굴을 해 보였다.

인기척이 전혀 없다는 점을 제외하면 꼭 호텔 같았다. 온통 내리석으로 마감된 바닥에 가죽 구두 소리가 작게 울린다. 여러 대가 나란히 있는 엘리베이터 앞에 서서 유이카가 버튼을 눌렀다.

두 사람은 엘리베이터에 올랐다. 방문하는 층에만 갈 수 있는 시스템으로, 목적지의 층수가 이미 선택되어 있었다. 꽤나 신선한 체험이었다.

"선배는 역시 안 믿으세요?"

"심령현상? 아니면 여기 사는 영매 같은 사람?"

"추리작가로서 그런 것에 부정적이지 않을까 해서요."

"흐음, 어떨까. 영능력이니 영매니 하는 건 아무래도 어쩐지 미심쩍긴 해. 유령 같은 심령현상이야 뭐, 싸잡아서 부정할 수는 없고 사후 세계도 희망적이라 괜찮은 것 같긴 한데."

대답은 그렇게 했지만 고게쓰는 오컬트에 흥미를 느끼는 편이었다. 직업상 소재가 되기도 하니 기이한 괴담 같은 것을 수집하는 작가에게서 그런 유의 이야기를 일부러 청해 듣기도 했다. 그러한 설명되지 않는 초자연적인 무언가가 이 세상에 존재했으면 좋겠다고, 마음속 어딘가에서 바라고 있는 건지도 모른다.

그래. 사후 세계쯤 있기를 바란다 해도 벌은 받지 않을 것이다.

자신이 아직까지 그 무덤 앞에 꽃을 바치는 건 그런 소망의 발로임이 틀림없다.

엘리베이터가 꼭대기 층과 가까운 층에서 멈춘다. 두 사람은 관엽식물로 장식된 홀을 지나 모던한 인테리어의 복도를 걸었다. 여기에 살려면 얼마만큼의 돈이 있어야 할지, 고게쓰는 상상도 안 되었다. 목적지에 도착해 인터폰 벨을 누르자 곧장 문이 열렸다.

얼굴을 내민 사람은 이십 대 후반의 쾌활해 보이는 젊은 여성이었다. 주저 없이 두 사람을 불러들이듯 문을 활짝 열더니 부드럽게 미소를 지어 보였다. 화려한 옷차림은 아니었지만 몸에 두른 옷과 액세서리에서 말끔함과 은근한 고급스러움이 엿보였다.

"구라모치 유이카 씨 맞으시죠? 들어오세요."

두 사람은 고개를 살짝 숙이며 안으로 들어갔다. 현관에서 신발을 벗고 편안한 슬리퍼에 발끝을 밀어 넣는다. 들어선 공간은 거실인 듯했다. 고게쓰가 사는 곳보다 몇 배는 넓지만 내장재 때문인지 딱히 고급스럽게 느껴지지는 않았다. 곳곳에 놓인 가구가 죄다 앤티크로 통일되어 있어서 그런지 영화나 드라마에서 볼 법한, 영국 시골집이 떠올랐다.

"죄송합니다. 선생님은 아직 앞 손님 상담중이세요. 잠시 앉아서 기다려주세요."

그녀는 자신을 '지와사키'라고 소개했다. 영능력자는 아니고 어시스턴트 그 비슷한 거란다. 거실 중앙에는 낮은 원탁이 있고 원탁을 둘러싸듯 의자가 세 개 놓여 있다. 지와사키는 두 사람을 그곳에 앉게 하고 어디론가 가버렸다.

"괜찮아." 긴장한 듯한 유이카에게 고게쓰가 말을 건넸다. "잡아먹힐 일은 없을 거야. 신줏단지만 안 사면."

"그렇게 장담 못 하겠는데요." 유이카가 불편한 표정으로 말한다.

"못된 마녀가 사는 것 같지 않아요? 정말 잡아먹힐지도."

잠시 후 안쪽의 문이 열렸다. 사십대로 보이는, 어딘가 수척한 분위기의 부인이 모습을 드러냈다. 얼마나 울었는지 벌게진 눈두덩이가 통통 부은 채 손수건을 쥐고 있었다.

"고맙습니다."

부인은 방 안을 향해 고개 숙여 인사한 뒤 문을 닫았다. 앞 손님이었을 것이다. 지와사키가 와서 뭐라고 말했고, 부인이 연신 감사 인사를 늘어놓는 소리가 들려온다. 배웅하러 가는 모양이었다. 지와사키가 부인을 데리고 복도 쪽으로 멀어져갔다. 잠시 후 돌아온 지와사키에게 고게쓰가 물었다.

"방금 분은……?"

"저도 자세히는 모르지만 고인이 되신 남편 일로 상담하러 오셨나봐요. 집에 가시는 모습을 보니 힘이 돼드린 것 같네요."

지와사키는 그 이상의 말은 얹지 않고 한 손으로 안쪽 문을 가리켰다.

"자, 들어가세요. 선생님이 기다리십니다."

고게쓰는 유이카를 쳐다봤다. 유이카는 긴장했는지 큼큼거리며 뜸을 들이다가 조용히 일어났다. 고게쓰는 안내하듯 앞서서 문 앞에 섰다.

문손잡이에 손을 갖다댄 후 조심스레 힘주어 열었다.

실내는 어둑했다.

빛이 없다. 어두운 커튼으로 눈앞이 막혀 있다는 것을 알아챘다. 두 사람 뒤에서 들어오는 빛이 어렴풋이 암막의 요철을 드러내 보였다.

커튼 사이로 언뜻 실틈이 보였다. 그곳을 통해 안쪽으로 들어가는 듯했다.

"문을 닫고 들어오시지요."

커튼 안쪽에서 들려오는 조용한 목소리.

젊은 여성의 목소리였다.

두 사람은 암막을 걷어 안쪽으로 발을 들여놓았다. 실내를 밝히고 있는 것은 불꽃의 빛이었다. 원탁에 놓인 촛불이 신비롭게 한들댔다. 벽에는 창문이 없고 벽걸이 촛대에서 피어난 자그마한 불빛들이 여럿 늘어서서 명멸을 반복했다. 안쪽의 바로크풍 의자에 앉은 여성이 고요한 눈으로 두 사람을 응시하고 있었다.

문득 숨을 삼키게 될 정도로 아름다운 사람이었다.

인형처럼 완벽하게 갖춰진 정교한 얼굴과 어슴푸레한 어둠 속에서도 알 수 있을 만큼 창백한 피부가 생물체가 아닌 듯한 인상을 더욱 강조했다. 검은 머리카락은 끝으로 갈수록 완만한 웨이브를 그렸다. 일렁이는 불꽃 조명 아래 머리카락 한 올 한 올이 매끈한 윤기를 발하는 것만이 유일하게 그녀가 생물체라는 것을 증명하는 듯했다.

"구라모치 유이카 씨군요. 히스이라고 불러주세요."

영매의 말소리에는 억양이 없었다. 말씨와 태도는 정중했지만 표정은 인형처럼 변화가 없고 어둠 속의 눈빛은 냉정을 유지하고 있었다.

몸에 걸친 것도 가느다란 리본이 돋보이는 블라우스에 어두운 하이웨이스트 스커트로, 인형이 입을 법한 복장이다. 아직 앳되다. 스무 살 정도일까. 소녀처럼 보이기도 하지만, 신비로운 분위기와 심오한 명제命題에 임하는 철학자를 연상케 하는 표정이 이를 부정하는 것 같기도 하다.

일본인 같은 생김새지만 어쩌면 북유럽 쪽 피가 섞였을지도 모른다. 가지런히 잘린 앞머리 밑에서 고게쓰와 유이카를 보는 두 눈동자가 고운 비취빛이었다.

"앉으시죠."

히스이라고 하는 영매의 말에 유이카는 움찔 놀란 듯 소파에 앉았다.

"옆에 계신 분은……."

"저는 친구인 고게쓰라고 합니다. 같이 왔는데 괜찮으신지요."

"괜찮습니다."

영매는 별다른 관심을 보이지 않고 고개를 끄덕였다.

고게쓰도 유이카를 따라 소파에 앉았다.

"어떤 상담을 하고 싶으신지?"

히스이가 묻자 유이카는 주뼛거리며 입을 열었다.

고게쓰가 앞서 들었던 내용과 거의 똑같았다.

히스이는 더듬더듬 이야기하는 유이카에게 계속 시선을 두었다. 이따금 고개를 끄덕이는 정도일 뿐 몸은 시종일관 미동조차 없었다. 비생물체 같은 인상은 어두운 아이섀도 화장과 어둠침침한 방에서 비롯된 것이기도 하지만, 무엇보다도 그 사람의 분위기가 그런 느낌을 주는 것이리라.

"그러니까, 그…… 정말 뭔가 무서운 게 씌기라도 한 걸까요……."

"구라모치 씨는 사람 눈에 띄는 일을 하시는군요."

"네……?"

"평소 다른 사람이 말을 걸어오거나 의지하거나 하는 일을 하시지 않나요? 예를 들면 쇼핑몰이나 백화점의 안내데스크 같은 일 말입니다."

"그걸, 어떻게……."

"그렇게 느꼈을 뿐입니다."

고게쓰도 놀랐다. 멍해진 유이카의 표정을 흘끗 쳐다본 뒤 히스이에게로 눈길을 돌렸다.

"그런 분은 영적인 존재가 의지하거나, 가까이 있으려 하는 경향이 있어요. 평소 타인을 도와주고 이끌어주는 경험을 하시기 때문에 그런 존재를 쉽게 끌어당기는 걸지도 모릅니다."

"저…… 그, 직장에서 유령한테 빙의됐다거나, 그런 건가요?"

"거기까지는 알 수 없습니다." 히스이는 가만히 고개를 저었다.

그러고는 실눈을 뜨더니 살며시 몸을 앞으로 기울였다. "단, 당신에게 뭔가가 붙어 있는 것 같지는 않아요."

"그게 무슨 말씀이신지?"

"나쁜 것이든 좋은 것이든, 뭔가가 당신을 따라다닌다면 제게도 그게 느껴질 텐데……."

그때 처음으로 히스이의 표정이 바뀐 것 같았다. 정돈된 눈썹을 찡그리더니 의아한 듯 눈을 가늘게 뜬다. 그러고는 일어서서 자신이 앉아 있던 의자를 가리키며 말했다.

"구라모치 씨, 이쪽에 앉아주시겠어요?"

"엇, 아, 네……."

"구라모치 씨가 외부의 영향을 얼마나 잘 받는지 확인해보겠습니다."

유이카는 당혹스럽다는 표정으로 자리를 옮겼다.

자리에 앉는 유이카를 의자 옆에 서서 내려다보며 히스이가 말했다.

"긴장을 풀고 몸의 힘을 빼주세요. 턱은 당기고, 눈은 감고, 잠을 청하듯이……. 괜찮아요. 무서운 거 아니니까요. 저도, 고게쓰 씨도, 확실히 보고 있습니다."

"네."

"손을 무릎 위에 얹고…… 그리고 손바닥이 천장을 향하게 해주세요. 호흡을 편안히……."

유이카는 지시하는 대로 의자에 앉은 채 눈을 감았다. 처음에는 경직된 듯했지만 서서히 몸의 긴장이 풀리는 게 느껴졌다.

"이제, 구라모치 씨 주위를 돌면서 걸을 겁니다. 발소리와 기척이 신경 쓰일 수 있지만 유령이 아니라 저니까 안심하세요."

"네."

표현이 재미있었는지 구라모치 유이카는 눈을 감은 채 희미하게 웃었다.

말한 대로 히스이는 의자 주위를 걸었다. 느릿한 속도였다. 무언가를 확인하듯 유이카 쪽으로 시선이 쏟아졌다.

그리고 히스이가 유이카를 향해 손바닥을 뻗었다. 하지만 닿을 정도의 거리는 아니다. 제법 멀찌감치 떨어져 있다. 그러나 그 손바닥은 무언가를 더듬어 찾기라도 하듯 유이카 주위의 공간을 어루만졌다.

"저……."

돌연 유이카가 입을 뗐다.

"뭔가 느끼셨습니까?"

"저기, 그……."

"괜찮아요. 조금만 참고 눈을 감은 상태로 계세요."

그러나 여전히 차가운 히스이의 음성이 유이카의 불안을 부추긴 듯했다.

"선배."

매달리는 듯한 목소리였다. 유이카는 눈을 감은 채 고게쓰 쪽으로 얼굴을 돌렸다.

"괜찮아. 왜?"

"아니, 그게…… 누가 저 만지고 있죠?"

"아니? 그렇진 않은데……"

"그러니까 그, 어깨랑 손 이런 데를……"

유이카의 손을 본다. 손바닥은 계속 위쪽을 향한 상태였다. 고게쓰가 계속 보고 있었지만 아무도 유이카의 손을 건드리지 않았다. 누가 만지다니 있을 수 없는 일이다.

"이제 눈 뜨셔도 됩니다."

유이카가 눈을 떴다. 당혹과 공포에 흔들리는 두 눈동자가 고게쓰를 향했다.

"구라모치 씨가 이런 힘의 영향을 얼마나 잘 받는지 확인했습니다. 역시 조금 예민한 체질인 것 같군요."

"저, 제 손을 만진 건……?"

"저예요." 히스이가 살짝 표정을 어둡게 하며 말했다. "단, 물리적으로 닿은 건 아닙니다만……"

고게쓰가 몸을 내밀며 물었다.

"그 말씀은 그렇다면 오라나 영력 같은 걸로 만졌다는 뜻입니까?"

"네." 히스이는 고개를 끄덕이며 고게쓰를 보았다. "그런 표현은 좋아하지 않지만…… 그렇게 이해하셔도 문제없을 것 같네요. 사람에 따라서 아무것도 못 느끼기도 하고, 닿은 것처럼 확실히 느끼기도 하고, 차이가 있습니다. 경험상 후자에 속하는 분일수록 이런 유의 상담을 하러 오시는 분이 많습니다."

그러고 나서 히스이는 한동안 생각에 잠긴 듯 고개를 기울였다.

"체질이 예민할 뿐이지 구라모치 씨에게는 문제가 보이지 않습니다. 하지만 제 눈에 보이지 않는다고 해서 아무런 대처를 하지 않는 것은 경솔한 판단이겠죠. 실제로 그런 꿈을 꾸니까요. 그렇다면 사는 곳에 뭔가 문제가 있을지도……."

"지박령 같은 건가요?"

"그 밖에, 알기 쉽게 말하면 풍수적 영향입니다. 처음 연락하셨을 때 지와사키 씨가 방 사진을 몇 장 찍어달라고 부탁드렸을 거예요."

"앗, 네. 휴대전화로 찍었는데 괜찮을까요?"

"혹시 모르니 사진을 보여주시겠어요?"

"아, 네."

유이카가 스마트폰을 꺼내 들었다. 히스이는 스마트폰을 받아 들고 사진을 살폈다. 유이카도 옆에 서서 무언가를 설명하고 있다. 일이 바빠서 정리할 여유가 없었던 통에 방이 너저분하다, 창피하다, 이런 내용이었다.

"저, 뭔가 이상한 부분이 있나요?"

"아뇨. 특별히 문제는 없어 보입니다." 히스이는 스마트폰을 유이카에게 건넸다. 그러고는 부드럽게 구부린 검지를 아랫입술에 갖다

대더니 뭔가를 생각하듯 한동안 말이 없었다. "실례지만 밖에서 잠깐 기다려주시겠습니까?"

"엇, 아, 네……."

의아해하며 고게쓰는 유이카와 함께 방을 나왔다. 유이카가 귓가에 대고 속삭였다.

"뭔가…… 엄청 어리네요."

"응. 나도 놀랐어. 게다가 미인이야."

"그건, 어차피 화장발이에요."

유이카가 소곤거리며 콧방귀를 뀌었다.

얼마 뒤 지와사키가 얼굴을 내밀었다. 밖에서 기다리라고 했다고 하자 지와사키가 고개를 갸웃하며 아이스커피를 마실는지 물어왔다. 거실 원탁에 앉아 잠시 기다리니 기분 좋은 커피 향과 함께 지와사키가 돌아왔다.

고게쓰는 잔을 들었다. 향도 좋고, 블랙인데도 은은하게 달짝지근해 마시기 좋았다.

"와, 이거 맛있네요."

그렇게 느낀 것은 유이카도 마찬가지였나 보다.

"그래요? 감사합니다." 지와사키가 웃었다. "요즘 페이퍼 드립에 빠져서요."

"페이퍼 드립이요? 저도 요즘 틈만 나면 아이스커피 내려요!"

유이카가 눈을 반짝이며 말했다. 뜻하지 않게 공통의 취미를 찾은 듯했다.

"그러고 보니 대학 때부터 그런 거 좋아했지."

"대학 때 아르바이트했던 찻집에서 페이퍼 드립을 가르쳐주셔서 그때부터 푹 빠졌어요. 아이스커피, 급랭식으로 만들면 엄청 맛있어요. 한 잔만 만드는 게 어려워서 카페인에 약한 데도 잔뜩 만들고선 결국 다 못 마신다니까요. 만들어둔 건 맛이 덜한 것 같고, 그렇다고 딱 맞는 보관 용기도 없고."

"와, 저보다 더 잘 아시네요." 지와사키가 말했다. "직접 커피를 내릴 수 있게 된 건 올해부터라……. 꽤나 고전했고 매번 맛도 다르지만 최근에는 그럭저럭 맛있게 내려지는 빈도가 늘었어요. 그런데도 선생님은 우유를 잔뜩 넣어버리시니까. 그러면 본래의 맛을 전혀 알 수 없잖아요."

지와사키가 원망스럽다는 듯 말하며 웃는데 종소리가 들렸다. 히스이가 있는 방에서 난 것이었다. 지와사키가 방으로 들어갔다 잠시 후 돌아왔다.

"선생님이 부르십니다. 고게쓰 씨만 들어오라고 하시네요."

"저, 말입니까?"

유이카와 마주 보며 고개를 갸우뚱했다. 어째서 자신을 부른 것인지 영문을 모른 채 홀로 어두운 방으로 들어서니 조금 전과 마찬가지로 바로크풍 의자에 히스이가 앉아 있었다. 히스이는 손짓으로 고게쓰에게 앉으라고 했다.

"왜 저를?"

미심쩍어하며 그렇게 묻자 히스이는 고개를 살짝 기울이고 조용히 대답했다.

"당신은 절 믿지 않으니까요."

촛불이 어른거리는 눈동자에서 희미하게 실망과 같은 것이 보인 듯했다.

"믿을 필요가 있습니까?"

"구라모치 씨를 위해 필요할지도 모릅니다."

"그게 무슨 뜻인지?"

"어떻게 해야 믿어주시겠어요?"

난색을 표하듯 히스이의 미간에 어렴풋이 주름이 잡혔다.

"글쎄요……. 그럼 유이카에게 하셨던 것처럼 제 직업을 맞힐 수 있습니까?"

"그건……."

아름다운 얼굴이 곤궁함을 드러내듯 희미하게 일그러지는 것을 고게쓰는 놓치지 않았다.

"못하시겠어요?"

히스이는 시선을 떨어뜨렸지만 금방 고개를 들더니 결심했다는 듯 말했다.

"알겠습니다. 해보죠."

이윽고 삽시간에 공기가 변한 것처럼 느껴졌다.

놀랍도록 무기질적인 분위기가 히스이를 감싸고 있었다.

마치 인형 위에 죽은 사람의 혼이 내려앉은 듯한…….

그런 착각이 들 정도의 정적 속에서 히스이의 두 눈동자가 촛불을 되비췄다.

"고게쓰 씨는 구라모치 씨와는 대조적으로 내향적인 일을 하고 계시네요."

"네……. 굳이 말하면…… 그런 셈이죠."

"특수한 직업입니다. 뭔가 안쪽에 쌓아둔 것을 바깥으로 방출할 때의 냄새가 느껴져요."

냄새?

그러나 알 수 있을 리가 없다.

그런데 히스이의 다음 말을 듣고 고게쓰는 전율에 가까운 무언가를 느꼈다.

"예술 쪽이군요. 그림을 그리거나 작곡을 하거나……. 아니, 만화가인가…… 아아…… 작가 선생님…… 소설가시죠?"

"어떻게…… 아시는 겁니까?"

"그렇게 느껴지거든요." 히스이는 표정 변화 없이 말했다. "평소에는 이런 퍼포먼스 같은 것은 하지 않아요. 하지만 고게쓰 씨가 저를 조금이나마 믿어주셔야 하니까요."

"이유가 뭐죠?"

"부탁이 있습니다. 구라모치 씨에게 주의를 기울여주세요."

"그 말은, 뭔가…… 역시 유이카의 상황에 뭔가 문제가 있다는 뜻입니까?"

"기우일 겁니다. 하지만…… 왠지 불길한 예감이 들어요. 확증도 없고 괜히 불안하게 하고 싶지 않아서 직접 말하기가 꺼려졌어요."

"불길한 예감이라. 상당히 막연하네요."

"영능력자라고 전능하지는 않습니다."

"그렇군요…… 네, 신경 쓰겠습니다."

"단, 그 정체를 확인할 수 있는 기회를 주셨으면 해요."

"기회요?"

히스이는 자리에서 일어나 암막 너머를 가리켰다. 일단은 방에서 나가자는 뜻인 듯했다. 고게쓰는 고개를 끄덕인 뒤 히스이와 거실로 돌아갔다. 유이카와 지와사키가 밝게 웃으며 이야기를 나누고 있었다.

그에 비해 어슴푸레한 어둠 속에서 거실의 밝은 공간으로 나온 히스이는 어딘가 암울한 표정이었다.

"구라모치 씨, 최근에 이유 없이 물방울이 바닥에 떨어져 있는 경험을 하시지 않았습니까?"

"어머."

히스이의 말에 유이카의 표정이 굳었다.

"저기……. 그게, 뭔가 관계가 있나요?"

"떨어져 있었던 적이 있다?"

"그, 네……."

"그럼, 혹시 괜찮으시다면 빠른 시일 내에 구라모치 씨 댁을 방문해도 될까요? 만일을 위해 직접 그곳 공기를 확인하고 싶어서요. 어쩌면 구라모치 씨의 고민을 해결할 수 있을지도 모릅니다. 걱정되신다면 고게쓰 씨도 동석해주시는 것으로 하면 어떨까요?"

유이카가 불안한 눈빛으로 고게쓰를 쳐다봤다. 고게쓰는 고개를 끄덕였다.

"음…… 알겠습니다."

유이카도 고개를 끄덕였다. 물방울 이야기에 동요되고 겁이 나는 듯했다.

세 사람이 유이카의 집에 가는 일정을 조율했다. 히스이의 말이, 밤사이에 일어난 문제를 확인하는 데는 이른 아침이 좋다고 했다. 결과적으로 그다음 주 금요일 아침 8시에, 유이카의 집과 가까운 역에서 만나기로 했다. 평일이었지만, 핑크색 다이어리를 노려보던 유이카가 일정 없는 휴무일이 그날밖에 없다고 했다. 고게쓰는 오후에 일정이 있었지만 오전이라면 문제없었다.

그날은 그렇게 마무리가 되었다.

유이카가 상담료를 물어보자 히스이는 고개를 가로저었다.

"그런 건 받지 않습니다."

"선생님은 돈을 벌지 않고도 살아갈 수 있을 만한, 대단한 집안의 따님이시거든요."

히스이 뒤에서 지와사키가 웃으며 말했다.

히스이는 그런 언급을 원하지 않았을지도 모른다. 히스이가 두 사람에게서 가만히 시선을 돌렸다. 고게쓰는 왠지 민망해하는 듯한 그 표정이 처음 보는, 유일하게 인간다운 표정이 아닐까 생각했다.

돌아가는 길에 고게쓰는 유이카에게 방 사진을 보여달라고 했다. 히스이에게 보이기 위해 찍은 그 사진들은 각 방의 모습을 여러 각도에서 촬영한 것이었다. 조금 전 유이카가 창피해했던 대로, 촬영을 위해 다급히 물건을 정리한 듯한 흔적이 엿보였다. 하지만 그 밖에 딱히 수상한 점은 없었다. 이를테면 어딘가에 물방울 같은 것이 떨어져 있는 사진은 없었다. 그런 생각을 하며 화면을 연신 넘기다 보니 친구와 둘이서 사이좋게 찍은 사진이 나왔다. 어깨까지 기른 검은 머리에 빨간 티타늄 테 안경, 살짝 딱딱해 보이는 얼굴. 고게쓰도 아는 얼굴이다.

"이거…… 마이였던가."

"앗, 다른 사진은 보면 안 되죠."

고게쓰는 유이카에게 스마트폰을 돌려주며 물었다.

"친구랑 점을 보러 갔다고 했지? 그 친구가 마이였어?"

"아, 네. 맞아요."

"요즘도 친하게 지내나보네."

"네. 지난주에도 같이 카페에 갔는데 아까 그 사진이 그때 찍은 거예요."

"혹시 점쟁이한테 직업이 뭔지 얘기했어?"

"아뇨." 유이카가 고개를 젓는다. "아, 그렇네……. 만약 제가 그 점쟁이한테 제 직업을 말했다면 그 애, 아니, 히스이 씨가 점쟁이한테 듣고 제 직업을 맞출 수 있었다는, 그런 거죠?"

"응. 생각해보면 소개를 한 셈이니까 둘은 아는 사이라는 거잖아. 그런데, 그렇군, 얘기 안 했구나……."

"점을 본 건 마이였어요. 전 그냥 따라갔고요. 심지어 연애 얘기만 했고 일 얘기 같은 건 안 했어요."

"그랬군. 인터넷에도 그런 정보를 올리거나 하지 않았지?"

"당연하죠. 역시 진짜배기일까요? 그 사람, 대체 정체가 뭘까요? 몇 살이려나, 나랑 차이가 많이 나 보이지는 않던데……."

고게쓰는 잠자코 있었다. 히스이가 자신의 직업까지 맞혔다는 사실은 유이카에게 말하지 않았다. 인정할 수밖에 없다는 사실이 내심 못마땅했는지도 모른다.

"오늘 감사했습니다."

역 앞에서 유이카가 머리 숙여 인사했다. 모처럼이니 밥이라도 같이 먹지 않겠냐는 매력적인 제안이 날아왔지만 유감스럽게도 마감이 코앞에 닥친 일이 한가득 남아 있었다.

유이카와는 다른 노선을 타야 해서 거기서 헤어지기로 했다.

"아냐, 나야말로 귀한 경험을 했어."

"선배는 어떠셨어요? 저는 그, 정말 이상한 일을 겪고 있어서 지푸라기라도 잡는 심정이었다고 할까, 사실상 히스이 씨밖에 기댈 사람이 없는 상황이긴 하지만……. 역시 제삼자 입장에선 수상쩍고 못 미덥고, 그런가요?"

"솔직히, 잘 모르겠어." 고게쓰는 고개를 가로저었다. "하지만 네가 이상한 일을 겪고 있는 건 사실이고 내가 그걸 해결해줄 수 있는 것도 아니니까……. 일단은 영매 선생님을 믿자고. 아직까지는 신줏단지 강매도 안 당했고 말이지."

"그렇네요. 다음 주에도 오시게 해서 죄송하지만 잘 부탁드려요."

유이카는 다시 머리를 숙였다.

고게쓰는 익살을 떨듯 어깨를 움츠렸다.

"설마 여자 후배 집에 가게 될 줄이야."

"청소해야 하는데……. 시간이 나려나."

유이카는 웃으며 말했다.

"그때는 제가 아이스커피 내려드릴게요. 맛있을 거예요."

"그건 기대되네."

전철이 올 시간이 가까워져서 두 사람은 헤어졌다.

그것이, 고게쓰 시로가 구라모치 유이카의 미소를 본 마지막이 되었다.

꿈을 꿨다.

꿈속의 나는 아주 어렸다.

잠을 이루기 힘들어 눈을 뜨니 옆에 여자가 앉아 있었다.

거기서 나를 지켜보고 있었다는 것을 막연히 알 수 있다.

역광이 비추듯 침침해서 여자의 표정은 분명히 보이지 않았다.

그럼에도 누구인지 짐작이 갔다.

한 손을 뻗어 그녀를 불러보지만 목소리가 나오지 않는다.

이윽고 그녀가 울고 있다는 것을 알아챘다.

나를 내려다보며 눈물을 흘리고 있다.

왜 울고 있을까.

무엇을 그렇게 슬퍼하는 것일까.

마치 앞으로 닥칠 불행을 슬퍼하듯…….

고게쓰는 거기에서 눈을 떴다.

약속한 금요일 아침이었다.

고게쓰 시토는 역 플랫폼을 걸으며 손목시계를 확인했다. 7시

50분. 약속 시간까지 아직 십 분 정도 남았다. 이런 시간에 누구를 만나다니, 요즘에는 좀처럼 없는 일이다. 6월이긴 하지만 이날 아침은 제법 선선했다. 아마 늦은 밤부터 그랬을 것이다. 자다가 추워서 한밤중에 일어나 창문을 닫은 기억이 있다. 덕분에 어떤 옷을 입어야 할지 난감했을 정도다.

개찰구를 지나 주위를 둘러본다. 시간대상 출근길에 오른 사람들이 눈에 띄었다. 아직 유이카의 모습은 보이지 않았다. 그러던 중 남녀의 무리가 고게쓰의 눈길을 끌었다. 승차권 발매기 쪽에서 세 남자가 한 젊은 여성을 에워싸듯 서 있었다. 추파질을 하는 모양이다. 아침 댓바람부터 웬 야단인가 싶었는데, 들리는 대사로 추측하니 남자들은 밤새우고 이제 귀가하는 듯했다. 여성은 시선이 절로 향할 정도의 미인이었는데 재수 나쁘게 붙들려버린 듯했다. 남자들은 여성을 향해 이름이 뭐냐는 둥 노래방이라도 같이 가자는 둥 신난 목소리로 떠들어댔다.

남자들에게 둘러싸인 여성은 어쩔 줄 몰라 하며 한껏 위축되어 있었다.

이를 어쩌나, 고게쓰는 머리를 긁적였다.

그런데 멀찍이서 그 광경을 보다가 어떤 사실을 알아챘다.

둘러싸인 젊은 여성은 그 영매였다.

바로 알아보지 못한 까닭은 그녀의 곤혹스러워하는 표정 때문일 것이다.

그 표정에는 어슴푸레한 어둠 속에서 고게쓰가 느꼈던 신비함과 냉철함이 온데간데없었다.

인형 같은 무표정과는 딴판으로, 난처하다는 듯 눈썹을 찡그리고 얼굴이 새파랗게 질린 채 절절매고 있다. 흡사 늑대 무리에 포위된 어린 양 같았다.

딴사람 같았다.

그러나 그 인상적인 비취빛 눈동자를 잘못 봤을 리가 없다.

도우러 가야겠다고 고게쓰가 걸음을 내디딘 그때였다.

남자 중 하나가 히스이의 두 팔을 강제로 잡고 낄낄댔다. 히스이는 당황한 얼굴로 쳐다보다가 이내 의심스럽다는 듯한 표정으로 바뀌었다. 살짝 실눈을 뜨더니 히스이가 말했다.

"죽은 아기……."

남자들이 뜬금없다는 듯 고개를 갸웃했다.

히스이는 뭔가를 결심한 듯 입을 꼭 다물고 남자를 노려봤다.

그러고는 남자의 손을 뿌리치고 크게 숨을 내쉰 뒤 거침없이 내뱉기 시작했다.

"죽은 아기가 붙어 있어요. 아니, 그뿐만이 아니에요. 바로 얼마 전에도 여자에게 몹쓸 짓을 했죠!" 그녀는 분노로 얼굴이 발개져서 남자들을 향해 외쳤다. "여기에 점이 있는 단발머리 여자 말이에요! 당신 때문에 죽었잖아요! 또 같은 짓을 저지를 생각이죠! 그런…… 그런 짓거리…… 최악이에요!"

젊은 여자의 험악한 표정과 빠른 말투에 남자들은 서로를 마주 보았다. 도우려 했던 고게쓰조차 히스이의 기세에 발이 멈췄을 정도였다.

"야…… 뭐야, 아는 사이야?"

"아, 아냐."

"그럼 어떻게 료코를…….."

"알 게 뭐야. 이거 완전 미, 미친년이네!"

남자들이 욕설을 퍼부으며 멀어져간다.

격분한 모습으로 남자들을 내쫓은 히스이가, 한 손으로 가슴을 움켜쥐고 심호흡을 했다. 오가던 사람들도 무슨 일인가 하며 걸음을 멈췄지만 이내 시곗바늘이 갑자기 움직이기 시작하듯 그들도 가던 길을 가기 시작했다.

"히스이 씨."

아직 분노와 흥분을 가라앉히지 못해 주먹을 쥐고 있는 히스이에게 고게쓰가 말을 걸었다.

퍼뜩 영매가 고게쓰를 돌아본다. 그러고는 얼굴을 확 붉히더니 불안한 듯 비췻빛 눈동자를 이리저리 굴렸다.

"저, 저기…… 그…… 혹시 보셨어요?"

허둥지둥 긴 머리칼을 매만지며 고게쓰와 눈을 마주치지도 않고 히스이는 말했다.

"아, 네. 도와드리려 했는데 그럴 필요 없었네요."

히스이는 고개를 숙인 채 말이 없었다.

"의외였어요. 전에 만났을 때와 인상이 많이 달라서. 좀 더 신비하고 미스터리한 분일 거라 생각했어요."

그렇게 말하자 그녀는 몸을 더 작게 만들기라도 하려는 듯 어깨를 움츠렸다.

"그, 그게…… 구라모치 씨한테는 비밀로 해주셨으면……."

오늘 히스이는 분위기가 확연히 달랐다. 말투뿐만이 아니었다. 신비롭고 음울한 인상은 방의 조명과 화장 때문이었던 모양이다. 지금은 화장도 자연스럽고 화사했다. 하지만 타고났을 터인 인형 같은 미모와 비취빛 눈동자는 그대로다. 생각보다 순진하고 귀여운 외모였다. 호리호리한 모델 같은 체구에 가느다란 리본으로 가슴께를 장식한 남색 원피스를 입고 어두운색 양산과 핸드백을 들고 있었다.

"그 미스터리한 느낌은 연기였어요?"

"어…… 그게, 마코토, 아니, 지와사키 씨 아이디어예요." 히스이가 겁을 먹은 듯 고게쓰를 흘긋거리며 말했다. "평소 제가 물렁물렁해서 못 미덥고 위엄이 없다며……. 재능이 있는데 그러면 설득력이 없으니까 어떻게든 분위기를 내보자고……. 아니, 그게, 속일 생각은 전혀 없었는데……."

"오늘은 화장도 다르네요."

"그렇게 진한 아이섀도를 하면 저 전철 못 타요……."

얼굴이 붉어진 채 풀이 죽어 목소리가 점점 시들해진다.

고게쓰는 뭔가 낯설어서 무심코 웃어버렸다. 눈앞의 히스이는 난 감한 듯 눈살을 찌푸려서인지 눈매가 상냥해 보인다. 나이에 맞는, 아니, 어딘가 천진난만한 소녀 같은, 무척이나 사랑스럽고 매력적 인 여성이다.

"유이카, 아니, 구라모치 씨한테는 비밀로 하겠지만 히스이 씨 본 래 모습이 훨씬 근사하고 호감이 가요."

"그, 그런가요……."

히스이는 힐끔 위를 쳐다보더니 화들짝 놀란 듯한 얼굴로 다시 고개를 돌렸다. 그러고는 물결치는 머리카락 끝을 만지작거렸다.

"아니에요……. 일하러 왔으니까……. 구라모치 씨가 오면 전처 럼 할게요."

"흠, 그 친구도 신경 안 쓸 것 같은데요."

고게쓰가 웃자 히스이는 어딘가 토라진 듯 입술을 오므렸다.

예기치 않게 영매의 실상을 보고 말았다. 생각해보니 영매라고 하면 위압감이 느껴지는 노인을 떠올리기 십상이라, 가볍고 부드러 운 분위기가 묻어나는 그녀를 보면 상담하러 온 사람이 당황하거나 실망할지도 모르겠다.

시계를 보니 이미 약속한 시간이 지나 있었다.

하지만 유이카는 올 기색이 전혀 없었다.

유이카를 기다리는 동안 히스이는 조용히 개찰구 옆의 응달에서 있었다. 다시 그 분위기를 내려고 집중하는 중이었을까? 고게쓰가 쳐다보자 지금은 말을 걸지 말아 달라는 듯 샐쭉한 표정과 함께 차가운 눈빛이 돌아왔다. 조금 전 남자들과의 실랑이에 관해 물어보고 싶은 게 있었지만 그보다는 유이카가 오지 않는 게 마음에 걸렸다.

"늦네. 전화해볼게요."

히스이가 고개를 끄덕였다. 고게쓰는 유이카의 휴대전화로 전화를 걸었다.

그런데 받지 않았다.

통화 연결음이 계속되어도 받지 않았다. 오 분 전에 보낸 메시지도 읽지 않은 상태였다. 아직 자고 있는지도 모른다.

"저…… 어떻게 됐어요?"

히스이가 고게쓰 곁으로 다가와 고개를 갸우뚱했다.

"아아, 이상하네, 전화를 안 받아요. 늦잠 자거나 할 애는 아닌데……."

"구라모치 씨 집이 어디인지 아세요?"

"그게…… 아, 거기 있겠다."

유이카가 매년 연하장을 보냈다는 사실이 떠올랐다. 주소가 클라우드에 저장돼 있을 터였다. 고게쓰는 데이터를 열어 지도 애플리케이션으로 전송했다.

죽치고 기다려봐야 별도리가 없을 것 같아 두 사람은 유이카의 집 쪽으로 향했다. 가면서 몇 번이나 전화를 걸었지만 역시 받을 기색이 없었다. 신비성과 위엄을 되찾기 위함인지 히스이는 무표정이 돼버렸고 대화는 없었다. 그런데 옆에서 걷던 히스이가 도중에 아무것도 없는 곳에서 발이 걸려 "흐익" 하는 소리와 함께 넘어질 듯 휘청거렸다. 고게쓰는 황급히 그녀를 안아 올렸고 히스이는 새빨개진 얼굴을 푹 숙이더니 모기 같은 목소리로 "구라모치 씨한테는 말하지 마세요……"라고 우물거렸다.

이 영매 아가씨에 대한 인상을 대대적으로 수정할 필요가 있을 듯하다.

여차여차하는 동안 유이카 집 앞에 도착했다.

4층 건물이었다. 의외로 커서 혼자 살기에는 월세가 비쌀 것 같다. 주차장도 널찍한 걸 보면 원래는 가족 단위를 겨냥한 매물이었을지도 모른다. 그러고 보니 친척 중에 부동산업에 종사하는 사람이 있다는 이야기를 들은 적이 있다. 그 친척을 통해 집을 골랐으리라.

유이카 집은 2층이었다. 엘리베이터는 없다. 계단을 올라가니 바로 유이카 집 앞이었다. 히스이가 올라오는 것을 확인한 후 인터폰 벨을 눌렀다.

잠깐 기다렸지만 응답이 없었다.

"늦잠을 자고 있다 해도 좀 이상한데……. 혹시 근무 일정을 잘못 알았나?"

하지만 그럴 가능성은 낮다. 유이카는 다이어리에 일정을 꼼꼼하게 기록하는 타입이었다.

히스이는 말없이 문을 쳐다보고 있다.

비췻빛 눈동자가 살며시 가늘어졌다.

"고게쓰 선생님."

"왜요?"

히스이는 고게쓰를 보지 않는다. 뚫어져라 문을 보고 있다.

아니, 문을 보고 있다기보다는 문 너머에 있는 무언가를 확인하는 듯한……

돌연 히스이의 표정이 긴박해졌다.

"문을 열어주세요. 안 열리면 관리인을 부르는 게 좋을 거예요."

"그게 무슨."

"빨리요."

고게쓰는 서둘러 문손잡이에 손을 갖다댔다.

문이, 열렸다.

"열려 있었네……"

고게쓰는 실내로 발을 들여놓았다. 작은 현관에 하이힐이 몇 켤레 나와 있다. 거실로 이어지는 문일까, 문이 반쯤 열려 있다. 고게쓰가 신발을 벗고 안으로 들어갔다.

"유이카?"

목소리를 높이며 반쯤 열린 문을 잡았다. 그 문을 열고 안을 들여다봤다.

커피 향이 코를 간질였다.

이윽고 시야에 들어올 광경을 의식하느라 숨 쉬는 것도 잊어버릴 듯했다.

거실 바로 왼쪽에 카운터 키친이 있다. 빈 커피 서버, 그 옆의 유리잔에 드리퍼가 얹혀 있다. 카운터 너머로 4인용 다이닝 테이블이 보인다. 동쪽 벽 쪽 의자 두 개에 억지로 욱여넣은 듯 짐이 올려져 있고 유이카가 보여준 사진과 다를 바 없이 정리되지 않은 상태라는 것을 알 수 있었다. 베란다를 향해 난 남쪽 창문이 열려 있고 커튼이 흔들거린다. 그 창문 쪽, 동쪽을 등진 위치에 2인용 소파가, 소파 앞의 낮고 둥근 테이블 너머로는 평면 텔레비전이 있다. 둥근 테이블 주변에는 거실을 통틀어 유일하게 카펫이 깔려 있었다.

그리고 구라모치 유이카는 거실 한가운데, 4인용 다이닝 테이블과 둥근 테이블 사이에 쓰러져 있었다.

"유이카!"

고게쓰는 유이카에게 가까이 다가가 무릎을 꿇고 앉았다.

꿈쩍도 하지 않는 그 몸에 손을 갖다대보았다.

차가웠다.

죽음의 냄새가 났다.

언제나 꿈속에서 고게쓰를 괴롭히던 냄새다.

몸을 돌리자 바로 뒤에 히스이가 서 있었다. 히스이도 유이카를 내려다보고 있다. 아연한, 어딘가 창백한 표정이었다.

"안 보는 게 좋아요."

고게쓰가 가까스로 입을 뗐다.

"죽었, 나요……."

고게쓰가 고개를 끄덕였다.

끄덕이는 것밖에 할 수가 없다.

어떻게 된 일인가.

이게 대체…….

히스이가 휴대전화를 꺼내 전화를 걸었다. 들어보니 경찰에 신고하는 거였다. 목소리는 떨렸지만 히스이 쪽이 더 이성적일지도 몰랐다.

"네. 죽었어요. 그, 저기, 주소가……."

히스이의 시선에 아직 남아 있는 주소를 읊었다.

그러고서 고게쓰는 주위를 둘러보았다.

베란다로 뚫린 창문은 방충망까지 열려 있었다.

그리고, 유이카의 시체. 마른 피가 머리카락에 달라붙어 있다. 테이블 모서리에 혈흔이 있었다. 몸 오른쪽에 핸드백이 있고, 열린 지갑, 휴대전화, 다이어리가 튀어나와 있다. 의자에는 재킷이 걸쳐져 있었다. 유이카는 고급스러운 블라우스에 스커트 차림이다. 스타킹을 신고 있고 화장도 지우지 않은 것을 보니 퇴근 직후의 복장인 듯했다. 쓰러진 유이카는 눈을 부릅뜬 채, 얼굴은 다소 부자연스럽게 왼쪽을 보고 있었다. 마치 무언가를 응시하는 듯했다.

자리에서 일어나 유이카의 몸을 피해 거실 안쪽으로 향했다. 유이카의 몸 왼쪽에는 다이닝 테이블에서 떨어진 것인지, 깨진 유리잔 같은 것이 흩어져 있었다. 명백하게 누군가와 몸싸움을 한 흔적. 고게쓰는 베란다로 다가간다. 이 창문이 열려 있는 상태라는 것은…… 즉, 누군가가 여기를 통해서…….

"고게쓰 선생님…… 창문에서 묘지 같은 곳이 보이지 않나요?"

히스이가 불쑥 묻는다.

그녀는 아까부터 꼼짝 않고 거실 입구에 서 있다.

어리둥절한 마음에 열린 창문으로 바깥 경치를 내다봤다.

예스러운 주택들이 늘어선 가운데 저 멀리에 나무로 된 묘비 같은 것이 어렴풋이 보였다. 멀찌감치 있어 실눈을 떠야 보이지만 절이 있는 듯했다.

히스이는 어떻게 알았을까.

그녀는 거실 안으로 들어오지도 않았다. 그 위치에서는 보일 리가 없다.

아니…….

보통 사람에게는 보이지 않는 풍경이 그녀에게는 보이는 것이다.

고게쓰는 창문에서 한 발 물러섰다. 현장을 어지럽히지 않는 게 좋다.

"뭘 찾는 거야……?"

"네?"

고게쓰는 자신에게 묻는 말인 줄 알았다.

하지만 뒤를 돌아보니 히스이는 이쪽을 보고 있지 않았다.

그저 초점이 맞지 않는 눈으로 허공을 보고 있었다.

고게쓰는 어째서인지 그 광경이 무섭게 느껴져 일순 등골이 오싹해졌다.

"히스이 씨?"

히스이의 몸이 쓰러질 듯 비틀거린다.

빈혈 같은 것인지도 모른다. 다급히 뛰어가 몸을 받쳤다.

그녀는 무릎을 꿇고 눈을 질끈 감은 채 희미하게 신음했다.

"괜찮아요?"

"고게쓰 선생님."

히스이가 신음하며 말을 흘린다.

"범인은, 여자예요."

"네……?"

"아…….."

말을 걸어도 히스이는 답이 없었다. 그저 뭔가를 발견한 듯 겁에 질린 숨을 토해내더니 바닥 어딘가로 시선을 고정했다. 쓰러져 있는 유이카의 몸, 내던져진 듯한 두부頭部 가까이에 그것이 떨어져 있다. 고게쓰도 처음 시신을 보았을 때 알아챘지만, 뭔가 의미가 있으리라고는 생각하지 않았다.

하지만 히스이는 그걸 보고 아연한 표정으로 이렇게 중얼거렸다.

"우는 여자……."

그것은 눈물의 흔적과도 같은.

아주 작고 투명한 물방울이었다.

사건이 있은 뒤로 며칠이 지났다.

고게쓰 시로는 스타벅스 매장 안에서 원고 작업을 하고 있었다. 창가 카운터 자리에서 노트북을 펼친 채 늦어지고 있는 소설의 다음 이야기를 쥐어짜내고 있었다.

하지만 집중이 될 리가 없다.

고게쓰의 가슴속은 그의 미래에서 구라모치 유이카를 앗아간 살인자에 대한 끓어오르는 분노로 가득 차 있었다.

그렇다. 이것은 살인사건이다.

히스이가 경찰에 신고한 후 두 사람은 관할 경찰서에서 임의 사정청취에 응했다. 처음 형사들은 노골적으로 둘을 의심하는 듯한 태도였다. 최초 발견자라는 사람들의 직업이 추리작가에 영매니 수상쩍을 만도 하다. 임의이긴 했지만 고게쓰는 의심의 눈초리를 거두지 않는 경찰 조사에 최대한 성실히 임했다. 영장도 없이 DNA 샘플 제출을 요구받았을 때는 그런 것까지 해야 하나 싶어 내심 뜨악했지만, 주저하다가 괜한 의심을 살 수는 없는 노릇이었다. 잠복이나 미행이라도 따라붙는다면 여간 성가신 일이 아니다. 고게쓰는 어쩔 수 없이 승낙했다.

유이카의 사망 추정 시각은 시신 발견 전날 20시에서 24시로, 머지않아 고게쓰의 알리바이는 증명되었다. 그때 그는 동료 작가와 선술집에서 술잔을 기울이고 있었고 그 모습이 가게 CCTV로 확인된 모양이었다. 그렇게 고게쓰는 풀려났다. 히스이는 진작에 풀려난 듯했지만 고게쓰는 그 뒤로 히스이를 만나지 않았다. 히스이의 연락처를 알고 있었던 건 유이카였기 때문이다.

그래서 고게쓰는 그때 히스이가 중얼거린 말의 의미를 아직 확인하지 못했다.

범인은 여자예요…….

그 말은 무슨 뜻이었을까.

"여어, 작가 선생."

양복 차림의 덩치 큰 남자가 옆자리에 와 앉았다.

"가네바 경부님."

"이거 참, 뭐라 해야 할지, 애석한 일을 겪었더군. 대학 후배라고 했나?"

험상궂은 얼굴에 예리한 눈빛. 날카로운 시선이 아주 잠깐 고게쓰에게 와 닿는다.

가네바 마사카즈는 경시청 수사1과 소속 경부다. 고게쓰와는 수년 전에 어떤 사건을 통해 알게 되었다.

살인범이 어느 추리소설의 내용을 현실에서 재현한 사건이었는데, 그 어느 추리소설이 바로 고게쓰가 쓴 작품이었다. 사건과 작품의 유사성을 알아챈 형사와 함께, 가네바 경부가 고게쓰를 찾아왔던 것이다.

물론 픽션에서 묘사되는 수사 협조 상황과 현실은 다른 법인지라 가네바가 추리작가의 번뜩이는 추리력을 기대하고 찾아온 것은 아니었다. 단순히 열성 팬이나 스토커 등 범인으로 짚이는 사람이 없는지 물으러 온 것이었다. 당연히 고게쓰는 아무런 짐작도 할 수 없었기에 난감했다.

그런데 사건은 고게쓰가 내뱉은 뜻밖의 한마디가 단서가 되어 해결을 보았다.

정말로 우연히 깨달은 것이었다. 고게쓰는 추리소설에서 그려지는 명탐정 같은 추리력을 가지고 있지 않다. 스스로 그렇게 평가한다. 단순히 범죄자의 심리를 통찰하고 묘사하는 것에 약간 자신이 있는 정도였다. 그런데 가네바는 그것을 추리소설 작가 특유의 기지라고 착각한 모양이었다. 그 뒤로도 수사에 진전이 없을 때면 상담을 해오는 일이 이어졌다. 해결하지 못한 사건도 많지만 고게쓰의 조언이 결실을 본 사건도 그럭저럭 있었다.

물론 수사 정보를 일반인에게 발설하는 것은 금지되어 있다. 언론사가 낌새를 맡을 뻔한 적도 몇 번 있었지만, 어디까지나 비공식적인 의뢰였고 가네바가 이렇게 고게쓰를 찾아오는 것은 근무 외 시간을 할애한 걸음이었다.

　　"그래서, 작가 선생이 알고 싶은 게 뭐야?"

　　가네바가 커피 잔에 입을 갖다대고 창밖의 경치를 노려보고는 물었다.

　　"일단은 할 수 있는 얘기를 좀 해주실 수 있을까요?"

　　고게쓰는 노트북에 시선을 고정한 채 그렇게 중얼거렸다.

　　가네바는 잠시 뜸을 들이더니 지금까지 밝혀진 사건의 내막을 이야기하기 시작했다.

　　시신 부검 결과, 구라모치 유이카의 사망 추정 시각은 22시 30분에서 24시 사이라고 한다. 고게쓰가 처음 들었을 때보다 범위가 좁혀져 있었다. 사인은 후두부 함몰로, 유이카는 누군가와 다툼을 벌이다가 넘어지면서 테이블 모서리에 후두부를 강하게 부딪친 것으로 보인다고 했다. 그 밖에 눈에 띄는 외상은 없고 복장이 다소 흐트러져 있었지만 성폭행의 흔적은 없었다고 했다.

　　"우리 쪽 판단으로는 이래. 피해자는 그날 22시경에 일을 끝냈어. 동료에게 확인했지. 그 후 전철을 타고 22시 30분에 귀가. 단, 이건 추정이야. 곧장 집으로 가면 직장에서 집까지 삼십 분 걸린다는 뜻일 뿐이야. 역이나 근방 CCTV에 찍혔다면 정확히 알 수 있었겠지만 안 찍혔더라고. 어쨌든 22시 30분에 귀가한 다음, 운 나쁘게 빈집털이범과 마주친 거야."

"빈집털이범이요?"

"그래. 베란다 쪽 창문이 열려 있었는데 거기로 들어왔겠지. 유리창은 그대로였으니 잠그는 걸 잊었는지도 몰라. 실내에 흔적은 없지만 베란다 쪽 빗물받이에 누군가가 발을 디딘 자국이 있었어. 신발 자국이 너무 조금 남아서 브랜드를 식별하기는 어려워. 그 동네가 마침 빈집털이 피해가 빈번한 곳이라, 수사3과는 다테마쓰 고로라는 상습범을 용의자로 보고 있어. 피해자의 집은 녀석이 노리고도 남을 타입이고, 신중하게 신발을 벗고 들어가는 수법도 동일하대. 뭐, 아직 확증은 없으니 일단 단순 빈집털이범이라고 가정하면, 녀석은 22시 30분경에 구라모치 유이카의 방에 불이 꺼진 걸 보고 아무도 없을 줄 알았을 거야. 빗물받이를 밟고 2층으로 올라가 안으로 들어갔고. 때마침 피해자가 베란다 잠그는 걸 깜빡해서 도구를 쓰지 않을 수 있었던 거지. 그렇게 집 안을 뒤지는데 운 나쁘게 피해자가 귀가한 거야. 피해자는 깜깜한 거실로 들어가 재킷을 벗어 의자에 건 뒤 불을 켰어. 그리고 어둠 속에 숨어 있던 범인과 눈이 마주쳐……."

"그래서, 몸싸움을 하게 됐다는 겁니까?"

"죽일 생각은 없었겠지. 상대가 여자니까 베란다에서 뛰어내리기보다는 밀어젖히고 현관으로 도망가려는 속셈이었을지도 몰라. 그런데 피해자는 운 나쁘게 테이블 모서리에 머리를 부딪혔어. 하필 급소를 부딪힌 거지. 범인은 허둥지둥 도망쳤겠지만 그 와중에도 피해자의 지갑에서 현금과 카드를 빼 가는 걸 잊지 않았다더군."

"현금이 없어졌어요?"

"얼마였는지는 몰라. 안이 비어서 쿠폰이랑 동전만 남아 있었어."

"지문은요?"

"몇 종류, 구라모치 유이카의 것이 아닌 지문이 검출됐어. 하지만 전과자의 지문은 없었지. 피해자는 가끔 집에 친구를 초대하거나 재운 적이 있었다고 하니 친구들 지문일지도 몰라. 그런데 현관 안쪽 손잡이의 지문은 떨어져나갔어. 닦인 게 아니라 이렇게, 장갑 낀 손으로 손잡이를 돌려서 그전까지 묻어 있던 지문이 부분부분 지워진 거지."

"빈집털이범이라면 지문이 남지 않도록 장갑을 끼는 게 자연스러울지도……." 고게쓰는 턱에 손을 갖다댔다. "분명, 유리잔이 깨져 있었죠. 범인과 몸싸움을 할 때 깨졌을까요?"

"그런 것 같아. 내용물은 커피였고, 테이블 아래 바닥에도 유리 파편과 커피로 보이는 액체가 엎질러진 자국이 있었어. 부검 결과 위에서 커피 성분이 검출되지 않았으니 전날 남긴 게 테이블 위에 있었을 거야. 드립 용품과 먹다 남긴 음식, 사용한 컵 등이 정리되지 않은 상태로 주방에 있었어. 피해자가 설거지를 잘하지는 못했던 모양이야."

"아이스커피……."

마지막으로 본 유이카의 미소를 떠올리자 가슴속이 쓸쓸함으로 가득 찼다.

그때는 제가 아이스커피 내려드릴게요. 맛있을 거예요.

"그렇다면 용의자는 그 다테마쓰 고로라는 남자로 정해진 건가요?"

"응. 그런데 심증만 있고 물증이 없어. 근방의 CCTV도 살피고 탐문 수사도 하는 중인데 아무것도 안 나와. 하지만 침입 절도 현행범으로 체포하면 여죄를 추궁할 수 있지. 그렇게 해서 자백을 기대하는 수밖에 없어. 지금은 3과와 협력해서 뒤를 밟는 중이야."

"체포되길 기다려야 한다니 답답하네요……. 다른 용의자는 없습니까?"

"서두르지 마. 만일을 위해 당연히 지인 관계도 알아봤어."

수사선상에 오른 인물은 니시무라 구토라는 남자였다. 대형 웨딩 업체 사원이라고 한다. 약 일주일 전부터 구라모치 유이카에게 끈질기게 구애 공세를 펼친 모양이었다.

"피해자 집 휴지통에서 그 녀석이 쓴 열렬한 러브레터가 발견됐어. 다소 스토커 같은 내용이었으니 피해자는 불쾌해하며 버렸겠지. 그 편지에서 니시무라의 지문을 채취했는데 피해자 자택에서 발견된 지문과는 일치하지 않아. 사정청취 했는데 피해자 집에 간 적은 한 번도 없고 위치도 모른다더군. 역시나 증거는 없지만 알리바이도 없어. 수상하다고 하면 수상한 셈이야."

"그 사람이 범인이라면 시나리오는 어떻게 되는 건가요."

"그야 사망 확정 시간 사이에 피해자 집에 갔겠지. 거기에서 언쟁을 하다가 피해자를 밀었고. 근데 죽어버렸으니 식겁해서, 강도로 위장하려고 창문을 연 뒤 현금이랑 카드를 훔쳐서 나간 거지."

"그 경우, 빗물받이의 발자국은요?"

"아무런 상관도 없을 가능성도 있어. 피해 신고가 들어온 적은 없지만 주인이 눈치채지 못했을 뿐, 과거에 다테마쓰 고로가 다른 층에 침입했을 때 남긴 건지도 몰라."

"그것 말고도 의문점은 있어요. 유이카가 죽은 건 22시 30분에서 24시 사이라고 하셨죠. 혼자 사는 여자가 자기를 쫓아다니는 남자를 집에 들일까요?"

"것도 그렇네. 하지만 강제로 들어갔을 수도 있잖아."

"그렇다면 비명을 질렀을 가능성이 있습니다. 그런 얘기는 없었죠?"

"응. 이상한 비명이나 소리가 들렸다는 증언은 없어. 뭐, 비교적 방음도 잘되고 옆집은 비어 있었으니 확실하다고는 할 수 없지만."

"그런데 누군가가 강제로 밀고 들어왔다면 현관은 더 어수선해야 합니다. 제 기억으로는 유이카의 힐이 가지런히 놓여 있었어요. 게다가 유이카가 머리를 부딪힌 테이블 모서리는 거실 중앙 쪽에 있습니다. 유이카의 머리는 현관을 향한 상태로, 천장을 보고 쓰러져 있었죠. 집 한복판으로, 즉 창문 쪽에서 들어온 사람에게 떠밀렸을 가능성이 높은 것 같아요."

"하지만 태도를 바꿨을지도 몰라. 반성했고, 피해자가 그걸 용서한 거지. 안으로 들여서 이야기해도 괜찮겠다고 생각했을 가능성도 충분히 있어. 그렇게 생각하면 현장 상황에 딱히 모순은 없어. 깨진 유리잔도 손님용으로 내온 걸지도 모르고. 동기도 있으니 충분히 의심스러워."

"유이카와 니시무라의 접점은 뭡니까?"

"공통의 지인이 있었어. 고바야시 마이라는 여자고, 니시무라의 동료인데 구라모치 유이카랑 대학 동창이야."

"아…… 그 애였구나."

그 이름을 듣자 떠오르는 얼굴이 있었다. 불과 얼마 전에 사진도 봤다.

"그래, 작가 선생은 구라모치 유이카랑 같은 대학이었잖아. 고바야시 마이와도 면식이 있어?"

"네. 유이카처럼 사진 동아리 후배예요."

"그렇군. 그 고바야시라는 여자는 사건 당일 22시 23분에 구라모치 유이카에게 전화를 했어. 그 기록을 보고 가서 얘기를 들었지."

"전화요?"

"다음 달에 피해자 집에 놀러 가기로 약속해서 그 일정을 정하려 했다고. 친한 사이라 가끔씩 집에서 잠을 자기도 했다더군. 둘만의 모임이라나……. 한 달에 한 번 정도 밤새도록 외국 드라마를 보고 자고 오는 식. 고바야시는 통화 당시에 피해자에게서 평소와 다른 점을 느끼지는 못했다고 했어."

"그래서, 고바야시 마이가 동료인 니시무라에게 유이카를 소개했다?"

"정확하게는 여럿이서 만났어. 한 달 전쯤 고바야시 마이가 미팅을 주선했는데, 그 자리에서 니시무라를 만났대. 그 이후에 니시무라 쪽에서 구애하게 된 거지."

"그럼 유이카는 만나는 사람이 없었어요?"

"알아본 범위 내에서는 그런 흔적은 없어. 혼자 사는 것치고 가구가 잘 갖춰져 있길래 동거인이 있는지도 조사했거든. 선생 생각은 어때?"

"그러고 보면 딱히 그런 이야기를 들은 적은 없네요. 있어도 이상할 건 없지만요."

"그 밖에도 원한을 샀다거나 하는 말은 일절 없었어. 교우 관계나 범행 동기에서 추측할 수 있는 건 이 정도야. 아, 맞다, 그 조즈카라는 처자 말이야."

"조즈카?"

"선생이랑 같이 시신을 발견한 여자애. 자칭 영매라는."

"아아…… 성이 조즈카였군요."

"그래. 조즈가 히스이야. 뭐야, 이름도 제대로 몰랐어?"

"히스이라는 이름만 알았어요. 그때가 두 번째로 만난 거였으니까요. 조사 때 뭐라고 하던가요?"

가네바는 어깨를 으쓱했다.

"일로 처음 만났을 때 그러니까 선생이랑 구라모치 유이카가 조즈카 히스이를 찾아갔을 때…… 뭔가 좋지 않은 걸 영시로 봤다고."

"좋지 않은 거요?"

"당사자에게 불안감을 주고 싶지는 않고 확증도 없어서, 자세히 알아보려고 피해자의 집에 가기로 약속했다더군. 자칫하면 목숨과 관련된 일일 수도 있었다고 말이야."

"목숨과 관련된 일? 히스이 씨가 그렇게 말했어요?"

"그래. 하지만 아무도 믿어주지 않을 테니 말을 안 했대. 일단 작가 선생한테는 넌지시 충고했다고 하던데."

"아, 네……. 유이카한테 주의를 기울여달라고 했어요……."

"그 뒤는 선생 진술과 같아. 의뢰인이 안 와서 작가 선생님이랑 의뢰인 집에 갔다. 그런데 문 앞에 섰을 때 또 느꼈다는군. 그, 좋지 않은 것을."

고게쓰는 그때 보았던 히스이의 긴박한 표정을 떠올렸다.

"경부님은 히스이 씨를 어떻게 생각하세요?"

"딱 봐도 사기꾼이야. 일이 터지고 난 뒤에 뭔 말인들 못 하겠어. 그런 식으로 부자들을 등치겠지. 그 외모라면 노인 아니라 젊은 남자도 걸려들겠어."

"뭐, 그렇게 보는 게 일반적이라고는 생각합니다만."

"반대로 이렇게 생각할 수도 있어. 자신의 예지인지 예언인지를 성립시키기 위해 피해자를 살해했다……."

"그건."

"일단은 조사해봤어. 그런데 조즈카에게는 알리바이가 있었지. 지와사키 마코토라는 가사 도우미랑 같이 사는데, 지와사키가 범행 시각에 같이 있었다고 증언했어. 심지어 그 건물에는 사방팔방에 CCTV가 있어서 말이야. 엘리베이터, 입구, 비상구, 주차장, 안 찍히고는 드나들 수 없더군. 영상을 확인했는데 사건 당일 16시 경, 지와사키와 함께 집에 들어간 후로 다음 날까지 밖에 나오지 않았어."

"그렇다면 지금으로서 가장 유력한 건 빈집털이범인 다테마쓰의 범행설인가……."

"맞아. 이제는 시간문제야. 심정은 알겠지만 작가 선생을 고민에 빠뜨릴 정도의 사건은 아니야. 현행범으로 체포해서 여죄를 추궁할 수 있다면 이번 건도 자백할 거야."

확실히, 사건은 금방 해결될 것처럼 보였다.

하지만 고게쓰는 다테마쓰 고로의 여죄를 추궁하는 것만으로는 확실성이 부족하다는 생각이 들었다.

다테마쓰 고로도 수상하지만 니시무라 구토도 충분히 의심스러웠다.

누가 유이카를 죽인 것인가.

아니…….

"수사선상에…… 여성은 없습니까? 여자가 범인일 가능성요."

고게쓰가 내비친 의문에 가네바는 의외라는 표정을 지었다.

"아니, 방금 얘기한 고바야시 마이를 비롯해서 직장 동료나 대학 동창 등등 연락하고 지내는 여자 친구는 많은 것 같던데, 누구한테 미움을 받았다거나 하는 이야기는 전혀 없었어. 모두가 좋아하는 아가씨였던 모양인데. 왜?"

"아닙니다."

고게쓰는 입을 다물었다. 비틀거리던 히스이를 안아 받쳤을 때 그녀가 중얼거린 말을 떠올렸다. 그 후 경찰이 올 때까지 고게쓰는 그 의미를 여러 번 물었지만 그녀는 "역시 기분 탓이었던 것 같아요"라며 고개를 숙이고 입을 닫아버렸다.

우는 여자…….

그건 무슨 뜻이었을까.

고게쓰의 뇌리에, 어둠 속에서 신비롭게 반짝이던 그 푸른 눈동자가 스쳤다.

조즈카 히스이.

그 영매는 무엇을 봤던 것일까……?

히스이와는 며칠이 지난 뒤 뜻밖의 상황에서 연락이 닿았다.

고게쓰는 저서의 정보를 공개하는 용도로 웹사이트를 운영한다. 히스이는 그 웹사이트를 통해 고게쓰에게 메일을 보내왔다. 만나서 하고 싶은 이야기가 있다고 했다. 그리하여 고게쓰의 단골 찻집에서 만나기로 했다. 고게쓰가 일할 때 자주 이용하는 곳이다.

히스이는 약속 시간 십 분 전에 나타났다.

오늘은 보드랍고 하얀 보타이 블라우스에 남색 바탕의 자수 스커트 조합이었다. 화장은 밝은 오렌지 베이스의 자연스러운 느낌이었는데, 가지런히 잘린 앞머리 아래 비춰빛 눈동자가 긴장의 빛을 머금은 듯 보이기도 했다.

고게쓰가 맞은편 자리를 가리키며 물었다.

"찾아오기 어렵지는 않았어요?"

"네, 괜찮았어요. 멋진 가게네요."

히스이는 주변을 둘러보며 말했지만 표정은 살짝 굳어 있었다.

"여기 커피 맛있어요. 원두도 파니까 지와사키 씨 선물로 사 가면 좋아하실지도요."

히스이는 메뉴를 보고 잠깐 고민했지만 이내 블렌드 커피를 주문했다.

"저기……. 먼저, 선생님께 사과드리겠습니다."

히스이의 두 눈동자에는 물기가 어려 있다. 그 눈이 고게쓰를 똑바로 쳐다봤다.

"사과받을 만한 일은 없는데요."

"구라모치 씨 일이요. 그때, 구라모치 씨를 보고 느꼈던 걸 솔직하게 말했어야 했어요. 적어도 선생님께는…… 더 정확하게, 얘기했어야 했어요."

"히스이 씨는 뭔가를 보셨군요."

"네."

히스이는 고개를 푹 숙였다. 앞머리에 가려 표정이 잘 보이지 않았다.

"구라모치 씨 신변에 위험이 있을 거라는 걸, 예견했어요……. 하지만 확증이 없었을뿐더러, 안 믿으실 것 같아서…… 두 분께 자세히 말하지 않았던 거예요. 그런데 이렇게 돼버려서……."

"우는 여자라는 게 무슨 뜻입니까?"

고게쓰는 참지 못하고, 며칠째 머릿속을 떠나지 않던 의문을 풀어놓았다.

히스이가 얼굴을 들었다. 망설이듯 두 눈동자가 흔들린다.

자신의 이야기를 고게쓰가 정말 믿어줄지 걱정하는 듯했다.

"선생님은, 밴시라는 요정을, 아세요?"

"아일랜드 요정이죠? 밴시가 울면 누군가 죽는다는 전설 속에 나오는."

"우는 여자라고도 불려요. 옛날에는 장례식에 고용돼 고인을 위해 눈물을 흘려주는 직업이 있었어요. 민속학적으로는 그런 오래된 관습이 변화를 거치면서 요정 이야기로 전승됐을 수도 있어요. 그런데…… 원래는 반대가 아니었을까요?"

"반대……?"

"선생님, 제가 제 힘에 대해 알게 된 건 여덟 살 때예요. 그때 이후로 제가 느끼는 것의 정체를 확인하려고 노력했죠. 그 힘에 관해 가르침을 주는 사람은 없어요. 교과서도, 전문서적도, 아무것도요. 제 나름대로 연구를 계속해야 했어요. 이 일을 시작하고 많은 사람을 만난 지 십 년 정도가 됐어요."

고게쓰는 히스이가 하고 싶은 말이 무엇인지 파악하기 위해 그녀의 두 눈을 바라봤다.

"어느 날, 몇 가지 상담에서 공통되는 경향을 발견했어요. 우는 여자에 관한 이야기라는 거였죠. 베갯머리, 꿈속, 약간의 차이는 있었지만 우는 여자가 자신을 보고 있다는 이야기였어요."

섬뜩한 감각이 등줄기를 타고 오른다.

"유이카…… 구라모치와 비슷한 케이스가 또 있었다는 겁니까?"

"네. 제가 직접 들은 것만 말씀드리면 과거 네 차례 있었어요. 그리고 모든 경우에 공통되는데, 의뢰인들은 모두 그 이야기를 하고 일 년 이내에 죽었어요."

"설마 그런……."

우는 여자의 영혼.

그 영혼이 지켜보았던 자는 일 년 이내에 반드시 죽는다.

정체 모를 불쾌함 같은 것을 느끼지 않을 수 없었다.

"공통점을 알게 된 건 아주 최근이에요. 기본적으로 의뢰인과는 상담이 끝나면 연락할 일이 없으니, 그 이야기를 하셨던 분들이 이후에 죽었을 거라고는…… 알게 되기까지 시간이 걸리고 말았어요……."

"그분들의 사인은 뭐였죠?"

"두 분은 병사病死였어요." 히스이는 얼굴을 숙인 채 고통스러운 듯 말했다. "한 분은 부부 싸움이 발단이 되어 남편에게 살해당한 여성인데, 이 년 전에 뉴스에 잠깐 나왔어요. 나머지 한 분은 자살하셨다고……. 우울증으로 힘들어하셨대요."

히스이의 입술 틈에서 괴로운 한숨이 새어 나왔다.

"상담 내용을 곱씹다가 그중 두 분이 이유를 알 수 없는 물방울 얘기를 하셨던 게 떠올랐어요. 가끔씩 집 안 바닥에 물방울이 떨어져 있는데 그게 어디에서 떨어진 액체인지 전혀 모르겠다고 하셨죠. 다른 두 분은 물방울이 떨어진 걸 모르셨거나, 우는 여자와는 상관없다고 생각해서 말씀을 안 하신 것 같아요……."

"유이카의 시신 옆에도…… 물방울이 떨어져 있었죠."

"네. 그분들 이야기에서 공통된 건, 그 물방울이, 그렇게…… 떨어진 눈물의 흔적처럼 작았다는 거예요."

068

"그래서 그때, 우는 여자라고……."

히스이는 작게 고개를 끄덕인다.

"다시 밴시 이야기로 돌아가면…… 우는 여자의 관습은 신기하게도 세계 각지에서 볼 수 있어요. 정보 교류가 있었으리라고는 생각되지 않을 만큼 먼 옛날부터, 세계 곳곳에서 조금씩 보이죠."

"융의 집단 무의식론이군요. 인류의 무의식 심층에 공통적으로 보이는 원형이 불러일으키는 연상. 그렇다면 세계 각지에서 같은 상상을 하는 건 이상하지 않은데……."

거기까지 말하자 또다시 오싹한 감각이 등을 타고 오른다.

우는 여자가 상상이 아니라, 실재한다면?

실제로 유이카는 그것을 보고 죽었다.

"고대부터 특정 영감이 강한 사람들이 죽기 전에 우는 여자 이야기를 했고…… 그게 인류 공통적으로 나타나는 현상이라면…… 그랬기 때문에 우는 여자 전설이 생겨났을 가능성도 있는 건가."

심히 선득해지는 상상이었다.

유이카는 그런 꺼림칙한 괴현상에 휘말려 죽었다는 것인가.

"저는 그렇게 해석하고 있어요. 정확한 건 아무도 몰라요. 아무도 증명할 수 없어요. 가르쳐주는 사람도 없고요. 애당초 이런 이야기 자체도 너무나 황당무계해서……. 절 두고도 머리가 어떻게 된 여자라고, 보통은 그렇게들 생각할 거예요."

고게쓰는 히스이의 두 눈에 떠오른 고뇌의 빛을 보았다.

상상하기는 어렵지 않다. 히스이는 구라모치 유이카에게 우는 여자 이야기를 하지 않았다. 확증이 없었을 테고, 기우라면 유이카를 불안에 떨게 할 수 있다. 보이지 않는 뭔가에 시달리던 유이카는 믿었을지도 모르지만 고게쓰는 미심쩍어했을 것이다.

고로, 히스이는 입을 닫았다.

그리고 유이카는 죽었다.

히스이는 그에 대해 몹시 후회하고 있다.

"아무 말 안 해서 정말 죄송합니다."

그래서 이렇게 사과하러 왔다.

"그저 우연일 뿐이라고, 괜한 생각이라고, 저, 그렇게 믿으려 했어요……. 그런데 구라모치 씨가 이렇게 빨리 죽다니……. 구라모치 씨의 집에 가보면, 어떻게든 방법을 찾을 수 있지 않을까 생각했는데……."

고개 숙인 히스이의 연약한 어깨가 희미하게 떨렸다.

"고개 들어요. 어쩔 수 없는 일이었어요."

히스이가 한숨을 내쉰다. 그리고 얼굴을 들었다. 촉촉한 두 눈이 의아하다는 듯 고게쓰를 바라본다.

"제 말을 믿어주시는 거예요?"

"네. 믿어요."

히스이는 눈을 감았다. 그러고는 크게 숨을 내뱉었다. 안도의 한숨일지도 모른다. 그런데 이야기가 그게 끝이 아닌 모양이었다. 히스이는 결심했다는 듯 입술을 꼭 다물고 고게쓰를 똑바로 쳐다봤다.

"고게쓰 선생님께 부탁이 있어요."

"부탁이요?"

"선생님에 대해 조금 알아봤어요. 선생님은 경찰에 수사 협조도 하시고, 지금까지 몇몇 사건을 해결하는 데 도움도 주셨다면서요."

"아…… 그게, 대단한 일을 하는 건 아닙니다. 우연이 겹쳤을 뿐, 아무런 도움도 못 준 적이 더 많아요."

"그래도 그건 훌륭한 재능이라고 생각해요. 보통 사람이 할 수 있는 일은 아니에요."

커다란 비취빛 눈동자에서 시선이 쏟아지자 고게쓰는 아주 살짝 동요하고 말았다. 미인이 이렇게나 치켜세우니 십대 소년 시절로 돌아간 양 얼굴이 화끈거렸다.

히스이는 몸을 앞으로 내밀며 말했다.

"부탁드립니다. 제 힘을 이용해서, 누가 구라모치 씨를 죽였는지 그 범인을 찾고 싶어요."

고게쓰 시로는 새로 나온 커피에 입을 댔다.

그리고 어찌할 바를 모르겠다는 듯 이쪽을 보고 있는 히스이를 바라본다. 그녀의 요청을 승낙하겠다고 했을 때 히스이는 그 나이 소녀처럼 눈을 반짝였다. 하지만 고게쓰가 생각에 빠진 듯 입을 다물자 금세 불안한 표정으로 돌아오고 말았다.

조즈카 히스이.

그녀의 힘을 이용해 구라모치 유이카를 살해한 범인을 밝힌다…….

"저, 선생님……?"

"아, 미안합니다. 음, 어떻게 하면 좋을지 잠깐 생각했어요."

고게쓰는 커피 잔을 내려놓고 히스이의 표정을 살피며 물었다.

"유이카의 시신을 발견했을 때…… 여자가 범인이라고 하셨죠. 그건 무슨 뜻이었어요?"

설마, 우는 여자가 죽었으니 여자가 범인이라는 것은 아니겠지.

"그게, 가끔, 있어요……."

히스이는 잠시 주저하듯 망설이다가 고개를 숙였다.

"대부분은, 사고 현장이었던 곳을 모르고 지나칠 때예요. 갑자기 현기증이 나면서 한순간 의식이 아득해지고……. 그러면서 희미한 영상이 머리에 떠올라요. 아마 그건, 사람이 죽는 찰나에 목격한 광경……일 거라 생각해요."

"혹시, 유이카가 죽을 때 본 장면이 머리에 떠올랐다는 뜻이에요?"

"그럴…… 거예요." 히스이는 자신이 없다는 듯 고개를 끄덕였다.

"그런데 대부분은 그렇게까지 선명하지 않아요. 꿈을 꿀 때는 또렷하지만 눈을 뜨면 그게 어떤 꿈이었는지 금방 잊어버리는 경우, 있잖아요? 그렇게 안개가 낀 것처럼 희미해져서…… 정말 그걸 본 게 맞는지 자신이 없어져요. 그저 제 상상이나 망상, 착각일지도 모르고……."

"뭘 봤습니까?"

히스이가 자기 이야기를 믿어줄지 아직도 불안한 기색으로 대답했다.

"여자의 옆얼굴이었던 것 같아요. 저는 쓰러져 있고, 옆에서 그 사람이 쭈그려 앉아 고개를 숙이고 있었어요……. 정말 가물가물해서 지금은 그 정도밖에 생각이 안 나요. 구라모치 씨의 시신을 발견했을 때 그 생각에 지배돼서 순간적으로 여자가 범인이라 생각했는데, 죄송해요, 자신이 없어요……. 범인이 아니라 구라모치 씨가 말한 우는 여자였을지도 모르니까……."

"죽는 순간의 경치…… 사자에게 빙의되는 듯한 느낌일까요?"

"그럴지도 모르겠어요. 지와사키 씨는 영혼의 공명共鳴이라고 표현했지만요." 히스이는 서글픈 표정이었다. "그럴 때 제가, 전 기억이 안 나는데 이상한 말을 한다고 하더라고요. 그런 일이 계속돼서 어릴 때부터 부모님은 제가 아픈 거라고……."

"그러고 보니 그때 '뭘 찾는 거냐'고 했죠. 저한테 하는 말인 줄 알았는데 그렇게 보기에는 말투가 왠지 이상했어요. 그거, 혹시 유이카의 말이었나요?"

"음, 제가, 그런 말을 했어요……?"

"'뭘 찾는 거야……?'라고, 그렇게 물었어요."

"뭘 찾는 거야……."

히스이는 곤혹스러운 표정으로 그 말을 되뇌었다.

역시 짚이는 구석이 없는 모양이다.

그게 유이카의 말이었다는 건가.

정말 그렇다면 그 말은 무슨 뜻일까?

그러고 보니 죽은 유이카가 눈을 뜨고 있었다는 점이 마음에 걸린다.

뭔가를 보고 있었던 걸까? 즉사가 아니었다면 바닥에 쓰러진 뒤 뭔가를 보고 그런 의문을 품었다는 게 된다.

그것이, 히스이가 본 여자의 옆얼굴이었을까. 죽어가는 유이카 옆에 쭈그려 앉아 뭔가를 찾았다는 것인가?

빈집털이범의 소행이라면 돈이 될 만한 것을 찾았다 해도 이상하지 않다. 유이카 옆에는 핸드백이 떨어져 있었고 지갑에서 현금과 카드가 사라진 상태였다. 어라, 가만있자…….

핸드백은 그녀 옆, 몸 오른쪽에 있었다. 하지만 그녀의 눈길은 몸 왼쪽을 향하고 있었다. 범인이 핸드백을 뒤지는 모습은 안 보였을 텐데? 그렇다면 그녀의 시선 앞에는 무엇이 있었을까? 그녀의 몸 왼쪽에는 깨진 유리잔이 흩어져 있었을 뿐 딱히 눈에 띄는 건 없었던 것 같다.

잠깐, 유이카가 봤을 때는 **그게 아직 있었던** 건 아닐까?

**범인이 그걸 가지고 사라졌다면?**

빈집털이범이 흥미를 느낄 만한 것이 그녀의 시야에 있었다면……

아니, 애당초 히스이가 본 사람은 여자였다고 했다. 용의선상에 오른 다테마쓰 고로는 남자이지 않나. 여자가 범인이라면 의심스러운 인물은 고바야시 마이를 비롯한 유이카의 친구들이다. 하지만 유이카는 친구가 많고, 지금으로서는 그럴싸한 범행 동기가 발견되지 않았다.

범인은 무엇을 찾고 있었을까. 그곳에서 그 **무언가**를 가지고 갔다면, 그것 때문에 유이카를 죽였을 가능성은 생각해볼 수 없는 것일까?

고게쓰가 말이 없어졌기 때문이리라. 정신을 차리고 보니 히스이가 불안한 눈빛으로 이쪽을 보고 있다. 가지런히 정돈된 눈썹 끝이 축 처진 채 난처하다는 듯 여덟 팔자를 그리고 있었다.

안 되겠다. 이대로는 제자리걸음일 뿐이다.

고게쓰는 히스이에게 다른 것을 물었다.

"그 밖에, 히스이 씨의 능력으로 어떤 걸 할 수 있습니까? 예를 들어, 히스이 씨는 저와 유이카가 어떤 일을 하는지 맞추셨죠. 그건 어떻게 안 거예요?"

"저어, 그게…… 냄새로요."

테이블 위에서 손가락을 움직이며 히스이가 머뭇머뭇 대답했다.

"냄새?"

"이상한 뜻은 아니에요. 그, 영혼의 냄새……라고 해야 할까요. 냄새라는 건 어디까지나 비유적인 표현이고, 후각이 아니라 정확하게는 육감으로 느끼는 건데……." 그녀는 이미 다 식어버렸을 커피에 우유와 시럽을 부었다. "그냥, 다른 사람에게 전달될 수 있는 표현을 쓰자면 냄새에 가까워요. 그 냄새를 발산하는 건 인간의 영혼 같은 거……라고 생각해요. 죄송해요, 저는 그렇게 느끼지만 증명할 수는 없어요."

히스이는 커피를 저으며 미안하다는 얼굴로 말했다.

"살아있는 사람뿐만 아니라 이른바 영혼 같은 경우에는 눈에 보일 때도 가끔 있지만, 대부분은 그런 냄새로 알 수 있어요. 혼이 발산하는 체취 같은 것…… 거기에서 그 사람이 느끼는 감정, 평소 생활 방식, 그런 방향성을 알 수 있어요. 직업은 경험에서 유추했어요. 지금까지 만났던 사람과 비슷한 냄새가 나면 생활 방식도 비슷하고 직업도 같은 경우가 많다는 경험치요. 잘못 짚을 때도 있지만, 예전에 작가 선생님의 취재에 응한 적이 있는데 선생님 냄새가 그분과 비슷해서 그런 추측을……."

히스이는 거기에서 더 깊게 들어가 '냄새'에 의한 영시에 대해 자세히 이야기해주었다.

냄새를 느끼려면 대상과 직접 만나야 한다. 같은 성질의 냄새를 가진 두 사람이 나란히 있으면 냄새가 뒤섞여 어떤 인물에게서 나는 것인지 알아차리기 어렵다. 냄새를 구분할 때는 집중력이 필요하기 때문에 히스이의 긴장이 풀린 상태여야 정보의 정확도가 올라간다. 그녀는 어둠 속에 있으면 다른 정보가 차단되는 만큼 집중하기 좋다고 했다. 그 방이 그런 것은 단순한 분위기 연출 때문만은 아닌 것이다.

냄새는 사람의 건강 상태나 정신 상태를 나타낸다. 몸이 약해져 있지 않은지, 병이 있는 것은 아닌지, 흥분했는지, 무서워하는지, 거짓말을 하는지, 죄책감을 느끼는지……. 그런 상태를 냄새로 구분할 수 있지만 속속들이 판별할 수는 없다.

"죄책감 같은 걸 느껴도, 바람을 피워서 그런 건지 사람을 죽여서 그런 건지 알 수 없다는 뜻인가요?"

"대략적으로는 구별할 수 있는 것 같은데…… 그게, 자신이 없어요. 불륜의 냄새는 어느 정도 접할 기회가 많지만 살인을 한 사람을 만날 일은 없으니까……."

그렇군, 그런 판별에도 경험치가 필요하다는 것일 테다.

그 밖에도 히스이는 정신이 발산하는 냄새에 관해 흥미로운 사실을 알려주었다.

사람의 정신이 타인에게 받는 영향을 의식적으로든 부의식적으로든 느낄 수 있다는 것. 예를 들면 A라는 인물이 B라는 인물에게 깊이 사랑받고 있다고 하자. 그러면 히스이는 A가 누군가에게 애정을 받고 있다는 사실을 알 수 있다. A가 그 사실을 전혀 모른다 해도 그런 영향을 알아챌 수 있다고 했다.

"그건 왠지 도움이 될지도 모르겠네요. 예를 들어 누가 스스로는 자각하지 못하더라도 제삼자가 그 사람을 심하게 원망하면, 그걸 알 수 있다?"

"네. 아마 그런 케이스는 축복이나 저주 같은 걸 거예요. 증오의 경우, 저주가 그 대상의 정신을 좀먹어서 영향을 미치죠. 저는 그 흉터를 보는 듯한…… 그런 이미지예요. 집중해서 의식하지 않으면 느끼기 힘들지만요."

그야말로 만능이라고는 할 수 없으나 믿기 어려운 능력이다.

그런데 히스이가 말한 영시 능력을 수사에 어떻게 활용해야 할 것인가.

예를 들어 구라모치 유이카를 살해한 용의자들, 현재로서는 다테마쓰 고로와 니시무라 구토, 또는 유이카의 여자 친구들을 한 명씩 히스이와 만나게 한다. 용의자는 유이카를 죽인 죄책감 또는 잡힐 수도 있다는 두려움을 강하게 느낄 것이다. 히스이는 그것을 알아챌 수 있다.

하지만 문제는 두 가지다.

하나는 용의자가 그런 감정을 느끼지 않을 경우다. 일종의 인격 장애처럼 용의자가 죄책감도 두려움도 느끼지 않는다면, 히스이는 그것을 포착할 수 없지 않을까? 그보다 심각한 문제가 있다. 예를 들어 히스이의 눈에 용의자 X가 살인을 후회하는 듯한 모습이 보인 다고 치자. 그걸로 뭘 할 수 있단 말인가.

그것은 아무런 증거도 되지 않는다.

저 사람이 범인이라는 사실을 안다 한들 체포할 수가 없는 것이 다. 어림잡아 수사 범위를 좁히는 데는 도움이 될지도 모르지만, 전 자의 문제까지 고려하면 도리어 시야를 좁히는 결과만 초래할 수 있다.

"역시, 냄새 정도로 쫓는 건 어렵겠네요."

"죄송해요……. 구라모치 씨를 위해 뭔가를 하고 싶은데, 범인 을 잡기 위한 묘안이 없어서……. 추리소설 같은 것도 잘 모르고 요……."

고게쓰는 어깨를 축 늘어뜨리는 히스이를 바라보며 입에 커피 잔을 가져갔다.

"조금 다른 각도에서 생각해보려 하는데요."

생각해야 하는 것은 히스이가 본 여자와 유이카가 남긴 말의 뜻 이리라. 하지만 지금 상태로는 쳇바퀴만 돌 것 같았다. 그렇다면 다 른 의문부터 파고드는 것도 하나의 방법일지 모른다.

"다른 각도요?"

"네. 우는 여자 말입니다. 처음에 이야기를 들었을 때 외심스러운 점이 있어서, 그걸 최대한 알아내고 싶다는 생각이 들었어요."

"무슨 말씀인지?"

"영적인 현상에 논리를 갖다대는 건 우습긴 하지만, 닭이 먼저냐 달걀이 먼저냐…… 즉 유이카는 **우는 여자를 봤기 때문에 죽은 것인지** 아니면 유이카가 **죽을 거라서 여자가 운 것인지**, 그 의문을 해결하고 싶어요."

히스이는 한동안 멍하니 입을 벌린 채 놀란 표정으로 고게쓰를 바라봤다.

"전 그 부분이 미묘하게 마음에 걸려요. 히스이 씨는 그걸 어떻게 생각하십니까?"

"그 말은 우는 여자가 구라모치 씨를 저주해서 죽였느냐, 그렇지 않느냐, 라는 거네요." 히스이는 눈을 살짝 크게 뜨며 대답했다. "저는, 우는 여자의 저주로 죽었다고는 생각하지 않았어요."

"그렇게 생각하는 이유가 있나요?"

"그게…… 몇 가지 있어요. 음, 막연하게 느끼던 걸 말로 설명하려니 어렵네요."

히스이는 잠시 생각하는 자세로 있었다.

"저는 영적인 존재를 냄새로 인지해요. 구라모치 씨 집에 갔을 때도 영적 존재를 느꼈어요. 하지만 악한 것은 아니었죠. 사람에게 상처를 입히려 한다거나, 저주해 죽이려 한다거나, 그런 악의를 느끼지는 못했어요. 그저 슬픔과 무력감 같은 걸 느꼈을 뿐이에요. 집에 다시 가보면 더 자세히 알게 될 수도 있지만……."

"즉 우는 여자 때문에 유이카가 죽은 거라면 우는 여자에게 악의가 있었을 텐데, 히스이 씨는 그걸 못 느꼈다는 거네요."

"네. 이유가 하나 더 있어요. 경험상, 영혼이 사람에게 위해를 가할 수 있을 리가 없어요. 정신적으로 몰아세워서 쇠약해지게 만드는 게 고작이거든요. 하지만 구라모치 씨는 누군가에게 살해당했어요."

"우는 여자에게 조종당한 인간이 유이카를 죽였을 가능성은?"

"영화를 너무 많이 보신 것 같네요." 히스이는 입술을 비죽했다. "없다고는 할 수 없지만, 그렇다면 역시 영에게서 악의를 느꼈겠죠."

"그런데 히스이 씨는 영시로 미래를 내다보기도 해요?"

"그걸로 복권 번호 맞춰서 부자가 됐다고 하시려고요?"

히스이는 주눅 든 듯 입술을 샐쭉 내밀었다. 고게쓰는 웃었다.

"그런 건 아니죠?"

그렇게 묻자 히스이는 긴 속눈썹을 내리깔더니 홀연 적적한 표정을 지었다.

"제가 알 수 있는 미래는, 저의 마지막 순간 정도예요."

"마지막 순간?"

쓸쓸했던 얼굴이, 고게쓰가 착각이라도 한 것처럼 다음 순간에는 부드러운 표정으로 웃고 있었다.

"아쉽지만 미래의 일은 전혀 알 수 없어요."

"그렇군요." 의아하긴 했지만 고게쓰는 다음 화제로 넘어갔다. "예를 들어 미래를 알려주는 유령 이야기도 들은 적 없겠죠? 유령이 복권의 번호를 알려준다거나 하는."

"없는 것 같아요."

"그렇다면, 여기서 새로운 의문입니다. 우는 여자는 **어떻게 미래를 알 수 있었는가.**"

히스이가 '앗' 하고 목소리를 높였다.

"정말 그렇네요. 어떻게 알았을까요?"

"유령이라는 건 시간을 초월한 존재일까요?"

"그렇지는 않을 거예요. 제가 아는 한…… 유령은, 사람의 의식은, 죽은 후에 정체되는 걸로 알고 있어요."

"정체된다?"

"죽은 순간에 끊긴 의식이 그대로 이승에 떠다니며 맴도는, 그런 느낌이에요."

고게쓰는 이해가 되지 않아 고개를 갸웃했다. 하지만 히스이는 더는 설명하지 않았다. 오랜 경험을 통해 감각적으로 깨우쳤다면 설명하기 어려울 것이다.

"어쨌든, 영혼이 미래를 볼 줄 모른다면 유이카의 죽음을 예지한 것과 모순돼요. 그래서 조금 생각해봤어요. 히스이 씨가 지금까지 들었다는, 우는 여자에 관한 네 건의 죽음…… 두 사람이 병사, 한 사람이 자살, 또 한 사람은 살인이라고 했죠. 만약 우는 여자도…… 히스이 씨가 느끼는 영혼의 냄새 같은 걸 알 수 있는 능력이 있다면 어떨까요."

"아……" 히스이는 그때 이해한 듯했다. "그건, 네. 그런 것 같아요. 그러니까 우는 여자는 저처럼 냄새를 느꼈던 거군요. 병이 진행되는 상황이나 정신이 병들어가는 모습을……."

"이대로라면 죽을 거다. 돌이킬 수 없게 된다. 하지만 죽은 자는 산 자에게 관여할 수 없다. 그래서 눈물을 흘린다……. 그게 예지가 아니라 짐작이었다면."

"그런데, 그렇다면 구라모치 씨는요? 그분은 병도 자살도 아니었어요. 아, 잠깐, 과거 의뢰인 중 한 분은 살인이었죠."

"해서, 히스이 씨가 얘기해준 저주 말입니다. 예를 들어 누가 죽이고 싶을 정도로 미워했다면, 그 영향이 그녀의 정신을 좀먹어서 냄새로 나타난 게 아니었을까요? 그걸 우는 여자가 느꼈다면……."

"이대로라면 살해당할 것이다. 그런데도 **보고 있을 수밖에 없으니 우는 여자는 슬퍼한다**……."

만약 그렇다면 다테마쓰 고로 범행설은 모순된다.

왜냐하면 다테마쓰 고로가 빈집에 들어와서 유이가를 죽인 것은 어디까지나 **우연**일 뿐 증오가 축적된 결과는 아니다. 그런 상황을 우는 여자가 예측할 수 있었을 리 없다. 그리고 이 기묘한 논리는 동시에 니시무라 구토 범행설까지 부정한다. 왜냐하면 유이카가 니시무라 구토의 교제 신청을 거절한 것은 **그녀가 살해당하기 일주일 전의 일이다.** 하지만 유이카는 그보다 **훨씬 전부터** 우는 여자의 악몽에 시달렸다. 유이카에게 교제를 신청하기 전부터 니시무라가 살의를 품었을 것이라 보기는 어렵다.

물론 단순한 발상일 뿐이다.

그러나 어째서인지 그런 생각이 고게쓰의 머릿속에 들러붙어 떠나질 않았다.

만일 그 두 사람이 범인이 아니라면 히스이가 본 여성의 정체는…….

그때 고게쓰에게 전화가 걸려왔다.

히스이에게 양해를 구하고 고게쓰는 전화를 받았다.

예감과도 같은 무언가를 느끼면서.

전화를 걸어온 건 가네바 경부였다.

"선생, 아쉬운 소식이야. 일단은 전해두는 게 좋을 것 같아서."

"혹시 다테마쓰 고로나 니시무라 구토 이야기 아닙니까?"

"오, 눈치 빠르네. 맞아. 유감스럽지만…… 녀석들은 결백했어. 둘 다 범행 시각에 알리바이가 있어."


지난밤에 있었던 일이다.

수사3과는 잠복근무 끝에 다테마쓰 고로를 무단침입 절도 현행범으로 체포할 수 있었다. 이후 여죄를 추궁할 때 다테마쓰는 구라모치 유이카의 범행 시각에 철벽 알리바이가 있다는 게 밝혀졌다. 그는 범행 시각, 자주 가는 바에서 술에 취해 인사불성이 돼 있었던 것이다. 가게 CCTV에도 만취 상태로 아침까지 곯아떨어진 모습이 또렷하게 담겨 있었다. 그는 빗물받이에 있는 발자국을 두고 이렇게 증언했다고 한다. 그 건물의 베란다에 침입한 적이 있는 것은 확실하다. 하지만 그건 사건이 일어나기 며칠 전이고, 들어가려고 창문을 깨려던 순간 순찰차 사이렌 소리가 들려서 포기하고 나왔다. 즉 신발 자국은 살인과는 무관했던 것이다.

　또한 니시무라 구토에게는 같은 시각 불법 영업중인 유흥업소를 이용했다는 알리바이가 있었다. 당사자는 처음에는 그 사실을 숨겼지만 범인 취급을 당하자 뒤늦게 털어놓은 모양이었다. 이 또한 근처 CCTV로 확인이 됐다고 한다.


　보고를 듣고 고게쓰는 전화를 끊었다.

　휴대전화를 집어넣으며, 경찰이 빈집털이범의 범행으로 보고 수사했지만 그 가능성이 사라졌다는 사실을 히스이에게 전했다. 일단은 가네바가 자신을 믿고 알려준 수사 정보이니 너무 자세히 말하지는 않도록 주의했다.

　"그랬군요." 히스이는 답답해하는 표정이었다. "힘을 이용해달라고 하고 별로 도움이 되지 않는 것 같네요. 죄송해요……."

"아뇨, 적어도 우는 여자에 관해서는 모순되지 않은 결과예요. 유이카를 살해한 건 그녀를 미워하던 사람이다. 그래서 우는 여자는 그걸 예측할 수 있었던 겁니다."

"하지만 모순되지 않았을 뿐이지 그게 맞았다는 증거는 없어요." 히스이는 어깨를 움츠렸다. "우는 여자라는 존재 자체도 제 인식이 틀렸을 수도 있고요. 영혼에 법칙이나 논리를 접목하는 것 자체가 잘못됐을지도 모르고, 제 망상이었을 가능성도……."

"하지만 용의선상에 올랐던 두 사람의 알리바이가 확인된 이상, 히스이 씨가 봤다는 여자가 범인일 가능성은 높아졌죠."

고게쓰가 히스이를 위로하듯 말했다.

그러나 범인이 여성이라 해도 증거다운 증거는 어디에도 없다. 근방의 CCTV를 자세히 살피는 정도밖에 없겠지만 그 주변은 CCTV가 적어서 가네바도 골머리를 앓는 것 같았다. 유이카는 친구가 많아 집에 친구들을 초대하는 일도 잦았다고 한다. 시간이 시간인 만큼 알리바이가 없어도 부자연스럽지 않기에 범위를 좁혀 특정해나가기란 몹시 어려울 것이다.

뭔가 다른 단서가 발견된다면…….

범인은 무엇을 찾았던 걸까?

그 수수께끼를 풀 수 있다면…….

"궁금해서 물어보는 건데, 히스이 씨는 영매시죠?"

"네?"

히스이가 이상하다는 듯 고개를 들었다.

"점쟁이도 영능력자도 아닌, 영매라고 하시잖아요."

"아, 네……."

"그게 조금 마음에 걸렸어요. 영매라면 무당이나 무녀처럼 죽은 사람의 의사를 산 사람에게 전하는 사람이라는 거잖아요. 히스이 씨도 그걸 할 수 있지 않나요? 그렇다면 유이카의 입으로 당시 상황을 자세히 알게 될지도……."

히스이는 두 눈에 망설임의 기색을 내비쳤다.

"선생님, 저는 영매가 맞아요. 죽은 사람을 내려받는…… 정확하게는 죽은 사람의 의식을 제 몸에 불러들일 수 있어요."

"그렇다면……."

히스이는 고개를 저었다.

"예전에도 비슷한 일이 있었어요."

"비슷한 일?"

"유족분들이 미해결 살인사건을 해결하기 위해 살해된 가족을 불러오고 싶다는 의뢰를 하신 적이 있었죠. 저는 조금이라도 도움이 되고 싶은 마음에 협조했어요. 제 몸에 그분의 영혼을 들였거든요."

"어떻게 됐습니까?"

"조금 전에 죽은 사람의 의식은 그 시점에 멈춘다고 말씀드렸죠? 제가 평소 제 몸에 영혼을 들일 때는 평온하게 죽음을 맞은 분이었던 경우가 대부분이에요. 그 평온한 의식과는 어느 정도 의사소통이 가능해요. 하지만 고통이나 공포 속에서 죽어간 사람의 경우……."

히스이는 거기에서 말을 끊었다.

뭔가 다시는 끄집어내고 싶지 않은 기억을 떠올리는 듯한 표정이었다.

"사자가 제 몸에 들어와 있는 동안 저는 의식이 없어요. 제 입으로 사자가 어떤 말을 했는지 기억할 수가 없죠. 그런데, 뭐랄까요……. 그 사자의 감정 같은 것은 가슴속에 강하게 박혀요. 삶을 향한 애정, 친절 또는 후회, 참회의 마음, 그런 거라면 그래도 견딜 수 있어요. 그런데……."

히스이는 입술을 꼭 깨물었다.

길고 검은 머리칼이 드리운다.

"사건 피해자를 불러들였을 때의 일도 저는 기억하지 못했어요. 지와사키 씨의 말로는 착란 상태여서 제대로 대화를 할 수 없었다고 하더라고요. 도와달라, 무섭다, 그렇게 호소하기만 할 뿐……. 하지만 그때 죽음의 문턱에서 그분이 느꼈던 공포의 감정은…… 제 가슴속에 강하게 각인됐어요. 꿈을 몇 번이나 꿀 만큼."

"그랬군요……."

죽은 자의 넋은 그 순간에 정체된다.

고게쓰는 히스이가 한 말의 의미를 곱씹었다.

유이카는 죽기 직전 무엇을 느꼈을까. 공포였을까, 절망이었을까, 고통이었을까.

죽은 자의 의식이 그대로 멈춘다면 그 두려운 감정은 영원히 지워지지 않는 것일까. 정체란 끝나지 않는다는 뜻이다. 시작도 끝도 없다.

히스이의 몸에 유이카를 불러들인다면 유이카가 그 공포를 한 번 더 느끼게 되는 것인가. 그리고 그 강렬한 감정은 히스이의 정신에 새겨져 평생 잊을 수 없게 될 터…….

"그런 상태를 겪어냈다 해도…… 알아낼 수 있는 건 무의미한 말밖에 없다. 그런 거네요."

"네." 히스이는 고개를 숙였다. "정말, 도움이, 되지 못해……."

거기까지 말한 뒤 히스이의 몸이 얼어붙었다.

뭔가 생각났다는 듯 히스이가 고개를 번쩍 들었다.

"정확하게는, 무의미한 말은 아니었어요. 아니, 지와사키 씨에게 들었는데, 그, 뭔가……. 장소를 뜻하는 듯한 말을 했다고 해요. 그 사건은 피해자가 감금됐던 장소가 밝혀지지 않아서, 그걸 특정하는 게 유력한 단서로 이어지는 상황이었대요. 하지만 그때 들은 말로는 그 장소를 특정할 수가 없었다고……."

히스이는 열심히 말을 이어가며 몸을 앞으로 내밀었다.

"선생님, 저를, 한 번 더, 구라모치 씨 집에 데려가주세요."

"뭘…… 하려고요."

"구라모치 씨의 영혼을 제 몸에 불러들이는 거예요. 그러면 선생님이 물어봐주세요. 범인을 지목하게 하든, 증거가 될 만한 것이든 뭐든 다요……. 설령 무의미하다 여겨지는 말일지라도 그걸 조합해서 추리해주세요. 그때의 저와 지금 다른 점이 있다면 선생님이 있다는 사실이에요."

고게쓰는 필사적으로 호소하는 히스이의 눈을 바라보았다.

그것은 비유하자면 후회와 공포를 머금고도 한 걸음 내디딘, 진실에 덤벼드는 이의 눈빛으로 보였다.

"사자가 내는 수수께끼를 선생님이 풀어주세요."

두 사람은 구라모치 유이카가 살던 집에 와 있다.

경찰의 현장 검증은 이미 끝난 상태였다. 고게쓰는 유이카의 어머니에게 부탁해 집 열쇠를 빌릴 수 있었다. 유이카의 어머니는 고게쓰를 알고 있었다. 유이카가 매번 자랑스레 이야기했다고 말해주었다. 유이카의 어머니는 깊숙이 허리를 숙이며, 떨리는 음성으로 부디 범인을 잡아달라고 애원했다. 그 아이가 왜 죽어야 했는지 이유를 알고 싶어요. 그 간청에 고게쓰는 고개를 끄덕일 수밖에 없었다. 하지만 범인을 잡는다 한들 대체 무엇이 달라지겠는가.

유이카를 잃어버린 미래는 영원히 바꿀 수 없다. 유이카의 어머니는 사랑해 마지않는 딸을 잃어버린 인생을, 죽음에 사로잡힌 채 타성으로 살아갈 수밖에 없으리라.

사람은 쉽사리 죽음에 사로잡힌다.

그 구렁텅이에서 구제될 방도란 어디에 있는 것인가.

그런 생각을 하며, 고게쓰는 고요한 집 안을 둘러보았다. 몇 가지 물품은 증거품으로 수거해 갔다고 했지만 실내의 모습은 그때와 크게 달라지지 않았다.

바깥은 더웠다. 에어컨을 쓸 수는 없으니 고게쓰는 베란다를 향해 난 창문을 열었다. 히스이의 요청으로 커튼은 닫은 상태였다. 히스이는 이미 긴장한 얼굴로 소파에 앉아 있다.

"괜찮겠어요?"

고게쓰가 히스이를 내려다보며 물었다.

"네. 괜찮아요. 선생님만 괜찮으시면 언제든 시작할 수 있을 것 같아요."

오늘 히스이는, 화장은 평범했지만 처음 만났을 때처럼 어두운색 옷을 입고 있었다. 그래야 초연히 집중할 수 있는지도 모른다.

고게쓰는 테이블 의자를 빼내 히스이 쪽을 향하게 한 뒤 앉았다. 히스이는 눈을 감고, 어둠 속에서 호흡을 정돈하듯 가슴을 위아래로 크게 움직이고 있다.

영혼을 붙들어둘 수 있는 시간은 히스이의 경험상 몇 분밖에 되지 않는다고 한다. 그리고 히스이는 지금까지 같은 영혼을 두 번 부르지는 못했다고 했다. 고게쓰는 제한 시간 내에, 착란 상태일 유이카의 영혼과 대화하며 정보를 끄집어내야 한다.

"그럼…… 시작해주세요."

마음을 다잡고, 고게쓰가 말했다.

히스이가 눈을 감은 채 고개를 끄덕였다.

긴장감에 날숨이 떨렸다.

그것은 자신의 숨이었을까 히스이의 숨이었을까.

소리가 스러져간다.

그런 정적이 찾아든 듯한 기분이었다.

히스이의 몸은 움직이지 않았다.

편안한 듯 혹은 잠에 빠진 듯, 소파에 몸을 파묻고 있었다.

자신이 침을 꿀꺽 삼키는 소리만이 귀에 들어온다.

귀가 아릴 정도의 무음.

그 한복판에서 무언가가 삐걱거리는 소리가 울린다.

너무나도 희미한 파열음. 집이 흔들리는 소리일까.

하지만 이곳은 목조 가옥이 아니다. 환청일 것이다.

손바닥에 땀이 흥건히 배어났다.

그런데 어디선가 여자가 흐느껴 우는 듯한 소리가 들려왔다.

아니, 기분 탓일지도 모른다.

심장이 쿵쾅쿵쾅 고동친다.

그때였다.

히스이의 몸이 어렴풋이 움직였다.

손끝이 미세하게 떨리더니 무릎이 튀어 오른다.

그리고.

"아아아아아아아아아아아아!"

비명이 심장을 확 움켜쥐는 듯하다.

히스이는 절규하며 상체를 벌떡 세웠다. 무서운 꿈을 꾸다가 벌떡 일어날 때의 모습처럼 보이기도 했다. 고게쓰는 의자에서 일어나 그녀에게 다가갔다. 히스이의 몸이, 날뛰고 있다.

놀랍도록 부릅뜬 두 눈. 물에 빠진 것처럼 하늘을 차는 발. 긴 머리칼을 마구 흩뜨리며 몸을 뒤틀고 있다.

"히스이 씨!"

"차가워차가워차가워차가워!"

심상치가 않다.

애처로울 만큼 공포로 가득 찬 눈동자에서 순식간에 눈물이 넘쳐흐른다.

"히스이 씨, 진정해요! 히스이 씨!"

고게쓰는 히스이의 몸을 붙잡았다. 그렇게 하지 않으면 당장이라도 소파에서 굴러떨어질 것만 같았다. 그러고는 히스이의 얼굴을 들여다보며 외쳤다.

"정신 차려!"

부릅뜬 비취빛 눈동자를 들여다본다.

하지만 히스이의 눈동자는 고게쓰를 보는 것 같으면서도 보고 있지 않았다.

그때 고게쓰는 깨달았다.

이건 히스이가 아니다.

"유이카……?"

벙벙해진 상태로 물었다.

공허한 히스이의 눈동자가 초점을 맞추더니, 마침내 고게쓰를 보는 듯한 기분이 들었다.

"선배……?"

"그래, 나야. 알아보겠어?"

"싫어……."

히스이의 몸이 다시 거칠게 뒤틀리기 시작했다.

"유이카……."

"싫어싫어싫어싫어, 싫어어어어!"

고게쓰는 필사적으로 그 몸을 꽉 눌렀다.

"진정해!"

"여긴 추워! 춥다고! 선배, 도와줘, 도와줘!"

날뛰는 히스이의 무릎이 고게쓰의 가슴을 때렸다.

고게쓰는 깨닫는다.

그렇구나.

이것이 죽음인가.

이것이 죽음의 민낯인가.

"말해줘!" 고게쓰는 모든 감정을 억누르며 외쳤다. "널 죽인 게 누구야!"

"죽여?" 눈물을 흘리는 얼굴에 당혹한 기색이 역력했다. "선배, 무슨 소리 하는 거예요…… 거짓말……! 이거, 꿈이죠……!"

고게쓰는 입술을 깨문다.

이대로라면 공연히 시간만 허비하게 된다.

"꿈이 아니야……. 넌 죽었어. 살해당했어."

"살해……."

"누구랑 있었던 거야! 누구! 네 친구야?"

"저, 선배랑 같이 있잖아요. 선배랑……."

"아니! 네가…… 네가, 죽을 때……. 누구랑 같이 있지 않았어?"

"저…… 죽었어요……?"

서서히 히스이의 몸에서 힘이 빠져나간다.

"추워……."

표정은 공허했다.

눈동자는 더는 아무것도 응시하지 않았다.

고게쓰도 보지 않는다.

"누구를 보고 있지 않았어? 그게 누군지 모르겠어?"

"몰라……. 나, 쓰러졌어. 몸이 안 움직여. 선배 말, 진짜네요……."

"보이는 거 없어? 넌 뭔가를 봤어!"

"쟤가 뭔가를 찾는 것 같아……."

"뭔가를? 뭘 찾는 거야? 쟤가 누구야?"

"누구……? 느낌이 이상해……."

"뭘 찾아?"

"몰라. 뭔가, 떨어뜨렸나봐……."

"또 뭐 보이는 거 없어?"

"그렇구나. 정말 죽는구나."

"유이카……."

"선배."

허망한 눈동자가 고게쓰를 보고 있다.

입가에는 아련히 미소를 머금고 있다.

놀랍도록 차가운 손끝이 올라오더니.

고게쓰의 뺨에 닿는다.

"저요, 저 선배를……."

고게쓰는 입술을 깨문다.

유이카가 웃으며 말했다.

"아이스커피, 선배한테 만들어주고 싶었어요……."

고게쓰는 차가운 손을 꼭 잡았다.

손에서 점점 힘이 빠져나가는 것을 느꼈다.

히스이의 눈동자가 감긴다.

그것을 마지막으로 히스이는 움직이지 않았다.


히스이가 눈을 뜬 것은 그로부터 십 분 가까이 지난 뒤였다.

고게쓰는 의자에 앉은 채 히스이가 몸을 조금씩 움직이는 것을
지켜보았다.

작게 신음하더니 히스이가 눈을 떴다. 어딘가 멍한 표정으로 찬
찬히 주위를 둘러본다.

"선생님……."

고게쓰는 잠자코 고개를 끄덕였다.

히스이는 몸을 일으킨 후 손바닥으로 이마를 눌렀다. 두통이 있
는지 얼굴을 찌푸리며 눈을 꽉 감고 있다. 입술이 새파랬다.

"괜찮아요?"

"네."

대답하는 목소리가 떨리고 있었다.

눈물 자국이 남은 볼에 또 새로운 빛줄기가 흘러내린다.

울고 있는 것이다.

"아아……."

히스이는 신음했다.

고게쓰는 자리에서 일어나 손수건을 꺼내 내밀었다.

"선생님……."

매달리듯 올라온 히스이의 손은 아무것도 잡지 않고 맥없이 떨어졌다.

"구라모치 씨는…… 선생님을……."

유이카의 감정이 히스이의 마음에 새겨졌으리라.

울면서 히스이가 말했다.

고게쓰는 그 말을 끊었다.

"말하지 마요. 그 말은 유이카한테 직접 듣고 싶었어."

히스이는 고개를 떨어뜨린다. 슬픈 듯이 흐느낀다.

어쩌다 이렇게 됐을까.

아무것도 못한 채 부조리한 현실에 격노할 뿐, 시간을 되돌릴 수는 없다.

이렇게 될 줄 알았다면 더 일찍…….

더 일찍 내가 이 손으로…….

"이 손으로, 유이카를 안아주고 싶었어……."

건물을 나와 황혼 속을 걸었다.

고게쓰는 히스이의 몸에 들어온 유이카와 했던 이야기를 띄엄띄엄 히스이에게 전했다. 히스이는 고개를 숙이고 걸으며 조용히 그 이야기를 들었다. 역시 대화 내용은 전혀 기억하지 못하는 듯했다. 그저 유이카가 죽음의 문턱에서 느꼈던 강렬한 감정만이 히스이의 마음을 할퀴었으리라.

몇 번이나 악몽을 꾼다고 히스이는 말했다. 지금의 감정도 앞으로 그녀의 밤을 괴롭히게 될까. 그렇게까지 해서 진실을 밝히려 했던 결의에는 어떤 의미가 담겨 있을까.

"죄송해요."

히스이가 불쑥 이런 말을 흘렸다.

"말씀을 들으니 저는 역시 도움이 되지 못한 것 같아요……."

"유이카…… 사람의 영혼이 정체될 뿐이라면, 유이카의 영혼은 계속 그 상태로 고통스러워하는 걸까요?"

히스이는 고개를 가로저었다. "알 수 없어요. 사람이 죽은 뒤에 어떻게 되는지, 사실은 아무도 모르죠. 확인할 자격 따위 우리한테는 없을지도 몰라요."

그 말이 옳을지 모른다.

그러나 파헤치지 않을 수 없다.

인간은 죽음이라는 마물에 사로잡혀 있으니까.

"하지만 제가 욕심을 부려서…… 구라모치 씨를 쓸데없이 더 괴롭히는 결과가 돼버린 것 같아요."

히스이는 고개를 숙이고 두 팔을 늘어뜨린 채 두 주먹을 꽉 쥐고 있다.

"쓸데없지 않아요. 유이카의 고통을 헛되게 해서는 안 돼요."

"그렇지만……."

"괜찮아요."

고게쓰는 눈을 가늘게 뜨고 꼭두서니빛으로 물든 하늘을 올려다
보았다.

"범인은 알아냈어요. 증거도 나올 겁니다."

"시간 내줘서 고마워."

고게쓰 시로는 그녀가 자리에 앉기를 기다렸다가 말했다.

"아니에요……. 유이카 때문이죠?"

고바야시 마이는 살짝 고개를 끄덕이더니 난처한 표정을 지었다.

단정하게 잘린 앞머리는 대학 시절과 똑같았다. 오늘은 커다란
검은 테 안경에 차분한 블라우스 차림이었다. 처음 봤을 때는 어딘
가 소심해 보이는 내성적인 소녀로 보였지만 지금은 조금 더 어른
스러워진 듯한 분위기다.

토요일 오후였다. 고게쓰가 다녔던 대학 근처 찻집으로, 옛날부
터 드나드는 학생이 많았다. 마이 또한 학교 다닐 때 가끔 왔다고
해서 고게쓰는 이곳을 약속 장소로 정했다.

"전화로 말했던 대로 유이카의 어머님께 부탁받아서 사건에 대해 알아보고 있어. 이쪽은⋯⋯."

"어시스턴트인 조즈카 히스이라고 합니다."

고게쓰 옆에서 히스이가 고개를 숙였다. 오늘은 십대 소녀에게 어울릴 법한 하얀 원피스를 입었다. 어두운 색채는 없다.

"어시스턴트요? 소설가의?"

마이가 신기하다는 듯 물었다. 꼭 동석하고 싶다는 통에 같이 왔는데 설마 몸소 저런 소개를 할 줄은 몰랐다.

"아니, 뭐, 음, 이것저것 자료 조사를 해주고 있어."

고게쓰가 히스이를 향해 못마땅하다는 눈빛을 보냈지만 히스이는 본체만체했다.

히스이는 그저 전투적으로 고바야시 마이를 보고 있었다.

"마이는⋯⋯ 어른스러워졌네. 안경 바꿨어?" 고게쓰가 질문했다.

"마지막으로 뵌 게 이 년 전쯤이니까요." 마이는 쑥스러운 듯 얼굴을 숙이며 대답했다. "안경 정도야 바꾸고도 남죠. 것보다, 하실 말씀이 뭐예요?"

"단도직입으로 말할게."

고게쓰는 조용히 입을 열었다.

"자수했으면 해."

고게쓰의 말에, 마이가 경련과 같은 미소를 지어 보였다.

"자수라니⋯⋯ 뭐예요, 선배, 이상한 농담을 다⋯⋯."

"사건 당일, 유이카 집에 놀러 가지 않았어? 종종 드라마 보고 자고 갔다면서. 그날도 그러려고 늦은 시각에 유이카 집에 갔던 거 아니야? 통화 기록이 남아서 약속을 잡으려고 전화했다고 증언했지만, 실제로는 놀러 가겠다고 말한 거 아닌가?"

"아니……" 마이의 눈이 이리저리 헤맨다. "그런 거, 순 트집이에요. 너무하시는 거 아니에요? 뭐 이런……."

고게쓰는 더듬더듬 새어 나오는 비난을 차단했다.

"그런데 언쟁이든 뭐든 트러블이 생겨서 너희는 몸싸움을 하게 됐어. 예전부터 유이카를 미워했던 거 아냐? 그 감정이 폭발해서 유이카를 세게 민 거지. 죽이고 싶을 만큼 미워했다 하더라도 정말 죽일 생각은 없었을지 몰라. 그런데 하필 머리가 모서리에 부딪치는 바람에 유이카가 죽어버렸어. 당황한 너는 강도 범죄로 위장하려고 창문을 열고, 지갑에서 현금과 카드를 빼서 도망쳤지."

"무슨 증거가 있다고 그런 심한 말을."

"증거라면 있어."

고게쓰는 주머니에서 작은 지퍼백을 꺼냈다.

그것을 테이블 위에 올렸다.

얼핏 보면 지퍼백 안에는 아무것도 없는 듯했다.

하지만 자세히 보면 작고 투명한 조각이 빛을 반사하며 반짝이는 것이 보였다.

마이가 숨을 삼켰다.

고게쓰가 스마트폰을 꺼내 사진 한 장을 화면에 띄웠다.

"유이카 휴대전화에 있던 사진이야. 너랑 유이카가 찍혀 있지. 유이카가 죽기 이 주 전에 찍은 거야."

마이는 스마트폰을 보지 않았다. 시선을 돌리고 있다.

"안경이 바뀌었네. 이때는 안경테가 빨간 티타늄이었는데 지금은 달라."

"안경쯤이야 그날그날 기분에 따라 바꿔요……."

"직장 동료에게도 확인했어. 유이카가 죽은 뒤로 안경을 바꿔서 출근했다던데."

"그건……."

"이건 현장에 있던 거야. 아이스커피가 들어 있던 유리잔이 깨져서 바닥에 흩어져 있었거든. 그 작은 유리 조각들 사이에 섞여 있었어. 언뜻 보면 유리 조각이랑 구별이 안 돼서 경찰도 자세히 조사하지 않았지. 그래서 정밀분석을 요청했어. 이건, 안경 렌즈의 일부라고 하더군."

마이는 아무 말이 없다.

그저 고개만 숙이고 있다.

"넌 몸싸움을 할 때 안경을 떨어뜨렸어. 실내화로든 뭐로든 둘 중 하나가 밟아버렸겠지. 플라스틱 렌즈에 비해 유리 렌즈는 흠집은 잘 안 나지만 깨지기 쉬워. 예전부터 유이카 집에 자주 갔던 너라면 지문이 남아 있어도 이상할 게 없어. 문을 열고 나갈 때 자기 지문이 마지막으로 남는 걸 피해야 했지만 주방의 고무장갑을 쓰면 그 문제는 해결할 수 있지. 그런데 **렌즈 조각이 남으면 곤란해.** 사건 당일 네가 거기에 있었다는 결정적인 물증이 되니까. 최대한 전부 없애고 싶었을 거야. 하지만 유리잔도 깨졌고, 거기에 섞여서 자잘한 파편이 현장에 남아버렸어. 눈이 나쁘니 **유리 조각에 섞인 작은 파편을 전부 회수할 수 없었던 거야.**"

깨진 유리잔 파편 사이사이에 설마 안경 렌즈 조각이 섞여 있었으리라고는 감식반도 생각지 못했던 것이다. 지문을 채취하기 위해 큰 조각은 조사했겠지만 자잘한 조각 하나하나의 모든 성분을 빠짐없이 분석하는 것은, 하나라도 이물이 섞여 있을지 모른다는 발상이 염두에 없다면 실행할 수 없는 행위였다. 하물며 강도 사건으로 수사 방향이 정해지고 용의자 이름까지 거론되는 상황에서는 말할 나위도 없다.

고게쓰는 그런 사실을 담담히 늘어놓았다.

마이는 아무런 대답이 없다.

그저 모든 것을 포기한 듯 고개를 푹 숙이고 있다.

"어쩌다 이렇게 됐어? 두 사람, 친했잖아."

고게쓰가 알아내지 못한 것은 동기뿐이었다.

그것만큼은 아무리 생각해도 떠오르지 않았다.

고게쓰의 물음에 마이가 불쑥 말했다.

"걔가…… 전부, 제 앞에서 가져가버리니까요."

"가져가?"

마이는 고개를 떨어뜨린 채 입을 다물었다.

그런데 그때까지 들리지 않았던 목소리가 별안간 울렸다.

"니시무라 씨를 좋아하셨군요."

히스이였다.

"그걸 어떻게……."

마이는 얼굴을 들고 놀란 표정으로 히스이를 쳐다봤다.

"그렇게 느껴졌어요."

히스이는 희미하게 미소 지으며 그렇게 대답했다.

그러고는 서글픈 표정으로 말했다.

"당신은 학교 다닐 때부터 구라모치 씨에게 모든 걸 뺏겼어요. 구라모치 씨는 당신 것을 빼앗았다는 자각은 전혀 없었을지도 몰라요. 우연히 운 나쁘게 같은 걸 좋아하게 돼버린 거예요. 먼저 동아리에 들어가서 구라모치 씨를 데려왔는데, 딱히 사진에 관심도 없었던 구라모치 씨가 주목을 받으면서 인기가 많아지고. 연애에 관해서도 같은 일이 있었을 거예요. 동료인 니시무라 씨에게 호감을 느꼈다. 그런데, 니시무라 씨가 좋아한 건 구라모치 씨였다……."

"유이카는 매번 그래……."

그렇게 흘러나오는 마이의 목소리가 떨리기 시작했다.

"나, 유이카를 싫어했어. 주체할 수 없을 정도로 얄미웠어. 물른 그 애가 악의로 그런 건 아니었다는 것도 알아. 진심으로 나한테 잘

해준다는 것도 알고 있었어⋯⋯. 그런데 나, 내 질투를 참을 수 없게 돼서⋯⋯. 그때도⋯⋯. 너무하잖아. 내가 좋아했는데. 손을 뻗어도 닿지 않는데. 하필, 그런 소리를 하는 거야⋯⋯. 니시무라 씨에 대해 나쁘게 말했어. 불쾌하다면서, 그 사람을⋯⋯."

마이는 니시무라 씨 이야기를 하려고 유이카 집에 갔다고 했다. 다음 날은 휴가를 내두었다. 물론 표면적으로는 늘 그렇듯 같이 드라마를 본다는 이유였고, 타이밍을 잡아 이야기를 꺼낼 생각이었다. 유이카는 다음 날 아침에 중요한 약속이 있다며 머뭇거렸지만 결국에는 집 청소를 도와달라는 조건으로 뜻을 굽힌 모양이었다. 하지만 마이가 니시무라 이야기를 입에 올리기도 전에 유이카가 왠지 기분 나쁜 사람이라며 그의 이야기를 꺼냈다⋯⋯.

"언제부터인지 제가 소리를 질렀고⋯⋯ 집에서 나가려니까 유이카가 붙잡았는데 제가 유이카를 뿌리치고⋯⋯."

마이는 홧김에 유이카의 뺨을 때렸다. 그러자 유이카도 마이의 뺨을 때렸다고 한다. 그때 안경이 떨어졌다. 그때부터 마이는 이성을 잃었다. 결국 몸싸움으로 번졌고 오랫동안 가슴속에 맺혀 있던 응어리가 폭발했다.

"다 끝내자는 생각이었어요. 얘만 없으면⋯⋯. 그러면 나는 자유로워질 수 있다고, 갑자기 누가 그렇게 말하는 기분이 들어서⋯⋯."

두 사람은 한동안 고개 숙인 채 떨고 있는 마이의 어깨를 바라보았다. 그녀의 말이 끝나고 숨 막히는 침묵이 밀려들었을 때, 고게쓰는 가까운 테이블에서 대기하고 있던 가네바에게 눈짓을 보냈다.

가네바가 다가와 마이에게 경찰서까지 동행할 것을 요구했다.

마이는 고개를 끄덕였다. 조용히 일어나 고게쓰에게 허리 굽혀 인사한 뒤 가네바에게 끌려가듯 찻집을 나섰다.

가게에는 둘만 남겨졌다.

"조금 전에…… 영시로 보고 얘기한 거예요?"

"네." 히스이는 고개를 끄덕인다. "비슷했어요. 구라모치 씨에게서 느꼈던 것과 너무나도…… 자매인 것처럼요."

그러나 동질성이 있기에 생겨나는 불행도 있으리라.

유이카는 마이를 어떻게 생각했을까.

하지만 죽은 자의 생각을 알 수 있는 방법은 어디에도 없다.

그때 일어났을, 불행한 사건을 떠올려보았다.

마이의 증오는 학창 시절부터 서서히 부풀어 올랐을 것이다.

당장이라도 터질 듯한 감정은 우정이라는 이름의 자제심으로 가까스로 억제됐다. 폭발 직전의 증오에 잠식되어가는 유이카의 영혼을 보고, 우는 여자는 위험을 예견했을지도 모른다.

우는 여자…….

그때 문득 머리를 스친 상상에 고게쓰는 오싹해졌다.

고게쓰와 히스이의 해석은 정말 맞는 것이었을까?

히스이는 영혼의 악의나 해의害意를 느낄 수 있다고 했다.

하지만 아무런 악의도 해의도 없이 사람을 죽이는 사람도 이 세상에는 버젓이 존재한다.

고게쓰는 그 같은 두려움을 잘 알고 있었다.

오랜 옛날부터 아무런 감정도 느끼지 않고 그저 사람을 저주해 죽이는 악령이 존재한다면.

유이카는 단지 그 무시무시한 존재에게 살해당한 것이 아닐는지.

예를 들어 그 녀석이 그저 마이의 등을 떠밀듯 귓전에서 속삭이고…….

그런 존재가 다음 희생자를 찾아 지금도 이 세상 어딘가를 활보하고 있다면…….

"그나저나 선생님은 용케 알아차리셨네요. 안경 말이에요."

"어…… 아, 우연이에요."

고게쓰는 떠오른 생각을 떨쳐낸다.

바보 같은 생각이다.

진위 확인, 그런 건 불가능하니까.

이내 고게쓰는 히스이에게 논리 전개 과정을 설명했다.

유이카의 영혼은 '쟤가 뭔가를 찾는 것 같다'고 했다. 범인이 남자였다면 '저 사람' 같은 표현을 썼을 것이다. 히스이가 처음 봤던 대로 범인은 여자일 것이다. 뭘 찾고 있냐고, 히스이의 입으로 말했던 유이카는 그때 이미 쓰러져 있었다. 눈을 뜬 채 죽어 있던 유이카. 그 시선 끝에는 떨어진 유리잔이 있었다. 그렇다면 범인이 찾는 것은 거기에 있었다는 뜻이다. **여자가 쭈그려 앉아 있었다는** 히스이의 영시와도 일치한다. 범인이 찾아야 했던 무언가가 깨진 유리잔일 것 같지는 않다. 그러나 **유리 조각에 섞여버린 무언가**라면…….

물론, 안경을 쓴 여자 친구는 마이 말고도 많을 것이다. 그런데 범인은 핸드백에서 비어져 나와 있던 다이어리를 그대로 두었다. 사전에 친구를 초대하기로 했다면 유이카는 다이어리에 적어뒀을 것이다. 다이어리에 일정이 적혀 있으면 경찰이 그 인물을 참고인으로 조사했을 텐데 그런 말은 없었다. 일정을 적었다가 지운 흔적이 있더라도 경찰은 알아챘을 것이다. 즉 범인은 전화로든 뭐든 직전에 연락해 **갑자기 집에 오기로 결정된 친구**일 가능성이 높다. 손님이 있었다는 뜻이다. 아이스커피는 살해 직전에 만들어진 것으로, 부검 당시 위에서 검출되지 않았던 이유는 커피를 마시기 전이었거나 마셨더라도 검출되지 않을 만큼 소량이었기 때문이리라.

마이는 안경을 쓴 여자 친구이자 직전에 유이카에게 전화를 건 유일한 인물이다.

히스이의 영시에 증거 능력은 없다.

하지만 그것을 단서 삼아 물적 증거를 찾는 일은 가능할지도 모른다.

"선생님, 고맙습니다."

히스이가 난데없이 말했다.

감사의 뜻을 전해야 하는 것은 나다. 그렇게 생각하며 고게쓰는 옆자리의 히스이를 쳐다봤다.

"저…… 왜 저한테 이런 힘이 있는지 오랫동안 생각했어요."

히스이는 몸을 조그맣게 웅크린 채 고개를 숙이고 있었다.

"지금까지, 돕고 싶은데도 돕지 못한 사람이 많았어요. 제게 힘이 있어도 그걸 활용할 방법을 몰랐던 거죠. 그저 고민하고 괴로워하고 후회하기만 할 뿐……. 그런데 오늘 선생님 덕분에 조금은 숨통이 트인 기분이에요."

고게쓰는 잠자코 있었다.

히스이가 젊어진 것을 상상해본다.

그리고 유이카의 죽음을 생각한다. 히스이의 말대로 사자의 의식이 정체된다면, 유이카의 영혼은 계속 죽음의 순간에 머무른 채 더는 앞으로 나아갈 수 없다. 범인을 잡았다고 해서 유이카의 영혼이 정화되어 편안해지는 일은 없을지도 모른다. 그건 히스이도 마찬가지일 것이다. 그녀는 오랜 시간, 사자가 끌어안은 감정과 함께 살아왔다. 유이카가 느낀 공포와 절망은 히스이에게 새겨져 영원히 그녀를 괴롭히리라. 그것이 사자를 불러들이면서까지 진실을 추구한 것에 대한 응보인 것이다.

죽은 자가 평온해지는 일은 없다.

하지만 산 자에게 다가갈 수는 있다.

지금은 죽음보다도 삶을 생각하자.

"히스이 씨는 영매예요."

의아하다는 듯 이쪽을 향한 비취빛 눈동자를 바라보며, 고게쓰는 말을 이어갔다.

"영매란 산 자와 죽은 자를 이어주는 존재죠. 그렇다면 저는 논리를 이용해 히스이 씨의 힘이 현실과 이어질 수 있게 돕겠습니다."

"선생님……."

커다란 비취빛 눈이 아련하게 뜨이더니 빛을 되비추듯 일렁였다.

이윽고 수줍게 미소를 지으며 히스이가 고개를 끄덕였다.

홀연 달그랑 하는 경쾌한 소리가 울렸다.

히스이도 고게쓰도 그 소리에 이끌리듯 고개를 돌린다.

마이가 주문한 아이스커피, 그 유리잔 속 얼음이 녹으면서 난 소리였다. 고게쓰는 중얼거렸다.

"이제 곧, 아이스커피가 맛있어지는 계절이네요."

"네."

히스이의 반응을 의식하며 고게쓰는 눈을 감았다.

"Iced coffee" ends.

# 인터루드 I

어슴푸레한 어둠 속, 여자의 요염한 나체가 떠올라 있다.

쓰루오카 후미키는 옆에 서서 그 여자를 내려다보고 있었다.

회사원처럼 수수하게 짧은 머리와 안경, 아무런 특징 없는 양복. 별반 인상적이지 않은 풍모와는 어울리지 않는, 희열을 억누르는 듯한 경박한 미소가 그의 입가를 일그러뜨린다.

쓰루오카는 누워 있는 여자의 입에 물린 재갈을 풀었다.

"부탁이에요. 살려주세요……."

애원하는 목소리는 격하게 떨렸다. 여자를 화사하게 수놓았을 화장이 다 망가진 채 눈매의 색조가 눈물에 번져 있다. 손이 뒤로 묶인 탓에 몸을 조금씩밖에 움직일 수 없다. 거세게 저항할 기력을 잃었는데도 애벌레처럼 바닥을 기어가려 한다. 마른 체구에 돋보이는 유방이 출렁이며 쓰루오카의 눈을 사로잡는다.

쓰루오카는 거실 의자에 앉아 한동안 그 모습을 탐닉했다.

하지만 더는 견딜 수 없을 것 같다.

참을 수가 없다.

분노도 그를 채찍질했다.

쓰루오카는 칼을 빼낸 뒤 촛불에 반짝이는 칼날을 여자에게 들이댔다.

여자의 두 눈이 경악하며 한껏 커진다.

"살려…… 살려주세요……. 누구 없……! 누구든 도와줘……!"

쉰 목소리가 점점 커지더니 여자는 몸부림을 쳤다.

"안됐지만 그건 무리야. 네 소리는 아무한테도 안 들리거든."

이런 산속의 산장에서 소란을 피워본들 그걸 알아주는 사람은 단 한 명도 없다.

"이제부터 귀중한 실험을 해야 한단 말이지."

여자에게로 조용히 다가간다. 여자는 고개를 가로저으며 울부짖었다.

"뭐, 뭐든 할게요! 뭐든지, 하겠어요! 살려주세요! 아무한테도 말 안 할게요. 진짜예요, 아무한테도 말 안 할 테니까……!"

"그럼 내 부탁을 들어주겠어?"

쓰루오카의 물음에 여자는 필사적으로 고개를 끄덕였다.

"두 가지를 알려줬으면 해."

"뭘, 요?"

"아픈지, 안 아픈지."

쓰루오카는 여자 옆에 무릎을 꿇는다.

여자가 몸을 비틀며 소리를 질렀다.

칼을 높이 쳐든다.

"말해줘……."

쓰루오카는 칼을 내리찍었다.

소리가 되지 못한 여자의 비명.

칼끝이, 부드러운 피부에 닿더니 순식간에 깊이 가라앉는다.

드디어 손에 익었다.

깔끔하고 매끈하게.

깊숙한 곳까지 관통한다.

처음에는 어려웠다.

얕기도 하고 뼈에 걸리기도 해서 재현이 불가능했다.

하지만 이제 실패는 없다. 더없이 이상에 가까운 형태였다.

이 실험이야 이미 열 번도 넘게 반복했으니까.

여자의 몸이 얌전해진다. 희미한 경련을 반복하더니 힘을 잃은 후두부가 바닥으로 털썩 떨어진다. 쓰루오카는 바닥에 보드랍게 펼쳐진 여자의 머리칼을 손에 담아 올려주며 물었다.

"말해줘, 아파?"

여자는 눈을 뜨고 있다.

아직 숨이 붙어 있었다.

여기서 죽으면 안 된다.

여자의 입술이 숨을 헐떡이듯 자꾸만 움직인다.

"말해봐……. 안 아프지?"

칼을 스르륵 뽑는다.

약하디약한 분수처럼 붉은 피가 솟으며 쓰루오카의 뺨으로 튀었다.

"아, 아, 아……!"

여자가 얼굴을 일그러뜨리며 신음한다.

"안 아프지, 그치?"

여자는 답이 없다.

텅 빈 눈이 쓰루오카를 바라봤다.

"안 아플 거야. 그렇지?"

눈동자에 초점이 없다.

안 돼…….

이대로라면 실험이 실패하고 만다.

"이봐, 안 아플 텐데 죽는 거야? 그러지 마……."

복부에서 피를 쏟아 핏기가 사라져가는 여자에게 쓰루오카는 계속해서 물었다.

여자의 생명이 다할 때까지 몇 번이고 몇 번이고 되물었다.

"두 번째 질문이 아직 남았어…… 남았다고……. 그쪽에는 뭐가 있어? 뭐가 보여? 뭔가 있다면 나한테 말해줘……."

그러나 여자는 숨이 끊어진 상태였다.

실험은 실패다.

이루 말할 수 없는 충격과 실망에 가슴이 요동친다.

또 실패하다니…….

안 돼. 더 신중해야 해⋯⋯.

여자의 몸을 질질 끌어 욕실로 옮긴다.

샤워기를 틀어 피로 얼룩진 여자의 몸을 씻어낸다.

증거를 남기지 않도록 신중하게 처리했다.

여자와 쓰루오카를 연결 지을 만한 증거는 어디에도 없다.

경찰이 그의 선별 방법을 알아챈 기색도 아직 없다.

지금까지 그랬던 것처럼 그들은 그의 존재를 알아낼 수 없을 것이다.

딱 하나, 전과 달리 걱정스러워진 점은 있지만 아마도 기우일 터. 하지만 만일을 위해서다. 더욱 조심스럽게 증거를 씻어내는 게 좋다. 시체를 유기할 때만 조심하면 실험을 계속할 수 있을 것이다.

쓰루오카는 볼을 감싼 채 욕조 거울을 응시했다. 수수한 안경, 수수한 두발, 그 누구의 인상에도 남지 않을 법한 별 특징 없는 이목구비. 양복 차림과 맞물려 지극히 평범한 회사원으로 보인다. CCTV에 찍히는 일은 최대한 피하고 있지만, 만에 하나 찍힌다 해도 기억에 남지 않을 것이다.

그는 망령이다.

사신이라 칭하는 자도 있다.

수사 관계자들은 이런 범행을 저지르는 인간 따위 있을 리가 없다고 입을 모으는 모양이다. 그 말이 맞다. 자신을 잡을 수 있는 인간 따위, 있을 리가 없다. 쓰루오카의 계획은 치밀하게 준비된 것이었다. 그는 무엇보다 예감과 직감을 믿었다. 그것만 잘 따르면 실패하는 일은 없다. 운은 그의 편이었다.

하지만 그래도 행여나, 자신의 존재를 알아내는 인간이 있다면.

그것은 경찰 조직이 아니라 그야말로 초월적인 힘을 지닌 인간이 틀림없을 것이다.

쓰루오카는 여자의 몸을 씻으며 홀로 콧노래를 흥얼거렸다.

2화

# 수경장 水鏡莊 살인

고게쓰 시로는 눈앞에 엎드린 시체를 살펴보고 있었다.

머리에서 피를 흘리며 죽어 있는 사람은 작가인 구로고시 아쓰시였다. 반나절 전까지 고게쓰를 비롯한 동료들과 바비큐 파티를 즐겼던 그가 주검이 되어 쓰러져 있다.

수경장의 방 한 칸, 구로고시가 작업실로 썼던 방이다. 작은 책꽂이, 커다란 L자형 책상, 휴지통 정도만 있을 뿐 다른 가구는 없다. L자형 책상에도 노트북 말고는 각티슈가 구석에 놓여 있을 뿐이었다. 노트북 전원 케이블은 콘센트로 이어져 있다. 책상은 서랍 하나 없이 심플하다. 흉기는 그 책상에 장식되어 있던 트로피로, 지금은 피를 묻힌 채 바닥에 떨어져 있다. 노트북은 화면이 열려 있지만 전원은 꺼진 상태다. 책상 한쪽 구석에 방사형으로 튀어 있는 혈흔이 있고, 그 한복판에 피로 그린 듯한 기묘한 마크가 남아 있었다. 범인의 짓일까, 다잉 메시지일까. 아마도 전자일 것이다. 다잉 메시지라면 바닥에 그렸을 터였다.

그 밖에 수상한 점은 없는지 이리저리 살폈지만 시신과 바닥에 떨어진 흉기, 혈흔 말고는 저녁에 이 방을 들여다보았을 때와 무엇 하나 달라진 점이 없다. 굳이 꼽자면 휴지통이 비어 있는 정도였다. 책상은 피로 얼룩덜룩했지만 정반대 쪽의 책꽂이 쪽으로는 피가 튀지 않았는지 아무런 변화도 없었다. 방 안에 뭔가 변화를 만들 만한 물건이 없기 때문일 것이다. 집필 작업에 집중하고 싶어서라고, 바비큐 때 구로고시가 말했던 게 떠올랐다. 자료 외에는 저서는커녕 어떤 책도 책장에 꽂지 않고, 인터넷도 연결하지 않았다고 했다. 그 모든 것은 집필을 위해서. 그러나 이제는 새로운 작품을 창작해낼 수 없다…….

고게쓰는 생각했다. 사망 추정 시각은 고게쓰도 산출할 수 있을 것 같다. 그렇게 되면 용의자가 될 수 있는 사람은 누구인가. 그중 알리바이가 있는 사람은? 그리고 이 혈액으로 그려진 기묘한 마크는 무엇을 의미할까. 범인의 목적은…….

어디에서부터 추리해야 하나.

복도의 소란이 잦아들었나보다. 고게쓰도 필요 이상으로는 현장에 발을 들이지 않도록 했다. 경찰이 올 때까지 이렇게 현장을 보존해두는 게 좋을 것이다. 도쿄이니 가네바가 사건을 담당할 가능성도 없지는 않다. 히스이가 돌아와 고게쓰 옆에 섰다.

"선생님." 히스이가 속삭인다. "저, 범인이 누군지 알아요."

"엇."

고게쓰는 깜짝 놀라 그녀를 본다.

히스이는 진지한 표정으로 고개를 끄덕였다.

"범인은 벳쇼 씨예요."

"그 말은……. 범인을 안다는 건, 혹시 영시로 알았다는?"

"네."

조즈카 히스이는 굳은 표정으로 고개를 끄덕였다.

이내 고게쓰는 시체로 시선을 떨어뜨린다.

이거 난감한데…….

슬며시 한숨을 내쉰다.

진짜 영능력으로 범인을 밝혀내는 탐정이라니, 범죄자라면 당해 낼 수가 없을 것이다. 범인이 꾸민 그 어떤 트릭과 꼼수도 순전히 헛수고가 되는 게 아닌가.

고게쓰는 범인이 혼선을 주기 위해 남긴 듯한 핏자국을 주시하 며 반나절 전의 일을 떠올렸다.

산골짜기에서 비쳐드는 석양빛에 고게쓰 시로는 눈을 가늘게 떴다.

차 안의 선바이저를 내리고 조수석에 있는 히스이를 힐끗 쳐다
봤다.

조즈카 히스이는 그야말로 서양 인형처럼 반듯하게 앉아 있었다.
새하얀 눈을 연상시키는 매끄러운 피부와 독보적인 비취빛 눈망
울. 귀 언저리에서 머리끝으로 내려갈수록 완만하게 물결치는 흑
발, 앞머리도 안쪽으로 부드러운 컬을 그리고 있었다. 이렇게 말없
이 있으니 쇼케이스 안에 진열된 정교한 인형 같기도 하다. 그런데
오늘 히스이는 영시에 임할 때와는 달리 초연한 기색이 전혀 없다.
오히려 잔뜩 긴장해 몸이 굳은 듯 보였다.

"앗."

핸들을 꺾어 구불구불한 커브 길을 빠져나간다. 원심력으로 몸이
기울자 히스이가 작게 숨을 삼키는 것이 느껴졌다. 그녀는 가는 팔
을 뻗어 보조 손잡이를 잡고 있다. 투명한 피부의 하얀 겨드랑이가
언뜻 보일 것 같았다. 오늘은 어깨 쪽이 트인 흰 원피스 차림으로,
케이크 표면처럼 매끄러운 피부에 도드라진 쇄골이 훤히 드러나 있
었다.

"미안해요." 고게쓰는 말했다. "길이 좀 험하죠. 안전 운전 하고
있어요."

"그게…… 죄, 죄송해요. 이런 길은 처음이라……."

히스이는 매달리듯 손잡이를 붙든 채 작은 목소리로 그렇게 말

했다.

포장은 되어 있지만 좁고 꾸불꾸불한 산길이다. 가드레일 같은 장치가 없어서 핸들을 잘못 돌렸다가는 수목을 뚫고 낭떠러지 아래로 떨어질 것만 같다.

"죄송해요…… 저 때문에 속도를 줄이신 거죠?"

"아직 시간에 여유가 있으니까요." 고게쓰는 웃는다. "롤러코스터 같은 거, 잘 못 타요?"

"음, 타본 적 없어요."

"무서워서?"

"아뇨, 그…… 놀이공원에 간 적이 없어요. 기회가 없었거든요."

패기 없이 풀 죽은 목소리로 들린 것은 이 험지 때문만은 아닌 듯하다.

"그럼, 괜찮다면 지와사키 씨까지 같이 다음에 갈래요?"

"그래도 돼요?"

옆에서 꽃이 피는 듯한 밝은 음성이 울린다. 표정을 확인하고 싶었지만 그녀에게 넋을 잃어 사고를 낼 수는 없다.

"네. 히스이 씨의 반응이 어떨지 기대돼서요."

"노, 놀리지는 말아주세요……."

슬쩍 보자, 그녀는 역시나 보조 손잡이를 붙들고 있었다.

"여기, 도쿄…… 맞아요?"

"네. 일단은요."

"정말로요? 선생님, 저 속이시는 거 아니에요? 아까 버스 말고는 지나가는 차도 없었어요. 건물도 안 보이고, 군마…… 이런 곳 아니에요?"

"도쿄입니다. 군마는 더 무서운 곳이에요. 악마가 나올지도 모르거든요."

옆자리를 보니 히스이는 두 눈을 커다랗게 뜨고 고게쓰를 보고 있었다.

"지, 진짜예요? 마코토도 거기는 일본에서 제일 무서운 곳이라고 했어요. 온갖 잡귀들이 설쳐서 저 같은 체질의 사람이 길을 헤매기라도 했다가는 눈 깜짝할 새에 정신을 잃을 테니 조심하라고……."

진심으로 받아들였나보다.

"히스이 씨는 외국에서 오래 살았죠?"

"아, 네. 어릴 때 바로 뉴욕으로……. 잠깐 런던에도 있었는데 일본으로 돌아온 건 열다섯 살 때예요."

히스이를 알게 된 지 두 달가량이 지났다. 그동안 알게 된 것은 그녀가 온실 속 화초처럼 자란 데다 해외에서 살다 오기도 하여 이상한 정보를 갖다붙여도 쉽게 믿어버린다는 점이었다. 같이 사는 지와사키 마코토라는 여성은 가사 도우미일 뿐 아니라 히스이의 속마음까지 헤아리는 친구이기도 한 모양인데, 가끔 이렇게 묘한 거짓말을 철석같이 믿는 히스이를 보며 재미있어하는 구석이 있다.

사건의 발단은 일주일 전으로 거슬러 올라간다.

작가인 구로고시 아쓰시가 고게쓰에게 연락을 했다.

구로고시는 괴기 추리소설 작가로, 오컬트나 호러의 요소와 본격 미스터리 장르를 결합한 작풍으로 인기를 얻고 있었다. 고게쓰가 어린 시절부터 활약한 베테랑 작가로, 작풍에 걸맞게 기이한 이야기나 괴담을 수집하는 일이라면 사족을 못 썼다. 고게쓰와도 가깝게 지냈는데, 얼마 전 영매를 만나러 갔다는 고게쓰의 이야기를 기억했는지 히스이를 소개해줄 수 있느냐고 물은 것이다. 들은 바에 따르면 작년에 사연 있는 별장을 구입했는데 실제로 심령현상 같은 것을 겪어 가족들이 무서워한다고 했다.

구로고시 본인은 심령현상을 무서워하지 않았다. 오히려 즐기고 있었다. 가족들은 별장 근처에도 오지 않지만 구로고시는 집필에 집중할 때면 몇 주씩 그곳에 박혀 있는다고 했다. 그뿐 아니라 이따금 친구나 동료 작가들을 초대해 바비큐 파티를 여는 모양이었다.

"다음 주에도 하니까 그 영매 선생님이랑 같이 놀러 오지 않을래? 쓸데없이 넓고 공기도 맑으니 괜찮다면 하룻밤 자고 가도 좋은데."

고게쓰는 잠시 고민하다가 히스이에게 연락했다. 거절해도 괜찮은데 이런 제안을 받았다고 전하며, 지와사키도 같이 갔다 오는 건 어떻겠느냐고 권유한 것이다. 위치나 시간대를 고려하면 당일치기는 어려울 터였다. 젊은 여성에게 이런 제안을 편히 할 수 있을 만한 관계가 구축돼 있지도 않았다. 거절하리라 생각했는데 전화 너머에서 고게쓰의 예상을 뛰어넘는 답변이 돌아왔다.

"저, 죄송해요……. 지와사키 씨는 시간이 안 돼서."

"아, 아니에요. 신경 쓰지 마세요. 그럼 어쩔 수 없죠."

"그래서 말인데요, 그…… 저 혼자 선생님을 따라가도 괜찮을까요?"

"엇, 아, 뭐." 역시나 그 시나리오는 예상에 없었기에 고게쓰는 말을 고르기까지 시간을 들이고 말았다. "어, 괜찮겠어요? 자고 와야 하는데요."

"가고 싶어요……." 수화기 너머에서 들리는 히스이의 목소리는 부끄러워하는 듯한 억양이었다. 무슨 말을 할지 살짝 긴장했는데 이어지는 말은 이러했다. "바비큐 파티…… 하신다고 했죠? 저는 해본 적이 없어서, 이왕 선생님이 같이 가자고 해주셨으니 도전해보고 싶어요."

"도전이요?"

바비큐라는 게 원래 마음 단단히 먹고 도전해야 하는 것이었나.

영매라고 하면 이상하게 보지 않을까 걱정하기에, 구로고시 외의 사람들에게는 영감이 조금 강한 지인을 데려간다고 말해두기로 했다.

그리하여 두 사람은 구로고시의 별장으로 향하는 중이었다.

"별장…… 수경장이라고 하셨던가요?" 조수석에서 히스이가 묻는다. "어떤 곳일까요. 뭔가 사연이 있다던데……."

"아아, 들었는데요, 왠지 좀 수상쩍은 얘기예요." 고게쓰는 조심스레 커브를 돌며 답했다. "원래는 메이지 개화 때 일본에 온 영국인이 지은 외인관이었대요. 그런데 그 인물이, 약간 오컬트적인 표현이긴 한데, 뭐, 마술사였다고 하더라고요."

"마법사라는 뜻인가요?"

"글쎄요, 어떨까요. 당시에는 그런 걸 믿는 사람이 많았어요. 영국에서는 심령주의가 유행했고 그때야말로 히스이 씨 같은 영매들이 두드러진 활약을 펼쳤죠. 대부분은 트릭을 쓴 가짜였지만 조사해보면 개중 정말 그런 힘을 가졌다고 볼 수밖에 없는 사람들도 있었어요."

"네. 그때의 이야기는 저도 알아본 적이 있어요. 저와 관련이 있기도 해서요."

"그래서 수경장은 처음에는 흑서관黑書館이라고 불렸대요."

"흑서?"

"검은 책이라는 뜻이에요. 확실하지는 않지만 그 마술사가 마술이니 강령이니, 그런 비의를 기록하려고 지었다더라고요. 이른바 그리모어Grimoire…… 마술서요. 그런데 그 마술사는 그걸 완성하자마자 흑서관에서 행방불명이 됐어요. 딱 하나, 엄청난 양의 피 웅덩이를 남기고……."

히스이가 숨을 삼키며 입을 꾹 다무는 것이 느껴졌다.

"그 후 흑서관은 리모델링되어 수경장으로 바뀌었고 많은 사람의 손을 거쳤는데, 주인이었던 사람들이 차례차례 불행해졌다고 하더군요. 그래서 오랫동안 비어 있었던 집을 구로고시 씨가 흥미를 느끼고 매입한 겁니다. 일본의 괴담과는 또 다른 정취가 있다나. 그분, 어마무시한 괴기소설을 써서 그런지 그런 거에 눈 하나 깜짝 안 한다니까요."

"그 이야기 사실이에요……?"

"글쎄요. 저는 다소 꾸며낸 이야기 같기도 합니다만."

그때 마침내 시야가 트였다.

저녁 햇살을 받아 반짝이는 호숫가에 고풍스러운 서양식 건물이 서 있다.

"보이네요. 저게 수경장이에요."

두 사람은 마중 나온 구로고시의 안내를 받아 수경장을 둘러보았다.

정원에는 이미 사람들이 대여섯 모여 바비큐를 준비하고 있었다. 고게쓰와도 알고 지내는 작가와 편집자가 섞여 있어 눈이 마주친 사람과 가볍게 눈인사만 나눴다. 무엇보다 고게쓰가 데려온 여성이 어지간히 이목을 끌었는지, 누구냐며 사람들이 하나같이 고개를 갸웃거리는 모습이 조금은 유쾌한 광경이었을지 모르겠다.

"바비큐 시작해버리면 천천히 둘러볼 여유가 없을지도 모르니까."

구로고시 아쓰시는 희끗희끗한 다박수염을 한 손으로 문지르며 거실 안을 가리켜 보였다.

예순에 가까운 그는 최근까지 작가라는 본업 외에도 모 대학에서 민속학을 가르쳤다고 했다. 집필에 집중하고 싶어 정년퇴직 전에 그만뒀다는데, 쾌활한 표정 뒤에 전직 대학교수다운 근엄한 표정이 스며 있는 듯했다.

"한 삼십 년 전에 거의 다시 짓는 수준으로 리모델링을 한 모양이야. 흑서관 시절의 흔적은 거의 없지만 가구 몇 개는 기적적으로 남아 있어."

그러고 보니 거실을 장식하는 가구 중에는 세월이 느껴지는 것이 섞여 있었다. 추시계, 벽난로, 큰 거울, 샹들리에. 히스이의 집 분위기와 비슷했다. '히스이 씨도 이런 거 좋아하죠?' 하고 물어볼 요량으로 봤더니 영매 아가씨는 험악한 표정으로 천장 한구석을 노려보고 있었다.

조금 전과 분위기가 달랐다.

수경장에 들어설 때는 마중 나온 구로고시를 보고 "수염이 따가울 것 같아요" 하고 장난스럽게 고게쓰의 귓가에 속삭였다. 그랬는데 지금은 미소를 싹 거둔 채 허공을 응시하고 있다.

"히스이 씨?"

히스이가 고게쓰를 보았다.

히스이가 파랗게 질려 있었다.

"왜 그래요?"

"아뇨…… 아무것도 아니에요."

히스이가 고개를 숙였다.

히스이의 낯빛을 알아채지 못했는지 구로고시는 말을 이었다.

"아내나 딸 내외는 밤중에 이상한 소리가 들린다는 둥 거울에 처음 보는 여자가 보인다는 둥 기괴하다는 표현이 딱 맞는 일이 일어난다는데, 나는 그런 걸 한 번도 못 봤거든. 거짓말이겠거니 했는데 이제는 이 별장 근처에 얼씬도 안 하는 걸 보면 정말 그런 걸 봤나 싶어요."

구로고시는 차례대로 수경장의 각 방을 안내해주었다. 모든 방에 고풍스러운 거울이 걸려 있는 것이 특징이었다. 호수와 거울. 그래서 수경장水鏡莊이라고 이름 지었는지도 모르겠다. 두 사람이 묵을 방도 각각 안내받아 짐을 넣어두었는데, 객실에도 해묵은 거울과 간이 세면대가 놓여 있었다. 히스이는 내내 입을 다문 채 날카로운 눈빛으로 주위에 의식을 집중하는 듯했다.

그녀는 지금 무엇을 보고 있는 걸까.

마지막으로 안내받은 곳은 구로고시의 작업실이었다. 그는 빈틈없는 성격일 것이다. 필요 이상의 것은 거의 없는 살풍경한 방이었다. 이곳만큼은 거울이 없다. 작은 책장에는 괴기 추리소설 작가의 장서다운 자료들이 빈틈없이 촘촘히 들어차 있었다. 채우다 보면 끝이 없어서 더는 책을 꽂을 수 없는 정도가 딱 좋다며 구로고시는 웃었다.

방을 둘러본 뒤, 세 사람은 바비큐에 합류하기로 했다.

"그래, 히스이 씨, 어때요. 뭔가 느껴지는 게 있습니까?"

구로고시는 현관을 나서며 히스이에게 그렇게 물었다.

"꺼림칙한 느낌은 확실히 있어요. 그런데…… 지금까지는 별로 접한 적이 없는 냄새예요."

"냄새?"

히스이의 영시를 모르는 사람이라면 그 표현이 이상하게 들릴지도 모른다.

"깊은 밤이 되면 뭔가 알아낼 수 있을지도 모르겠어요."

바비큐 파티 분위기는 생각보다 화기애애했다.

"우아, 고기네요. 이거 다 먹어도 돼요?"

눈을 반짝이며 그런 대사를 흘린 사람이 정교한 서양 인형처럼 아리따운 여성이어서일 것이다. 어떤 사람은 어안이 벙벙해하고 어떤 사람은 배를 잡고 웃기 시작했다.

"히스이 씨, 아무리 그래도 다 먹지는 못할 거예요."

고게쓰가 말하자 히스이는 비취빛 두 눈을 크게 뜨고 깜박거렸다. 그러고는 불꽃이 반사되기라도 한 것처럼 얼굴을 붉히더니 허둥대며 말했다.

"그, 그런 뜻 아니에요. 고게쓰 선생님은 절 뭐라고 생각하시는 거예요?"

"아, 미안해요. 그래도 대식가가 나쁜 건 아닌데."

구워지는 고기를 바라보는 히스이의 표정이 무척이나 의욕적이어서 대부분이 그렇게 오해했을 것이다. 양손에 이미 포크와 나이프를 쥐고 있는 듯한 분위기였던 것이다.

그 덕분인지 히스이는 사람들과 금세 잘 어울렸다. 참석자 중 가장 어리고 미인이다 보니 말을 걸어오는 사람이 끊이지 않았다. 같은 또래인 신타니 유키노와도 금방 친해진 듯했다. 유키노는 재미있어하며 다 익은 고기를 재깍재깍 그릇에 담아 히스이에게 건넸다. 가녀린 체구의 히스이가 예상외로 고기를 받는 족족 먹어치웠기 때문이다. 참석자 대부분이 출판계 종사자였는데 신타니 유키노는 구로고시의 옛 제자였다. 예쁨을 많이 받아 이런 파티에 자주 초대받는다고 했다.

고게쓰가 음료를 가지고 돌아오니 두 사람은 화기애애하게 화장품 이야기를 하고 있었다. 두 사람에게 음료를 건네자 히스이가 미소로 감사 인사를 건네며 설명해주었다.

"저희, 같은 브랜드 화장품을 쓰고 있었어요. 신타니 씨가 보자마자 알더라고요."

"어쩌다 맞춘 거예요. 직업상 잘 아는 편이기도 하고요."

신타니는 화장품 커뮤니티 사이트를 운영하는 회사에 다니고 있었다.

"아, 그 회사 저도 알아요."

옆에 있던 벳쇼 고스케가 끼어들었다. 그 역시 구로고시가 가르친 학생이었다. 작가 지망생인데 지금은 구로고시의 문하생으로 지낸다고 했다.

"뭐야, 신타니 씨 거기 다녔군요? 요즘 분위기 안 좋지 않아요?"

"아, 응." 신타니의 표정에 그늘이 졌다. "개인정보 유출 사고 말이지? 아직 큰 피해는 없는 것 같은데, 요즘엔 우리 회사 말고도 그런 뉴스가 많아진 것 같아."

얼마 전, 개인정보 유출 사건이 발각되어 시끌시끌했다. 최근 들어 대형 인터넷 서비스 회사가 개인정보를 유출했다는 뉴스가 끊이지 않는다.

"작가 선생님의 문하생이라면 어떤 일을 하시는 거예요?"

신타니가 자리를 비운 사이에 히스이가 묻자 벳쇼는 기쁘다는 듯 수다스럽게 대답했다. 히스이에게 마음이 있는 게 분명했다. 아까부터 내내 히스이 곁에 붙어 떨어질 생각이 없는 듯했다.

"일주일에 몇 번씩 와서 선생님의 부차적인 업무를 도와요. 음, 주로 서류 관련 작업을 도와드리죠. 수경장에는 서류를 가져오지 않으시니 할 일이 없는데, 본가에서는 계약서를 정리하거나 반송해야 하는 것들을 따로 분류하는 잡무를 해요. 그 대신 소설 관련 상담도 해주시고, 원고에 대해 조언도 해주시고……. 요전에는 드디어 이 정도의 완성도면 신인상도 받을 수 있을 거라고 호언장담해주셨어요. 조즈카 씨는 미스터리 읽으세요?"

"죄송해요. 저는 추리소설 잘 못 읽어요."

"그렇군요." 벳쇼는 아쉽다는 표정이었다. "어라, 그럼, 고게쓰 선생님이랑은 어떻게 알게 되신 거예요?"

"네? 아…… 그게, 아, 맞다, 고게쓰 선생님은 대학 동아리 선배님이세요. 저, 사진 동아리였거든요. 고게쓰 선생님, 그렇죠?"

"아, 네……."

히스이는 아무래도 거짓말에 서툰 것 같다. 거동이 노골적으로 수상해지더니 고게쓰에게 동의를 구했다. 벳쇼도 미심쩍어하는 듯했지만 캐묻지는 않았다.

"조즈카 씨는 영감이 강하다면서요? 이 수경장은 어때요? 무섭지 않으세요?"

"어릴 때부터 그런 걸 봐서 익숙해요. 벳쇼 씨도 별로 안 무서워하시는 것 같네요."

"미스터리작가 지망생으로서 그런 비과학적인 건 믿을 수 없죠.

그런데 아리모토 씨랑 신타니 씨는 진짜 봤다고 하면서 무서워하더라고요."

아리모토라면 고게쓰와도 인연이 있는 K사의 아리모토 미치유키를 말하는 것일 테다. 고게쓰는, 유능한 편집자이지만 타인에게 다소 무신경한 부분이 있어 가까이 지내기 어려운 상대라고 평가하는 인물이다. 지금은 자기가 담당하고 있는 작가와 한쪽에서 고기를 뒤적이며 어딘가 거북하다는 듯 수경장을 연신 힐끔거리고 있었다. 정말 유령을 봤을지도 모르겠다.

"그러고 보니 그 연쇄 사체 유기 사건, 또 피해자가 나왔다던데요."

한 젊은 추리작가가 그런 말을 했다.

최근 몇 년간 간토 지방을 떠들썩하게 만들고 있는 사건으로, 칼에 찔린 젊은 여자의 사체가 산속 등지에서 발견되고 있다고 한다. 얼마 전에 발견된 시신은 밝혀진 것으로만 여섯 번째로, 일본에서는 보기 드문 연쇄 살인범의 소행이라며 세간을 뒤흔들고 있다. 흡사 망령이나 사신처럼 증거를 일절 남기지 않는다고 떠들어대서 결과적으로 사람들의 불안 심리를 자극하는 언론도 적지 않다. 대체 어떤 인간이 무슨 목적으로 살인을 저지르는 것인가. 추리작가들이 모인 탓인지 화제는 그리로 넘어갔다.

"고게쓰 선생님은 경찰과 협력해서 몇몇 사건을 해결하고 계시죠?" 벳쇼가 고기를 집으며 물었다. "이 사건에 대해 뭔가 들은 정보는 없나요?"

"아뇨, 아무 이야기도 못 들었어요. 정보가 새어 나가지 않도록 신중하게 수사하고 있겠죠. 뭐, 수사가 지지부진해서 매스컴으로 흘러 들어간 부분도 많은 것 같지만요."

고게쓰도 경찰의 수사 정보에 흥미가 있지만 아무것도 모르는 상태였다. 가네바는 이 사건의 특별수사본부 멤버가 아닌지라 고게 쓰에게 협조 요청이 오지 않았다.

"대체 어떤 놈이 범인일까." 구로고시가 말했다. "공개된 정보로 뭔가 추리할 수는 없을까? 고게쓰는 프로파일링 같은 기법으로 경찰에 도움을 주는 거지?"

"그런 경우도, 음, 없지는 않죠."

"고게쓰 씨 하면 또 살인마 묘사가 기가 막히지." 아리모토가 말했다. "소름 돋게 예리하달까……. 범인 상像 좀 들려주세요."

고게쓰는 턱 끝에 손을 대고 잠시 생각했다.

공개된 정보로 어떤 범인 상을 조합해낼 수 있을 것인가.

고게쓰는 신중하게 정보를 분석하며 떠오르는 범인 상을 읊었다.

"뉴스에서는 범인을 알 수 있을 만한 지문이나 DNA는 전혀 발견하지 못했다고 했죠. 그렇다면 범인은 상당히 진중한 성격의 지능범이라는 걸 알 수 있어요. 체액이 검출되지 않았으니 성도착자의 범행은 아니고, 다른 동기가 있을 거예요. 피해자들의 연령과 생김새가 비슷하다는 점을 보면 과거의 트라우마에서 기인했을지도 모릅니다. 피해자들이 실종된 건 주말이나 공휴일이었으니 범인은 직장인이고, 지능이 높을 테니 어느 정도 직급에 오른, 사회적 지위가 있는 사람이라고도 상상할 수 있어요."

"아무 생각 없이 유인해서 죽이고 다니는 식은 아닌 것 같네요."

벳쇼의 말에 고게쓰는 고개를 끄덕였다.

"그랬다면 진작 DNA가 검출됐겠죠. 전과가 없다면 범인 특정에는 무용지물일 수도 있지만, CCTV 같은 것도 피해서 범행을 저지른다면 상당한 조심성에 엄청난 자제심까지 갖춘 사람일 거예요. 용의주도하게 피해자에 대해 알아보고 사전에 계획을 세울 겁니다. 납치해서 어딘가에 감금하고 일단 시간을 둔 뒤에 살해, 유기한다고 하니, 집에는 가족이 있어서 자유롭게 시간을 쓰기 힘들 가능성도 있어요. 피해자가 실종되고 시신으로 발견되기까지 가장 짧았던 경우가 열두 시간인 걸 보면 감금보다 살해가 주된 목적일 겁니다."

"얼른 해결 좀 해주지. 여자들은 밤길도 마음 놓고 못 다닐 거 아니에요."

그러나 경찰은 아직 아무런 단서도 잡지 못한 듯했다. 그 정도로 범인이 신중한 것이다. 피해자들의 공통분모가 외모뿐이라면 살해 동기로 범인을 추적하는 것이 매우 어렵다. CCTV에 찍히지 않고 DNA도 검출되지 않는다면 과학 수사에 한계가 있다.

"범행을 이렇게나 저질렀는데 아무런 증거도 나오지 않았다면 망령 같다는 평을 인정할 수밖에요. 보통 이런 일은 있을 수가 없

죠. 생각조차 할 수 없는 일입니다. 어떻게 수사망을 빠져나가는지
는 모르겠지만, 천재적인 범행이라는 말밖에는 달리 할 말이 없어
요."

그런데 만약에 이 범행을 저지할 수 있는 사람이 있다면, 그것
은……

"범인이 노리는 건 이십대 초반, 흰 피부에 작은 체구, 긴 머리,
미인형……이었죠."

주의를 촉구하기 위해서인지 일찍이 피해자의 공통점에 관한 정
보가 알려진 상태였다.

벳쇼가 흘린 그 말에 모두의 시선이 자연스레 히스이와 유키노
에게로 향했다.

히스이는 멀뚱멀뚱 있을 뿐이었지만 유키노는 불쾌해하는 얼굴
이었다.

"기분 나빠. 왜 겁을 주고 그래."

유키노의 따가운 눈총에 벳쇼는 머리를 긁적였다.

"아, 죄송해요. 신타니 씨랑 조즈카 씨, 밤길 조심하세요. 특히 조
즈카 씨, 완전히 범인이 노릴 타입인 것 같으니까요."

"그, 그런가요……."

히스이는 불안한 듯한 표정이었다.

고게쓰가 히스이 옆에 서서 말했다.

"제가 있으니까 괜찮아요."

"선생님……."

히스이가 수줍어하며 눈을 살짝 내리뜨는 듯 고게쓰를 바라봤다.

"뭐야, 벌써 그런 사이야?"

구로고시가 놀리듯이 웃으며 말했다.

"앗, 아뇨!" 히스이가 목소리를 높였다. "그런 거 아니에요!"

"에구, 고게쓰 선생님 차였네요."

유키노가 유쾌하게 웃었다.

고게쓰는 익살맞게 어깨를 으쓱하며 받아넘겼다.

식사를 마친 후에는 뒷정리를 도운 뒤 수경장의 거실로 돌아왔다. 모두가 거실에 있기에는 의자 수가 부족해 몇 명은 안쪽의 당구실에서 당구를 치기로 했다. 고게쓰는 거실에서 구로고시가 아끼는 와인을 마시며 환담을 나눴다. 벳쇼는 역시나 히스이에게서 떨어질 마음이 없는지, 거실에서도 히스이 가까이에 있는 소파에 앉아 열심히 어필하는 듯했다. 히스이는 까르르 웃으며 벳쇼의 이야기를 듣는 것 같았다. 볼이 발그스름하다. 술기운이 올랐는지도 모른다.

그러다 구로고시는 아리모토와 업무로 상의할 일이 있다며 작업실에 들어갔는데, 두 사람은 십 분도 채 지나지 않아 돌아왔다. 미디어화에 관한 극비 사항이라고, 구로고시는 기분 좋다는 듯 고게쓰에게 말해주었다.

그렇게 삼십 분쯤 지났을까, 고게쓰는 구로고시가 최근에 수집했다는 괴담을 듣고 있었다. 그때 복도에서 모리하타 기미코가 얼굴을 들이밀었다. 그녀는 이웃에 사는 출퇴근 가정부로, 구로고시가 수경장에 머무는 동안 집안일을 해준다고 했다.

"선생님, 쓰레기 더 없어요?"

"아아." 구로고시가 얼굴을 들며 말했다. "내 방 휴지통도 비웠나?"

"네, 좀 전에요. 아, 그 김에……." 모리하타가 눈가 주름을 깊이 새기며 온화하게 웃는다. "호호호, 선생님 신간, 살짝 읽어버렸어요."

"아, 그래그래, 맞다. 깜빡했네."

구로고시는 뭔가 떠올랐는지 자리에서 일어나 거실을 나가더니 일 분도 되지 않아 돌아왔다. 한 손에 소포 꾸러미를 들고 있었다.

"조금 전에 신간 견본이 도착했어. 괜찮다면 다들 한 권씩 가져가. 모리하타 씨도."

그러고 보니 아까 바비큐 파티가 한창일 때 택배가 도착한 것 같았다. "이런 곳까지도 택배 배송원이 와주시나봐요" 하고 사랑스럽게 말하며 히스이가 놀랐던 것이 떠오른다. 구로고시는 신간을 꺼내 모두에게 나눠주기 시작했다. 불길한 분위기의 표지가 눈에 띄는 그 책은 문고본으로, 제목은 '흑서관 살인사건'이었다.

"혹시 배경이 여깁니까?"

고게쓰가 묻자 구로고시는 씨익 입꼬리를 올렸다.

당구를 즐기던 그룹이 돌아오자 구로고시는 그들에게도 책을 건

냈다. 딱 맞게 모두에게 돌아간 모양이다. 하나같이 제목을 보며 놀랐다. 자신들이 지금 머물러 있는 장소를 배경으로 살인사건이 일어나는 미스터리소설이라니, 쉽게 경험할 수 있는 일은 아니었다.

작가들이 입을 모아 물었다.

"우아, 배치도가 있네요. 이거 완전 제대로인데? 실제 배치도예요?"

"당연하지."

"처음부터 문고본으로 내신 겁니까? 흔한 경우는 아니네요."

"응. 요즘 하드커버 양장본이 영 꽝이더라고. 전혀 안 팔려."

한동안 《흑서관 살인사건》 이야기로 무르익었다가 한숨 돌릴 즈음 청년 작가인 아카자키, 니도리, 하이자와 세 사람이 귀가하게 되어 자리를 마무리하는 분위기가 되었다. 니도리는 술을 마시지 않았으니 자신이 아카자키와 하이자와를 차에 태워 가겠다고 했다. 그 김에 가정부인 모리하타도 도중에 내려준다고 했다. 구로고시도 마무리해야 하는 원고가 있다며 작업실로 들어갔다. 그는 자리를 뜨며 남은 사람들에게 "얼마든지 여기 있어도 좋아"라는 말을 남겼다. 안 자고 심령현상이 나타나기를 기다려도 좋다는 뜻이었을지도 모른다. 아리모토, 벳쇼, 신타니 세 명은 하룻밤 자고 가기로 했다며 차례차례 방으로 들어갔다. 벳쇼는 한시도 히스이 곁을 떠나지 않으려 했지만, 옆에서 봐도 취기가 돈다는 걸 바로 알 수 있을 정도였던 터라 잠깐 쉬겠다며 아쉽다는 듯 거실을 떠났다.

결국 거실에는 고게쓰와 히스이 둘만 남겨졌다.

"어떡할까요?" 고게쓰는 물었다. "여기에서 뭔가 이변이 생길 때까지 기다려볼래요? 이상한 소리가 나는지, 저 큰 거울에 유령이 나타나는지⋯⋯."

2인용 소파. 고게쓰는 옆에 앉아 있는 히스이를 쳐다봤다.

영매 아가씨는 취기 탓인지 은은한 홍조를 띤 볼에 졸린 듯한 눈빛을 하고 있었다. 쉬게 하는 편이 좋을지도 몰랐다.

"방까지 데려다줄게요."

고게쓰가 말하자 히스이는 느릿느릿 고개를 저었다.

"괜찮아요. 원인을 알아보려고 온 거니까⋯⋯. 그냥 조금 피곤할 뿐이에요."

"그럼 물을 가져올게요."

고게쓰는 그렇게 말하고 주방으로 향했다. 모리하타를 도울 때 미네랄워터 병이 냉장고에 들어 있던 것을 기억하고 있었다. 유리잔에 물을 담아 돌아와 히스이에게 건넸다.

"감사합니다." 히스이는 웃었다. 눈이 풀려 있다. 유리잔에 입술을 대고 히스이가 중얼거린다. "사람이 많은 곳은 힘들어요. 필요 이상으로 많은 걸 느끼거든요."

"전에 말한 냄새 말인가요?"

고게쓰는 히스이가 꾸벅하고 고개를 끄덕이기를 기다렸다가 옆에 앉았다.

"사람들과 시간을 보내는 건 정말 좋아요. 그런데 금세 마음이 지쳐버려서……. 그래서 혼자 있는 게 더 편해요. 제가 배부른 소리를……."

"그렇지 않아요. 근데 피곤하면 무리하지 말고 방으로 가는 게 어떨까요. 불침번을 서지 않아도 구로고시 씨는 화내지 않을 테니까요."

"아뇨, 괜찮아요." 히스이는 고개를 숙인 채 눈을 치켜 고게쓰를 흘끗 보았다. 그러고는 작은 손으로 유리잔을 감싼 채 수줍어하며 말했다. "고게쓰 선생님이랑 있으면 신기하게도 피곤하지가 않거든요……."

사랑스러운 동작과 표정에 고게쓰는 할 말을 잃었다.

"아, 아뇨, 그게." 히스이는 아차 싶었는지 한 손을 파닥파닥 내저었다. "선생님이랑은, 이미 친구니까요! 괜한 걱정을 안 해도 된다는 뜻이에요!"

"그렇군요." 고게쓰는 웃음을 참으며 고개를 끄덕였다. "맞아요. 마음 쓰지 않아도 되는 사이죠."

"저기, 그…… 아, 저 말이에요, 신타니 씨랑 친구가 될 수 있을 것 같아요."

히스이는 느닷없이 화제를 바꾸듯 작은 핸드백에서 스마트폰을 꺼내 메신저 애플리케이션을 보여주었다. 친구 목록에 지와사키 마코토와 신타니 유키노의 이름이 있었다. 등록된 다른 이름은 없다.

쓸쓸한 화면이었다.

히스이가 몽글몽글한 미소를 머금은 채 화면을 보며 말했다.

"이모티콘 쓰면서 대화하는 거 즐거워요. 마코토랑은 그런 걸 잘 안 쓰니까 예전부터 부러웠거든요."

"그럼 저랑도 교환하시죠. 메일로만 연락하는 건 별로 재미없잖아요."

"와, 정말요!"

히스이가 한껏 밝아진 얼굴로 이쪽을 보았다. 물결치는 부드러운 머리칼이 두둥실 나부끼며 기분 좋은 향기가 고게쓰의 코를 간질였다.

향기는 고게쓰의 깊은 곳까지 파고들어 마음의 편린을 어루만지는 듯했다.

두 사람은 연락처를 교환한 뒤 별 의미 없이 이모티콘을 주고받았다. 고게쓰가 아는 범위 내에서 재미있거나 귀여운 디자인의 이모티콘을 보내면 히스이는 그걸 보고 키득키득 웃었다. 히스이가 가녀린 어깨를 흔들며 배를 움켜쥐듯 몸을 앞으로 숙이자 하얗게 드러난 어깨 쪽 피부가 조명 아래 반짝이며 어른거렸다. 히스이가 웃을 때마다, 물결치며 떨어지는 머리카락이 큐티클의 윤기와 함께 춤을 추며 어깨를 장식하는 듯했다.

너무나도 달달한 시간이라 심령현상이라고는 일어날 것 같지 않았다.

한동안 그렇게 시시콜콜하게 잡담을 주고받았다. 어느샌가 화제는 《흑서관 살인사건》으로 바뀌었다. 추리소설을 잘 못 읽는 자신도 읽을 수 있을까, 하는 이야기였기에 고게쓰는 책을 들고 대강의 줄거리를 확인했다. 배치도가 있으니 추리적인 요소가 강하겠지만 호러 분위기도 십분 느낄 수 있으니 그 부분에 흥미가 있다면 충분히 즐길 수 있을 것이다. 고게쓰는 그렇게 말해주었다.

"그러면요, 선생님, 같이 읽어요."

히스이가 소파에 두 손을 짚고 몸을 가까이 기울이며 생글생글 웃었다.

"아아, 네, 그래도 상관없어요."

심령현상이 일어날 때까지 기다리려면 밤샐 각오를 해야 할 수도 있다. 거기에 독서는 안성맞춤일지도 모르지만 모처럼 대화에 꽃이 피었는데 둘 사이에 책을 두려니 괜스레 섭섭했다.

그래도 히스이의 마음이 그렇다면 동조하는 것도 나쁘지 않겠지.

고게쓰는 책을 손에 들고 표지를 넘겼다.

히스이의 향기를 진하게 느꼈다.

히스이는 고게쓰에게 어깨를 바짝 대고 책으로 눈길을 떨어뜨렸다. 가늘고 매끈한 위팔이 고게쓰의 몸에 닿는다. 두 사람의 체중이 묵직하게 짓누르자 소파가 깊이 가라앉았다. 고게쓰는 히스이의 옆얼굴을 보았다. 그녀는 책 페이지를 가만히 들여다보고 있었다.

"같이 읽자는 게 이런 거였어요?"

"네?" 히스이가 눈을 동그랗게 뜨고 고게쓰를 쳐다봤다. 그러고는 쿡쿡 소리를 내며 웃었다. "저는 빨리 읽는 편이라 괜찮을 거예요."

"혹시 취했어요?"

"에이, 설마요……." 히스이는 받아들일 수 없다는 듯 핑크 립스틱을 바른 입술을 삐죽거렸다. 그녀의 몸이 미세하게 떨리며 그 진동이 전해졌다. 웃고 있는 것이다. 히스이가 고게쓰의 어깨에 머리를 기댔다. 고게쓰는 숨이 멎을 것 같았다. "그냥, 즐거워서요. 선생님, 이거, 그거죠? 말로만 듣던, 친구 집에서 밤늦도록 놀고 같이 자는 거요. 드디어 꿈을 이뤘어요."

"친구 집이라고 하기에는 불길한 이름의 별장인데요."

고게쓰는 실눈을 뜨고 추시계를 확인했다. 자정에 가까운 시간이었다.

한동안 말없이 책장을 넘겼다.

열 페이지도 되기 전에 규칙적인 숨소리가 들려왔다.

고게쓰는 어깨를 내리누르는 체온 쪽으로 시선을 돌렸다.

하얀 눈꺼풀이 닫혀 있고 도자기 같은 뺨은 엷은 복숭앗빛으로 물들어 있다.

도대체 어떤 인생을 살아왔을까.

상상할 여지는 있었다.

소외되었을까. 사람들이 무서워했을까.

아무도 그녀에게 다가오려 하지 않았던 걸까.

고게쓰를 똑바로 쳐다보며 호소하던 히스이의 두 눈망울을 떠올렸다.

결의와 두려움과 공포가 뒤섞인 눈동자.

히스이는 이 힘의 의미를 찾고 있다고 했다.

왜, 그런 힘을 가진 것인지.

어째서, 자신이 그런 숙명을 짊어져야 하는 것인지.

히스이의 무게에 몸이 굳어지는 것을 느꼈다. 고게쓰가 살짝 움직이자 물결을 그린 흑발이 부드럽게 흘러내리듯 고게쓰의 팔로 떨어졌다. 촉촉한 광택을 머금은 핑크빛 입술이 살며시 열린 채 하얀 이를 살짝 내비친다.

빨려 들어갈 듯한 윤기.

키스의 거리.

고게쓰는 히스이의 머리칼을 매만졌다.

부드러움을 손끝으로 느끼면서도 간신히 얼굴을 뗐을 때였다.

불현듯 서늘한 감각이 전신을 휘감았다.

시야 한쪽에 있는 큰 거울에 무언가가 비치는 듯한 기분이 든 것이다.

그쪽으로 얼굴을 돌렸다.

차가운 땀이 등줄기를 타고 흘러내렸다

거울 속.

파란 눈의 백인 여자가.

아무런 감회도 없는 허무한 표정으로.

고게쓰를 빤히 쳐다보고 있었다.

구로고시 아쓰시의 시체가 발견된 것은 다음 날 아침 9시.

최초 발견자는 가정부인 모리하타였다. 이날은 이른 아침에 수경장에 와서 숙박객들을 위해 조식을 만들 예정이었다고 했다. 여벌 열쇠로 수경장에 들어온 모리하타는 식사를 준비한 뒤 구로고시를 깨우려고 침실로 향했다. 그런데 침실에 그가 없었다. 그래서 작업실을 들여다봤다가 머리에 피를 흘린 채 쓰러져 있는 구로고시를 발견하고 비명을 질렀다. 선잠이 들었던 고게쓰는 그 소리를 듣고 바로 달려갔다.

"피해자의 사망 추정 시각은 자정에서 2시 사이가 확실한 거죠?"

고게쓰 시로가 조금 전에 실려 나간 시신이 있던 자리를 보며 물었다.

가네바가 찬찬히 고개를 끄덕였다. 감식반 팀원들이 카메라 플래시를 연신 터뜨렸다.

"응. 지금 단계에서 알 수 있는 건 그 정도야. 이 방문은 안에서만

잠글 수 있으니, 잠근 상태였다면 피해자가 늦은 밤에 범인을 들였을 가능성이 크겠지. 뒤에서 가격당한 걸 보면 지인이 분명해. 그래서, 뭔가 생각이 있다고?"

"네. 사실 전 어제 자정 전부터 새벽 3시경까지 계속 저쪽 거실에 있었어요."

"그 말은?"

고게쓰는 손에 들고 있던 책을 펼쳐 앞쪽의 한 페이지를 가리키며 말을 이었다.

"이건 이 수경장의 배치도예요. 혹시 몰라서 경부님이 오시기 전에 실제와 동일한지 확인해뒀죠."

"그렇군." 가네바는 그 배치도를 보자마자 고게쓰가 하고 싶은 말을 파악한 듯했다. "이 수경장은 거실을 기준으로 동쪽 동, 서쪽 동으로 나눌 수 있군. 그리고 거실을 지나지 않고서는 서로 오갈 수 없어."

그랬다. 실제로는 '동棟'이라 할 수 있을 만큼 뚜렷하게 구분된 것은 아니지만 편의상 그렇게 칭하는 것이 편리하다. 거실 동쪽에는 고게쓰를 포함한 손님들의 방과 구로고시의 침실이 있고, 서쪽에는 구로고시의 작업실과 당구실, 욕실과 세면실, 화장실이 있다. 정확하게는 동쪽에도 세면실과 화장실이 있지만 구로고시가 그 화장실은 배관 문제로 사용할 수 없다고 했다. 따라서 동쪽 동에 묵는 사람이 화장실에 가려면 거실을 거쳐 서쪽 동으로 가야 하는데……

"전 나중에야 알았는데, 어젯밤에는 22시부터 비가 와서 자정 전쯤에 그쳤다더라고요. 땅이 질퍽거려서 발자국을 남기지 않고 이동하기는 어려워요."

"그렇지. 그런데 밖에 수상한 발자국은 전혀 없어."

"그렇다면 이건 필연적으로 내부 범행이라는 뜻입니다. 용의자는 여기에 묵은 저를 포함해 다섯 명뿐이에요. 하지만 전 조즈카 씨와 새벽 3시까지 거실에 있었어요. 서로 알리바이를 증명할 수 있죠."

히스이는 잠든 지 얼마 되지 않아 바로 일어났지만 엄밀히 따지면 그녀가 잠들었을 동안 고게쓰가 범행을 저지를 수는 있다. 하지만 고게쓰는 자신이 범인이 아니라는 것을 알고 있었고, 사태를 원만하게 풀어나가기 위해서라도 그 부분은 생략하는 편을 택했다.

"조즈카라면, 그, 자칭 영매인가." 가네바는 왜 또 같이 시체를 발견한 것이냐며 인상을 찌푸렸다. "그래, 미모의 아가씨와 심야에 단둘이 뭘 했는지는 묻지 않겠지만…… 자네들은 범인이 거실을 지나가는 걸 봤나?"

"네. 그런데 유감스럽게도 셋 다 지나갔어요."

그렇다. 상황은 그렇게 순순히 흘러가지 않는다.

히스이의 말대로 벳쇼 고스케가 범인이라면, 그 혼자 심야에 거실을 지나갔다면 좋았을 것이다. 하지만 실제로는 다른 두 사람인 아리모토 미치유키와 신타니 유키노도 범행이 가능했다.

"그럼 세 사람이 지나간 순서와 그때의 모습을 자세히 얘기해봐."

고게쓰는 그때를 떠올리며 설명했다.

거실을 통과한 첫 번째 인물은 편집자인 아리모토 미치유키였다. 고게쓰는 히스이를 깨우지 않도록, 읽고 있던《흑서관 살인사건》을 테이블에 조심스레 올려두고 화장실에 갔다. 때마침 자정이었는지 추시계의 종이 울려 놀랐던 것을 기억한다. 세면대에서 손을 씻으며, 눈앞 캐비닛 문에 붙어 있는 거울에서 정체를 알 수 없는 뭔가가 보이는 건 아닐까…… 하고 상상의 나래를 펼쳤던 터라 더 깜짝 놀랐다. 결국 거실 대형 거울에 비친 여자는 고게쓰가 눈을 깜박이는 사이 사라지고 없었다. 공포심이 낳은 환영이었을지도 모른다. 화장실에서 돌아오자 마침 히스이가 눈을 뜨고 있었다. 쑥스럽다는 듯 뺨이 붉어진 그녀가 귀여워서 장난으로 놀려봐야겠다고 생각하던 참에 아리모토가 거실에 모습을 드러냈다. 심야에 남녀 둘이서, 한쪽은 볼을 붉힌 채 주뼛거리고 있었으니 어쩌면 오해를 했을지도 모른다. 아리모토는 잠깐 화장실에 다녀오겠다는 말을 남기고 서쪽 동으로 향했다. 한 십오 분 후에 돌아왔을까. 그는 눈인사만 하고 동쪽 동으로 사라졌다. 시간이 꽤 걸린 것 같기도 하지만 배가 아팠을 수도 있고 두 사람을 배려해 천천히 왔을 수도 있다. 둘 다 가능성이 있다. 물론 아리모토는 타인에게 무심한 구석이 있으니 억측일지도 모른다. 편집자이지만 구로고시의 작품을 히트시킨 것은 자신이라고 자부하며 이 수경장에서도 제집인 양 거리낌 없이 군다고, 벳쇼가 슬그머니 푸념을 하기도 했다.

"십오 분의 시간이라면 살인을 했을 가능성도 있다는 거군."

고게쓰의 설명에 가네바가 그렇게 덧붙였다.

그렇다. 그 말이 맞다. 고게쓰는 히스이의 영시 덕분에 그가 범인이 아니란 사실을 알고 있었기에 그 가능성은 굳이 언급하지 않은 것이다.

"뭐, 그럴지도 모르죠. 그런데 아리모토 씨는 20시경부터, 거실에서 대화를 나누는 동안에도 몇 번이나 화장실에 갔습니다. 정말 속이 안 좋았을 가능성도 있어요."

두 번째는 벳쇼 고스케였다. 1시쯤이었던 것 같다. 슬슬 자도 될까 하는 이야기를 히스이와 나누며 시계를 확인한 것을 기억한다. 거실에 얼굴을 내민 벳쇼는 두 사람이 아직 깨어 있다는 사실에 조금 놀란 듯했다. 하지만 이내 화장실에 간다며 서쪽 동으로 가버렸다. 지금 생각해보면 어딘가 어색했던 것 같기도 하다. 히스이 옆에 그렇게나 찰싹 달라붙어 있던 그가 히스이 쪽으로는 눈길도 주지 않은 채 가버렸다는 게 수상하다.

"계속 영매 아가씨 옆에 붙어 있었던 거라면 정말 화장실에 가려고 했던 게 아닐까?"

"아아, 네, 그럴 가능성은 있습니다."

하긴, 한동안 화장실에 가지 않았으니 술이 깨고 나서 부랴부랴 갔을 것이란 견해도 자연스럽다. 이런. 영시로 진범을 알게 된 탓에 발상의 범위가 좁아지는 기분이다. 벳쇼는 와이셔츠에 청바지 차림이었으니 옷을 갈아입을 새도 없이 술기운에 잠들었다가 변의를 느껴 깼을 거라고도 생각할 수 있다.

벳쇼 또한 약 십오 분 만에 돌아왔다. 안색이 왠지 좋지 않아 보여 괜찮은지 물었는데, 그는 고개를 끄덕이고 허둥지둥 동쪽 동으로 사라졌다.

세 번째, 신타니 유키노가 거실을 지나간 것은 1시 45분경이었다. 이것은 기록이 남아 있다. 이제 각자 방으로 가자고 하다 고게쓰가 거울로 본 것을 이야기했는데, 히스이가 조금 더 기다려보자고 해 고게쓰도 마음을 단단히 먹은 참이었다. 때마침 답장을 보내지 않은 업무 메일이 있었다는 것을 떠올리고 스마트폰으로 답메일을 보낸 직후였다. 그때의 타임스탬프가 1시 45분. 그로부터 몇 분도 지나지 않아 신타니 유키노가 모습을 드러냈다. 유키노 역시 두 사람을 보고 놀란 것 같았다. 히스이가 심령현상을 기다리고 있다고 말하자 무서운 소리 하지 말라며 불안한 표정을 지었다. 벳쇼의 말대로 이 수경장을 찜찜하게 여기는 듯했다. 게다가 유키노도 희고 하늘거리는 원피스 잠옷을 입고 있었기에 말없이 서 있으면 유령처럼 보이기도 했다. 으슥한 곳에서 마주쳤다면 고게쓰도 놀랐을 것이다.

고게쓰와 히스이는 유키노에게 어떤 현상을 겪었는지 물었다. 야밤에 공포 체험을 묻는 게 유키노에게는 짓궂은 일이었는지도 모르지만, 유키노는 머뭇거리며 대답해주었다. 이 수경장에 묵을 때마다 자는 동안 쿵쿵하고 방문을 두드리는 듯한 이상한 소리가 난다……. 복도에 늘어선 거울에 누군가가 있는 듯한 기분에 쳐다보면 아무도 없다……. 그런 이야기였다.

"더 얘기하면 화장실 못 갈 것 같아."

유키노는 입을 삐쭉하며 서쪽 동으로 향했다. 돌아온 것은 약 십 분 뒤였을 것이다. 어딘가 겁에 질린 듯한 모습에 히스이가 걱정하자, 유키노는 복도 거울에서 여자 얼굴을 본 것 같다고 했다. 고게쓰는 '우리가 괜한 얘기를 물은 탓에 그런 것이 곧잘 연상되는 상태였을 수 있다. 아마 잘못 봤을 것이다' 하고 말해주었다. 그 말에 위안을 얻었는지 유키노는 '아직 안 주무실 거면 차 드실래요?' 하고 물었고, 고게쓰는 히스이와 함께 차 준비를 도왔다. 고게쓰가 먼저 돕겠다고 했는데 히스이도 따라왔다. 어쩌면 거실에 혼자 남기가 무서웠을지도 모른다.

"셋이서 차를 마신 건가. 그동안 누가 거실을 지나갔을 가능성은?"

"아뇨, 주방에서 서쪽 동 복도는 다 보이니까 누가 지나갔다면 알았을 겁니다. 특히 저는 할 일이 별로 없어서 따분했던 터라 여기저기 관찰했거든요."

유키노가 입은 하늘하늘한 원피스가 야릇해서 시선을 돌릴 필요가 있었다. 차를 내릴 때의 앞가슴, 몸을 굽힐 때 드러나는 가느다란 허리선, 옷자락 사이로 드러나는 맨다리 등을 한없이 쳐다볼 수는 없는 노릇이니까. 고게쓰는 곧장 시선을 돌려 복도만 줄곧 쳐다보고 있었기에 사람이 지나갔을 가능성은 없다고 딱 잘라 말할 수 있었다.

그 후 고게쓰, 히스이, 유키노는 셋이서 삼십 분 정도 이야기를 나눴다. 유키노가 방에 간 것은 2시 반쯤으로, 고게쓰와 히스이는 3시까지 버텼지만 거울에서는 아무 일도 일어나지 않았다. 포기하고 히스이를 방에 데려다준 뒤 고게쓰도 방에 박혀 잠을 청했다. 구로고시의 사망 추정 시각이 0시에서 2시 사이라면, 그때는 이미 괴기추리작가가 타살된 상태였다는 뜻이다.

"작가 선생의 이야기를 정리하면, 셋 중 하나가 범인인 것은 분명하지만 누구인지 특정할 수는 없다는 거네."

"네."

고게쓰는 바닥의 흔적을 뚫어져라 보았다. 흉기가 떨어져 있던 곳이다.

"흉기는 미스터리상 트로피였어. 선생도 가지고 있나?"

"설마요." 고게쓰는 고개를 가로저었다. "저 같은 신참은 엄두도 못 내요."

"감식반이 가져가서 자세히 조사중인데, 전체를 닦은 흔적이 있어서 지문 검출은 어려울 거라더군. 무게가 꽤 나가지만 여자도 휘두를 수 있을 정도라 신타니 유키노가 범인이라 해도 말이 안 될 건 없어. 범인은 피해자의 후두부를 이렇게, 오른쪽에서 내려친 모양이야. 피해자가 등을 돌리고 있을 때 내려친 거겠지. 한 번 내리치고 피해자가 무릎을 꿇자 한 번 더. 피가 많이 튄 건 그래서야. 상처 자국을 보면 오른손으로 쳤다는데, 혹시 용의자 중에 왼손잡이가 있나?"

"유감스럽게도 셋 다 오른손잡이입니다."

"그렇다면 단서가 될 만한 건……."

가네바와 고게쓰의 시선이 어느 한 곳에 꽂혔다.

책상 한쪽, 피로 그려진 기묘한 마크.

누가 봐도 범인이 남긴 흔적이었다. 현장에 있던 티슈를 붓처럼 활용해 피해자의 피로 그린 것 같았다.

"만자卍처럼 보이기도 하네."

"《흑서관 살인사건》에도 비슷한 마크가 나와요."

"그 책이 이번 사건이랑 연관이 있어? 살해 상황이 비슷하다거나 뭔가 트릭이 쓰였다거나."

"아뇨, 전혀 관계없을 거예요. 이건 단순한 위장일 겁니다."

"그렇군. 그래서 세면대를 보존하라고 한 건가."

수차례 사건을 함께 해결한 사이답게 가네바도 고게쓰의 생각을 금방 읽는다.

"네. 이건 범인이 불리한 흔적을 감추려고 그린 게 분명해요. 아마 몸이 휘청거리면서 일순 책상을 짚었을 거예요. 지문이야 흉기에 묻은 지문처럼 닦아낼 수 있지만, 피 묻은 손으로 짚었다면 손의 형태가 남았겠죠."

흉기로 쓰인 트로피에는 필요 이상으로 피가 문질린 흔적이 있었다. 추측건대 지문을 닦으려다 손이 미끄러진 것은 아닐까. 그러다 범인 손에 피가 묻어버린 것이다. 그래서 흉기를 집요하게 닦은 탓에 피가 문질린 듯한 흔적이 남았다. 지문은 닦을 수 있지만 손에 묻은 피는 쉽게 지워지지 않는다. 그 후 사소한 찰나에 손으로 책상을 짚어버린 바람에 손자국이 남았다.

물론 손에 묻은 피의 양이 적었다면 온전한 형태로 남지는 않았을 것이다. 손가락의 일부나 손바닥 일부였겠지만 부분 지문은 범인에게 치명적인 증거가 될 수 있다. 현장에 있던 티슈 등을 써서 그걸 닦았을 테지만 자신의 손에 피가 묻었다는 사실을 알리고 싶지 않았던 범인은 그 흔적 위에 피로 마크를 그렸다.

그렇다면 범인은 세면실에서 손을 씻었을 것이다. 어젯밤, 범행을 마친 범인은 두 사람 앞을 지나갈 수밖에 없었는데 셋 다 손에 피가 묻어 있지는 않았다.

그럼 세면실에 다른 증거가 남았을지도 모른다.

다행히 이른 아침에 구로고시의 시신이 발견되기도 해서 고게쓰는 서쪽 동의 세면실을 쓰지 말라고 모두에게 일러둘 수 있었다. 모리하타도 아침에 온 뒤로 세면실 쪽에는 발을 들이지 않았다고 하니 거의 온전한 형태로 보존되었을 것이다.

"세면실 쪽은 지금 감식반이 조사중이야. 용의자들 지문은 채취했고, 혹시 모르니 셋 다 루미놀 검사를 해볼 생각이야."

"루미놀 검사는 큰 의미가 없을지도 몰라요. 세 사람 모두 바비큐 때 같이 고기를 구웠으니까요."

고게쓰의 말에 가네바는 작게 혀를 찼다.

루미놀 용액은 헤모글로빈과 미오글로빈에 반응한다. 하지만 둘 다 정육精肉에 들어 있다 해도 전혀 이상하지 않아서 함께 고기 요리를 한 세 사람 손에서 검출될 가능성은 얼마든지 있었다. 같이 요리를 하지 않았더라도 코피가 났다는 등의 이유로 빠져나갈 수도 있기에 증거 능력은 거의 없다고 봐도 무방했다. 용의자를 좁히는 기준이 될 수는 있겠지만 애초에 고게쓰는 히스이의 영시를 통해 딱 한 명으로 범인을 좁힌 상태였다.

그러나 그걸 어떻게 증명해야 할까.

문제는 그 부분이었다.

히스이의 영시를 과학 수사에 어떻게 활용해야 할 것인가.

현재로서는 벳쇼가 범인이라 할 만한 증거는 어디에도 없다.

대체 어떻게 해야 진실을 입증할 수 있을까.

"뭐, 좌우지간 셋 중 하나가 범인이라는 건 틀림없어. 세면실 쪽에 결정적인 증거가 남았을지도 모르고."

듣고 보니 가네바의 말이 맞다.

자신이 손을 쓰고 말고 할 것도 없이, 이 사건의 막이 맥없이 내려가는 듯한 기분이었다.

⬤

거실로 돌아오자 히스이가 큰 거울 앞에 서 있었다.

어딘가 무료한 표정으로 고풍스러운 거울 표면에 시선을 보내고 있다.

오늘은 광택 있는 오프숄더 블라우스를 입었다. 드러난 하얀 어깨가 힘없이 늘어져 있다. 화장도 제대로 한 것을 보니 시신이 발견되기 전부터 일어나 있었는지도 모른다. 오늘 화장은 어제보다 신비로운 분위기를 자아냈다. 이 예스러운 산장에 잘 어울렸다. 구로고시에게 아무 일도 없었다면 산장의 기이한 현상을 두고 영적인 조언을 할 생각이었을지도 모른다. 히스이는 악령을 쫓는 능력은 없지만 원인만 밝혀내면 공양을 하는 등의 방식으로 대처할 수 있다고 했다. 화장은 그 설득력을 높이기 위함이었을 것이다.

거실에는 히스이 말고도 제복을 입은 여자 경찰이 벽 옆에 서 있었다. 좀 전에는 이곳에도 감식반이 있었는데 이미 작업을 끝낸 모양이었다. 만일을 위해 세면실 말고도 화장실, 욕실, 당구실 등을 감식하고 있을 터였다. 용의자 세 명은 별실에서 조사를 받고 있었다.

"괜찮아요?"

고게쓰는 큰 거울을 보고 있는 히스이에게 말을 걸었다.

"네."

영매가 막막한 표정으로 고개를 끄덕였다. 고게쓰는 구로고시의 말을 떠올리며 말했다.

"빅토리아 왕조 후기 때 물건이래요. 마침 영매들이 활약하던 시대죠." 거울 이야기였다.

고게쓰의 말에 히스이는 거울에서 눈길을 거두어 눈을 내리떴다.

"제 증조할머니도 영국에서 영매였대요."

히스이는 북유럽 쪽 피가 섞인 쿼터라고 했다. 조모가 영국인이라는 이야기는 담소를 나눌 때 들었다.

"그럼…… 히스이 씨 체질은 유전이군요."

"증조할머니도, 부모님 세대 때부터 영매였다고 하니 그럴 거예요. 거슬러 올라가면 확실히 선조들은 20세기 초에 영매로 활약했고, 낡은 사진도 남아 있어요. 증조모의 혈통을 몇 대 더 거슬러 올라가면 상송이라는 프랑스의 저주받은 가문에 다다른대요."

"프랑스의 상송이라면 혹시……."

"샤를 앙리 상송이라는 사람이 유명해요."

"프랑스 혁명기의 사형집행인이군요. 단두대에서 많은 사람을 처형했다는……."

"사실인지는 모르겠어요." 히스이는 힘없이 웃음을 비쳤다. "증조할머니와 그 윗세대의 영매가 그럴싸한 이미지를 만들기 위해 사칭

했을 가능성이 높겠죠. 하지만 그게 사실이라면…… 제 피는 항상 죽음을 흩뿌리는 운명인지도 몰라요."

상송 가家는 대대로 사형집행인을 배출한 가문으로, 4대째인 앙리 상송은 인류사에서 두 번째로 많은 사람의 목을 벴다는 사형집행인이다. 무시무시한 에피소드가 주는 인상과는 달리 사형 제도의 폐지를 희망한 따뜻한 인물이었다고도 전해진다.

"구로고시 씨가 죽은 건 히스이 씨 잘못이 아니에요."

유이카에 이어 두 사람째 살인을 바로 옆에서 목격했다.

그 사실이 마음을 짓누르는 것이리라.

히스이는 힘없이 속눈썹을 내리깔았다. 느릿느릿 고개를 저으며 입을 연다.

"제 피는 지금까지도 많은 죽음을 불러들였어요. 그게 이 이질적인 힘의 대가겠죠. 운명에서 도망칠 수가 없어요. 아마, 저는 그 죗값을 치를 거예요."

"죗값?"

"분명히 마지막에는 사신에게 목을 베일 거예요. 그 예감이 점점 강해지고 있어요."

"그런 일은……."

고게쓰의 말문이 막히자 눈을 내리뜨고 있던 히스이가 흠칫 놀란 듯 그를 올려다봤다. 그러고는 다급히 얼버무리듯 표정을 바꿔 웃으며 말했다.

"기분 탓이겠죠. 저는 미래를 알 수 없으니까요."

히스이가 전에도 자신의 마지막에 대해 입에 올렸다는 것이 떠올랐다.

기분 탓이라고 웃어넘겨도 되는 걸까.

그녀가 예감하는 마지막이란 어떤 모습이기에.

하지만 힘없이 미소 짓던 모습으로 짐작건대 히스이는 이 문제를 언급하고 싶어하지 않는 것 같았다.

"일단은 제 방으로 가시죠."

고게쓰는 히스이와 함께 자신이 배정받은 방으로 가서 히스이를 침대에 앉게 하고 자신은 비치된 의자에 걸터앉았다. 고게쓰는 망설이다가 결국 사건에 대해 물었다.

"히스이 씨는 벳쇼 고스케가 범인이라고 했죠. 뭘 본 거예요? 영혼을 불러들인 건 아닐 테고요."

히스이는 고개를 끄덕인 뒤 가만히 숙였다. 그러고는 가지런한 무릎 위에서 주먹을 꼭 쥐었다.

"냄새예요."

"예전 사건에서 이야기했던 영혼의 냄새, 말이죠?"

"네. 어젯밤에 벳쇼 씨가 화장실에서 돌아왔을 때 묘하게 느꼈어요. 벳쇼 씨에게서 느껴지던 냄새가 돌변했거든요. 너무나도 강한 죄책감을 끌어안은 듯한…… 그리고 공포에 벌벌 떠는 듯한…….그런 급격한 변화요. 색에 비유하자면 하였던 게 갑자기 새빨갛게 변한 것처럼 느껴져서 놀랐어요. 그런데 그때 저는 취기가 완전히 가시지 않았을 때라." 히스이는 미안함이 묻어나는 목소리로 말했다. "그리고 여기, 수경장의 분위기도 이상했어요."

"수경장의 분위기요?"

"이곳 수경장에는 뭔가 정체를 알 수 없는…… 뭐랄까요. 말로는 표현할 수 없을 것 같은 묘한 냄새가 느껴져요. 전 그게 본능적으로 무서웠어요. 이 냄새의 주인에게 악의가 있는지, 애초에 의사 같은 게 있기는 한지, 그걸 전혀 알 수 없어서……. 왠지 밝게 행동하지 않으면 그게 절 삼켜버릴 듯한 공포가……."

히스이는 드러난 하얀 어깨를 자신의 손으로 감싼 채 작게 떨고 있었다.

"그 말은…… 옛날에 있었다는 흑서관 사건과 연관이 있다는 뜻?"

"모르겠어요. 흔히들 심령 스폿이라 말하는 장소와 비슷한 느낌은 있었어요. 실제로 심령현상을 겪을 수 있다면 뭔가 알아낼 수 있을지도 모른다고 생각했는데……." 히스이는 고개를 숙인 채 조용히 가로저었다. "전체적으로 이 냄새가 제 감각을 뒤흔들었던 것 같아요. 강렬한 악취 때문에 다른 냄새를 판별하기 힘들어지는 느낌이에요. 술도 마셨으니 벳쇼 씨가 화장실에 다녀오셨을 때 전 제 감각이 이상해진 줄 알았어요. 그도 그럴 게, 그렇게 짧은 시간 사이에 사람의 냄새가 완전히 바뀌어버리는 경우를 지금까지 겪은 적이 없어서……."

그렇다, 사건 현장을 봤을 때는 계획범죄가 아닌 우발적 범행이었다.

아무리 히스이여도 사람이 누구를 죽인 직후에 풍기는 냄새를 느낄 기회는 지금까지 없었던 것이 분명하다.

"그럼 오늘 아침에 사건이 밝혀진 뒤에 나타난 벳쇼 씨를 보고, 감각이 잘못됐던 게 아니라는 걸 확신했겠군요."

"네. 틀림없이 죄책감과 공포를 끌어안은 살인자의 냄새라고 확신했어요. 그래도, 죄송해요. 변명만 늘어놓고……."

"변명?"

"그렇잖아요. 그때, 제가 느꼈던 걸 선생님께 말했더라면……. 아니, 애초에 수경장의 분위기도 말하는 게 옳았어요."

"아니에요. 그랬더라도 미리 손쓸 수는 없었을 거예요. 예전 사건과는 달리 이번에는 우는 여자가 살인을 예지한 것도 아니고. 망령이 죽인 것도 아니고요. 히스이 씨는 아무 책임도 없어요."

"제 증언으로 벳쇼 씨를 체포할 수 있을까요?"

"영시에는 증거 능력이 없어요. 아직은 용의자가 저 셋으로 좁혀진 단계일 뿐, 벳쇼 씨를 범인으로 지목할 만한 증거는 못 찾았어요."

"그랬군요……. 아무런 도움이 못 돼서 죄송해요."

"벳쇼 씨는 추리작가 지망생이니 증거를 말끔히 없앴다 해도 신기할 건 없어요. 뭔가, 그가 범인이라는 걸 가리키는 단서가 발견되면 좋은데……. 유이카 때와 달리 사자와의 공명 같은 건 겪지 않은 거죠?"

"네. 구로고시 선생님은 나이 차이가 많이 나는 남자라서 저와는 전혀 다른 타입이니까요. 경험상 그런 일을 겪으려면 어느 정도 어피너티…… 음, 우리 말로는 친화성……이라고 하면 될 것 같네요. 돌아가신 분과의 공통점이 필요해요." 히스이는 고개를 떨어뜨리며 말했다.

"단, 한 가지……. 단서인지 아닌지는 모르겠는데……."

"뭔가 있습니까?"

"네. 꿈을 꿨어요."

"꿈이요?"

"그게, 연관이 있는지는 모르겠어요. 그런데 꽤나 또렷하고 기묘한 느낌이 드는 꿈이었어요."

"어떤 꿈이었죠?"

"총 세 번이에요. 그 셋을 하나의 꿈으로 꾼 건지, 하나씩 세 번 꾼 건지…… 잠들어 있을 때라 확신이 없어요."

고게쓰는 혼란스러웠다.

그의 표정을 보고 히스이도 알아챘을 것이다. 다급히 말을 덧붙였다.

"일단 들어보세요. 첫 번째 꿈에는 아리모토 씨가 나왔어요. 모든 꿈에 공통되는 건데, 저는 제가 아니었어요……. 그 꿈속에 저라는 존재가 있었는지…… 잘은 모르겠지만 어쨌든 못 움직여요. 얼굴도 움직이지 못하고, 몸이 있는지도 모르겠고, 목소리를 낼 수도 없어요."

필사적으로 전달하려 하는 히스이의 표정을 보고, 고게쓰는 진지하게 그 이야기를 해석하기 위해 의식을 집중했다. 고개를 가볍게 끄덕여 다음을 재촉했다.

"그런데 아리모토 씨가 눈앞으로 온 거예요. 그러더니 바로 저한테 손을 뻗었어요. 얼굴에 닿을 것 같았는데, 순간 어지럽다가 갑자기 아무것도 안 보이더라고요."

"그리고?"

"첫 번째 꿈은 거기서 끝이에요. 두 번째 꿈은 벳쇼 씨였어요. 뭔가 현기증 같은 걸 느꼈는데 눈앞에 벳쇼 씨가 있더라고요. 코가 닿을 정도로 가까이에서, 벳쇼 씨가 절 보고 있었어요. 저는 뭔가 부끄러웠지만 고개를 돌릴 수도, 눈을 피할 수도 없었어요. 그러고서 벳쇼 씨는 제 볼을 만졌어요. 하지만 피부에 닿는 듯한 감촉은 전혀 없었고……. 벳쇼 씨는 얼마 뒤 떠났어요. 두 번째 꿈은 그렇게 끝났어요."

"그러면 세 번째 꿈에는 신타니 씨가 나왔어요?"

"맞아요. 신타니 씨가 왔고, 바로 제 얼굴로 손을 뻗었어요. 그리고 또 현기증을 느끼면서 아무것도 안 보였죠……. 어떻게 된 건가

의아했는데 갑자기 다시 신타니 씨가 보였어요. 신타니 씨는 제 볼을 만진 것 같았는데 바로 손을 떼더니 자리를 떴어요. 그게 끝이에요."

"끝이군요."

고게쓰는 숨을 내쉬며 손가락으로 턱 끝을 더듬었다.

솔직히 크게 낙담했지만 속내를 얼굴에 드러낼 수는 없었다.

히스이의 이야기는 도저히 갈피를 잡을 수 없었다. 단순한 꿈으로 볼 수도 있고, 설령 영시의 한 종류였다 해도 의미하는 바가 뭔지 전혀 알 수 없었다. 예전에 유이카와 공명했을 때보다는 내용이 구체적이었지만 사건 해결의 단서가 될 것 같지는 않았다.

"그런 꿈을 자주 꿉니까?"

"아뇨…… 처음이에요." 히스이는 미안하다는 듯 어깨를 옴츠렸다. "그런데, 어렴풋하긴 하지만 이 수경장에 씐 무언가가 제게 하고 싶은 말이 있는 게 아닐까 싶어서……. 일종의 공명 현상일지도 몰라요. 이 집에 씐 무언가의 의식이 제게 흘러들어온 것 같은……."

히스이는 답답했는지 속상하다는 듯 입술을 꽉 깨물었다. 하지만 지금으로서는 할 수 있는 일이 별로 없었다. 용의자는 세 명으로 좁혀졌다. 의외로 곧장 물증이 발견될 가능성도 있었다. 고게쓰도 수면 부족으로 머리가 돌아가지 않았다. 조금은 쉬어야 할 것이다.

그러나 오후가 되자 사태는 급전직하의 양상을 보였다.

경찰이 신타니 유키노에게 임의 동행을 요구한 것이다.

"먼저, 압수한 구로고시의 노트북을 조사했어. 비밀번호가 걸려 있어서 시간이 걸릴 줄 알았는데 구로고시의 아들이 짐작 가는 조합 몇 개를 알려줘서 풀 수 있었지. 그래서 범행 동기가 될 만한 게 있는지 메일 이력을 살펴봤어. 선생도 알다시피 우리 분석팀은 우수해서 말이야, 삭제된 메일 데이터도 살려냈거든. 그게 구로고시와 신타니가 주고받은 메일이었어. 두 사람은 불륜 관계였더군."

관할 경찰서의 좁은 방 안에서 고게쓰는 가네바의 설명을 듣고 있었다.

고게쓰는 낡은 접이식 의자에 앉아 있었는데 가네바는 수사 자료를 한 손에 들고 서서 말할 뿐 앉으려 하지 않았다. 딱 오 분이라고 말을 했던 터라 바로 나갈 생각일 것이다.

"또 책상 지문을 자세히 조사한 결과 신타니 유키노의 지문이 나왔어."

"신타니 씨는 몇 번이나 수경장을 드나들었습니다. 구로고시 선생님의 작업실에서 지문이 발견돼도 이상할 건 없지 않나요?"

"맞아. 그런데 노트북 키보드랑 터치패드에서도 검출됐어. 지문이 묻은 순서나 시기를 특정하기는 어렵지만, 마지막으로 신타니가 노트북을 쓴 게 아니라면 그녀의 지문이 지워지고 구로고시의 지문이 떡하니 찍혀 있었어야지. 신타니는 구로고시를 죽인 후에 노트북을 만져서 경찰이 범행 동기를 알아내지 못하도록 자신들의 메일을 지웠을 거야."

"동기는 뭡니까?"

"치정 싸움. 헤어지자는 얘기가 나왔거나, 어쩌면 신타니가 결혼을 요구했을지도 모르고. 구로고시는 부인과 헤어질 마음이 없었겠지. 인기 있는 작가라면 유산을 노리고 접근했을 가능성도 생각할 수 있어."

"당사자는 뭐라고 하던가요?"

고게쓰의 질문에 가네바는 어깨를 으쓱였다.

"메일을 삭제한 건 맞다고 하더라고. 그런데 자기가 방에 갔을 때는 구로고시가 이미 죽어 있었다고 진술했어. 뻔한 거짓말이지. 메일을 지운 이유는 협박을 받았기 때문이라더군. 구로고시한테 헤어지자고 했는데, 공개되면 난처해지는 사진을 찍힌 터라 그 데이터를 지우고 싶었다고. 지금까지는 기회가 없었는데 죽은 걸 발견하고 이때다 싶어 지웠다나봐."

"그럼…… 이대로 체포하실 겁니까."

"응. 이미 체포영장을 청구했어. 동기도 물증도 충분해. 영상 가지고 자택 수사를 하면 그 밖에도 뭔가 나올지도 모르지. 기소할 수 있을 거야."

대체 무슨 상황인가.

이건 오인 체포다.

하지만 고게쓰는 현재 상태를 뒤집을 논리와 증거를 제공할 수 없다.

설령 히스이의 힘이 진실을 꿰뚫어 본다 해도 영매의 증언으로 는…….

"범인은 흉기와 방의 지문을 닦았습니다. 그런데 노트북의 지문을 닦지 않았다는 건 모순되지 않나요?"

"깜빡했겠지. 작가 선생에게는 미안하지만 현실은 추리소설과 달라. 그런 실수도 있을 수 있다고. 게다가 범인은 피 묻은 손으로 책상을 짚는 실수도 했어. 다른 실수를 했어도 이상할 건 없잖아."

"그럼 세면실 쪽은요?"

"아아, 루미놀 반응이 강하게 나왔더라. 신타니가 거기에서 피를 씻은 게 틀림없어."

"그 밖에 수상한 점은?"

"글쎄. 미러 캐비닛에 달린 거울 일부분에 지문을 닦은 흔적이 있었어. 거기만 눈에 띄게 깨끗해서 감식반이 의문을 느낀 거야. 그래서 조사했더니 경미한 루미놀 반응이 나온 데다 신타니 유키노의 지문 두 개가 검출됐어. 같은 손가락 지문이 두 개. 피 묻은 손가락으로 만져서 그 지문을 닦으려다가 재차 여러 번 만져버린 거겠지."

"같은 지문이 두 개……. 그 말은 두 번이나 만졌다는 뜻이에요? 애써 지문을 닦은 후에?"

"그런 실수도 있을 수 있어."

확실히 미심쩍기는 하지만, 신타니 유키노가 뭔가를 위해 손을 썼다는 증거로도 해석될 수 있다.

"그렇다 쳐도, 캐비닛의 거울을 만져야 했던 이유가 뭐예요?"

"몰라. 추궁했는데 변호사가 올 때까지 묵비권을 행사하겠대."

"캐비닛 안에 뭔가 있었습니까?"

"아니, 캐비닛 안에서는 루미놀 반응이 안 나왔어. 지문은 구로고시 것만 있고 닦은 흔적은 없어."

"그렇다면 거울을 만질 이유가 없습니다. 부자연스러워요."

"저도 모르게 손이 닿았겠지. 다른 건 생각할 수 없으니까."

"하지만……."

고게쓰는 입술을 깨물었다.

신타니는 왜 두 번이나 거울을 만졌을까. 지문을 닦은 흔적이 있다는 것은 범인도 거울을 만졌다는 뜻이 된다. 어째서 굳이 거울을 만져야 했을까?

시선을 떨어뜨리고 생각을 거듭했다.

하지만 묘안은 떠오르지 않았다. 가네바는 영리한 형사였다. 원래라면 고게쓰가 지적한 모순을 그대로 받아들이는 듯한 짓은 하시 않을 터였다. 그런데도 신타니 유키노가 범인이라는 선입견에 사로

잡혀 그녀가 실수를 했을 거라 믿고 그쪽으로만 사고 회로를 작동시키고 있다.

아니…….

어쩌면 그 반대인가?

고게쓰는 히스이의 영시에 의해 벳쇼 고스케가 범인인 것을 알고 있다.

한데 만약 몰랐다면?

이 사건 현장에 히스이가 함께 있지 않았다면…….

그렇다면 여기까지가 확보된 증거인 것이다.

자신 또한 신타니 유키노를 의심하지 않았을까?

벳쇼 고스케가 범인이라는 사실을 아는 바람에 시야가 좁아진 것은 아닌지?

애당초 벳쇼 고스케는 정말 범인이 맞는가?

히스이의 능력은 진짜다.

하지만 영시의 원리는 혼의 냄새를 느끼는 것이다.

벳쇼 고스케가 살인을 저지른 순간을 천리안으로 엿본 것이 아니다.

무언가 다른 이유로 강한 죄책감을 느껴 혼의 냄새가 변했다면?

그런 일은 있을 수 없다고 딱 잘라 말할 수 있을까?

"뭐야, 못 받아들이는 거야?"

"아니…… 그냥, 도저히 개운하지가 않아서요."

"그럼 다른 녀석이 범인이라는 증거 있어?"

"아뇨……."

"불만이 있다면 늘 그랬듯 합리적인 각본을 준비해봐. 그렇게 할 수 있다면 범인 체포를 위해 뭐든 해줄 테니까. 하지만 그게 불가능하다면……. 벌써 시간이 이렇게 됐군."

가네바의 재촉에 고게쓰는 자리에서 일어났다.

◉

아무리 발버둥 쳐도 가네바를 납득시킬 만한 각본을 준비할 수 있을 것 같지 않다.

어쩔 수 없는 일이라고 스스로에게 말하며, 고게쓰 시로는 고요해진 경찰서 안을 걸었다.

출구로 향하는데 대기석에 앉아 있는 한 아가씨의 모습이 눈에 들어왔다.

조즈카 히스이였다.

서양 인형처럼 아름다운 그녀는 초조한지 얼굴에 그늘을 드리우고 있었다. 평소라면 정성스레 빗겨져 있을 부드러운 흑발도 힘없이 풀려 정리되지 않은 듯 보였다.

히스이가 자리에서 일어나 고게쓰에게 다가왔다.

"선생님, 어땠어요?"

불안한 듯 물어오는 목소리에 고게쓰는 고개를 저었다.

그러고는 출구로 향했다. 자동문을 빠져나가자 미적지근한 바깥 공기가 피부로 달려들었다. 밖은 이미 어스레했다. 갑자기 온몸에 피로가 몰려왔다. 주차장까지 걷는 동안 히스이가 필사적으로 걸음을 맞추며 바싹 뒤따라왔다.

"왜 아무 말도 안 하시는 거예요?"

"이제 우리가 할 수 있는 게 없으니까요."

"그게 무슨……."

차에 도착했다. 차 문을 열려는 순간 고게쓰의 앞을 가로막듯 히스이의 연약한 몸이 파고들었다.

"선생님, 부탁이에요. 신타니 씨는 범인이 아니에요! 이대로라면 신타니 씨가 체포될 거예요!"

있는 힘껏 호소하는 히스이를 고게쓰는 말없이 바라보았다.

"범인은 뱃쇼 씨예요. 그걸 뻔히 아는데, 어떻게 알면서 죄 없는 사람을……."

"증거 있어요?"

"증거……."

히스이의 눈동자가 큼지막해졌다.

깜짝 놀랐는지 촉촉한 입술이 열린 채 꺼낼 말을 찾고 있다.

"그건……."

기우뚱.

몸이 그 상태로 기운다는 착각이 들 정도로 영매의 몸이 휘청거렸다. 매달리듯 뻗은 손이 고게쓰의 팔을 움켜쥔다.

"그래도……. 선생님은 지금까지 여러 사건을 해결하셨잖아요. 왜 그렇게 쉽게 포기해버리시는 거예요……."

"지금까지 내가 관여한 사건은…… 기본적으로는 가네바 경부님이 협조를 요청한 경우였어요. 이번 사건에서는 날 필요로 하지 않아요. 난 외부인이자 아마추어일 뿐입니다."

"하지만 구라모치 씨 때는……."

영매의 몸은 작게 떨리고 있었다. 고통에 괴로워하듯 몸을 구부리더니 결국 그 머리가 고게쓰의 가슴에 닿았다.

"유이카 때는 특별했지. 그 아이와 친했으니까요. 그때 난 화가 났어. 하지만 이번에는……."

"선생님한테는 그럴지도 모르지만……."

히스이의 목소리가 애처롭게 떨렸다.

"하지만 제게는…… 특별해요."

"왜죠?"

"신타니 씨랑…… 바비큐를 했어요."

"그렇다고……."

고게쓰는 자신의 소매를 붙잡고 있는 히스이의 손끝을 바라봤다. 창백한 손이 소매를 꼭 쥐고 있다.

분노에 차 떨리는 듯 보이기도 했다.

슬픔에 탄식하는 듯 보이기도 했다.

"친구가 될 수도 있었단 말이에요……. 어떻게 해야 할지 몰라 당황하는 절 못 본 체하지 않고 고기를 구워서 건네줬어요. 같이 술을 마시고, 재미있는 얘기를 해주고, 같이 웃어줬어요. 이모티콘도 많이 교환했어요. 이걸로는 안 돼요? 이것만으로는 화를 내면 안 되는 건가요? 분노하면 안 되는 거예요? 도움이 되고 싶다고 생각하면 안 되는 거예요……?"

고게쓰는 깊은 한숨을 내쉬었다.

해 질 녘, 산장의 정원에서 열린 소소한 파티.

고게쓰는 그 장면을 떠올렸다.

히스이와 자신은 보는 세계가 다르다.

비단 심령에 국한된 것이 아니다.

자신에게는 따분한 일상의 한 조각이 히스이의 눈에는 보석처럼 반짝였던 것이다.

"하지만…… 벳쇼 씨가 범인이라는 증거는 없어요."

"그렇다면 찾아주세요. 선생님이라면 할 수 있어요."

"그런데…… 진짜 그가 죽인 게 맞는지도 모르겠어요."

붙들린 소매에서 힘이 빠져나가는 것을 느꼈다.

"선생님도…… 안 믿는 거네……."

몸에 가해지던 무게가 덜어지더니 히스이가 뒤로 물러났다.

"선생님, 가르쳐주세요."

영매가 얼굴을 들었다.

비취빛 눈망울이 눈물로 젖어 있었다.

"그럼 저한테는 왜 이런 힘이 있는 거예요? 진실을 알 수 있는데 어째서 저는 이렇게 무능한 걸까요……."

자신의 운명을 조소하는 듯한 애달픈 미소.

"무얼 위해 이런 힘을 가지고 있죠? 혼나기 위해서? 아니면 정신이 나가서 헛소리하는 거라고 동정받기 위해서?"

고게쓰는 히스이의 볼을 적시는 빛을 바라봤다.

아침 이슬에 몸을 축인 화초처럼, 내리깔린 긴 속눈썹이 젖어 있었다. 신비로운 분위기를 연출하는 화장은 망가져갔다. 그 번져나간 신비성을 닦아내면 히스이는 무기력한 여성이었다. 혹은 소녀라 해도 좋으리라. 혼자 되고, 동정받고, 타인과 어울리는 것도 허용되지 않고, 다른 사람에게 도움을 줄 수 있기를 소원해도 그러지 못한 채 무력하게 떨고 있는 한 명의 소녀에 불과했다.

하얗고 매끄러운 어깨가 쓸쓸하게 떨렸다.

고게쓰는 히스이를 끌어안지 않았다.

대신 발걸음을 돌렸다.

"선생님……?"

망연자실한 그녀를 내버려두고 돌아서지 않았다면 자신의 욕구를 억누를 수 없었으리라.

고게쓰는 경찰서 안으로 들어섰다. 성큼성큼 안쪽으로 걸어 들어 갔다.

"경부님!"

고게쓰가 거칠게 외쳤다.

경찰관 한 명이 무슨 일이냐며 발을 멈췄다.

"가네바 씨를 불러주세요! 가네바 경부님요!"

곧장 가네바가 복도에 얼굴을 내밀었다.

"뭐야, 왜 이리 소란⋯⋯."

고게쓰는 가네바를 똑바로 보며 말했다.

"체포는 기다려주십시오."

"그게 무슨 소리야?"

"범인은 벳쇼 고스케입니다."

"어째서 그렇게 되는 거야? 증거라도 있어?"

가네바는 고게쓰를 노려봤다.

날카로운 눈빛을 정면으로 받아내며 고게쓰가 입을 뗐다.

"지금부터 찾겠습니다."

"지금부터⋯⋯?"

"조금만, 시간을 주세요. 부탁드립니다."

고게쓰는 가네바의 대답을 기다리지 않고 몸을 돌렸다.

"어이, 딱 한 시간 준다!"

짜증스럽다는 듯 그렇게 외치는 가네바의 목소리가 어깨 너머에서 들려왔다.

히스이가 출구에서 기다리고 있었다.

고게쓰는 히스이를 데리고 경찰서를 나섰다.

주차장까지 걸어 차에 올라탔다.

조수석에 히스이가 앉기를 기다렸다가 고게쓰는 말했다.

"자주 가는 찻집에 가서 생각해볼 겁니다."

"저는 어떻게 할까요?"

"히스이 씨에게 묻고 싶은 게 생길 수도 있어요. 저는 한동안 말이 없어지겠지만, 그래도 괜찮다면 같이 있어주는 게 도움이 될 거예요."

"네!"

히스이가 반짝이는 얼굴로 고개를 끄덕였다.

고게쓰가 시동을 걸었다.

"선생님."

몸을 비틀어 후방을 확인하며 차를 출발시켰다.

"감사합니다."

옆에 앉은 히스이의 말만이 귓가에 닿았다.

"제 힘과 선생님의 힘, 둘을 합쳐서 진실을 밝혀주세요. 선생님이라면 할 수 있어요."

심령과 논리를 조합해 진실을 제시한다.

자신은 히스이의 매개자가 되는 길을 택한 것이다.

시간이 별로 없다.

고게쓰 시로는 사색의 바다에 빠져 있다.

기분 좋은 커피 향이 코끝을 간질이고 카페인이 의식을 고조시킨다. 작업할 때 찾는 단골 찻집의 그 칸막이 좌석이었다. 자신과 히스이 외에 다른 손님은 없고 아늑한 곡조의 음악 소리가 귀에 들어올 뿐. 히스이는 건너편에 앉아 있는데, 진지한 눈빛으로 고게쓰를 바라볼 뿐 괜한 말을 하려 들지는 않는다. 차에서 꺼낸 노트북을 열어 요점을 정리하기 위해 텍스트를 입력했다.

남은 한 시간 동안 벳쇼 고스케의 범행을 드러낼 논리를 엮어내야 한다.

고게쓰는 히스이가 꾼 꿈에 대해 생각하고 있었다.

평범한 꿈이 아니다. 확증은 전혀 없지만 그렇게 단정 짓자. 현재로서 논리를 쌓을 단서가 될 만한 것은 그 꿈이 가리키는 내용뿐이다. 히스이의 말대로 수경장에 썬 무언가가 그녀에게 보여준 꿈이었다고 믿을 수밖에 없다.

고게쓰는 히스이가 꾼 세 가지의 꿈을 간략히 정리했다.

① 아리모토가 히스이에게 온다. 아리모토가 히스이에게 손을 뻗는다. 현기증과 함께 아무것도 보이지 않는다.

② 현기증을 느낀다. 눈앞에 벳쇼가 나타난다. 벳쇼가 히스이의 볼을 만진다. 벳쇼가 떠난다.

③ 신타니가 히스이에게 온다. 신타니가 히스이에게 손을 뻗는다. 현기증과 함께 아무것도 보이지 않는다. 얼마 후 신타니의 모습이 보이고, 신타니가 자리를 뜬다.


무엇을 의미할까?

일단 의미가 있다 믿기로 하고, 이 꿈 내용은 무엇을 추상적으로 표현한 것일까?

첫 번째와 세 번째 꿈은 인물은 다르지만 일어난 현상에 공통점이 있다. 두 번째 벳쇼 꿈만 달랐던 이유는 그가 범인이라서 그런 것일까?

"히스이 씨."

고게쓰는 얼굴을 들었다. 히스이는 살짝 놀란 듯 눈을 크게 떴다. 화장이 지워진 탓인지 앳된 소녀가 화장을 하다 실패한 얼굴로 보이기도 하여 사랑스러움이 강조되어 보였다.

"네."

"이 꿈의 배경은 전부 같은 장소였어요? 배경에서 뭔가 본 건 없습니까?"

"배경······."

히스이는 미간을 찌푸렸다.

손가락으로 핑크빛 아랫입술을 찔러 올리며, 회상하듯 허공을 올려다본다.

"네······ 그, 확실히, 어딘가에서 본 것 같은 장소였을지도 몰라요. 그렇네요. 수경장의 어딘가였을 가능성이 높겠어요. 셋 다 같은 곳이었고······."

"히스이 씨는 못 움직였다고 했죠."

"네."

"그리고, 손이 얼굴을 만지는 것 같은데 감촉이 느껴지지 않고······."

"그랬어요. 뭐랄까, 저한테 오감이 없다고 해야 할지, 생소한 느낌이었어요. 마치 물건이 된 것 같은······."

"물건······."

그렇다면.

어쩌면 실제로 일어난 광경이었던 것은 아닐까?

그날 밤 수경장에서 실제로 일어난 광경을, 히스이가 꿈에서 본 것이라면?

그럼 그때 세 사람이 같은 곳에서 같은 행동을 했다는 뜻이 된다.

그런 일이 가능할까? 대체 어디에서 어떤 행동을 해야 그런 결과가 나오는 걸까.

이 가늘디가는 실을 조심스레 끌어당겨야 한다. 불쑥 고개를 들자 히스이가 불안한지 눈꼬리를 내린 채 고게쓰를 보고 있었다. 고게쓰는 히스이를 보며 빙긋 웃었다.

"화장을 고치는 게 좋을지도 모르겠어요."

"음?"

히스이는 커다란 눈을 깜박거렸다.

그러고는 핸드백을 뒤져 투명한 보석을 모티프로 한 듯한 콤팩트를 꺼냈다. 거울을 보더니 얼굴을 붉힌다.

"시, 실례해요. 저는 잠시 화장을 고치러⋯⋯."

그 순간, 한 줄기 광명이 비쳤다.

"잠깐."

고게쓰는 무의식중에 그녀를 제지했다. 히스이가 신기하다는 듯 이쪽을 본다.

그날 밤 세 사람은 모두 거실을 지나갔다. 그렇다면, 거실을 지나간 이유를 생각하면 그곳에 당도하는 것은 자연스럽다. 이것을 조합하면 논리적으로 벳쇼 고스케를 범인으로 지목하고 신타니 유키노의 무죄를 증명할 수 있지 않을까?

고게쓰의 뇌리에서 불빛이 번뜩였다.

놀라운 속도로 계산이 맞아들어간다.

그래. 그거라면 거울에 지문이 묻은 이유를 설명할 수 있다⋯⋯.

고게쓰는 벳쇼가 범인이라는 사실을 알고 있다. 하지만 그게 아니라 다른 인물이 범인일지도 모른다는 가정까지 검토해 모든 패턴을 검증해야 한다.

그렇게 가네바를 납득시킬 수 있다면.

"고게쓰 선생님?"

가능할까?

지금 상태로는 두 사람까지만 좁힐 수 있다.

다른 재료가 필요하다.

아리모토를 부정할 수 있으면 좋은데.

어떻게 부정하지?

무언가 재료를 찾기 위해 텍스트를 다시 읽으려 키보드에 손을 얹었다. 장고가 이어져 노트북이 잠겨 있었다. 이걸 푸는 것조차 번거롭다…….

"잠깐…….."

고게쓰가 일어났다.

그리고 몇 걸음 걸었다.

한동안 가게 안을 여기저기 서성거렸다.

"그래…… 너무 쉽잖아…….."

스마트폰을 꺼내 가네바에게 전화를 걸었다.

"경부님, 한 가지 확인을 부탁드리고 싶습니다. 구로고시 선생님 노트북의 잠금 설정 시간을 알아봐주세요."

십 분 뒤 가네바가 전화로 답변해주었다.

"한 시간이었어. 한 시간 후에 잠기게 돼 있었는데…… 이봐, 작가 선생, 이건 어쩌면……."

역시나 가네바도 알아차렸을 것이다.

"네. 이제 범인은 한 명으로 좁혀졌습니다."

칸막이 자리 옆에 서서 통화중인 고게쓰를 히스이가 경이로운 표정으로 올려다보고 있다.

고게쓰는 말없이 그녀를 보며 고개를 끄덕였다.

영시로는 한순간이었다.

하지만 그것을 증명할 수 있는 논리를 구축하기란 어찌나 번거로운지.

다음 날, 벳쇼 고스케가 체포되었다.

당사자의 자백도 있어 경위 조사는 순조로웠다고 한다.

고게쓰가 히스이를 만난 것은 그로부터 며칠이 지난 후였다. 각자 일정이 있어 바로는 만나지 못했던 것이다.

"도대체 선생님은 어떤 마법을 쓰신 거예요?"

그런 까닭에, 신기해하는 히스이에게 설명할 기회기 오늘로까시 미뤄지고 말았다. 약속 장소는 히스이의 집이었다. 지와사키가 솜 씨를 발휘해 식사를 준비해주기로 했다. 약속 시간보다 조금 일찍 초고층 맨션의 꼭대기에 올랐는데, 어딘가 행복해 보이는, 마치 악령을 떨쳐낸 듯한 표정의 부부가 히스이의 집에서 걸어 나왔다.

히스이는 그 힘으로 이곳을 찾는 사람들에게 행복을 찾아줄 수 있다.

하지만 힘을 믿는 것은 이 장소를 직접 찾는 자들에 국한된다.

현대사회에서는 그 힘만으로는 부족하여 논리의 힘이 필요할 때가 있다.

그때 고게쓰는 신뢰하는 가네바에게 진실을 알릴 수 없어 답답함을 느꼈다. 히스이는 아마도 그것과는 비교도 되지 않을 심정을 일상적으로 맛보았을 것이다. 진실을 아는데도 그것을 전할 길이 없다. 신뢰받지 못하고 때로는 망언이라 치부된다. 어느 누구도 자신을 이해해주지 않는 고통은 얼마만큼의 고독을 초래할까.

조금 전 손님이 있었기 때문인지 히스이의 화장이 어둡고 암울해 보였다. 그 말을 입에 올리자 히스이는 창피했는지 화장을 고치고 오겠다며 방으로 들어가려 했다. 개의치 말라고 가까스로 만류한 뒤, 이번 사건의 논리를 자세히 풀기 시작했다.

"가네바 경부님을 설득하기 위한 논리인데…… 흠, 뭐랄까, 조금 어려울 거예요. 이해가 잘 안 되는 부분이 있으면 편하게 얘기해주세요."

히스이는 추리소설을 잘 못 읽는다고 하니 친절히 설명할 필요가 있을 것이다.

"먼저 저는 히스이 씨의 꿈을 **그날 밤에 실제로 일어난 일**이라고 가정했습니다. 히스이 씨가 배경이 다 같았다고 했고 수경장이었을지도 모른다고 했기 때문이죠."

"세 사람이 실제로 제 얼굴을 만지기라도 했다는 뜻인가요? 잠든 사이에……."

히스이는 볼이 발개져서 당혹스럽다는 듯 눈꼬리를 내렸다.

"아뇨, 그렇지 않아요." 고게쓰는 웃었다. "히스이 씨는 꿈속에서는 움직일 수 없었고 시선조차 돌릴 수 없었다고 했죠? 그래서 히스이 씨가 영화나 텔레비전을 보듯 관객으로서 그 꿈을 꾼 건 아닐까 하고 생각했어요. 만약 그렇다면 시점이 고정됐다는 말이 됩니다. 설치된 카메라든 뭐든, 그런 걸로 본 광경일 거라 연상했어요. 그럼 세 사람은 그 카메라 같은 것에 손을 뻗기도 하고 얼굴을 갖다 대기도 했다는 뜻이죠. 그런데, 그때 화장을 확인하려던 히스이 씨를 보고 '수경장'이라는 이름의 유래가 머리를 스쳤어요."

"앗, 혹시, 거울……."

"맞습니다. 수경장에는 여기저기에 오래된 거울이 걸려 있었죠. 그리고 신타니 씨 등 몇몇이 말했던 심령현상 중에는 **거울 속에 여자가 있었다**는 이야기가 있었어요. 저도 거울 속에서 파란 눈의 여자를 봤고요. 만약 히스이 씨에게 꿈을 보여준 수경장의 알 수 없는 무언가가 거울과 관련 있다면, 그 영상은 **거울에 깃든 누군가의 시점**

이었을지도 모른다고 추측할 수 있죠."

"정말…… 네, 맞아, 맞아요. 그럴지도 몰라요. 제가 본 건 **세 사람이 거울을 보는 모습**이었던 거네요!"

"셋 다 거실을 지나갈 때 화장실에 간다고 했어요. 아리모토 씨는 화장실에 자주 갔고, 벳쇼 씨는 피 묻은 손을 씻어야 했죠. 신타니 씨는 정말로 구로고시 선생님과 이야기를 하기 위해 작업실로 갔겠지만 선생님의 시신을 발견하고 메일을 지우면서 혈흔을 건드렸을지도 모른다는 생각에 손을 씻었을 가능성이 있어요. 공통점은 **세 사람이 세면실을 이용했다**는 사실입니다. 그렇다면 히스이 씨의 꿈은 세면대 거울 안에서 본 시점일 거라 생각했어요. 아리모토 씨, 벳쇼 씨, 신타니 씨가 차례로 세면대 앞에 섰을 때의 광경이요."

"저기…… 그렇다면 셋 다 거울에 손을 뻗었다는 거예요? 왜요?"

"네. 지금부터 설명할 논리에서 그게 가장 중요합니다. 세 사람은 왜 거울로 손을 뻗었을까요? 그리고 그때마다 거울 시점에서, 히스이 씨가 현기증 같은 걸 느끼고 아무것도 못 보게 된 이유는 뭘까요? 저는 수경장 세면대 쪽의 풍경을 떠올렸어요. 똑똑히 기억합니다. 자정에 추시계의 종이 울렸을 때, 눈앞의 거울에 유령이 있으면 어떡하나 생각했을 정도니까요. 그래요, 세면대 거울은 **캐비닛 문에 붙어 있었어요**. 세 사람은 캐비닛을 열기도 닫기도 한 거죠. 그러면서 거울이 움직여서 셋의 얼굴이 안 보였다가 나타났다가 한 것처럼 보인 거예요."

"하지만 캐비닛을 열 필요가 있었나요?"

"오늘 설명을 하기로 해서 그때 적은 메모를 인쇄해 왔어요."

① 아리모토가 히스이에게 온다. 아리모토가 히스이에게 손을 뻗는다. 현기증과 함께 아무것도 보이지 않는다.

② 현기증을 느낀다. 눈앞에 벳쇼가 나타난다. 벳쇼가 히스이의 볼을 만진다. 벳쇼가 떠난다.

③ 신타니가 히스이에게 온다. 신타니가 히스이에게 손을 뻗는다. 현기증과 함께 아무것도 보이지 않는다. 얼마 후 신타니의 모습이 보이고, 그녀가 자리를 뜬다.

"이걸, 조금 전 이야기를 감안해서 정리하면 이렇게 표현할 수 있죠."

① 아리모토가 세면대 앞에 선다. 캐비닛을 연다. 거울이 옆쪽을 향한다.

② 벳쇼가 세면대 앞에 선다. 캐비닛을 닫는다. 거울이 벳쇼를 비춘다.

③ 신타니가 세면대 앞에 선다. 캐비닛을 연다. 거울이 옆쪽을 향한다. 잠시 후 캐비닛을 닫는다.

"그런데, 아리모토 씨와 신타니 씨는 거울이 보이지 않도록 캐비 닛을 열 필요가 있었어요. 왜일까요? 두 사람의 공통점을 생각하면 이해할 수 있어요."

"그렇구나……. **심령현상이 무서웠던** 거네요. **거울 안에 유령이 있 을지도 모른다**고 생각해서……."

"맞아요. 실제로 그런 경험을 했다면 공포심을 느끼는 건 당연하 다 할 수 있죠. 거울에 무시무시한 게 비치고 그게 날 보고 있으면 어쩌나……. 손을 씻는 동안 그런 상상을 부추기는 거울이 눈앞에 있으니 무서웠던 거예요. 그런데 거울은 캐비닛 문에 붙어 있었죠. 문을 열어버리면 거울이 옆쪽을 보게 되니 자신의 시야에는 들어오 지 않아요. 그에 비해 벳쇼 씨는 **거울을 확인해야 했어요**. 범행 현장인 구로고시 선생님의 작업실은 그 집에서 유일하게 거울이 없는 방이 었어요. 그리고 죽일 때 피가 튀었으니……. 행여 자기 얼굴이나 옷 에 혈흔이 묻었다면, 거실을 지나 돌아갈 때 우리의 의심을 살 수 있 어요. 벳쇼 씨는 거울로 그걸 확인할 필요가 있었어요. 하지만 직전 에 세면대를 쓴 아리모토 씨가 캐비닛을 열어놓았으니 다시 닫은 거 죠. 히스이 씨가 꾼 꿈은 세 사람의 이런 일련의 행동이었어요."

히스이는 눈을 휘둥그레 뜨고 놀랍다는 듯 고게쓰를 쳐다보았다.

"이렇게 그날 밤 세면대에서 있었던 일을 설명할 수 있어요."

"그런데 선생님." 히스이는 눈꼬리를 내린 채 불안해하며 말했다. "꿈의 의미와 세면실에서 무슨 일이 있었는지를 알아낸 정도로는 범인을 단정할 수 없을 것 같은데……."

"그게, 가능합니다."

멍하니 눈을 깜박이는 히스이의 표정이 놀라움과 순진함으로 가득했다. 그 얼굴을 볼 수 있다는 것만으로도 이 논리에 다다른 보람이 느껴졌다.

"여기서부터는 영시로 얻은 정보를 논리로 변환해야 해요. 실제로 세 사람이 그대로 행동하면 어떻게 될 것인가. 이 정보로 과학수사에 도움을 줄 수 있을까. 네, 가능했습니다. 지문이에요."

"지문이요?"

"세면대 거울에 미심쩍은 자국이 있었다는 이야기를 떠올렸어요. 거기만 지문을 닦은 것처럼 깨끗했는데, 그 위에 **신타니 씨의 같은 손가락 지문이 두 개 남아 있었다**는 이야기였죠. 즉 신타니 씨는 같은 손가락으로 두 번이나 거울의 같은 곳을 만진 거예요. 이건 조금 전의 이야기를 감안하면 이렇게 추리할 수 있어요. 아리모토 씨가 캐비닛을 연 뒤, 범행을 마친 벳쇼 씨가 왔다. 그는 피가 묻었는지 확인하려고 캐비닛을 닫아 거울을 보려 했다. 그런데 그러다가 피 묻은 손으로 캐비닛을 닫아버렸다. 즉 **거울에 닿은 손가락이 혈흔과 지문을 동시에 남겨버렸다**. 거울의 그 부분을 일부러 닦은 이유로는 그것밖에 생각할 수 없어요. 그래서 그는 구로고시 선생님의 작업실에서 가져온 티슈 같은 것으로 혈흔과 지문을 닦아야 했던 거죠. 거울의 일부분이 닦여나간 흔적이 있고 그 위에 신타니 씨의 지문만 남았던 이유는 이것으로 합리적인 설명이 가능합니다."

"그렇구나……. 그렇네요. 그 후에 신타니 씨가 세면대에 들어갔을 때, 무서워서 거울이 보이지 않도록 캐비닛을 열었으니 **그때 신타니 씨의 지문이 묻은 거군요.**"

"그리고 신타니 씨는 세면대를 떠날 때 캐비닛을 닫아서 원래대로 돌려놨어요. 즉 **총 두 번 캐비닛을 만졌죠. 같은 손가락의 지문이 두번 찍힌 건 그것 때문**이었어요. 이런 상황을 감안해서 누가 범인이어야 합리적으로 이 지문의 상황에 들어맞을 것인지, 세 종류의 고찰을 가네바 씨에게 설명했어요."

"세 종류의 고찰……."

"네. 우리는 히스이 씨의 영시로 누가 캐비닛을 열고 닫았는지 알지만, 가네바 씨에게 꿈에서 봤다고 말할 수는 없어요. 그래서 하나하나 자세히 검증한 과정을 말씀드렸죠. 증명에 앞서, **밤 12시에는 캐비닛 문이 닫혀 있었다**는 데 유의해주세요. 그때 세면대를 쓰면서 제 눈으로 직접 확인했습니다."

고게쓰는 뒤이어 세 종류의 고찰을 차례로 히스이에게 설명했다.

"먼저 ① 신타니 유키노를 범인으로 가정할 경우입니다. 그녀가 범인일 경우, 그 전에 세면대를 쓴 아리모토 씨나 벳쇼 씨가 캐비닛을 열었다는 뜻이 됩니다. 신타니 씨는 캐비닛이 열려 있으니까 닫았다. 얼굴에 피가 튀지 않았는지 거울로 확인하기 위해서죠. 그때 거울에 혈흔과 지문이 남아버렸다. 그래서 거울에 묻은 혈흔과 지문을 닦았다. 하지만 실제로는 닦은 흔적 위에 그녀의 지문이 두 개 남아 있었으니, 그녀가 범인이라면 굳이 두 번이나 같은 손가락으로 그곳을 만질 필요가 있었다는 소리가 돼요. 어떻게 하면 이런 상황이 될까요? 생각할 수 있는 건 지문을 닦은 뒤 유령이 무서워져서 다시 캐비닛을 열었다가, 나갈 때 닫았을 경우예요. 하지만 지문을 닦았다면 그 자리를 바로 뜨는 게 좋으니 그건 생각하기 어렵습니다. 지문을 닦기 전에 손에 묻은 피를 씻어냈을 테니까요. 즉 신타니 씨가 범인일 경우 그녀의 지문이 두 번이나 남아 있다는 것은 합리적이지 않아요. 이걸 두고 가네바 경부님은 부자연스럽다는 걸 인정하면서도 실수를 했을 거라 판단했죠. 하지만 그 말인즉 이것보다 합리적인 답안을 도출하면 그쪽을 수용할 가능성이 있다는 뜻이에요. 애써 흔적을 닦은 후에 한 번도 아니고 두 번이나 깜빡하고 지문을 남기는 건 지나치게 부자연스러우니까요."

히스이는 미간을 잔뜩 찌푸린 채 고게쓰의 이야기를 가만히 듣고 있었다.

지와사키가 아이스커피를 내주었다. 숨을 돌리기에는 딱 좋을 듯했다.

"히스이 좀 봐. 머리가 뒤죽박죽인가보네."

그렇게 말한 건 지와사키였다. 사석에서는 그리 편하게 부르는 모양이었다. 히스이는 볼을 부풀리며 지와사키를 흘겨봤시만 눈초리를 받은 당사자는 조금도 아랑곳하지 않고 콧노래를 흥얼거리며 주방으로 들어가버렸다.

"괜찮아요. 계속 얘기해주세요. 저 잘 따라가고 있어요."

히스이가 정색하며 말했다.

고게쓰는 아이스커피를 한 모금 맛본 후 설명을 이어갔다.

"다음은 ② 벳쇼 고스케를 범인으로 가정했을 때입니다. 이 경우, 조금 전 논리에 따라 아리모토 씨가 캐비닛을 열었고, 벳쇼 씨가 캐비닛을 닫으면서 지문과 혈흔을 남긴 것이 돼요. 그는 그 흔적을 지운 후에 나갔고 이후 신타니 씨가 들어와서 캐비닛을 열었다 닫았기 때문에, 닦은 자국 위에 그녀의 지문이 두 개 남았죠. 실제 상황과도 잘 들어맞는 합리적인 시나리오예요."

"그걸로는 부족한가요?"

"부족한 건 아니지만 아직 완전히 좁혔다고 할 수는 없어요."

고게쓰는 세 번째 고찰에 대해 이야기했다.

"마지막으로 ③ 아리모토 미치유키가 범인일 때. 실은 이 경우에도 합리적인 시나리오가 성립되는 패턴이 있어요. 자, 아리모토 씨가 범인이라면 캐비닛은 처음부터 닫혀 있었을 테니 거울을 보기 위해 손을 댈 필요가 없죠. 즉 혈흔과 지문을 닦을 필요가 없기 때문에 그런 자국이 생긴다는 건 합리적이지 않습니다. 하지만 유령을 무서워한 아리모토 씨의 성격을 생각하면 유령이 무서워서 캐비닛을 열고 손을 씻었을 가능성도 배제할 수 없어요. 살인을 저지른 후에 유령까지 의식할지는 모르겠지만, 일단은 검토할 필요가 있죠. 세면실에 와서 거울이 신경 쓰여 캐비닛을 열었다. 그때 지문과 혈흔이 남았다. 먼저 손을 꼼꼼히 씻고, 나가기 직전에 캐비닛을 닫고 얼굴에 피가 묻었는지 확인한 뒤 혈흔과 지문을 닦고 떠난다……. 이 가정이라면 다음에 온 벳쇼 씨는 캐비닛을 건드릴 이유가 없고, 그다음에 온 신타니 씨가 유령을 무서워해서 열고 닫느라 그녀의 지문만 남았을 수도 있어요. 아리모토 씨가 범인이라 해도 말이 되죠. 그래서 난감했어요."

"꿈으로 이미 다 알고 있는 것을…… 경부님을 이해시키기 위해 엄청난 수고를 들여 논리적으로 정리하셨군요." 히스이가 마침내 납득했다는 듯 경탄한 얼굴로 말했다. "신타니 씨가 범인이라면 오류가 생기지만 아리모토 씨나 벳쇼 씨가 범인이라면 설명이 된다는 것까지는 이해했어요. 거기에서, 어떻게 아리모토 씨의 범행설을 제외한 거예요?"

"**잠긴 노트북**입니다."

히스이가 멀뚱히 동그란 두 눈을 끔벅였다.

"신타니 씨는 구로고시 선생님의 노트북 안에 있는, 자신에게 불리한 데이터를 삭제하고 싶어했어요. 지우고 싶어했다는 건 그전까지는 지울 수 없었다는 뜻이죠. 그 작업실은 안쪽에만 잠금장치가 있었으니, 수차례 수경장에 갔던 신타니 씨라면 데이터를 지울 기회는 얼마든지 있었을 겁니다. 그런데두 불가능했던 이유는 노트북에 비밀번호가 걸려 있었기 때문일 거예요. 실제로 노트북은 잠겨 있었죠. 그런데 그날, 구로고시 선생님의 시신을 발견한 신타니 씨는 데이터 삭제에 성공했어요. 어떻게 가능했을까요?"

"비밀번호가 걸려 있지 않았다……. 아, 노트북이 잠겨 있지 않았군요! 구로고시 선생님이 죽고, **자동으로 노트북이 잠기기 전이었던** 거예요!"

"바로 그겁니다. 알아보니 한 시간이면 자동으로 화면 보호기가 작동하면서 노트북이 잠기게끔 설정돼 있었어요. 즉 구로고시 선생님이 죽은 뒤 최대 한 시간 이내에 신타니 씨가 현장에 왔다는 뜻이죠. 신타니 씨가 거실을 지나간 건 새벽 1시 45분경. 아리모토 씨가 범인일 경우 범행 시각은 늦어도 12시 10분쯤이니, 한 시간 반이나 지난 후여서 잠겼을 거예요. 신타니 씨가 데이터를 삭제하는 건 불가능하니 이 경우에는 말이 되지 않아요. 즉 **가장 합리적인 정황 증거가 성립되는 것은 벳쇼 씨 범행설뿐**입니다."

이것이 남겨진 지문과 신타니의 증언, 그 모든 것에 부합하는 시나리오였다.

이야기를 들은 가네바는 표적을 신타니 유키노에서 벳쇼 고스케로 변경했다.

그 논리로 영장을 발부받아 벳쇼 고스케의 가택을 수색했다고 한다.

신타니 유키노를 유력 용의자로 지목했던 점이 예기치 않게 검거에 일조한 모양이었다. 벳쇼가 방심했는지 범행 당시 입었던 청바지 주머니에서 혈액 반응과 DNA가 검출된 것이다. 또한 자택 부근의 쓰레기장에 미수거 쓰레기가 남아 있었는데, 그 안에서 DNA를 추출할 수 있을 정도의 혈액이 묻은 티슈가 발견되었다. DNA는 구로고시의 것과 일치했다. 피를 닦은 티슈를 청바지 주머니에 넣었을 것이다. 그러고서 고게쓰와 히스이 앞을 지나친 것이었다. 현장에 티슈를 남기지 않은 이유는 자신의 지문이나 피부 조직이 채취될까 두려워서였다고 한다.

"동기가 뭐였을까요."

"《흑서관 살인사건》……. 그날 밤, 구로고시 선생님의 신작에 자신의 아이디어가 쓰였다는 걸 알았대요. 술이 확 깨서 구로고시 선생님에게 따지러 갔는데…… 재능이 없다는 말을 듣고 이성을 잃었다고 진술했어요."

"그랬군요……."

히스이는 시선을 떨어뜨렸다.

그러고는 벳쇼가 구로고시에게 들었다는 말을 곱씹듯 잠시 말이 없다가 히스이가 불쑥 입을 열었다.

"그 한마디가, 벳쇼 씨의 영혼을 너무나 간단하게 바꿔버린 거네요……."

히스이는 타인의 냄새가 그렇게 잠깐 새에 변하는 것을 느낀 건 처음이었다고 했다. 고게쓰는 그 말의 의미를 생각했다. 딱 한마디로 자신의 인생이 뒤집혀버리는 순간이란, 누구에게나 똑같이 찾아올지도 모른다. 고게쓰도 그런 경험이 있다. 눈을 감으면 그 말을 했던 사람의 표정을 선명하게 떠올릴 수 있다. 고작 한마디로 나라는 인간이 송두리째 뒤바뀌는 순간은 분명히 존재하는 것이다.

"사람을 죽이지 않을 수 있는 인간은 단지 그런 불운을 맞닥뜨리지 않았을 뿐, 거기에 특별한 차이는 없을지도 몰라요." 고게쓰는 깊은 한숨을 내쉰 뒤 말했다. "누구나 대수롭지 않은 일로 사람을 죽입니다. 그걸 경험하지 않고 지낼 수 있다는 건, 그저 행운일 뿐이겠죠. 우리는 그런 차이만으로 살아있는 건지도 몰라요."

"선생님도, 벳쇼 씨와 같은 일을 겪는다면…… 사람을 죽일 것 같은가요?"

불안하게 흔들리는 히스이의 눈망울을 보고, 고게쓰는 안심시키듯 웃었다.

"그런 이유로 죽이지는 않아요."

실제로는 같은 입장이 되어보지 않으면 알 수 없을 것이다.

그날 밤 벳쇼 고스케를 엄습한 것은 어떤 감정이었을까.

문득 가네바에게 들은 떨떠름한 이야기가 떠올랐다.

벳쇼가 자백을 하면서 흘린 말에 관한 것이었다.

"뭔가 이상한 목소리가 귀에다 소곤거렸다는 거야. 소름 돋고, 본능적으로 두려움이 느껴지는…… 말로 표현할 수 없는 존재가, 죽이려면 지금 바로 해야 한다…… 자기 귀에 그렇게 속삭였다고 지껄이더라니까."

나 참, 심신미약을 주장하고 싶어서 지어낸 헛소리겠지.

가네바는 콧방귀를 뀌며 그렇게 무시했다.

하지만…… 고게쓰는 생각했다.

수경장에는 뭔가 있었던 것일까.

고게쓰는 얼마 전, 수경장 근처의 도서관에서 오래된 향토 자료를 뒤적였다. 흑서관을 지은 영국인에 관한 기록이 거기에 남아 있다는 정보를 인터넷에서 읽었던 것이다. 흑서관의 주인은 역시나 의문만 남긴 채 실종됐다고 한다. 그런데 이전에도 실종자가 있었다. 실종된 영국인의 외동딸이었다. 낡은 흑백사진을 본 고게쓰는 간담이 서늘해지는 것을 느꼈다. 눈동자 색은 알 수 없었지만 고게쓰가 거울 속에서 본 백인 여성과 똑 닮은 모습이었던 것이다. 고게쓰가 본 건 단순한 환영이었을까, 아니면…….

대체 어떤 존재가, 무슨 목적으로, 히스이에게 그런 꿈을 꾸게 했을까.

어떤 존재가, 무엇을 위해, 벳쇼 고스케의 귓가에 악의를 속삭였을까…….

구로고시 아쓰시는 아무것도 느끼지 못했을까?

그는 누군가의 속삭임을 들은 적이 없었을까?

예를 들면, 그래 그런.

네 제자의 아이디어를 훔쳐버려…….

그런 귓속말을 들은 적은 없었을까.

뭔가 인간이라는 존재를 비웃는 듯한 의사意思를 찾아내고 마는 건 지나친 억측일까?

그곳에서 태어난 검은 책은 누구를 희생시켰으며 무엇을 불러들였던 것인가.

히스이도 알 수 없는, 거울에 숨은 존재.

시선이 느껴져 고게쓰는 고개를 돌렸다.

앤티크 양식의 오래된 거울이 벽에 걸려 있었다.

그 누구의 눈길도 있을 리가 없다.

스마트폰이 소리를 울렸다.

고게쓰가 아닌 히스이의 것이었다.

"유키노예요."

히스이는 살짝 뽐내듯이 웃었다.

"그때 이후로 가끔씩 메시지를 주고받거든요."

그 간지러워하는 표정을 보고 고게쓰는 떠오른 생각을 뿌리쳤다.

"친구가 될 것 같나요?"

얻은 게 있다.

지금은 그것만으로도 충분하리라.

고게쓰의 물음에 영매는 웃음으로 긍정했다.

"Grimoire" ends.

# 인터루드 II

또 실패했다.

하얀 복부에서 흘러넘치는 피를 내려다보며, 쓰루오카 후미키는 공허함에 괴로워하고 있었다.

여자는 이미 죽었다. 찔리고도 몇 번이나 쓰루오카에게 살려달라 애원하며 눈물을 흘렸다. 화장이 다 번진 눈매에 잔주름이 생긴 채 고통과 절망에 허덕이던 표정은 너무나도 추악했다.

그때를 재현하려면 아직 까마득하다.

그날의 기억.

그걸 되찾고 싶다 갈망하건만 어째서 이토록 이뤄지지 않는 것인가.

여자는 쓰루오카의 질문에 답해주지 않았다. 그러기는커녕, 고통을 호소하며 꼴사납게 몸부림을 쳐댔다. 역시 아픈가? 아파서 죽어버렸나? 즉 나한테 원인이 있는 것인가…… . 내가 잘못해서 그녀를 죽이고 만 걸까?

아니다.

그럴 리가 없다.

분명히, 찔렸을 때, 그녀의 운명은 이미 정해졌다.

내가 칼을 뽑았다고 해서 죽은 것이 아니다…….

쓰루오카는 자신의 턱을 쓸어 올렸다. 손으로 볼도 문질렀다. 끈적거리는 여자의 혈액이 튀어 쓰루오카의 얼굴을 더럽혔다. 이 뜻미지근한 온도는 그날의 기억을 강렬하게 불러일으켰다. 아름다운 머릿결, 부드럽게 일그러진 미소, 피에 젖은 그녀의 나체…….

괜찮아. 후미키 잘못이 아니야…….

음성이 귀에 되살아난다. 그것은 자신의 뇌가 만들어낸 환상일까. 아니면 확실하게 기억에 새겨진 것이었을까. 알 수 없다. 확인하고 싶다. 실험을 해야 한다.

하지만 실험 빈도가 확연히 늘었다. 서서히 자제심을 잃고 있는 것이다. 이대로는 제 목을 조르는 꼴이 될지도 모른다. 운도 한없이 편을 들어주지는 않을 것이다. 그가 믿는 예감과 직감이 냉정해지라고 스스로를 채찍질했다. 뭐가 잘못됐던 걸까. 역시 그때의 선택이었나? 그것이 언제나 쓰루오카를 불안에 떨게 했다. 하지만 이것이 그저 우려일 뿐이라면? 아직도 경찰은 자신의 그림자조차 쫓지 못한 듯하지 않은가.

역시 이 방법은 옳을 터…….

쓰루오카는 여자의 시체에 눈을 떨어뜨렸다.

"이봐, 안 아팠지?"

그렇게 묻지만 여자는 답이 없다.

"그쪽에는 뭐가 있어? 뭔가가 있지?"

여자는 대답하지 않았다.

어째서 죽은 사람에게는 질문을 할 수 없는 걸까.

죽어버리면 그것을 끝으로 상대가 무슨 생각을 하는지 알 수 없다니…….

이 세상은 잘못됐다.

쓰루오카는 한동안 거실을 돌아다녔다.

문득 테이블 위에 펼쳐진 자료에 눈길이 꽂혔다.

쓰루오카의 실험 후보자 자료들. 여자들의 생김새를 찍은 사진, 그가 직접 수집해 검증까지 거친 집 주소와 메일 주소, 사용하는 SNS 등의 정보가 적혀 있다. 이 자료는 쓰루오카가 남기는 유일한 증거다운 증거라고도 할 수 있다. 경찰의 손에 들어간다면 자신은 죗값을 피할 수 없을 것이다. 하지만 애초에 이곳에 경찰이 올 일은 없다. 만에 하나 그때가 온다면 증거를 압수할 필요도 없이, 자신이라는 인간을 간파했다는 뜻일 테니까.

쓰루오카는 그 자료 중 한 곳에 시선을 고정했다.

한 장의 사진에 빨려 들어갔다.

남자와 함께 찍힌 사진이지만 남자 쪽은 어찌 되었든 상관없다는 듯 잘려 있었다.

포커스는 여자 쪽에 맞춰져 있다.

가녀린 체구와 끝으로 갈수록 물결을 그리는 탄력 있는 머릿결.

북유럽 쪽 피가 섞인 인형 같은 미모.

그리고 다정한 눈빛과 부드러운 미소.

완벽한 소재가, 사진 속에 담겨 있다.

조즈카 히스이城塚翡翠.

이 얼마나 아름다운 이름인가.

사진만 보아도 사랑스러움이 넘쳐난다.

그녀는 쓰루오카의 이상형 그 자체였다.

무슨 수를 써서라도 그녀로 실험을 하고 싶다.

쓰루오카의 직감이, 그래야 한다고 외친다. 운명이, 그렇다고 그를 다그친다. 하지만 그녀의 주거 환경이나 교우 관계로 보아 큰 위험이 따를 것이라고 이성은 판단했다. 고로 쓰루오카는 망설이고 있었다. 충동과 이성 사이에서 어떻게 해야 할지 흔들리고 있었다. 그녀를 노리지 않는다면 자신은 안전할 것이다. 그러나 솟구치는 욕구는 거스르기 어렵다.

그래. 그녀 옆에 있는 인간이 거슬리지만, 그 장애물만 넘을 수 있다면 실험은 가능할지 모른다.

아아, 빨리.

어서.

그녀의 피부에 이 칼끝을 꽂아넣고 싶다.

"아프지 않지?"

쓰루오카는 중얼거리며, 아무렇게나 널브러진 여자의 시체를 끌기 시작했다.

"그쪽엔, 뭐가 있어?"

죽은 자여.

부디, 답을 해다오…….

3화
# 여고생 연쇄 교살 사건

이게 몇 명째지.

고게쓰 시로는 사인한 책을 앞에 선 여성에게 건넸다.

"저, 악수 한 번만 해주시면 안 될까요?"

"네. 물론 돼죠. 항상 감사합니다."

내민 손을 잡자 여성은 수줍게 미소를 짓고 꾸벅 고개를 숙였다. 고게쓰가 감사 인사를 하자 멀찍이서 기다리던 친구 쪽으로 돌아가더니 서로 같은 책을 품에 안고 목소리를 높이며 좋아한다. 옆에 서 있던 편집자인 가와키타가, 다음 독자에게 받은 책과 이름이 적힌 메모를 고게쓰 앞으로 들이밀었다. 고게쓰는 앉아서 책에 사인을 했다.

"선생님, 악수하고 싶어요."

"네, 당연……."

아직 이름을 확인하기 전인데, 고게쓰는 그 목소리에 얼굴을 들었다.

눈앞에는 앳된 여성이 서 있었다.

보드라워 보이는 하얀 프릴로 가슴께를 장식한 블라우스, 가느다란 허릿매를 강조하는 듯한 주홍색 하이웨이스트 스커트. 긴 흑발은 귀에서부터 완만한 웨이브를 그리고 가지런한 앞머리는 안쪽으로 아주 살짝 말려 있다.

"히스이 씨."

조즈카 히스이였다.

히스이는 미소 지으며 작은 손을 내밀었다.

"깜짝이야." 고게쓰는 간신히 입을 뗐다. "오실 거면 연락을 하시지."

고게쓰는 히스이의 손을 잡으며 말했다. 히스이는 고개를 살짝 갸웃거리며 웃었다.

"선생님을 놀라게 하고 싶었거든요. 깜짝 놀라셨다니 성공이네요."

그렇게 말하고는 연분홍빛 혀를 살짝 내민다.

"이거, 간식이에요. 짐을 드려 죄송하지만 괜찮다면 받아주세요."

고게쓰는 귀여운 쇼핑백에 담긴 과자를 받아들었다.

"고마워요. 아, 잠깐 기다릴래요? 끝나고 회식 있는데 괜찮으면 같이 가요."

"와, 그래도 돼요?"

"그럼요. 편집자님이 히스이 씨에 대해 알고 싶어하는 것 같거든요."

옆에 있던 가와키타가 '이 사람은 누구야' 하며 의아해하는 표정으로 말없이 고게쓰에게 눈짓을 보내고 있었다. 그에게 지난달 있었던 수경장 사건을 이야기했으니 히스이를 소개해도 괜찮으리라.

"그건 그렇고 선생님은 여성 팬이 많네요. 반은 되는 것 같은데요?"

"아, 네, 뭐, 미스터리작가이긴 하지만 제가 쓰는 건 본격 미스터리가 아니라서요. 이른바 넓은 의미의…… 뭐, 성별에 구애받지 않고 누구나 읽기 쉬운 작품일 거예요. 감사한 일이죠."

일단 고게쓰는 자리에 앉아 히스이의 이름을 책에 적었다. 슬쩍 보니 이제 한 명만 더 하면 끝날 것 같았다. 긴 시간이면서도 순식간이었던 것 같기도 했다.

마지막 한 사람은 소녀 독자였다. 고등학교 교복 차림. 십대 독자도 종종 있지만, 교복 차림으로 찾아온 건 처음이었다. 넥타이 모양으로 묶인 짙은 비취색 스카프가 사랑스럽다. 오늘은 평일이니 어쩌면 학교가 끝나자마자 바로 온 것인지도 모른다. 소녀는 다소 긴장한 듯했다. 건네받은 이름은 '후지마 나쓰키'였다.

"학교 끝나고 온 거예요?"

사인을 하며 묻자 소녀는 고개를 끄덕였다.

말은 없다. 긴장했으리라. 무리하게 대화를 끌어가기도 미안스러워 고게쓰는 이름까지 적은 사인본을 소녀에게 건넸다. 감사 인사를 하려던 그때 소녀가 용기 내듯 입을 열었다.

"저기, 선생님."

그러고는 귀여운 봉투를 내밀며 고개를 숙였다.

팬레터인가 싶어 고마움을 느낀 순간, 고게쓰는 의외의 말을 들었다.

"고게쓰 선생님, 부탁이 있어요. 저희 학교 학생들이 말려든 살인 사건을 해결해주시면 안 될까요⋯⋯?"

"첫 번째 사건이 발생한 시기는 올해 초, 2월 15일. 피해자는 다케나카 하루카. 막 열여섯이 된 아이였어. 그 학교 1학년이고, 딸이 학원에서 돌아오지 않자 걱정된 부모가 경찰에 상담했고, 다음 날 아침에 개를 데리고 공원을 산책하던 노인이 시신을 발견했지."

늘 가는 찻집의 제일 구석 칸막이 자리는 다른 자리에서는 잘 보이지 않는다. 그 때문인지 가네바 마사카즈는 파일에서 꺼낸 몇 장의 사진을 주저하는 기색도 없이 테이블 위에 늘어놓았다.

첫 번째 사진은 입학식 때 찍은 듯한, 소녀의 생전 모습.

그리고 다음 사진은 목숨이 끊어진 후의 무참한 모습.

"교살입니까?"

소녀의 가느다란 목에는 밧줄 자국 같아 보이는 변색이 희미하게 보였다. 그러나 그것보다도 소녀의 사인을 짐작하게 했던 건 너무나도 애처로운 그 사안死顏이었다.

사랑스러운 눈은 경악을 담은 듯 크게 뜨인 채 초점을 잃고, 입가는 고통에 몸부림치듯 격렬히 뒤틀려 있었다.

울혈이 진 얼굴은 사진인데도 똑바로 보기가 망설여질 만큼 심하게 변색돼버렸다.

"흉기는 아직 특정하지 못했어. 삭흔이 선명하지 않은 걸 보면 머플러처럼 부드러운 천 같은 걸 쓴 것 같더군. 입은 옷이 뜯기거나 성폭행을 당한 흔적은 없었어. 사망 추정 시각은 2월 15일 16시 30분에서 18시 30분경으로, 학교 끝나고 학원에 가던 도중 살해된 것 같아."

"목에 요시카와 선피해자가 교실 등에 저항하는 중에 자기 목에 낸 손톱자국이 있네요. 손톱에서 범인의 피부 조직이나 흉기의 섬유는 안 나왔나요?"

가네바는 무거운 숨을 내뱉으며 또 한 장의 사진을 꺼냈다.

"깨끗하게, 손톱이 잘려 있어. 덕분에 범인의 DNA 검출은 무리였다나봐."

사진에는 피해자의 손끝이 크게 찍혀 있었다. 손톱깎이를 사용했는지 상당히 깊숙이 잘렸다. 편집증적이라고도 할 수 있는 수법이었다.

"시신은 발견 당시부터 이런 상태였어요?"

고게쓰는 사진 한 장을 가리키며 물었다.

소녀의 전신을 찍은 사진이었다. 공원 벤치가 침대인 양, 교복 위에 코트를 걸친 소녀의 몸이 반듯하게 하늘을 보고 누워 있다.

"응. 그 망할 범인 놈이 그랬겠지."

"범행 현장은?"

"여기였을 가능성이 높아. 저항할 때 발버둥을 쳤는지, 벤치 다리 주변 지면에 구둣발에 긁힌 자국이 여럿 있었어. 하지만 발자국이라 할 수 있을 만큼 뚜렷한 자국은 없어. 땅이 조금만 더 부드러웠다면 선명하게 찍혔을 텐데."

"그렇군요……. 수사는 어떻게 진행되고 있어요?"

"수사본부가 설치되자마자 원한으로 보고 수사를 진행했어. 학교 친구의 이야기로는 피해자가 연상의 남성과 교제중이었다더라고. 그 남자친구란 사람을 찾는 데 시간이 좀 걸렸어. 요즘 어린애들은 이성 친구 연락처를 휴대전화에 저장하지 않는 것 같더군."

"아, SNS 같은 걸로 연락하니까요."

"그 애플리케이션에도 비밀번호가 걸려 있어서 고전했는데, 학원 강사로 아르바이트 중인 곤노 유마, 이십일 세 남성이란 걸 겨우 알아냈어. 당사자는 상담을 해줬을 뿐 사귀는 사이는 아니었다고 주장해. 한동안 주변을 조사하고 증거를 찾아봤는데 알리바이가 있다는 게 입증됐어."

"확실한 알리바이였나요?"

"응. CCTV에 찍혀 있었어. 그래서 수사가 원점으로 돌아와버린 거야. 교우 관계도 살폈는데 이렇다 할 인물이 전혀 없어. 전과자들도 조사했지만 시간만 흐를 뿐 오리무중……. 수사본부의 규모를 축소시킬 수밖에 없는 시기가 됐을 때……."

"두 번째 범행입니까."

"두 번째 사건이 발생한 건 첫 사건 이후로 사 개월이 지난 6월 17일이었어. 피해자는 기타노 유리, 십육 세, 첫 피해자와 같은 학교에 다니는 2학년 학생이었어. 이 건도 학교에서 오지 않는 딸을 걱정한 부모가 신고. 첫 사건도 있었으니 경찰들은 바로 수색에 나섰고, 시신이 발견된 건 새벽 1시쯤이었어. 현장은 고등학교와 가까운 건설 현장 부지였고. 잡거빌딩을 짓고 있다가 몇 년 전 사고가 나서 공사가 중단된 상태로 방치된 곳이야."

가네바는 그렇게 말하며 조금 전처럼 테이블 위에 사진을 늘어놓았다.

"수법이 바뀌었네요."

"응. 하지만 동일범이야. 삭흔이 같거든. 흉기가 아직 판명되지 않아서 그 정보는 언론에 새어 나가지 않았어. 같은 자국을 남길 수 있는 건 그 빌어먹을 놈뿐이지."

사진 속 소녀의 옷은 눈에 띄게 흐트러져 있었다. 비가 왔었는지,

땅에 누운 소녀의 몸은 아주 옅은 빗방울로 뒤덮여 있었다. 처참한 표정을 제외하면 어딘가 요염하다고도 할 수 있는 몸이었다.

교복 상의는 속옷이 보일 정도로 말려 올라가 작은 배꼽이 드러나 있다. 치맛자락도 헝클어졌고 한쪽 다리에는 하얀 팬티가 휘감겨 있다. 풀린 비취색 스카프가 반으로 접혀 삼각형 모양으로 사뿐히 펼쳐진 채 암울한 채도의 경치에 유일하게 색채를 가미했다. 저항하면서 몸부림쳤는지 스카프에는 로퍼 같은 구두 자국이 남아 있었고 그것이 고게쓰에게 사건의 참상을 연상시켰다. 비열한 범인에게 붙잡혀 도망치려고 저항했지만 강제로 옷이 벗겨져 땅으로 밀쳐진다. 흉기가 소녀의 목을 감고…….

"DNA는 안 나왔나요?"

"응. 안타깝게도 타액도, 체액도, 아무것도 안 나왔어. 가랑비에 씻겨 나갔을지도 몰라. 손톱을 자르는 수법도 동일해서 피부 조직도 안 나왔어. 그런데 이상한 건……. 부검 결과, 성폭행은 없었다는 게 밝혀졌어."

"없었다……. 즉 흔적이 없었다는 거네요? 옷을 거의 벗겼지만 그 이상의 짓은 하지 않았다…….'

"성불구자일지도 몰라. 소녀의 목을 조르면서 쾌감을 느끼는 사이코 새끼겠지."

고게쓰는 말없이 소녀의 시체가 찍힌 사진을 번갈아 보았다.

첫 번째 사건에서는 욕망을 억눌렀는데 두 번째 사건 때는 자제하지 못했다? 아니, 욕망을 억눌렀다면 애초에 첫 번째 사건에서는 뭣 때문에 죽였지?

"두 번째 사건이 터지면서 수사본부를 재정비하게 됐는데, 도저히 단서가 없어. 도쿄이긴 하지만 외곽의 변두리라 CCTV 수도 그리 많지 않고, 수상한 남자를 봤다는 목격담도 없어. 외부인이면 비교적 눈에 띌 텐데 이상한 사람이나 차를 봤다는 말이 전혀 없다니까."

"혹시 몰라 여쭙는데, 요 몇 년간 간토 지방을 떠들썩하게 한 연쇄 사체 유기 사건과는 수법이 다른가요?"

"응. 그 자식은 칼을 쓰고, 살해 현장이 어딘지 아직 몰라. 피해자도 이십대 여성과 십대 소녀라서 차이가 크고. 놈의 범행으로 촉발됐을 가능성은 있지만 다른 사람이라 봐야 할 거야."

고게쓰는 턱 끝에 손을 대고 잠시 깊이 생각했다.

"어쨌든 아무런 단서도 없는 상태로 석 달이나 질질 끌었어. 수사본부장인 관리관이랑 제법 가깝게 지내는데, 얼마 전에 의견을 구하더라고. 주목을 많이 받는 사건이기도 하니 작가 선생의 머리를 빌려야 하나, 그리 생각하던 참이었는데⋯⋯."

가네바는 어쩌다 연락을 받기도 전에 이 사건에 흥미를 갖게 됐는지 신기하다는 표정이었다.

"아아, 그게, 좀 생뚱맞긴 한데, 독자가 부탁해서요."

후지마 나쓰키는 편지를 건넨 후 고게쓰의 답변을 기다리지 않고 잰걸음으로 돌아가버렸다. 장난인가 했는데, 고게쓰는 그 자리에서 편지를 열어보고 몇 개월 전 언론을 뒤흔든 그 사건이 아직 해결되지 않았다는 것을 알게 됐다. 고게쓰가 경찰 수사에 협력한다는 사실은 틀림없다. 하지만 그것은 가네바가 수사 협조를 요청했을 때의 이야기였다. 자신은 문외한이고 일본의 경찰은 매우 우수하다. 죽은 친구를 위해 지푸라기라도 잡는 심정으로 편지를 썼을 소녀의 순정을 생각하면 마음이 아프지만 정중하게 거절의 답장을 써야 할 터. 그런데 회식 자리에 동석한 히스이의 한마디에 마음이 바뀌어버렸다.

"힘이 돼줘야 한다고 생각해요."

그때 히스이는 영매의 눈빛으로 고게쓰를 보는 듯했다.

"그 소녀에게서 뭔가 느껴지는 게 있었어요?"

"네……. 하지만 명확한 게 아니라 직감이에요."

히스이의 직감은 따라야 할지도 모른다. 고게쓰도 직업상 그런 것이 초래하는 영향을 무시할 수 없다는 것을 알고 있었다. 하물며 히스이의 힘은 진짜다.

고게쓰는 이튿날 가네바에게 전화를 걸었다.

뜻밖에도 가네바 또한 이 사건 때문에 고게쓰에게 연락하려 했다는 뜻을 전했다.

"관리관도 선생 활약에 대해 알고 있으니 수사본부에는 어떤 식으로든 이야기를 전할 수 있을 거야. 물론 비공식적으로. 어떻게 할

래? 일단 현장에 가볼래?"

"그러죠. 단, 저 말고도 한 명 더, 동행하고 싶은 사람이 있습니다만……."

"저, 저기……. 저건, 대체 뭐를 하고 계신 것일까요?"

말을 꺼내기가 어려운 듯 힘들게 의문을 발설한 이는 수사본부의 에비나 가이토 순사부장이었다.

나이는 이십대 후반쯤일까. 수사1과에서는 보기 드물게 동안으로, 대학생이라 해도 믿을 것 같았다. 수사본부장의 명으로 가네바 대신 고게쓰를 에스코트하고 있다. 수사원들은 2인 1조로 움직이는 게 기본이지만 고게쓰의 개입은 어디까지나 비공식적인 것이라 안내를 맡은 에비나 형사는 혼자였다. 고게쓰의 활약을 알고 있어 그의 개입을 반대하지 않고, 언뜻 보면 형사로 보이지 않는다는 이유로 임명됐다고 한다. 그리고 지금도 첫 범행 현장인 공원으로 두 사람을 안내해 당시 상황을 자세히 설명해주고 있다.

에비나의 시선이 향한 곳을 바라보며, 고게쓰는 천천히 고개를 끄덕거렸다.

"아, 저건 그러니까, 피해자 관점에서 당시 상황을 재확인하는 겁

니다. 시신이 어떻게 있었는지 재현하는 과정에서 눈에 들어오는
것도 있으니까요."

"역시. 여러 사건을 해결하신 고게쓰 선생님답습니다. 드라마 같
은 수사 기법이지 말입니다."

두 사람의 눈길은 공원 벤치를 향했다. 그곳에서 조즈카 히스이
는 마치 방치된 인형처럼 누워 있다. 오늘 복장은 경찰이 동행한다
는 것을 의식한 듯 차분한 분위기의 베이지색 정장이었다. 가슴께
에 프릴이 달린 디자인을 선호하는지 블라우스의 분위기는 매번 비
슷비슷하다. 타이트한 스커트에서 늘씬하게 뻗은 가는 다리는 스타
킹에 감싸여 있고, 비슷한 컬러의 힐을 신은 발이 벤치 끝에서 비어
져 나오듯 붕 떠 있다. 웨이브를 그리는 긴 흑발도 벤치에서 흘러내
려 땅에 닿을 듯 말 듯 늘어져 있다.

히스이는 무언가를 가만히 기다리듯 눈을 계속 감고 있었다.

물론 고게쓰가 에비나에게 설명한 건 되는대로 둘러댄 거였다.
히스이는 우수한 추리력을 가진 어시스턴트라고 설명해두었다. 조
금 전 에비나와 처음 만났을 때 이런 대화가 오간 정도다.

"에비나 씨, 혹시 곧 결혼하세요?"

"아, 네. 그렇긴 한데 반지도 안 꼈는데 잘 알아보시네요."

"초보적인 추리예요."

히스이는 호호호 하며 생글생글 웃더니 어떻게 추리했는지는 밝
히지 않았다.

나중에 슬쩍 물어보자 히스이는 에비나에게서 그런 행복한 냄새가 느껴졌다고 했다. 여하튼 에비나는 그것으로 고게쓰와 히스이의 실력을 전적으로 인정하게 된 듯했다.

피해자인 소녀와 동일한 자세로 있어보고 싶다는 말을 꺼낸 건 히스이였다.

나름대로 의도가 있을 것이다. 설마 갑자기 강령 의식을 시작하지는 않겠지만, 무언가 영적인 반응을 찾고 있는지도 모른다. 사자와 히스이 사이에 어느 정도 친화성이 있을 경우에는 전에 겪었던 **영혼의 공명**을 의식적으로 일으키기 쉽다고 했다.

히스이가 눈을 떴다.

그러고는 어딘가 망연자실한 표정으로 흐린 하늘을 쳐다봤다.

"어때요?"

고게쓰는 벤치 옆에 서서 히스이를 내려다봤다.

"죄송해요."

표정을 보아하니 결과가 썩 좋지 않은 모양이었다. 히스이가 몸을 일으키자 고게쓰는 히스이의 손을 잡아 일어나는 것을 도왔다.

"거의 아무것도 못 느꼈어요. 시간이 너무 많이 지난 것 같아요."

"반년도 더 됐으니까요."

그런데, 히스이가 벤치에 누운 덕분에 알게 된 것도 있다. 이 공원은 정원수가 둘러싸고 있어 멀리서는 피해자가 누워 있는 모습을 확인하기 어려웠다. 심지어 사람이 지나다니는 길에서는 방재용품이 든 컨테이너에 가려져 범인이 손톱을 자르는 등의 농간을 부렸다 해도 그 모습이 전혀 보이지 않았을 것이다. 명백하게 이곳을 잘 아는 자의 범행이다.

고게쓰는 에비나에게 받은 수사 자료 파일을 펼쳐 그 위에 시선을 떨어뜨렸다.

"범인은 여기서 피해자의 목을 졸라 죽였다는 거군요."

"네. 추정되는 바로는." 에비나가 대답했다. "현재로서는 시신을 옮겨 온 흔적이 안 보입니다. 시반屍班 등을 보면 사망 직후 저기 눕힌 것으로 보입니다."

"살해 현장은 여기라고 해도 강제로 끌려온 흔적도 없나보네요."

"네. 길에서는 거리가 제법 있고 끌려온 듯한 흔적도 없습니다."

"그렇다면 범인은 피해자와 이야기하는 척하면서 같이 앉았을지도 모르겠군." 고게쓰는 턱 끝에 손가락을 대고 사색에 빠졌다. "여고생이 이런 곳에 혼자 앉아 있었을 거라고는 생각하기 어려우니 한동안은 같이 행동했을 겁니다. 연인이든 친구든 벤치에 같이 앉아도 부자연스럽지 않은 관계. 같이 앉고, 그 후에는 어떻게 했을까……."

그러자 히스이가 고게쓰에게 말했다.

"그렇다면 선생님, 재현해봐요."

히스이는 비취빛 눈망울을 반짝이며, 부드럽게 쥔 두 주먹을 치켜올리듯 들고 있다.

"재현?"

"제가 그 아이, 선생님이 범인이에요."

히스이는 그렇게 말하자마자 벤치에 앉더니 고게쓰를 살피듯 고개를 갸웃 기울였다.

"좋아요."

고게쓰는 손에 든 파일을 덮고 벤치에 앉았다.

곧바로 히스이가 살짝 떨어져 있던 두 사람 사이를 메웠다.

"사건이 일어난 게 겨울이었죠?" 히스이가 장난스럽게 웃으며 말했다. "추운 날씨에 이런 곳에 같이 앉았다면 꽤 가까운 사이였던 게 아닐까요?"

"그렇게 단정 지을 수는 없지만 가능성은 높겠네."

어깨가 맞닿을 듯한 거리였다. 히스이의 향기가 무척이나 가까이 느껴졌는데, 본인은 딱히 신경 쓰지 않는 모양인지 고게쓰의 생각을 살피듯 눈동자를 반짝이고 있었다. 그 모습이 너무나 천진난만해 자연스럽게 장난기가 발동했다. 고게쓰는 히스이를 똑바로 쳐다보며 소곤거렸다.

"그럼, 우리는 연인이네요."

"네?"

히스이가 눈을 동그랗게 뜬 채 입술을 열었다.

"일단은 그런 설정으로 갑시다."

"엇, 아, 네, 그래요, 그, 그런 설정으로……."

점점 볼이 발그레해지더니 그대로 고개를 푹 숙인다.

"아, 흠흠."

에비나가 헛기침을 했다. 고게쓰는 따가운 시선에 쓴웃음을 지었다. 촌극을 이어나가기로 했다.

"자, 피해자인 소녀와 친했을 거라 생각되는 범인은, 이렇게 벤치에 같이 있는 동안 갑자기 흉기를 꺼내…… 정면에서 목을 졸랐죠?"

"아, 네." 에비나가 수첩에 눈을 떨어뜨린 채 고개를 끄덕인다. "삭흔으로 힘이 가해진 방향을 알 수 있습니다. 아마 정면에서 이렇게, 천 소재의 뭔가로 목을 감아서 범행을 저지른 것 같습니다. 당시는 겨울이었으니 머플러가 사용됐을 거라고도 추측이 가능했습니다."

지금은 대용할 수 있는 것이 없다. 고게쓰는 팬터마임으로, 상상 속의 머플러를 손에 잡았다. 그것을 들고 다시 옆에 앉은 히스이 쪽을 향했다. 히스이는 고게쓰의 의중을 파악하고 눈을 크게 떴다.

"으아, 저, 선생님한테 목 졸려 죽는 거네요."

"그렇습니다."

"살짝 떨려요."

상상 속의 머플러를, 쑥스러운 듯 웃는 히스이의 목에 감기 위해 팔을 움직이는데…….

"선생님, 좀 더 현실감 있는 연기 부탁드려요."

어찌할 줄 모르고 버벅대다 팔이 엉켜버린 탓인지 히스이가 노려봤다.

"현실감 있는 연기요?"

"살인마 역할이요. 잘하실 텐데요."

"네?"

"미스터리작가시잖아요."

"아, 글쎄요, 뭐, 그런 묘사도 하긴 하죠." 고게쓰는 씁쓸히 웃으며 방황하는 자신의 팔을 쳐다봤다. "나란히 앉으니, 남자여도 피해자와 신장 차이가 줄어서 머플러를 감기가 힘들어요. 그렇다고 정면에서 하자니 도망칠 것 같고."

"남자가 머플러를 둘러준다면 여자는 무방비가 될 수도 있어요. 그…… 이런 식으로 눈이 감길지도 모르고요. 이러면 조를 수 있겠어요?"

히스이는 그렇게 말하더니 입맞춤을 기다리기라도 하듯 눈을 감고 턱을 살짝 들었다.

하얀 목선이 매끄러운 구릉을 그렸다.

프릴로 장식된 블라우스의 가슴 부분이 무방비하게 열려 있었다.

재차 에비나의 기침 소리가 들려오자 고게쓰는 그쪽으로 눈을 돌렸다.

"그게, 저희도 당초에는 조즈카 씨가 말씀하신 것처럼 생각했지 말입니다. 피해자 소지품에 머플러는 없었으니 가능성 있는 시나리

오셨고 말이지요. 그런데, 그렇게 되면 두 번째 범행을 이해할 수가 없게 되지 말입니다."

"6월에는 머플러를 안 쓰니까⋯⋯."

"그런 것이죠. 두 번째 수법도 동일, 정면에서 교살했으니 말입니다."

뒤에서 기습을 한다면 몰라도 정면에서 흉기를 감는 것은 무척이나 수상하고 과장된 동작이다. 피해자는 저항을 하든 도망을 치든 했을 것이다. 그렇다면, 벤치에서 떨어진 곳에 손을 짚거나 엉덩방아를 찧은 자국이 남지는 않았을까.

고게쓰는 파일을 열어 그 밖에 확인할 정보가 없는지 훑었다.

"그러고 보니⋯⋯. 이건 뭡니까? 이, 지면에 있던 선 모양의 흔적이요."

사진을 축소한 화면이 첨부돼 있었지만 너무 작아 알아보기 힘들었다.

"아아, 고놈은 저기 있었습니다."

에비나가 그렇게 말하며 돌아본 것은 색이 바랜 미끄럼틀이었다. 벤치에서 불과 2미터 정도 떨어진 곳에 설치되어 있다.

"전에는 놀이기구가 더 많았는데 대부분 철거된 것 같습니다. 이건 그렇게 높지 않아서 남겨졌을 겁니다. 여기, 이쪽입니다."

미끄럼틀의 아래쪽을 가리키며 에비나가 말했다.

"여기서 벤치 방향으로 딱 1.5미터 정도 흐릿한 선이 그어져 있

었습니다. 솔직히 사건과 연관이 있는지 모르겠습니다. 너무 희미
한 선이라 육안으로 알아보기 힘들었고 말입니다. 애초에 발자국
같은 게 선명히 남을 만한 땅도 아니고. 감식반이 만일을 위해 사진
을 찍어두긴 했지만, 애들이 놀면서 나무 막대기 같은 것으로 그렸
을 거라는 견해가 지배적입니다."

지금은 흔적이 전혀 남아 있지 않았다.

유감스럽게도 그 밖에는 봐둘 만한 점이 없는 것 같았다.

고게쓰는 에비나가 운전하는 차를 타고 두 번째 범행 장소로 향
했다.

다음 현장은 차에서 십 분도 채 걸리지 않는 곳이었다. 갓길에 차
를 세워두고 펜스로 에워싸인 장소로 향했다. 아직 범행 현장임을
표시하는 통제선이 둘러쳐져 있었다. 비바람에 테이프가 지저분해
진 게 눈에 띄었다.

펜스 끄트머리에 꽃다발이 놓여 있었다.

이곳에서 한 소녀가 생명을 빼앗겼다는 사실을 여실히 드러내주
는 듯했다.

히스이가 발을 멈추고 손을 모았다. 고게쓰도 그녀를 따라 눈을
감았다.

잠시 후, 에비나가 통제선을 들어 올리며 두 사람을 불렀다.

"토지 소유주가 당분간은 쓸 예정이 없다 해서, 어느 정도 사건이
해결될 때까지 보존 허가를 받은 상태입니다."

이전 건설 예정지는 펜스에 빙 둘러싸여 있었는데, 중장비나 기자재를 들이기 위함인지 입구가 활짝 열려 있어 침입하기 쉬웠을 것이다. 이 부근은 교통량이 그다지 많지 않고 보행자도 등하교하는 학생이 대부분이라고 한다. 인적이 드문 첫 번째 현장과 마찬가지로 타인의 시선을 의식하지 않고 범행을 저지를 수 있을 법한 곳이다.

내부의 바닥은 반반하고 고르게 작업이 된 상태였지만 공사는 거의 진행되지 않고 중단된 듯했다. 부지 한쪽에 컨테이너가 있다는 것 외에는 작업에 사용됐을 철골이 쌓여 있는 정도라, 펜스가 없었다면 공원이나 공터 같은 이미지에 가까웠을 것이다.

살해 현장이라는 걸 알아서인지 묘하게 공기가 고여 있는 듯한 착각이 들었다. 펜스의 어두운 그림자에서 누군가의 눈빛이 쏟아지는 듯했다.

나무가 보이지 않는데도 바스락바스락 이파리들이 바람에 나부끼는 듯한 소리가 울렸다.

묘하게 땀이 이마를 타고 흘렀다.

"시신은 이쪽에 쓰러져 있었습니다."

에비나가 컨테이너 바로 앞까지 걸어가더니 발치를 가리켰다. 현장이 보존돼 있기는 했지만 소녀가 쓰러져 있던 흔적을 나타낼 만한 것은 전혀 없었다.

"사망 추정 시각은 16시에서 19시경입니다. 시신이 비에 젖어 있어 추정 시각 폭이 다소 넓어졌습니다. 발자국이 남더라도 이상할 게 없는 땅인데, 비 때문에 판별이 잘 안 돼서 피해자 것밖에 확보가 안 됐습니다."

"비는 예보대로?"

"네. 증거가 비에 씻기기를 범인이 기대했을 가능성도 고려됩니다."

히스이는 시체가 쓰러져 있던 곳 가까이에 웅크리고 앉아 가만히 눈을 감고 있었다. 이 공간의 묘한 뒤틀림을 그녀도 느끼고 있는 것일까.

컨테이너의 문은 닫혀 있었다. 창문은 있지만 실내는 텅 비어 있었다.

"문은 잠겨 있지 않았는데, 안에는 아무것도 없었습니다. 노숙자가 지내기에는 딱인 듯싶은데, 먼지투성이에 누가 있었던 흔적은커녕 발자국 하나 없지 말입니다."

컨테이너 측면에는 사다리가 세워져 있다. 공사에 쓰려 했던 건지도 모른다.

"범인을 피해 여기로 도망쳐 왔을 가능성은 없을 것 같군."

길가에는 다른 건물이나 주택이 얼마든지 있다. 굳이 이런 곳으로 도망칠 필요는 없다.

"그렇다면 친구나 연인처럼 가까운 사이인 사람과 여기에 같이 들어왔다는 건가."

"이런 곳에 대체 뭘 하러 왔을까요?"

"밀회……. 역시 연인일지도 모르겠군. 컨테이너는 의미심장한 공간이죠."

"역시 섹스가 목적이었단 말씀입니까?"

에비나는 그렇게 말하고는 황급히 입을 다물었다. 신경 쓰였는지 히스이 쪽을 힐끔 쳐다본다. 청순가련한 여성 앞에서 내뱉기에는 지나치게 직접적인 표현이라 생각했을지도 모른다.

하지만 히스이 본인은 턱을 든 채 허공을 응시하듯 미동조차 없었다.

무언가를 찾는 듯한 얼굴이었다.

"뭐, 그런 행위가 목적이었다 해도 상습적으로 그랬던 건 아닐 거예요. 컨테이너 안이 먼지투성이였으니까요."

"수사 회의에서도 그런 의견은 나왔습니다. 그런데 의문점이 많아서 말입니다. 살해 목적으로 피해자를 여기까지 데려왔다 하면 어째서 이 안에서 하지 않은 것인지. 피차 그런 행위에 도달하는 데 동의했다면 컨테이너 안에서 목을 조르는 쪽이 훨씬 덜 보이지 않겠습니까?"

"피해자가 직전에 망설였을지도 모르죠. 돌아가려는 틈을 노려 범인이 소녀의 옷을 벗기려 했다. 스카프가 떨어지고 도망가려던 피해자가 그걸 밟아버린다. 범인은 몸부림치는 소녀 목에 흉기를 감고 어쩔 수 없이 살해했다……. 애당초 섹스나 강간이 목적이었지만 목적을 달성하지 못하고 죽였을지도 모릅니다. 흉기를 준비해 왔을 테니 일을 벌인 뒤에 죽이는 게 목적이었겠죠. 첫 범죄 때 도착된 성적 충동을 느꼈던 건 아닐까요?"

"아, 목을 조르면서, 그런 종류 말입니까?" 에비나가 인상을 찌푸렸다. "첫 사건에서 목을 조르는 쾌감에 눈을 뜬 것이군요. 그래서 행위를 하면서 상대의 목을 조르고 싶어졌다⋯⋯. 그렇다면 범인이 피해자의 옷을 벗기려 한 게 설명되지 말입니다."

생각보다 소녀의 저항이 거셌던 탓에 범인은 어쩔 수 없이 바로 죽이고 말았다. 원래라면 행위가 한창일 때 목을 조르고 싶었을 것이다.

자료를 살피며 고게쓰는 쌓인 철골 쪽으로 걸어갔다. 감식반이 자세히 조사했을 터라 이제 와서 뭔가가 나올 것 같지는 않았지만 딱히 눈을 둘 만한 다른 곳도 떠오르지 않았다.

"선배⋯⋯ 어떻게 이런 짓을⋯⋯."

"네?"

고게쓰는 목소리 쪽으로 몸을 돌렸다.

히스이가 시퍼런 얼굴로 서 있었다.

히스이의 몸이 헛발을 디디며 휘청거렸다.

고게쓰는 황급히 달려갔다.

쓰러질 것 같은 그 몸을 붙잡는다.

"히스이 씨!"

산소를 갈구하듯 그녀의 입술이 열렸다.

창백했다. 히스이가 땅에 무릎을 꿇었다.

히스이의 손끝이 위를 향하더니 숨이 막히는지 목을 더듬거렸다. 그대로, 답답하다는 듯 블라우스의 단추를 풀기 시작했다. 그녀를 붙들고 있는 고게쓰에게 하얀 브래지어로 감싸인 가슴이 보일 정도였다.

"하아…… 아, 아……."

부릅뜬 히스이의 비취빛 두 눈에서 눈물이 스며 나왔다.

"괘, 괜찮으십니까?" 에비나가 허둥지둥 달려왔다. "무슨 일이십니까?"

히스이는 가만히 고개를 저었다.

조금씩 호흡이 차분해지고 있었다.

"괜찮아요……. 죄송해요, 갑자기 어지러워서."

에비나가 어안이 벙벙해진 채 히스이를 바라봤다.

"한 번씩 발작이 와서요." 히스이가 촉촉이 젖은 눈으로 미소 지었다. "이제, 괜찮아요."

"그, 그러십니까?"

그때 스마트폰의 벨소리가 울렸다.

에비나가 정장에서 스마트폰을 꺼내 화면을 확인했다.

"죄송합니다. 다른 건으로 연락이 왔네요."

에비나는 전화를 받으며 입구 쪽으로 멀어져갔다. 새어 나가면 안 되는 다른 사건에 관한 이야기인지도 모른다. 고게쓰는 그때를 틈타 히스이를 부축했다.

"설 수 있겠어요? 일단 저쪽에 앉죠."

쌓여 있는 철골 한쪽에 마침 걸터앉을 만한 곳이 있었다.

고개를 끄덕이는 히스이를 데리고 가 그곳에 앉혔다.

"뭔가를 봤군요."

고게쓰의 물음에 히스이는 숨 쉬기 힘든 듯 목덜미를 누르며 고개를 끄덕였다.

"이번에는…… 강렬했어요."

눈물에 젖은 두 눈이 고게쓰를 올려다봤다.

"선생님……. 범인은 여자아이예요."

고게쓰 시로는 당황스러웠다.

흐린 하늘로 시선을 보내며 히스이가 한 말의 뜻을 생각했다.

짧은 시간에 피해자와 가까워졌다는 점에서 같은 학교에 다니는 남학생이 범인일 것이라 프로파일링 했는데 여학생이라니, 전혀 상상하지 못했다.

그렇군……. 그렇게 되면…….

"선생님, 듣고 계세요?"

불안이 묻어나는 히스이의 목소리에 고게쓰는 고개를 끄덕였다.

"아아, 네⋯⋯. 그런데, 그게, 그것보다도 일단은 단추를 잠가주세요. 이제, 답답하지 않다면⋯⋯."

"네?"

숨을 삼키는 듯한 소리.

한동안 기다렸다가 히스이 쪽으로 시선을 돌렸다.

히스이는 뺨을 붉힌 채 고개를 숙이고 있다.

프릴로 장식된 앞가슴은 여며진 상태다. 입술의 혈색도 점점 좋아지고 있었다.

"죄, 죄송해요! 못 볼 꼴을⋯⋯."

"아, 아니에요."

오히려 너무나도 매력적인 광경에 강한 충동이 일었을 정도다, 하고 말할 수는 없는 노릇이었다.

고게쓰는 이어갈 말을 찾지 못해 침묵을 지켰다.

한동안 어색한 침묵이 찾아들었다.

"그⋯⋯" 고게쓰는 헛기침을 한 번 하고 입을 열었다. "방금 그거, 공명이라는 거 맞죠?"

"네. 아마도 친화성이 좋았던 것 같아요."

"유이카 때처럼 뭐라고 말을 했는데. 기억해요?"

"아뇨. 본 것, 느낀 것은 기억하는데, 제가, 무슨 말을 했나요?"

"네. '선배, 어떻게 이런 짓을'이라고……."

히스이는 시선을 떨어뜨렸다.

아직 위화감이 남았는지 손으로 하얀 목덜미를 만지작거리며 입을 열었다.

"그랬군요. 제가 느낀 건 영상에 가까웠어요. 제 목을 조르는 감촉과…… 눈앞에 있던 여자 모습이요. 세일러복을 입은 소녀였어요."

"얼굴 기억나요?"

"죄송해요. 그렇게까지 선명하지 않아서……. 그래도 아마, 피해자인 아이들과 같은 학교 교복일 거예요."

"그게 여기서 살해당한 기타노 유리가 한 말이었다면, 그 아이는 2학년이었으니…… 즉 3학년 여학생이라는 뜻이겠군."

히스이가 고개를 끄덕였다.

"흉기는 보였어요?"

"거기까지는……. 장소는 여기가 맞는 것 같았는데……."

그때 에비나가 돌아왔다.

"히스이 씨, 괜찮으십니까?"

"네. 걱정 끼쳐드려 죄송해요."

히스이가 일어나더니 꾸벅 허리를 숙였다.

"에비나 형사님, 제 나름대로 범인 상을 프로파일링 해봤는데 들어보시겠습니까?"

"아, 네, 물론입니다."

에비나는 서둘러 수첩을 꺼냈다.

"사람들 눈에 띄지 않는 범행 장소, 증거를 은폐하기 쉬운 천으로 된 흉기, 지문이나 발자국을 남기지 않았다는 점으로 볼 때 범인은 지능이 매우 높은 질서형 연쇄 살인범으로 보입니다. 여고생들에게 의심을 사지 않고 다가가 신뢰 관계를 쌓을 수 있었던 걸 보면 피해자들의 신용을 얻기 쉬운 입장이며, 그 또래의 소녀들을 끌어당기는 매력을 갖춘 사람이에요. 단, 범행 장소가 모두 학교 주변이라는 점이 걸립니다. 면허증이 있는 성인 남성은 소녀들의 관심을 끌기 쉬운 인물상이지만, 그 경우 아이들을 더 멀리 데려가서 남들 눈에 띄지 않는 장소를 골라 범행 발각 시기를 늦출 수 있었을 거예요. 시신에 과시욕을 드러내기 위한 메시지는 없었어요. 범인은 시신이 발견되기를 바라지 않았던 거죠. 즉 범인은 면허증이 없습니다. 그럼에도 수상한 사람을 봤다는 목격담이 없다는 점, 피해자가 경계하지 않았다는 점, 두 피해자의 사망 추정 시각이 방과 후 귀가하기까지의 저녁 시간이었다는 점을 고려하면 범인은 미성년자일 가능성이 아주 높아요. 같은 학교에 다니는 남학생, 아니, 여학생이 아닐까요."

거침없이 늘어놓는 고게쓰의 프로파일링을 듣고, 에비나는 눈이 휘둥그레졌다.

"그렇다면 두 번째 피해자의 옷이 벗겨져 있었던 것은……."

"사후에 위장한 겁니다. 그런 성적 충동을 느꼈을지도 모르지만, 범인이 여학생이라면 직접적인 행위의 흔적이 없는 것도, 체액이 검출되지 않은 것도 당연합니다. 수사본부는 십대 소녀가 범인일지도 모른다는 가정하에 교우 관계를 조사하신 적이 있나요?"

"아뇨, 그런 적은…… 전혀 생각하지 못했습니다."

우스꽝스럽고 역설적인 추리였다.

설마, 범인이 여고생이라는 정답을 이미 알고 있기에 그 결과가 도출되도록 자의적으로 프로파일링을 하게 될 줄이야.

이런 것은 추리라고 할 수 없다.

그저 앞뒤를 끼워 맞췄을 뿐이다.

하지만 히스이의 영시에 증거 능력이 없는 이상 지금은 그럴 필요가 있다.

"고게쓰 씨, 이런 연쇄 살인범은 뭔가 전리품 같은 것을 가져가지 않습니까? 이번에는 어떤 것 같습니까?"

"아아, 네, 그렇죠. 현장에서 피해자의 소지품 등 뭔가를 가져갔을 가능성은 있습니다. 그걸 알 수 있다면 범인을 특정할 수 있을지도 모르는데……."

"그런데, 같은 학교 학생이라…… 난감하게 됐습니다."

"왜요?"

"학교에서의 교우 관계를 조사하는 게 쉬운 일이 아니니 말입니다. 일종의 폐쇄 공간이라…… 학교 측은 당연히 협조해주겠지만 여학생 중에 범인이 있을 수도 있다는 저희 생각을 알게 되면 떨떠름해할 겁니다. 어디까지나 수상한 외부인이 범인일 거라는 태도로 조사해야 합니다. 친구 관계가 열쇠라면 학생들 경계심도 풀어야 할 것이고 정보 수집이 순탄치 않을 것 같습니다."

하긴 당신네 학교의 학생이 범인이니 협력하라고 하기에는 증거가 턱없이 부족하다. 학교 측이 순순히 협조해줄지도 미지수. 소녀들도 경찰을 미심쩍어하며 비밀을 알려주지 않을 가능성도 있다.

"그럼 이번 한 번은 인맥을 이용해볼까요?"

고게쓰가 떠올린 것은 색다른 팬레터를 내밀었던 소녀의 얼굴이었다.

◈

편지 내용에 따르면 후지마 나쓰키는 그 학교에 다니는 2학년 학생으로, 사진부 활동을 하고 있다고 했다. 그녀는 두 피해자와 접점을 가지고 있었다.

첫 번째 피해자인 다케나카 하루카와는 같은 학년으로, 사진부에서 알게 되어 친하게 지냈다고 했다. 두 번째 피해자인 기타노 유리와도 같은 학년. 교류는 거의 없었지만 같은 반이었다. 나쓰키는 편지로 다케나카 하루카에 관해 자세히 말해주었다. 단짝이라 할 수 있는 사이였다는 것, 그 아이가 학원 강사에게 관심을 보인 건 사실이지만 사귀지는 않았을 거라는 것, 낯선 남자를 덜컥 따라갈 만한 성격의 아이는 아니라는 것 등등.

히스이의 영시가 맞다면 범인은 여학생이다.

기타노 유리가 선배라고 부르는 상대라면 3학년.

하지만 명확한 이유도 없이 학교 측에 요청해 3학년 여학생 전원을 사정청취하는 것은 현실적이지 않다. 두 희생자와 공통되는 교우 관계에서 3학년 여학생을 찾아내야 한다. 그 단초로서 우선 사진부 학생들에게 이야기를 듣는 것은 나쁘지 않은 방법일 터였다. 어디까지나 외부인의 범행이라는 선에서 학교 측에 협력을 요청해 두 사람의 교우 관계를 다시 샅샅이 조사하는 것이다. 에비나가 학교에 즉각 연락해준 덕분에 며칠 뒤 학교를 방문하게 되었다.

"우아, 여기가 고등학교군요⋯⋯."

방과 후의 건물을 올려다보며 넋을 잃고 크게 숨을 내뱉은 이는 히스이였다.

오늘도 블라우스에 타이트한 스커트로 세련된 차림이었다. 고게쓰도 오랜만에 양복을 입고 경찰 관계자다운 분위기를 풍기는 데 신경 썼다. 고게쓰와 히스이는 방문객 접수를 하러 간 에비나를 기다리는 중이라 아직 교정에 발을 들이지는 않았다. 수업을 마치고 집으로 돌아가는 학생들이 출입구를 드문드문 빠져나왔고, 눈에 띄는 히스이가 신기하다는 듯 힐끔거리며 정문으로 멀어져갔다. 여학생은 세일러복, 남학생은 스탠딩 칼라 교복, 얼핏 보면 중학교 같은 분위기였다.

"꽤나 신기하다는 듯 말하네요."

초롱초롱한 눈으로 학교 건물이며 운동장, 경쾌하게 걷는 학생들을 쳐다보는 히스이의 옆얼굴을 들여다봤다. 히스이는 고게쓰를 흘끗 보더니 살짝 창피한 듯한 표정을 지어 보였다.

"죄송해요." 히스이는 고개를 숙이더니 불쑥 말했다. "저…… 고등학교에 못 다녔거든요."

"아아, 그랬군요." 고게쓰는 신중히 단어를 골라 말했다. "그래도 중학교 건물이랑 크게 다르지 않죠?"

"아, 저는 열다섯 살에 일본에 왔고 그 전엔 뉴욕에 있었어요. 일본 중학교 생활은 석 달 정도밖에 못 했어요."

히스이가 얼굴에 그늘을 드리웠다.

"그럼 오늘은 잠시 고등학생 기분을 느껴보시죠."

"네……. 교복 귀엽네요."

하교하는 소녀들의 모습을 바라보는 눈빛에 동경의 기색이 가득했다.

이내 에비나가 교직원으로 보이는 사람을 데리고 돌아왔다.

에비나, 고게쓰, 히스이 세 사람을 교실로 안내한 것은 사진부 지도교사인 이시우치 선생이었다. 나이는 사십대 중반 정도. 학생들이 잘 따른다는 것을 한눈에 알 수 있는, 사람 좋아 보이는 눈매를 한 남성이었다. 사진부 동아리실도 있지만 그곳은 비좁아서 모두 들어갈 수가 없기에 빈 교실에서 이야기를 나누기로 했다. 이미 남녀 합해 총 열 명의 학생이 자리에 앉아 있었다. 남학생보다 여학생이 몇 명 더 많아 보였다. 후지마 나쓰키도 있었다. 고게쓰와 시선이 마주치자 놀란 듯 토끼 눈을 뜨더니 꾸벅 고개를 숙였다.

"전에 말했던 대로 형사님들이 그 사건 일로 여러 이야기를 듣고 싶다고 하십니다. 힘든 기억이겠지만 하늘에 있는 두 사람을 위해서라도 협조해주세요."

동안인 에비나는 학생들의 경계심을 허물기에 안성맞춤인 형사라고 할 수 있을 것이다. 그가 자신을 소개하며 수사 조력자로서 고게쓰와 히스이를 소개했다. 학생들의 반응은 당연하다 해야 할지, 히스이가 자기소개를 했을 때 가장 뜨거웠다. 학생들 대부분이 히스이에게서 눈을 떼지 못했고, 넋이 나간 듯 입을 벌린 남학생도 있었다. 팽팽한 공기를 깨뜨리듯 여학생 한 명이 물었다.

"히스이 님은 경찰관이세요?"

"아뇨, 그게, 정확히 말하면 아니지만⋯⋯."

"더블 혼혈을 표현하는 말이에요?"

"아, 아뇨, 하지만 할머니가 영국 사람이라⋯⋯."

"쿼터! 엄청 예쁘세요. 모델 같아요."

"엇, 아, 그, 그래요?"

"나중에 사진 같이 찍고 싶어요!"

그렇게 말한 것은 나쓰키였다.

"아, 치사해, 나도!" 다른 여학생이 재깍 따라붙었다.

분위기가 급변하며 교실이 떠들썩해졌다. 고게쓰도 어안이 벙벙해졌다. 나도! 나도! 하며 여학생들이 여기저기서 손을 들고 히스이는 허둥지둥 어찌할 바를 몰라 했다.

"어, 어어…… 알겠으니까, 수사에 협조를 해주시면……."

이시우치 선생이 짝짝, 손뼉을 치며 분위기를 진정시켰다.

"자, 조용히 합시다. 어린애들도 아니잖아요. 형사님들은 사건을 해결하려고 오신 거예요."

하지만 덕분에 공기가 누그러졌다.

이런 분위기여야 학생들이 입을 열기 쉬울 것이다.

먼저 한 명씩 간단히 자기소개를 했다. 대화를 이끄는 건 에비나에게 맡기고 고게쓰는 한 명 한 명의 모습을 관찰했다. 여자 일곱, 남자 셋. 남학생은 대부분 내향적인 성향이었고, 여학생은 쾌활한 아이들이 많아 보였다. 그렇다고는 해도 지금 중요한 것은 3학년 여학생을 찾는 것이었다. 스카프 색은 입학 연도에 따라 다르다고 했다. 주황색이 3학년, 초록색이 2학년, 남색이 1학년. 즉 주황색 스카프를 두른 학생만 주의해서 보면 된다.

그런데…….

"사진부 부장을 맡은 3학년 하스미 아야코라고 합니다."

사진부에 3학년은 한 명뿐이었다.

의자에 앉은 모습만으로도 훤칠하게 키가 크다는 걸 알 수 있는 미인이었다.

다른 학생들의 들뜬 표정에 비해, 좋게 말하면 어른스러워 보였고 나쁘게 말하면 싸늘하게 식은 표정이었다. 귀와 목덜미가 보일 정도로 짧은 쇼트커트에 어깨 골격이 넓어서인지 다카라즈카여성 배우로만 구성된 가극단의 남자 역할 배우 같은 분위기가 감돌았다. 그 아이만큼은 조금 전의 야단법석이나 다른 아이들의 대화에 끼지 않고 그저 담담하게 이쪽을, 고게쓰 일행의 모습을 관찰하는 듯 보였다.

"하루카와는 그렇게 가까운 사이는 아니었어요. 저보다 다른 애들이 친했을 거예요. 하지만 제 작품이 마음에 들었는지, 어떻게 하면 예쁜 사진을 찍을 수 있느냐며 동아리 활동 때 한 번씩 노하우를 물어왔어요."

아야코는 차분한 모습으로 에비나의 질문에 대답해나갔다.

"기타노 유리와는 같은 위원회였어요. 도서위원요. 가끔 얼굴 마주치는 정도였고 연락처도 몰라요. 한두 번 신나게 책 이야기를 나눈 적이 있는 정도예요."

기타노 유리와도 접점이 있었다.

그렇다면 히스이의 입을 빌려 기타노 유리가 불렀던 '선배'가 저 아이일까?

고게쓰는 히스이를 보았다. 그녀는 고게쓰의 시선을 눈치채고 어딘가 곤혹스러운 듯 고개를 저었다. 무언가를 알아내면 신호를 준 뒤 같이 자리를 뜨기로 말을 맞춰둔 상태였지만, 살인자의 냄새를 감지하지 못했을지도 모른다.

"그렇구나." 에비나가 질문한다. "그런데 2월 15일 오후 4시 반에서 6시 반, 6월 17일 오후 4시에서 7시 사이에 어디 있었는지 기억하니? 아, 알리바이 확인 같은 건 아니야. 두 사람이 변을 당한 게 그쯤이라 다들 그 시간에 친구들이나 수상한 남자를 본 기억은 없나 싶어서."

"아뇨, 기억 안 나요. 저녁에는 보통 바로 집에 가거든요. 자전거로 다니니까 사진 찍으려고 여기저기 얼쩡거릴 때는 있지만, 늦어지면 부모님이 잔소리하셔서요."

다른 학생들에게도 물었으나 같은 부원이었던 다케나카 하루카 이야기는 해도 기타노 유리를 아는 학생은 거의 없는 듯했다.

"다른 학생 중에 기타노 유리랑 친한 사람 있을까?"

고게쓰가 묻자 하나같이 고개를 갸웃거렸다.

"별로 사교적인 애가 아니었어요. 어른스럽고, 왠지 말 걸기 어려웠달까, 친구도 많지 않은 것 같았고요." 나쓰키가 말했다. "교실에서도 책 읽을 때가 많았어요. 미스터리를 읽었다면 말이 잘 통했을지도 모르는데."

나쓰키는 시선을 떨어뜨린 채 침통한 표정을 지었다.

같은 교실에서 공부했던 사이인 것이다.

어쩌면 친구가 되고 싶었을지도 모른다.

"맞다, 책이라고 하니 고토네가 뭔가 알고 있을지도 모르겠네요."

그렇게 말한 건 이시우치 선생이었다.

"고토네?"

"와라시나 고토네라는 친구예요. 저희 반 학생인데 도서위원장 이거든요. 책을 좋아하니 어쩌면 위원회에서 친하게 지냈을지도요. 살가운 성격이고, 책 좋아하는 동지를 찾기 힘들다며 항상 아쉬워했을 정도거든요."

"지금은 하교했겠죠?"

"글쎄요. 수영부인데, 오늘은 동아리 활동이 없을 테니 도서실에 있을지도 모르겠네요. 불러올까요?"

"아, 저희가 가보죠. 도서실 분위기도 보고 싶고요." 고게쓰가 말했다.

사진부 학생들과 인사한 후 고게쓰 일행은 도서실로 향했다. 에비나와 이시우치 선생이 이야기를 나누는 동안 고게쓰와 히스이는 살짝 떨어져 걸으며 조용히 정보를 교환했다.

"어땠어요?"

히스이는 고개를 가로저었다.

"죄송해요. 아무것도 알아내지 못했어요. 한 명씩 면담할 수 있었으면 좋았을 텐데…… 여러 가지가 뒤섞인 느낌이랄까……. 다만……."

"다만?"

"그 아야코라는 아이는 좀 독특했어요. 자의식이 강하달까, 개성 있달까, 표현은 잘 못 하겠는데 냄새가 강해요. 선생님의 프로파일링에 들어맞는 아이예요."

"죄책감 같은 건?"

"전혀." 히스이는 고개를 절레절레 흔들었다. "사건과 관계가 없거나 아니면⋯⋯."

"살인을 해도 그런 걸 느끼지 않는 사람이거나."

도서실은 상상했던 것보다 넓었고 학생들의 모습도 듬성듬성 보였다. 책을 읽거나 자료를 조사하기보다는 노트를 펼치고 공부하는 아이들이 눈에 띄었다. 방해하기 미안해서 이시우치 선생에게 와라시나 고토네를 복도로 불러달라고 부탁했다.

와라시나 고토네는 안경이 잘 어울리는 단아한 분위기의 미인이었다. 제법 성숙해 보여서 소녀 같은 느낌은 없었다. 고게쓰는 직업상 머릿속에서 내키는 대로 이미지를 그리는 버릇이 있는데, 학교 사서나 헌책방 직원 같은 직업이 잘 어울릴 듯한 아이였다.

기타노 유리에 관해 묻자 고토네는 안경 너머의 커다란 두 눈을 끔벅거리며 대답했다.

"아, 네, 맞아요. 소설 얘기를 자주 했어요. 그런 일을 겪어서 안타까워요."

기타노 유리의 교우 관계나 성격을 물었지만 이렇다 할 이야기는 듣지 못했다. 소설 이야기 외에는 깊은 대화를 나눈 적 없고 연락처도 교환하지 않았다고 했다.

"혹시 사귀는 사람이 있었다거나, 그런 건 잘 모르니?"

고게쓰의 물음에 고토네는 고개를 갸웃거리며 뭔가를 생각하는 듯했다.

"글쎄요, 잘 모르겠어요. 그래도 걔가 남자애랑 사귀는 건 말도 안 된다고 생각해요."

"왜? 얌전한 성격이어서?"

"아니요." 고토네는 넥타이 모양으로 늘어진 주황색 스카프를 만지작거리며 말했다.

"걔, 아마 같은 도서위원인 아야코를 좋아했을걸요?"

그 말에 고게쓰와 히스이는 서로 마주 보았다.

"좋아했던 책도 여자애들 간의 감정을 그린 게 많았어요. 아야코는 어른스럽고 멋있으니까 그 애도 동경했을 거예요. 직접 말을 건 적은 없었겠지만 자기도 모르게 계속 쳐다보는 식으로……."

이것은 유력한 단서일지도 모른다. 하스미 아야코라면 인적이 드문 곳으로 기타노 유리를 데려갈 수도 있지 않았을까. 그 아이는 골격도 키도 크다. 흉기를 목에 감아 소녀를 교살하는 것도 가능할 것이다.

"저, 죄송해요. 이제 가봐야 해요. 집안일 도와드려야 하거든요."

세 사람은 소녀에게 감사의 뜻을 전하고 복도를 걸어 나왔다.

"이시우치 선생님. 죄송하지만 사진부 동아리실을 견학해도 되겠습니까?"

"네?" 이시우치 선생이 돌아보며 의아하다는 표정을 지었다. "상관은 없는데, 왜 그러시죠?"

"다케나카 하루카 양의 작품이 동아리실에 남아 있는지 궁금해서요. 사진으로 뭔가 단서를 알 수 있을지도 모르고요."

"수상한 사람이 찍혀 있다거나, 그런 걸 말씀하시는 거예요?"

"네, 그런 겁니다."

동아리실은 그다지 넓지 않았다. 중앙에 놓인 긴 책상 두 개 외에는 잡다한 물건들로 가득했다. 여자 부원이 많아서인지 작품으로 보이는 사진 몇 장이 귀여운 장식과 함께 코르크판에 붙어 있었다.

실내에는 여학생 네 명이 있었다. 후지마 나쓰키와 하스미 아야코도 보였다.

"아, 고게쓰 선생님!"

이쪽을 본 나쓰키가 일어나 꾸벅 고개를 숙였다.

"부탁 들어주셔서 감사합니다."

"아니에요." 고게쓰는 쓸쓸히 웃으며 답했다. "뭘 할 수 있는지 아직 모르겠지만 해결할 수 있도록 최선을 다할게요."

고게쓰 일행이 들어서니 확실히 비좁았다. 고게쓰는 벽에 붙어 서서 주위를 둘러봤다. 코르크판에 붙은 사진 중 하나에 시선이 꽂혔다.

"이건, 단체 사진입니까?"

"네." 이시우치 선생이 고개를 끄덕였다. "아마 작년 가을일 거예요."

어딘가의 자연공원에서 찍었을 것이다. 가을 단풍이 두드러지는 나무들을 배경으로 이시우치 선생과 사진부 학생들이 모여 있다. 출사 나갔다가 틈을 내 찍은 것일 터. 다들 저마다 아끼는 카메라를 손에 들고 있다.

"아, 하루카 양은 토이카메라를 좋아했군요. 이건 홀가Holga니까 필름 카메라군. 대단하네, 요즘 학생들도 필름 카메라를 쓰네요."

"아뇨, 여기에도 둘뿐이에요." 이시우치 선생이 겸연쩍다는 듯 말했다. "요즘에는 필름 같은 거 본 적도 만진 적도 없는 아이들이 대부분입니다. 부장인 아야코도 일절 관심 없고, 저 말고는 가르칠 수 있는 사람도 없어요."

"너무 비효율적이잖아요." 하스미 아야코가 표정 하나 변화 없이 말했다. "돈도 들고, 촬영 매수도 기껏해야 서른 장이잖아요? 만지고 싶지도 않아요."

"이봐, 이런다니까요." 이시우치 선생이 고게쓰를 돌아봤다. "고게쓰 씨는 사진 잘 아세요?"

"아아, 대학 시절에 사진 동아리 활동을 했습니다."

"저, 토이카메라가 뭐예요?"

옆에 서서 사진을 들여다보던 치스이가 물었다.

"장난감처럼 만들어진 카메라라고 해야 할까요. 값은 저렴한데 독특한 번짐과 왜곡이 있어서 특유의 맛이 있죠. 디자인도 귀여워서 여자애들한테 인기가 있는 것 같아요."

"저도 토이카메라예요. 로모." 나쓰키가 가방에서 하얀 토이카메라를 꺼내며 말했다. "평소에는 아빠 DSLR을 쓰는데, 하루카를 보니 저도 갖고 싶어지더라고요. 이건 작아서 갖고 다니기도 좋아요."

"우아, 귀엽네요."

나쓰키의 손에 들린 카메라를 보고, 히스이가 탄성을 질렀다.

"만져보실래요?"

"그래도 될까요!"

히스이는 얼굴이 금세 환해지더니 어린아이처럼 해맑게 미소를 지으며 조심스럽게 카메라를 받아 들었다.

"하얀 건 한정판일 텐데. 구하기 힘든 건데 신기하네."

고게쓰가 말하자 나쓰키는 의외라는 표정을 지었다.

"그래요? 이 근처 사진관에서 샀어요. 중고로요."

그때 이시우치 선생이 말했다. "나쓰키. 형사님들이 하루카 작품을 보고 싶다시는데, 혹시 있니?"

"앗, 아마도, 하루카 앨범이 있었던 것 같은데요……."

나쓰키가 수납장을 뒤지더니 앨범 한 권을 꺼내주었다.

히스이가 나쓰키에게서 토이카메라 사용법을 배우는 동안 고게쓰는 의자에 앉아 앨범을 찬찬히 들여다봤다.

흑백 풍경 사진이 많았다. 학교 주변 같아 보이는 골목 풍경이 대

부분이었는데, 토이카메라 특유의 오묘한 번짐 덕분에 흑백의 경치
는 어딘가 다른 차원의 세상처럼 찍혀 있었다. 공원, 하늘, 교실에서
밝게 웃는 친구들을 찍은 것도 있다. 때때로 수줍게 미소 짓는 나쓰
키를 담은 초상도 있었다. 인물이 찍힌 몇 장은 컬러사진이다. 무뚝
뚝한 얼굴로 카메라를 배에 끌어안은 하스미 아야코도 있다.

하지만 새로운 인간관계를 엿볼 수 있을 만한 사진은 없었다.

아쉽게도 수확은 없는 것 같다. 앨범을 닫고 시선을 들자 나쓰키
와 히스이가 긴 책상 끝에서 얼굴을 맞대고 있었다. 히스이가 카메
라를 들고 있고, 나쓰키가 그 모습을 옆에서 지켜봐준다. 나쓰키는
레인지파인더 카메라의 특성을 알려주며 히스이의 손가락을 셔터
버튼으로 유도했다.

카메라 렌즈가 고게쓰를 향하더니 찰칵 하고 소리가 울린다.

아무래도 고게쓰를 찍은 모양이었다.

고게쓰가 알아채자, 나쓰키와 히스이는 장난에 성공한 자매처럼
마주 보며 키득키득 웃었다.

"그럼, 이제 그만 저희는 가보겠……."

"앗!"

와당탕 의자 소리를 내며 나쓰키가 벌떡 일어섰다.

"히스이 언니, 사진 찍고 싶어요!"

"아, 나도나도! 아까 약속했잖아요!"

다른 여자 부원들도 일어나 히스이에게 달려든다.

"아, 그게……."

곤혹스러워하는 얼굴이 도움을 요청하듯 두리번거리다가 고게쓰를 보았다.

"찍어준다고 하셨던 것 같은데요."

나쓰키가 입을 삐죽거리며 웃는다.

하긴 자기소개를 했을 때 기세에 눌려 마지못해 그러겠다고 했던 것 같다.

"으으, 그건, 그렇긴 한데……."

"언니, 교복 입어보세요! 잘 어울릴 거예요!"

"오오, 좋다! 그거 좋네!"

와자지껄, 실내가 삽시간에 활기로 차오른다.

이렇게 되면 십대 소녀들 기세에 반발할 수 있는 이는 없다.

"어허, 애들이!"

이시우치 선생의 말도 종적 없이 사라질 정도였다.

"얼른, 일어나요!"

"제 거 입어보세요! 사이즈 잘 맞을 거예요!"

"어, 어……."

나쓰키가 히스이의 팔을 잡는다.

"최고의 피사체 확보!"

"어디에서 갈아입지?"

"암실 쓸 수 있어!"

마치 태풍이 휩쓸듯 소녀들이 히스이를 연행해 다같이 암실로 사라졌다.

　　남은 부원은 쿨한 하스미 아야코뿐.

　　아야코조차도 기가 막힌다는 표정이었다.

　　"암실이 있어요?"

　　정신이 혼미했지만 고게쓰는 일단 궁금한 것을 이시우치 선생에게 물었다.

　　"아, 네. 흑백사진을 현상할 수 있어요. 이제는 나쓰키 정도만 쓰긴 하는데……. 아, 그보다 죄송합니다. 녀석들이 버릇없이 막무가내로……."

　　"아뇨, 신경 안 쓰셔도 됩니다. 아마 본인도 싫어하지 않을 거예요."

　　"시선은 이쪽을 봐주세요! 더 깜찍한 느낌으로!"

　　"입술, 오므리듯이! 윙크 가볼까요? 팜파탈처럼!"

　　"히스이 언니, 너무 귀여워요! 와, 이 로앵글 대박! 허벅지도 짱!"

　　소녀들의 목소리가 꺄꺄 꺄꺄 실내에 메아리쳤다.

　　"여고생이라기보다 아재지 말입니다……."

"그러게. 완전히 아저씨 같은 대사군."

에비나 순사부장이 내뱉은 소감에 고게쓰는 마지못해 웃었다.

세일러복을 입은 조즈카 히스이는 순진하고 가련한 소녀 그 자체였다.

본 모습이 자아내던 신비로운 가면은 모두 벗겨져버렸다. 애초에 북유럽 피가 섞인 아름다운 얼굴이기도 하고, 본연의 표정과 동작에서 앳된 구석이 엿보였다.

"이, 이거…… 어때요? 저, 이상하지 않아요?"

고게쓰 앞으로 끌려온 세일러복 차림의 히스이는 새빨개진 얼굴을 푹 숙이고 있었다. 부끄러움을 감추려는 듯 칼라에서 흘러내린 비취색 타이를 애꿎게 한 손으로 만지작거리는 모습이 한없이 사랑스러웠다.

"아뇨, 잘 어울려요."

"그, 그래요……? 이거, 제가 중학생 때 입었던 세일러복이랑 좀 달라서 스카프 고리가 없어요. 타이, 이상하게 매지 않았어요?"

"제가 다시 맸으니 완벽해요!" 저지를 입은 나쓰키가 흥분했는지 볼을 붉히며 주먹을 들어 보였다. "자, 얼른 찍어요!"

처음에는 무척이나 창피해하며 난감한 기색을 내비치던 히스이는 역시 소녀들의 기세에 압도된 듯 서서히 미소를 회복해나갔다.

히스이는 지금, 교실 책상에서 손으로 턱을 괴는 포즈를 취하고 있다. 학생의 요구에 맞춰 수줍게 웃기도 하고, 열심히 울적한 표정을 짓는 등 요리조리 표정을 바꾸고 있다.

"사쿠라, 반사판 위치 바꿔봐. 아니, 그쪽. 아, 라이트 좀 더 쏴줘."

하스미 아야코까지 DSLR 카메라를 들고 진지하게 구도를 잡고 있다.

아야코의 카메라는 렌즈 일체형인 '네오 DSLR'이라 불리는 타입이었다. 본체와 렌즈 캡을 잇는 스트랩에 꽃 모양 펜던트가 달려 있는데, 당사자의 분위기와 사뭇 달라 귀엽게 느껴졌다. 애장품인지, 단체 사진과 다케나카 하루카의 사진 속에도 카메라의 펜던트가 포인트로 선명히 찍혀 있었다.

"자, 잠깐, 나쓰키 학생, 왜 그렇게 밑에서 찍는 거예요!"

"아니, 허벅지가! 허벅지가!"

나쓰키는 바닥에 거의 엎드려 누운 자세로 DSLR 카메라의 셔터를 누르고 있다. 히스이는 당혹스러워했지만 나쓰키의 동작이 재미있는지 참지 못하고 쿡쿡거리기 시작했다.

즐거워 보였다.

반 친구들과 교실에서 실없이 방과 후 시간을 보낼 때처럼.

"그나저나 기운들이 있어서 다행이지 말입니다."

에비나가 떨어진 곳에서 그 광경을 바라보며 말했다.

"좀 걱정이 됐거든요. 그런데 씩씩하다고 해야 할지 뭐랄지."

친구를 잃은 소녀들을 배려하는 마음에서 나온 말일 것이다.

"글쎄요. 이 아이들이 이렇게 시끌벅적한 건 제법 오랜만인 것 같아요." 눈부신 듯 그 모습을 바라보며 이시우치 선생이 말했다. "매정하게 들릴지 모르겠지만 고등학생으로 지낼 수 있는 시간은 기껏해야 삼 년이에요. 언제까지고 질질 끌 수는 없다는 것을 마음속 어딘가에서 이해하고 있을 거예요. 저 아이들 나름대로 필사적으로 일상을 되찾으려 하는 걸지도 모르지요."

이시우치 선생은 그렇게 말하고 에비나와 고게쓰 쪽으로 몸을 돌렸다.

"부디, 범인을 잡아주세요. 부탁드립니다."

소녀들의 재잘거리는 목소리를 등 뒤에 둔 채 이시우치 선생이 깊숙이 허리를 숙였다.

슬슬 저녁 생각이 나서 노트북의 시계를 확인하니 저녁 7시가 지나 있었다.

고게쓰 시로는 늘 찾는 찻집의 칸막이 자리에서 평소처럼 원고를 쓰는 중이었다.

정오에는 새로운 기획의 미팅을 겸한 식사 약속이 있었고 오후에는 잡지 인터뷰가 있었다. 웬일로 일정이 꽉 차 있어 사건 수사는 경찰에 맡기고 이틀간, 정리가 필요한 자신의 업무에 집중했다.

수사본부는 고게쓰의 프로파일링을 참고해 수사 방침을 정정한 듯했다. 피해자들과 친했던 남학생 혹은 여학생의 범행으로 보고 다시 탐문 수사를 진행하며 CCTV를 확인하는 듯했다. '수상한 성인 남성'을 찾을 때는 놓쳤던 영상에서도 새로운 관점으로 확인하면 눈에 들어오는 부분이 있을 것이다. 한동안은 수사본부의 활약을 기대할 수밖에 없었다.

뭔가 먹을 것을 주문할까 싶어 한숨 돌리던 때였다.

가게 문의 종이 울리며 손님이 들어왔다.

"다행이다. 여기 계셨네요, 선생님."

히스이였다.

평소와 달리 황량한 폐허와 어울릴 듯 신비롭고 암울한 화장을 하고 있었다.

"혹시 일 끝나고 가던 길이었어요?"

"네. 가족들이 악몽에 시달린다는 상담이라 직접 집에 갔다 왔어요. 원인이 분명해서 잘 대처하긴 했어요."

히스이는 맞은편에 앉으며 말했다.

"마침 여기랑 가까워서 혹시나 선생님이 여기 계시지 않을까 싶어서요……. 그런데 선생님, 전화를 안 받으시더라고요."

"아아, 미안하게 됐어요." 고게쓰는 머리를 긁적였다. "배터리가 방전돼서 충전중이에요."

고게쓰는 노트북을 닫고 자료와 메모로 어지럽혀진 테이블을 정리했다.

"아, 혹시 아직이면 저녁 같이 먹을래요?"

"앗, 그래도 돼요?" 히스이가 환하게 웃는다. "그럼, 저, 오므라이스 먹고 싶어요. 예전에 여기 메뉴 사진을 봤을 때 맛있어 보였거든요."

"아, 아니다. 더 좋은 데로 가요."

모처럼 히스이와 식사를 하게 됐으니 조금 더 호화로운 디너를 즐겨도 벌을 받지는 않을 것이다. 다행히 몇 군데 후보가 떠올랐다.

"엇, 그래도, 오므라이스가……."

히스이가 풀 죽은 표정으로 중얼거렸다.

고게쓰는 웃으며, 후보로 떠올린 가게 이름을 머릿속에서 날려 보냈다.

대신 세워져 있던 메뉴판을 들어 히스이에게 건넸다.

"그럼 거기는 다음에 같이 가요."

"죄, 죄송해요……."

어린아이 같았다고 자각한 것일까. 히스이는 볼을 붉히더니 표정을 가리듯 메뉴판 너머에서 고개를 숙였다.

"이번 주 토요일은 어때요?"

"어, 아, 네……. 괜찮아요……."

표정을 보고 싶었지만 찻집 주제에 쓸데없이 큰 메뉴판 때문에 히스이의 사랑스러운 눈동자가 어떤 상태인지 전혀 볼 수가 없었다.

자연스럽게 데이트 약속을 잡았는데, 그녀도 그렇게 받아들여줬을지. 아직 데이트다운 데이트는 한 적이 없다. 여름철에 히스이와 놀이공원에 간 적은 있어도 그때는 지와사키도 함께였다. 이번에는 단둘이 가고 싶지만 히스이에게는 순진무구한 구석이 있어 방심할 수 없었다. 뭐, 그런 부분도 히스이의 매력 중 하나겠지.

결국 히스이는 오므라이스를 주문했다. 고게쓰는 돈가스 카레를 시켰다.

"그러고 보니 선생님, 어젯밤에 나쓰키가 메시지를 보내왔어요."

히스이는 그때 이후로 소녀들과 완전히 가까워진 듯했다.

차로 바래다줄 때 아이들과 메신저 애플리케이션으로 연락처를 교환했다며 기쁘게 이야기하던 모습이 떠올랐다. 스마트폰을 한 손에 들고 서로 붕붕 흔들며, 이런 방법이 있네요! 하면서 학생들과 함께 자지러지게 웃던 모습이 인상적이었다.

"다케나카 하루카에 관해 생각난 게 있다는 연락이었어요. 아마, 현상…… 이라고 하나요? 작년에 사진관에서 받은 데이터 CD를, 실수로 하루카 것까지 가져와버려서 컴퓨터에 옮긴 적이 있대요. 그런데 이런 사진이 몇 장 있더라며 참고가 될까 싶어 보냈다고 하더라고요."

히스이는 그렇게 설명하고는 스마트폰을 내밀었다. 고게쓰는 폰을 테이블 위에 내려놓고 손끝으로 화면을 스크롤했다. 메신저 애플리케이션의 나쓰키와의 대화 이력. 컬러사진이 넉 장 첨부되어 있었다. 모두 풍경 사진이었고 유감스럽게도 새로운 정보는 없는 듯했다.

"다른 사진은 용량이 커서 USB 메모리로 주겠다고 했어요."

"엇, 이건……."

이력을 조금 더 거슬러 올라가버린 모양이다.

'대박!'이라는 글자가 적힌 이모티콘과 한 장의 사진.

해 질 녘 교실에서 세일러복 차림의 히스이를 찍은 것이었다.

일전에 그 로앵글로 찍은 사진인 모양이다. 아름답게 꼬인 허벅지의 뽀얀 살결이 상당히 야릇한 구도로 찍혀 있어 그녀의 전부를 들여다볼 수 있을 것만 같았다.

"으악, 선생님, 안 돼요! 그건 엉덩이가……."

히스이가 황급히 스마트폰을 빼앗았다.

"아, 미안해요. 그래도 예쁘게 잘 찍혔네요."

히스이는 가슴에 스마트폰을 끌어안고 볼을 부풀렸다.

"잠깐 사이에 많이 친해졌나봐요."

"네." 히스이는 행복하게 웃었다. "단체 메시지방이라고 하나요? 그것도 만들어줬고, 다음 출사 때 같이 가자는 말도 들었어요. 토이 카메라를 빌려줄 테니 같이 찍자고요. 초보자가 읽기 쉬운 추리소설도 소개해주고……."

쑥스러워하면서도 화제는 끊이지 않는 듯했다.

"나쓰키, 사진 엄청 잘 찍어요. 몇 장 보내줬는데 제가 아닌 것 같다니까요. 완전 딴사람이에요."

"글쎄요, 나쓰키 양 실력도 좋지만 히스이 씨가 매력적이라 그런 거예요. 있는 그대로의 히스이 씨 모습을 능숙하게 끌어낸 거죠."

"그런가요……."

히스이는 고개 숙인 채 눈을 위로 뜨고 고게쓰를 보았다.

"선생님은, 이제, 사진 안 찍으세요?"

"아아, 그러게요. 좋은 카메라가 있는데 먼지 쌓였겠네……. 사진 동아리에서는 유이카를 피사체로 자주 찍곤 했어요. 동아리 남자들은 다들 유이카를 찍고 싶어했죠. 그때 생각나네……."

"그렇군요……."

히스이는 인상을 찡그리며 복잡미묘한 표정을 지었다. 이럴 때 유이카의 이야기를 꺼내는 게 아닌데. 후회했다. 고게쓰가 그 이름을 입에 올릴 때마다 히스이는 표정이 어두워지며 괴로운 듯 한숨을 내쉬었다. 구하지 못한 생명에 대한 애석함, 잠깐이긴 하지만 몸에 깃들었던 유이카의 감정이 타다 남은 불씨가 되어 마음을 태우는 것이리라.

무참히 목숨을 빼앗긴 자를 불러들이면 끝없이 악몽을 꾼다고 히스이는 말했다.

더는 그런 수단을 쓰게 해서는 안 된다.

"저…… 저라도 괜찮다면, 찍어……주세요……."

"음?"

"사진요." 흘깃, 눈을 치켜뜨며 히스이가 불안한 듯 내뱉는다. "아뇨, 죄송해요, 주제넘는 말을⋯⋯."

그러더니 그대로 몸을 줄이듯 불편해 보일 만큼 어깨를 한껏 움
츠린다.

"아아, 네, 꼭 찍게 해주세요. 실은 사진부 학생들이 부러웠어요.
손이 근질거리네."

히스이는 고개 숙인 채 살며시 고개를 끄덕였다.

기묘한 공기가 감돌며 대화가 멈춰버렸다.

잠시 뒤 그런 분위기를 간파하기라도 한 듯 음식이 나왔다.

"우아, 보들보들하네요!"

히스이가 오므라이스를 앞에 두고 얼굴을 반짝였다.

벌써 평정을 되찾은 것 같았다.

두 사람은 한동안 시시콜콜한 대화를 나눴다. 하지만 히스이가
새로 사귄 여고생 친구들 이야기를 하고 싶어해서 고게쓰는 듣는
역할에 충실했다. 모처럼 단체방에 끼워줬으니 이상한 말을 하지
말아야겠다고 히스이가 의욕을 내비쳤다.

"이상한 말?"

"저밖에 모르는 것들이요. 예를 들면 요시하라 사쿠라 학생." 나
쓰키와 친한 2학년 부원으로, 안경을 쓴, 텐션이 높은 아이다. "그
아이, 눈에 바로 보일 만큼 강한 여자아이의 영혼을 데리고 있어요.
처음 봤을 때 깜짝 놀랐다니까요. 나쁜 게 아니라 수호령일 거예요.
생김새가 닮은 걸 보면 어렸을 때 죽은 자매일지도 몰라요."

그런 소리를 산뜻하게도 내뱉었다.

이런 이야기를 자연스레 흘렸다가 멀어져버린 사이도 있었을 것이다. 요즘 들어 고게쓰에게 이런 이야기를 하는 빈도가 늘어난 것 같다. 이야기해도 이해해주는 사람이라고 믿고 있다는 증거일지도 모른다.

"그나저나 나쓰키가 점심때 이상한 동영상을 보내왔어요. 수업중인데 그런 건 신경 안 쓰는지……."

그 순간 스마트폰에서 착신음이 울렸다.

고게쓰의 것이 아니다.

히스이가 자신의 스마트폰 화면으로 눈을 떨어뜨렸다.

"뭐지? 에비나 씨예요."

신기한 듯 말하며 히스이가 전화를 받았다.

"네, 조즈카입니다. 네……. 앗, 선생님요? 네, 같이 있어요. 아아, 그게, 아마, 배터리가 방전돼서……. 네?"

히스이의 눈이 동그래졌다.

에비나의 목소리가 새어 나오고 있었지만 내용까지는 들리지 않았다.

불길한 예감에 가슴이 떨렸다. 조금 전까지 다채롭게 변하던 히스이의 표정이, 전원이 나간 인형처럼 정지했다.

모든 감정을 빼앗긴 채 그저 그곳에는 허무가 있었다.

지금까지 보던 히스이와는 모든 게 다른, 본 적 없는 표정.

사고가 멎은 듯 열린 입술이 멈췄다가 이내 아주 살짝 떨린다. 사자를 비추는 비췻빛 눈동자에서 샘물이 솟듯 촉촉해지며 빛이 넘쳐 흐르기 시작한다.

"네⋯⋯."

스마트폰을 들고 있던 하얀 손이 힘없이 떨어졌다.

"선생님⋯⋯."

히스이가 고게쓰를 본다.

텅 빈 눈동자로.

"나쓰키가⋯⋯ 시체로 발견됐대요⋯⋯."

"피해자는⋯⋯ 후지마 나쓰키 양, 십육 세⋯⋯. 이 근처 고등학교에 다니는 2학년입니다. 조금 전에 귀가가 늦어지는 걸 걱정한 부모님이 경찰에 연락했는데, 마침 비슷한 시각에 퇴근중이던 여성이 시신을 발견해 신고했습니다."

에비나 순사부장이 확인된 사실을 담담히 읊었다.

적막한 공원의 구석이었다. 첫 피해자가 살해당한 현장에서 수 킬로미터도 떨어지지 않은 곳이다. 야트막한 정글짐이 있어 낮에는 그럭저럭 아이들이 뛰놀기도 하지만 저녁때가 지나면 발길이 끊긴다고 한다. 시체를 발견한 회사원 여성은 지름길 삼아 이 공원을 지났다고 했다.

밤의 적막을 찢듯 카메라의 플래시가 번쩍이며 기계음을 울렸다. 감식반 사람들이 한 톨의 증거도 놓칠 수 없다는 듯 지면을 기어 다니다시피 하며 주변을 뒤지고 있었다. 조금 늦게 도착한 검시관 와시즈 데쓰하루 경시가 쓰러진 소녀의 유해를 빠짐없이 확인하고 있다. 격려차 들른 가네바 경부는 제복 차림의 경찰관에게 지시를 내리고 있다. 이 자리에 모인 모든 사람이 이 무시무시한 살인마의 꼬리를 잡기 위해 분노의 감정을 억누른 채 냉정하게 일에 집중하고 있다는 것을 알 수 있었다.

고게쓰 시로는 떨어진 곳에서 조명 불빛을 받고 있는 후지마 나쓰키의 사체를 바라봤다.

소녀의 피부는 밤하늘에 뜬 달처럼 그저 새하얬다.

살아있지 않다는 듯.

그렇다. 살아있지 않았다.

얼마 전까지 히스이와 마주 보며 해맑게 지어 보이던 미소가 이제는 어디에도 없다.

소녀의 두 눈동자는 경악과 고통으로 부릅뜨인 상태였다. 울혈진 얼굴이 심하게 뒤틀려 있고, 당장이라도 혀를 내밀듯 입을 쩍 벌리고 있다. 마치 원망의 목소리를 쏟아내려는 것만 같다. 누구를 향한 것일까.

사건을 해결해달라고 고개 숙였던 상대를 향한 것일까?

"어째서, 이런…… 이, 런……."

옆에 서 있던 히스이가 쉬어버린 음성을 흘리며 비틀거렸다.

"거짓말이죠……? 거짓말이에요, 선생님……."

고게쓰는 히스이의 몸에 팔을 둘러 자신의 어깨에 기대게 했다. 기어코 따라가겠다는 고집을 꺾지 못해 동행을 허락했지만 잘못된 판단이었는지도 모르겠다.

"안 보는 게 좋아."

시신의 하얀 목덜미에는 삭흔으로 보이는 변색이 있고 저항을 하다 자기 손톱으로 할퀸 상처도 보였다. 세일러복은 기타노 유리 때처럼 반쯤 벗겨져 있고 옆에는 초록색 스카프가 깨끗한 상태로 사뿐히 떨어져 있다. 하얀 피부와 배꼽이 드러난 채 속옷도 벗겨져 있는데, 한쪽 다리가 아니라 양 무릎에 걸려 있는 상태였다.

"같은 수법이야." 와시즈가 일어서서 말한다. 고게쓰는 예전 사건 일로 그와 면식이 있었다. "부검을 해야 확실히 알 수 있겠지만 사망 추정 시각은 17시에서 20시경. 흉기는 같은 거겠지. 거의 정면에서 교살됐어. 아마 도중에 깔고 앉았을 거야. 옷이 벗겨지긴 했지만 현재로서 성폭행의 흔적은 보이지 않아. 피부는 깨끗해서 상처하나 없고, 손톱도 잘려 있고, 체액도 땀도 안 나올지도 몰라."

셔터 소리가 울리는 현장을 비통한 침묵이 감쌌다.

고게쓰는 들썩거리는 히스이의 등을 어루만졌다.

자신이 할 수 있는 것은 이 정도밖에 없었다.

뭘, 어떻게, 잘못한 걸까?

상대가 이상심리를 가진 연쇄 살인마라면 충동을 억누르지 못하고 세 번째 범행을 저지르리라는 것은 예측하고 있었다. 그건 경찰들도 알고 있었을 터였다.

그런데 설마 이렇게나 빨리 세 번째 살인이 일어날 줄이야……

"왜…… 왜, 나쓰키가……."

고게쓰의 가슴을 이마로 누르듯 하며 히스이가 신음했다.

카메라를 들고 웃던 소녀의 얼굴이 뇌리에 떠올랐다.

"카메라……."

고게쓰는 정신이 퍼뜩 들어 주변을 두리번거렸다.

시체 가까이에 작고 하얀 카메라가 떨어져 있다.

"에비나 형사님, 그 카메라 말인데요, 필름 상태는 어떻습니까?"

"네?" 가까이 있던 에비나가 카메라를 주워들었다. "어, 이거, 필름이 없는 것 아닙니까? 여기……."

에비나가 그렇게 말하며 카메라 뒤를 가리켰다. 로모의 본체에는 작은 창이 있어 어떤 종류의 필름이 들어 있는지 판별할 수 있게 되어 있다. 안은 비어 있었다.

"범인이 뺐을 가능성이 있습니다." 고게쓰가 말했다. "나쓰키는 그 토이카메라를 자주 가지고 다녔던 것 같아요. 여기에서 함께 있었던 범인을 찍었고, 그걸 떠올린 범인이 필름을 훔쳤을지도 몰라요.”

“아하…….지문이 나올 수도 있겠군요.”

에비나는 감식반에게 조심스레 카메라를 건넸다.

“이제 그만 가보지.”

가네바가 고게쓰를 보며 심각한 목소리로 말했다.

“하지만, 경부님.”

“원래라면 선생은 여기 있어도 되는 사람이 아니야. 하지만 나중에는 선생 힘이 필요해지겠지. 선생 말대로 저 영매 아가씨가 정말 유능하다면 이 살인마를 잡을 수 있게 강령회든 뭐든 할게. 그러니 지금은 돌아가. 저 친구를 바래다줘.”

“알겠습니다…….”

가네바는 히스이를 어떻게 생각하고 있을까.

히스이를 자신의 추리력을 끌어내주는 우수한 조수라 소개하고 이번 건에 합류하게 되었다. 하지만 가네바는 히스이가 어떤 사람인지 알고 있다. 영혼의 존재 따위 믿지는 않겠지만 고게쓰는 히스이와 함께한 뒤로 수경장뿐만 아니라 여러 사건을 잇달아 해결했다. 무언가 느끼는 바가 있을지도 모른다.

고게쓰는 순순히 히스이를 집까지 바래다주기로 했다.

조수석에 앉은 히스이는 내내 말이 없었다. 망연자실한 듯 입을 벌린 채 힘없이 시트에 몸을 기대고 있었다. 한 번씩 쳐다보면 공허한 그녀의 표정이 차창에 비쳤다. 긴 침묵에 숨이 막힐 것 같았다.

주차장에서 나와 건물 엘리베이터까지 걷는 동안, 히스이는 무언가를 견디듯 입술을 꾹 다물고 있었다. 그 몸이 휘청거리는 것을 느끼고 황급히 부축했다.

"일단 문 앞까지 데려다줄게요."

히스이의 손가락이 고게쓰의 소매를 붙잡았다.

"선생님……." 고개를 숙이고 있어 표정은 보이지 않았다. "오늘은…… 마코토가 늦어요. 그때까지 잠시만, 같이 있어주실 수 있나요."

"그럴게요."

엘리베이터로 올라가 히스이의 집으로 들어섰다.

고게쓰가 들어간 적 없는 방으로 갔다. 널찍한 거실이었다. 전에 왔던 방과는 달리 연한 녹색 계열의 가구로 통일되어 있었다. 야경을 내다볼 수 있는 커다란 창, 고급스러운 소파, 붙박이장으로 둘러싸인 대형 텔레비전이 있다.

두 사람은 소파에 앉았다. 히스이는 가지런한 무릎 위에 꼭 쥔 주먹을 올려둔 채 고개를 떨어뜨리고 있다.

고게쓰는 히스이가 진정할 때까지 잠자코 옆을 지켰다.

어떤 말로 위로할 수 있을까.

나쓰키의 죽음에는 고게쓰에게도 일말의 책임이 있는 듯한 기분을 떨쳐낼 수 없었다.

범인이 충동을 참아내지 못한 것은 고게쓰 일행이 학교에 찾아갔기 때문은 아닐까? 자기 주변까지 수사의 손길이 미쳤다는 사실을 범인이 알아챈 것은 아닐는지. 그런 감각은 이해할 수 있을 것 같았다. 지금까지 쓴 작품에서도 범죄 심리를 치밀하게 묘사해왔다. 그런데도 이번 범행을 전혀 예측하지 못하다니…….

"제 잘못이에요…….”

한동안의 시간이 흐른 뒤, 히스이가 입을 열었다.

"그렇지 않아.”

"아뇨, 제 잘못 맞아요. 도와달라고 했는데 아무것도 못 했어요. 범인은 3학년 여학생이에요. 그것까지 알고 있었어요. 그런데도……. 제가 좀 더, 제가 한 말에 대해 믿음을 줄 수 있는 사람이었다면……!”

히스이가 얼굴을 들고 외쳤다.

촉촉이 젖은 두 눈에서 눈물이 흩어지며 반짝이는 듯한 착각이 들었다.

확실히, 영시로 어느 정도 범인을 특정한 상태였다.

3학년 여학생에게 주의를 기울여야 한다고 학교나 경찰 측에 경고할 수 있었을지도 모른다. 그랬다면 나쓰키의 목숨을 구할 수 있었을지도 모른다. 하지만 아무 근거도 없는 그 이야기를 누가 믿어주겠는가.

어째서 그 책임을 히스이 혼자 떠맡아야 하는 것인가.

"왜 그렇게, 죽음에 대한 모든 책임을 짊어지려고 해요?"

조즈카 히스이는 늘 그렇다.

지금까지 겪었던 모든 사건에서, 자신의 힘이 부족했던 것을 뉘우치고 있다.

"저는……" 히스이는 입술을 깨물며 눈을 내리떴다. 눈물에 젖은 긴 속눈썹이 파르르 떨리는 모습을 고게쓰는 가만히 바라봤다. "선생님은 몰라요. 세상 모든 사람에게 끊임없이 거절당하고 부정당하는 고통은……."

바들거리며 올라온 히스이의 팔이 자신의 몸을 꼭 끌어안는다.

"늘, 늘 그래. 넌 틀렸어. 넌 이상해. 넌 병에 걸렸어. 그런데, 나만 정답을 알아버려. 나만 도울 수 있는 힘을 가져버려……."

히스이가 힘없이 고개를 들었다.

자학하듯 입술을 일그러뜨린 채 경직된 미소를 지었다. 눈을 깜박일 때마다 비췻빛 눈동자에서 구슬 같은 눈물방울이 똑똑 떨어진다.

"그런데, 나는 아무것도 못 해……! 항상, 아무것도 할 수가 없어요! 난 그냥 누군가한테 힘이 되고 싶을 뿐인데! 내가 틀리지 않았다고 증명하고 싶은데! 거짓말하는 게 아니라는 걸 알아줬으면 좋겠는데! 그러니까 나는 이 힘으로 도움을 줘야 하는데! 그런데 제일 중요할 때…… 친구가 죽게 내버려두다니……."

고게쓰는 파르르 떨리는 히스이의 입술을 바라봤다. 원통한 듯 입술을 깨물고 억지로 웃으며 허무에 몸부림치는 그 모습을 말없이 지켜봤다.

　그리고 조즈카 히스이라는 여자에 대해 생각했다. 그녀가 보내왔을 어린 시절의 고통을 상상했다. 자신의 말을 누구에게도 신뢰받지 못하고 늘 남들에게 외면당하기만 했던 소녀는, 그 힘을 타인을 위해 쓰는 것을 자신의 사명으로 삼았다. 그렇게 하지 않으면 버틸 수 없었을 터였다. 무엇을 위해 힘을 가진 것인지, 소녀는 그 이유를 갈구했다. 분명, 그렇게 세상에 녹아들 수 있으리라 믿고 싶었던 것이다.

　"제 탓이에요. 제 저주받은 피가……. 그래요…… 내가…… 내가, 죽었으면 좋았을걸. 이 피 때문에 대가를 치르는 거라면 저는 오늘 죽었어야 해요! 이런…… 이런, 가치도 없는 인간 따위는…….."

　여름날 놀이공원에서 히스이는 고게쓰에게 그런 말을 했다.

　거역할 수 없는 죽음이 다가오고 있다고.

　이건 저주받은 피가 초래한 절대적인 예감이라고.

　히스이의 능력을 생각하면 그 예감은 사실일지도 모른다.

　하지만 그렇다고 해서…….

　고게쓰는 히스이의 몸을 끌어안는다.

　등에 팔을 둘러 그녀의 체온을 감쌌다.

　흐트러진 검은 머리칼을 가만히 쓰다듬는다.

　"선생님……?"

　멍한 목소리가 고게쓰의 귓가를 간질인다.

"당신에게 가치가 없다니 그런 생각은 잘못됐어요. 당신은 싸우고 있어. 줄곧 싸워왔어요. 그건 내가 잘 알아요. 아무것도 못 한 게 아니야."

"하지만……."

"난 아무 데도 안 가요. 당신을 두고 가지 않아요. 난, 당신을 끝까지 믿을 거야. 힘이 돼줄 거예요. 당신과, 계속 함께할 거예요."

찬찬히 몸을 떼고 히스이의 얼굴을 들여다봤다.

곤혹스러워하는 듯한 두 눈망울이 고게쓰의 눈을 바라본다.

"그러니까, 지금은 나쓰키를 위해 울어요."

히스이의 얼굴이 구깃구깃 우그러졌다.

"더…… 친해지고 싶었어요……."

"그래요."

"같이, 사진 찍고 싶었다고…… 더 이야기하고 싶었어요. 더 많이 더……."

그리고 크게 소리 내어 울었다.

어린아이처럼, 고게쓰에게 매달리듯, 구슬 같은 눈물을 흘리며 엉엉 목 놓아 울었다.

지금은 후지마 나쓰키를 애도하며 울자.

"내일부터 싸우는 겁니다."

손톱으로 자신의 옷을 파고든 채 큰 소리로 신음하는 히스이의 등을 부드럽게 어루만지며.

고게쓰는 다짐하듯 말했다.

"우리만 할 수 있는 게 있을 테니까."

고게쓰 일행 네 명은 수사본부가 설치된 관할서의 작은 방 안에 모여 있었다.

가네바와 에비나, 그리고 히스이도 함께였다. 오늘 히스이는 평소보다 더 의연하면서도 긴장된 표정과 자세로 앉아 있었다. 비취빛 눈동자에 굳은 결의의 그늘을 드리운 채, 담담하게 말하는 에비나의 보고에 귀를 기울이고 있다.

"먼저, 후지마 나쓰키의 사망 추정 시각입니다. 부검 결과 17시에서 19시 사이로 더 좁혀졌습니다. 사인은 지금까지와 동일하고 흉기도 일치합니다. 성폭행의 흔적은 없고 범인의 DNA는 채취하지 못했습니다. 그런데 지문이 나왔습니다."

지금까지 흔적을 일절 남기지 않은 범인치고는 뜻밖의 결과라 할 수 있다.

"피해자의 피부에서 발견됐습니다. 시신의 상박上膊 쪽에서요. 아마 저항하는 걸 붙잡고 옷을 벗기려다 남긴 것으로 추측됩니다."

"지문이라는 게 피부에서도 채취할 수 있는 거예요?"

히스이가 조금 놀란 듯 물었다.

"네. 상태가 좋으면 드물게 가능합니다." 에비나가 수첩에 시선을 떨어뜨렸다. "이번에도 기적적으로 남아 있었습니다. 가족들 지문과는 일치하지 않았고 말입니다."

"하지만……" 가네바가 끼어들었다. "작가 선생의 말대로 일면식 있는 여학생이 범인이라면 결정적인 증거는 될 수 없어. 피해자와 장난치다가 묻었다고 하면 끝이니까."

"네." 고게쓰는 고개를 끄덕였다. "그래도 일단 누구의 지문인지 알 수 있다면 감시를 통해 증거를 확보할 수도 있을 겁니다. 문제는 관련인들의 지문을 채취하기가 어렵다는 거죠."

범인은 피해자들을 살해 현장까지 무리 없이 데리고 갔다. 면식범의 소행이 분명하다. 함께 벤치에 앉았던 다케나카 하루카, 사람 눈에 띄지 않는 건설 현장에 따라 들어갔던 기타노 유리는 범인과 유독 가까운 사이였을 것이다. 세 소녀 모두와 친분이 있는 인물은…….

"오늘 아침 회의에서도 의견을 제출했는데 말입니다." 에비나가 말했다. "현재로서 세 사람과 공통된 관계자로 확실한 것은 하스미 아야코잖습니까. 도서위원 일로 기타노 유리와도 알고, 동아리 활동으로 다케나카 하루카, 후지마 나쓰키 둘과 접점이 있으니 말입니다."

맞는 말이지만 고게쓰 일행이 아직 모를 뿐 그 밖에노 접점이 있는 인물이 있을 가능성은 높다. 수사본부에서 그 부분을 조사하고 있지만 학교라는 폐쇄 공간의 관계성을 파헤치려면 시간이 걸릴 터였다. 피해자의 통화 이력 등을 뒤졌지만 범인인 듯한 인물과 연락을 주고받은 기록은 발견하지 못했다고 한다. 분명 범인은 증거가 남지 않도록 학교에서 직접 말을 걸어 꾀어냈을 것이다.

"우선적으로 하스미 아야코를 마크하자는 방침인데, 범인 상에 부합하기는 하지만 신병을 확보할 수 있을 만큼의 근거나 증거는 전혀 없어. 매스컴도 시끄럽고, 상대가 미성년자라 관리관도 조심스러워해. 하스미 아야코의 부모님과 면담해서 임의로 지문을 제공받는 게 좋을지도 몰라."

"그 부분 말인데요. 의문점이 있습니다." 고게쓰는 말했다. "처음에는 저도 프로파일링 상에 일치하는 하스미 아야코를 의심했는데, 아무래도 자신이 없어졌어요."

"어떤 이유에서입니까?"

"글쎄요……. 그 전에 먼저 나쓰키 학생의 노트북을 살펴봐도 될까요?"

"네, 그러셔도 됩니다만. 그 밖에도 교우 관계를 알아볼 수 있을 만한 걸 빌려 왔습니다."

긴 책상에는 사전에 부모님의 허락을 얻어 입수한 피해자의 소지품이 놓여 있었다. 오늘은 일단 이것을 확인하기 위해 온 것이다.

지퍼백에서 노트북을 꺼내 전원을 켰다. 지금으로서는 비밀번호가 걸려 있지 않다는 것이 다행스러운 일이었다. 사진이 저장돼 있을 법한 폴더를 찾았다.

찾던 것은 금방 발견되었다.

친절하게도 폴더명은 'Haruka'였다.

나쓰키가 실수로 자신의 컴퓨터에 옮겼다는 다케나카 하루카의 사진 데이터다.

"뭘 찾으시는 겁니까?"

"모르겠어요. 누군가 찍혀 있다면 좋을 텐데요."

하스미 아야코가 범인이 아니라면 역시 다른 3학년 여학생과 접점이 있을 터. 그것을 가리키는 단서가 어딘가에 있을지도 모른다. 고게쓰는 차분히 사진 데이터를 확인했다. 옆에 앉은 히스이도 몸을 기울여 진지한 눈빛으로 화면을 들여다봤다.

유감스럽게도 온통 골목길이나 풍경을 찍은 사진들로, 인물 사진은 거의 없었다.

그런데.

"선생님…… 이 사진, 거기 아니에요?"

히스이가 물었다.

"맞네요."

사진에는 그 건설 현장 부지가 담겨 있었다. 다케나카 하루카의 사진 취향은 여성스러운 쪽이 아니었는지 골목이나 전봇대, 담 같은 피사체를 좋아한 듯했고 이것도 그 일환일지 모른다. 컨테이너의 황량하고 칙칙한 질감을 컬러사진으로 훌륭하게 담아낸 것이다.

그런데 문제는…….

"이건…… 그래, 그런 거였나."

"왜 그래?"

가네바와 에비나가 일어나 궁금하다는 듯 디스플레이를 들여다 봤다.

"앗." 에비나가 내뱉었다. "여기…… 사다리가 없네요?"

"네. 저희가 봤을 때 이 컨테이너에는 **사다리가 세워져 있었어요.** 그런데 작년에 찍은 이 사진에는 안 보이네요."

"범인이 거기에 세웠다는 거야?"

"단정은 할 수 없지만 그렇다면 가설이 성립됩니다. 그래……. 그렇다면 역시 하스미 아야코는 범인이 아닐지도…….."

"무슨 뜻입니까? 고게쓰 씨는 왜 하스미 아야코가 범인이 아니라고 생각하시는 겁니까?"

"제가 그렇게 생각한 첫 번째 이유는 나쓰키 학생의 토이카메라 때문입니다."

"토이카메라? 그, 범인이 필름을 뺐다는…….."

"네. 그 토이카메라요. 범인이 필름을 뺐다면, 범인은 그 카메라의 뒷면을 열었다는 뜻이죠. 하지만 로모의 뒷면은 버튼을 눌러서 여는 게 아니라 크랭크를 당기는 구조라서 아무 지식도 없는 사람이 열려면 상당히 애먹을 겁니다. 또한 설령 열었다 해도 거기서 필름을 빼려면 또 수고가 들죠. 아직 다 쓰지 않은 필름을 강제로 빼

내려 하면 스풀에 감긴 필름이 찢어져서 본체에 남으니……. 카메라 안은 살펴보셨죠?"

"아, 네. 깔끔하게 빼서 찢긴 필름 같은 건 없었습니다."

"찢기지 않도록 필름을 빼내려면 어느 정도 필름 카메라에 대한 지식이 있어야 합니다."

"그게 어째서 하스미 아야코가 범인이 아니라는 거랑 연결되는 거야?"

"그 아이는 필름 카메라를 다뤄본 적이 없어요. 이시우치 선생님이 그렇게 말씀하셨죠. 그 아이가 쓰는 건 디지털카메라입니다. 요즘 고등학생들은 대부분 필름을 다룰 줄 몰라요."

"그래도, 모르는 척했을 가능성이 있지 않습니까? 이시우치 선생님 말 때문에 그런 생각이 드는 것일 뿐, 실제로는 쓴 적이 있을지도 모르잖습니까. 쓴 적은 없지만 지식으로 알고는 있었을 가능성도 있고 말입니다."

"네. 나쓰키 양 사건 이후에 자기 입으로 그렇게 말했다면 몰라도, 그 당시에 모르는 척할 이유는 없었겠지만 가능성은 있겠네요. 그래서 '범인이 아닐지도 모른다'는 정도로 생각했습니다. 하지만 저는 또 다른 근거를 찾았기에 그 아이가 범인이 아닐 가능성이 상당히 높은 것 같아요."

"또 다른 근거?" 가네바가 위압감을 주는 눈썹을 꿈틀거리며 물었다.

"이 사다리요. 이 사다리를 범인이 옮겼을 거라 가정하면 당연하게도 왜 그런 행동을 했는가 하는 의문에 맞닥뜨리게 됩니다. 뭐, 사다리니까 당연히 올라가기 위해 썼을 겁니다. **범인은 컨테이너 지붕에 올라가고 싶어한 거죠.**"

"컨테이너 지붕에? 왜?"

"되짚어 생각해보세요. 다른 두 사건 현장에도 높은 곳이 있었습니다. **공원의 미끄럼틀과 정글짐이요.**"

"거기에도, 범인이 올라갔다?"

"뭘 위해서?"

두 형사가 깜짝 놀라며 물었다.

고게쓰가 대답하기 전에, 히스이가 불쑥 입을 열었다.

"혹시…… 촬영이에요?"

"촬영? 설마 시신을 찍은 거야?"

"네. 저는 그 가능성이 높다고 봅니다. 범인은 피해자를 벤치에 눕히거나 옷을 벗겨서 원하는 그림을 만든 뒤 죽은 모습을 찍은 게 아닐까요. 구도를 찾으며 근접 촬영도 했을 거예요. 하지만 전신을 찍으려면 높은 곳에서 찍는 게 제일 좋죠. 그래서 피해자는 사다리를 옮겨 컨테이너 지붕으로 올라간 겁니다. 시신을 찍은 사진. 그것이야말로 연쇄 살인마로서 범인이 가져간 전리품이었어요."

"그렇지만 선생님…… 어째서 그게 아야코 양이 범인이 아니라는 또 하나의 근거가 되는 거예요?" 히스이가 의아하다는 듯 질문했다.

"기억을 더듬어보세요. 첫 살해 현장에는 또 하나 이상한 흔적이 있었어요. 미끄럼틀에서 벤치 쪽으로 희미하고 가늘게 선이 그려져 있었죠."

"그건 어린애가 그린, 상관없는 흔적 아니야?"

가네바의 질문에 고게쓰는 얼굴을 저었다.

"더 일찍 알아챘어야 했는데, 저도 몇 번 그런 적이 있었어요. 그건 **미끄럼틀에서 렌즈 캡을 떨어뜨렸을 때 남은 자국**입니다."

"렌즈 캡⋯⋯. 카메라의 렌즈 뚜껑 말입니까?"

"네. 떨어뜨리면 굴러갈 때가 있거든요. 범인은 미끄럼틀에서 시신을 찍으려고 망원렌즈 캡을 열다가 놓쳐버렸을 겁니다. 그때 떨어진 캡이 선을 그리듯 굴러간 거죠. 딱히 범인 특정으로 이어지는 증거도 아니고, 그걸 지우다가 발자국이 남을 위험을 우려해 범인은 그 흔적을 그대로 뒀을 거예요. 실제로 지금까지 아무도 눈치채지 못했고요."

"그게, 하스미 아야코를 제외할 이유가 되나?"

"됩니다. 하스미 아야코 양의 카메라는 네오 DSLR이라 불리는 타입의 기종이에요. 들어보세요. 범인이 미끄럼틀 위에서 캡을 떨어뜨렸다는 건 미끄럼틀 위에 올라가 캡을 열었을 가능성이 대단히 높다는 걸 의미합니다. 범인은 지면에 있을 때도 시신을 촬영했을 거예요. 그때는 물론 캡을 열어서 주머니 같은 곳에 넣어뒀겠죠.

자, 그 후에 높은 곳에서 촬영하려고 미끄럼틀 위로 올라갑니다. 이때 렌즈 캡은 넣어둔 상태고요. 미끄럼틀 위에서 캡을 떨어뜨리려면 렌즈 캡을 닫았다 열었다 하는 액션이 필요해요. 한번 열었던 캡을 미끄럼틀 위에서 다시 닫았다 열 이유가 뭔지, 아시겠어요?"

"**렌즈 교체**, 인가……."

가네바가 이해했다는 듯 신음한다.

"네. 미끄럼틀 위에서 촬영하기 위해 단초점이나 표준 렌즈를 망원렌즈 같은 걸로 교체한 거죠. 이때 캡을 닫았다 열 필요가 있었고, 그러면서 범인은 캡을 떨어뜨렸어요. 그런데 말입니다. 네오 DSLR은 렌즈 일체형이라 **렌즈 교체가 불가능**해요."

"그래도……" 에비나가 조심스레 입을 열었다. "교체하지 않더라도 우연히 떨어뜨렸을 가능성도 배제할 순 없잖습니까. 앞으로 한껏 구부린 자세로 미끄럼틀을 올라가다가 주머니에서 떨어졌을 수도 있고 말입니다."

"네. 그 가능성은 이미 고려했는데, 다시 생각해보니 실은 그게 불가능하더라고요. 저는 하스미 아야코가 히스이 씨를 촬영할 때 썼던 네오 DSLR 카메라를 봤는데, 그 아이의 카메라에는 **본체와 렌즈 캡을 연결하는 스트랩**이 달려 있었어요. 애당초 렌즈 캡이 떨어질 가능성은 추호도 없었던 거죠."

"첫 사건 뒤에 떨어뜨리지 않으려고 스트랩을 뒤늦게 붙였을 가능성은?"

"작년에 찍은 단체사진에도 카메라가 찍혀 있었어요. 적어도 그 아이는 작년부터 쭉, 렌즈 캡을 떨어뜨리지 않기 위해 스트랩을 달아두었다는 뜻입니다. 다른 부원이 찍은 인물 사진 속에서도 한결같이, 하스미 아야코는 그 카메라를 들고 있었죠. 다른 카메라가 있을 가능성은 낮고, 고등학생이 쓰기에는 충분히 성능이 좋은 제품이니 범행 때만 굳이 다른 카메라를 썼을 것 같지는 않아요."

"그렇군……. 이해는 됐어. 하지만 백 퍼센트는 아니야."

"맞습니다."

고게쓰도 하스미 아야코가 범인이 아닐 가능성이 매우 높다고 느낄 뿐, 용의선상에서 확실하게 배제할 수 있다고 생각하지는 않았다. 그 아이는 때마침 카메라의 뒷면을 여는 법을 알고 있었을지도 모르고, 때마침 필름을 잘 빼낼 수 있었을지도 모른다. 또한 범행을 저지를 때는 때마침 전혀 다른 카메라를 가지고 있었을지도 모른다. 하지만, 그런 우연이 이렇게까지 겹칠 수 있을까?

물론 이 잔인무도한 범인을 한시라도 빨리 잡아야겠지만, 그렇다고 해서 근거도 빈약한 상황에서 사정청취를 하거나 체포를 해 한 소녀의 명예가 실추되게 할 수는 없었다.

"그럴싸한 가설만 세우고 다른 용의자를 못 찾으면 수사는 뒷걸음질할 뿐이야."

"맞습니다. 세 피해자와 접점이 있는 또 다른 인물을 찾을 수 있으면 좋겠는데……."

고게쓰는 턱을 쓸어 올리고는 천천히, 자신의 가방에서 몰스킨 노트를 꺼냈다. 이럴 때는 아날로그 작업만 한 것이 없다. 세 사람의 상관도를 간단히 정리한 뒤 접점을 찾아보기로 했다.

첫 번째 피해자, 다케나카 하루카 : 사진부. 미화위원. 학원에 다님.
두 번째 피해자, 기타노 유리 : 후지마 나쓰키와 같은 반. 도서위원. 동아리 활동 안 함.
세 번째 피해자, 후지마 나쓰키 : 사진부. 방송위원.

"이중 두 사람의 공통점에서 나머지 한 사람의 접점을 찾을 수 있으면 좋을 텐데요."

"이렇게 해서 보면 기타노 유리 양이 붕 떠 있네요." 히스이가 말했다. "다른 두 명은 사진부인데."

"네. 하스미 아야코가 범인이라면 세 사람을 연결 지을 수 있겠죠. 그것 말고도 찾아내지 못한 관계성이 아직 있을 터……."

"1학년 때 같은 반이었다거나, 같은 중학교 출신이라거나, 그런 건 어때?"

"작년에는 셋 다 다른 반이었습니다." 가네바의 물음에 에비나가 수첩을 넘기며 답했다. "셋 다 가까운 중학교에서 왔는데 보란 듯이 제각각, 각자 다른 학교에서 왔고 말입니다. 또, 셋 다 아르바이트도 안 했습니다."

교실도 아니다. 위원회도 아니다. 중학교도 아니다.

역시, 세 명 중 두 명의 공통점은 동아리다.

거기에서 뭔가 놓친 것이 있을까?

"저기……."

히스이가 불쑥 말했다.

"사진관은…… 어떨까요?"

"사진관?"

"네. 그게…… 선생님이, 셋 중 둘의 공통된 관계에서 찾는다고 말씀하셔서……. 사진부라는 관계를 제외하면, 셋 중 두 사람 사이에 공통되는 장소는 사진관이 아닐까 하고요……."

"사진관…… 그렇네……."

고게쓰는 신음했다. 학교라는 테두리에 사로잡혀 생각이 거기까지 미치지 못했다.

나쓰키는 실수로 하루카의 사진 데이터 CD를 가져왔다고 했다. 두 사람은 컬러사진을 현상했다. 학교 암실에서는 흑백사진만 현상할 수 있으니 컬러사진을 뽑으려면 사진관에 맡겨야 한다. 두 사람은 같은 사진관을 이용했을 것이다. 그렇다. 나쓰키는 학교 근처 사진관에서 로모를 샀다고 했다. 이제, 기타노 유리와의 접점을 찾을수 있다면…….

가네바가 고개를 끄덕이자 에비니기 재빨리 스마트폰을 꺼내 무언가를 찾기 시작했다.

"그, 고등학교 근처 사진관이겠죠? 검색해보겠습니다."

잠시 후 에비나가 신음했다.

"고게쓰 씨…… 찾은 것 같습니다."

에비나가 내민 스마트폰에 세 사람의 시선이 꽂혔다.

화면 속 사진관 정보에 상호명이 큼지막하게 적혀 있었다.

'와라시나 사진관'이다.

와라시나라는 성은 흔하지 않다.

고게쓰는 와라시나 고토네의 스카프 색을 떠올렸다.

**그 아이는 3학년**이다.

"히스이 씨, 한 건 하셨습니다."

더는 우연이라고 보아 넘길 수 없다.

"이걸로, 연결점을 찾았습니다."

고게쓰와 히스이는 에비나와 함께 와라시나 고토네의 집을 찾
았다.

고토네의 집은 와라시나 사진관 2층이었다. 운영이 어려운지 모
친은 파트타임으로 일하러 나갔고 부친은 가게를 지킨다고 했다.
부친이 의아해했지만 수상한 남자의 목격 정보를 찾는다는 구실로

세 사람은 고토네와 만날 수 있게 되었다.

좁은 거실 안. 고게쓰와 히스이는 4인용 다이닝 테이블에 앉았다. 에비나는 서 있겠다고 했다. 맞은편에는 교복 차림의 고토네가 신기하다는 표정으로 앉아 있었다. 빠릿빠릿한 성격인 듯, 고토네는 세 사람에게 보리차를 내주었다.

"그럼 하루카 양, 나쓰키 양과는 친한 사이였네요."

고게쓰가 묻자 고토네는 미간을 찌푸리며 잠시 생각했다.

"글쎄요. 저희 가게에 자주 오니 학교에서도 대화를 나눈 적은 있지만 연락처까지는 몰라요. 애들이 필름 카메라 사용법 같은 건 자주 물어봤지만요."

"카메라 좋아하세요?"

"네. 집이 사진관이니까 아무래도 영향을 받았죠. 지금은 동아리 쪽에 집중하고 싶어서 그렇게까지 열심히 찍지는 않아요."

"저도 대학 때 사진 동아리였어요." 고게쓰가 잡담을 하듯 말했다. "혹시 DSLR 같은 것도 갖고 있어요?"

"네, 뭐. 아빠가 물려주신 거지만."

"이야, 부럽다. 내가 DSLR을 갖게 된 건 대학교 3학년 때였나. 그것도 아르바이트로 돈 겨우 모아서."

"그런데 그제 오후 5시에서 7시 사이에는 어디에 계셨습니까?" 에비나가 물었다. "후지마 나쓰키가 살해된 것으로 추정되는 시간입니다. 나쓰키 양이나 수상한 사람을 보지는 않았습니까?"

"아뇨, 학교 끝나자마자 와서 집에 있었어요."

"그때, 부모님께서는?"

"안 계셨어요. 저 혼자였는데…… 꼭 알리바이 확인하는 것 같네."

고토네가 의심하듯 가느다란 눈초리로 에비나를 올려다봤다.

"아, 관련인들에게는 형식적으로 다 확인하고 있습니다."

에비나는 웃으며 수첩에 뭔가를 적었다.

"오늘은 이만 가보겠습니다만, 혹시 뭔가 생각나는 게 있으면 이쪽으로 연락 주십시오."

에비나는 명함을 꺼내 고토네에게 내밀었다.

고토네가 일어나 그것을 받았다.

"꺅!" 히스이가 작게 내뱉었다. "앗, 죄송해요, 실례를!"

보리차가 든 유리잔을 쓰러뜨리는 바람에 액체가 테이블 위에 쏟아졌다. 그뿐 아니라 히스이의 타이트한 스커트도 젖어들고 있었다.

"으아악……"

"저기, 괜찮으세요?"

고토네가 물었다.

"뭔가 닦을 만한 걸 빌릴 수 있을까요?"

고게쓰가 묻자 고토네는 곧장 부엌으로 향했다. 수건을 가져와 재빨리 히스이에게 건넸다. 그러는 동안 고게쓰는 테이블 위에 놓여 있던 명함을 살짝 바꿔치기했다.

"어우, 죄, 죄송해요. 제가 이렇게 덜렁이라……."

히스이는 그러면서 건네받은 수건으로 치맛자락과 젖은 허벅지 쪽을 닦았다.

"도와드리고 싶지만 보고 있을 수밖에 없겠네요."

고게쓰가 익살맞게 말했다.

"선생님, 진짜……."

스타킹까지 젖어버린 듯, 히스이는 속눈썹을 내리깔고 얼굴을 붉혔다.

토의한 몇 가지 패턴 중 하나였다.

어디까지나 테이블을 적시는 것이었지 스커트까지 적실 계획은 없었지만.

"저, 잠깐 화장실 좀 써도 될까요?"

히스이가 일어나며 말했다.

"아, 네. 저쪽이에요."

"죄송해요."

히스이가 미안해하며 화장실 쪽으로 몸을 돌렸다.

"으악."

그런데 이번에는 정말로 덜렁대는 재능을 발휘한 것인지, 그녀의 몸이 크게 휘청거렸다. 히스이와 부딪칠 뻔한 고토네가 다급히 히스이를 붙잡았다. 고게쓰가 괜찮은지 묻자 히스이는 창피하다는 듯 노려보며 총총히 사라졌다.

"뭔가…… 특이한 분이네요. 형사님이죠?"

고토네가 화장실 쪽을 힐끔 쳐다보며 신기하다는 듯 말했다.

"아, 네, 뭐, 정확하게는 수사 고문이라고 해서, 전문 지식 같은 것으로 협력해주는 분이십니다."

"오늘은 학교 수업이 없는데 교복을 입으셨네요."

"아, 네." 고게쓰의 말에 고토네는 부드럽게 미소 지으며 말했다. "외출할 일이 있는데 사복 고르기가 귀찮아서요. 고등학생은 그래요. 교복이 더 예쁘니까요."

히스이가 화장실에서 나오기를 기다렸다가 세 사람은 집을 나섰다. 그랬군. 히스이는 젖은 스타킹을 벗고 싶었던 모양이다. 타이트한 스커트에서 뻗은 맨다리가 묘하게 섹시해 보였다.

길을 걷는 동안 히스이는 꽁한 얼굴로 고게쓰를 흘겨보았다.

"선생님, 저 어디 모자란 애라고 생각하시는 거죠."

"아뇨, 계획한 대로 명연기였어요."

"맞습니다. 히스이 씨 덕분에 지문을 채취했잖습니까. 재판에서는 못 쓰겠지만 여기에서 지문이 일치하면 어찌어찌 체포할 수 있을지 모릅니다. 영장이 나오면 자택을 수색할 수 있고, 추가 범행도 막을 수 있고 말입니다."

"그렇다면 다행이고요……."

고육지책이었지만 임의로 지문 제공을 요청해봐야 거절당하면 그만이다. 의심받고 있다는 사실이 알려지면 경계심에 증거를 은폐

할 우려도 있다. 그래서 이 작전을 택했다. 용의자가 미성년자라 조심스러워하는 관리관도, 지문이 일치하면 대담하게 수사에 착수할 수 있을 것이다.

"저는 서로 돌아가서 바로 검사 진행하겠습니다. 선생님들은 어떻게 하시겠습니까?"

"저희는…… 글쎄요, 조금 늦긴 했지만 점심이라도 먹을까요."

에비나와는 경찰서 앞에서 헤어졌다. 경찰서 주차장에 세워두었던 차를 몰고 인터넷으로 알아본 양식당으로 향했다. 작지만 옛날 그대로의 정취가 있는 식당이었다. 그곳에서 히스이와 느지막하게 점심을 먹었다. 오므라이스가 있었지만 히스이는 고르지 않았다.

식사가 끝나갈 때, 에비나가 단문의 메시지를 보내왔다.

'일치했습니다.'

"아무래도 우리 역할은 여기까지인 것 같아요."

스마트폰 화면을 히스이에게 보여주었다.

히스이는 아주 살짝 미소 지었다.

"그렇군요."

안도와는 거리가 멀다.

잃은 것이 너무나도 크다.

고게쓰도 후회하고 있었다. 적어도 나쓰키에게는 사실대로 이야기하는 게 좋았을지 모른다. 피해자들과 겹겹이 있는 3학년 학생을 찾고 있다고 말했다면 와라시나 고토네의 이야기를 해주었을 것이다. 그때 자신들은 학교 측의 반응을 의식하느라 어디까지나 외부인을 찾고 있다는 명분으로 조사했다. 소녀들은 굳이 묻지 않으니 사진관이나 와라시나 고토네의 이야기를 하지 않은 것이다.

분명, 상상조차 못 했으리라.

가까이에 살인마가 있고.

내일, 자신이 살해당할 것이라고.

아무도 그런 상상은 하지 않는다.

고게쓰는 히스이를 바라보았다.

어딘가 멍하게 있던 그녀는 고게쓰를 보더니 고개를 갸웃거렸다.

"선생님?"

"그냥." 고게쓰는 살며시 웃었다. "눈이 예뻐서요."

"앗."

히스이는 눈을 커다랗게 뜨고 고게쓰를 쳐다봤다.

그리고 이내 볼을 붉히며 고개를 숙였다.

머리칼 사이로 아주 살짝 보이는 귀 끝이 발그레했다.

"저, 선생님……" 히스이는 테이블 위에서 깍지 낀 손가락을 옴질거리며 화제를 바꾸듯 말했다. "식사하고 공원에 가지 않으실래요? 나쓰키에게……. 나쓰키에게 작별 인사를 하고 싶어요."

"그래요."

히스이에게는 사자의 넋이 있는 장소는 무덤이나 시체가 안치된 곳이 아닌 모양이었다. 사람의 의식은 죽어버린 그곳에 안개처럼 흩어져 정체된다. 그녀가 예전에 그렇게 말했다.

사람의 혼은 어디에 있는 것인가.

고게쓰는 히스이를 만난 후 나름대로 가설을 세웠다. 혼이란 공간에 있는 것이 아닐까. 혼은, 이 세계와는 상이한 공간에 축적된 정보일지도 모른다. 그것은 비유하자면 네트워크를 매개로 클라우드에 중요한 데이터를 보존하는 시스템과 닮아 있다. 사람의 혼은 다른 차원에 있고, 뇌는 그것을 수신해 처리만 하는 것은 아닐지. 그래서 인간이 죽고 뇌가 삭으면 정보를 끄집어낼 수 없게 되어 혼은 활동을 멈춘다. 하지만 히스이의 뇌는 아무도 접근할 수 없게 된 정보에 다가갈 수 있다. 흡사 라디오를 튜닝하듯, 아무도 듣지 않는 방송에 접속해 잃어버린 정보를 꺼낼 수 있다.

두 사람은 후지마 나쓰키가 죽은 공원에 서 있었다.

어느덧 경찰 통제선은 사라졌고, 처참한 살인사건이 일어났던 흔적이라면 정글짐 옆에 놓인 꽃다발 정도였다.

히스이도 도중에 들른 꽃집에서 백합을 샀다.

꽃다발을 땅에 내려놓고 그녀는 손을 모았다.

고게쓰도 그렇게 했다.

긴 정적 속에서 눈을 뜨자 히스이가 바람에 날리는 머리칼을 한 손으로 잡은 채 이쪽을 보고 있었다.

"나쓰키 양은……" 고게쓰는 물었다. "천국에, 있을까요?"

"모르겠어요."

히스이가 속눈썹을 내리깔며 조용히 고개를 저었다.

"천국이라는 거, 정말 있긴 할까요?"

영매 아가씨가 석양에 물들기 시작한 하늘을 바라보며 서글피 탄식했다.

"있기를 바랍시다."

한동안 그렇게 서 있었다.

히스이가 옆머리를 누르며 험한 표정을 짓는다.

하늘을 올려다보는 그녀는, 어디를 보는 것일까.

'갈까요' 하고 말을 꺼내려던 그때, 히스이가 핸드백에서 스마트폰을 꺼냈다. 무언가 메시지에 답을 하고 있다.

"왜 그래요?"

"아뇨, 마코토…… 지와사키 씨예요. 집에서 기다리고 있다고…… 걱정을 해서요."

"지와사키 씨와는 사이가 좋군요."

"네. 일본에 와서 외톨이였던 제게 처음으로 생긴 친구예요. 많은 사람을 위해 제 힘을 써야 한다고, 그렇게 응원해준 사람이에요."

히스이는 어딘가 개운치 않은 표정이었다.

"그런데 저, 그때는 사람을 못 믿었어요. 제가 상속받은 유산을 노리고 접근하는 사람이 많았거든요. 지와사키도 그럴 거라 의심해서 마음을 열기까지 시간이 많이 걸렸어요……."

그러나 다른 것이 신경 쓰였는지, 그렇게 말하는 히스이의 눈은 먼 곳을 보고 있었다.

"히스이 씨?"

"선생님……. 정말 이렇게 끝인가요?"

"네?"

"뭔가, 좀 전부터 불길한 예감이 들어요. 가슴이 울렁거리고……."

"그게 무슨 소리예요?"

그렇게 묻자마자 스마트폰의 벨소리가 울렸다.

에비나 형사였다.

"어쩐 일이세요?"

"아아, 고게쓰 씨, 죄송합니다! 실은, 와라시나 고토네를 놓쳤습니다!"

"놓치다니요?"

"미행을 붙였는데, 말렸지 뭡니까! 뒤를 밟았는데, 사진부 학생인…… 그, 요시하라 사쿠라가 와라시나 고토네와 같이 걷고 있다는 목격 정보가 있었지 말입니다!"

"그게 어딥니까?"

에비나가 알려준 주소는 고게쓰가 있는 곳에서 십 분 정도 떨어진 상점가의 거리였다.

"긴급히 사람을 모아서 찾고 있습니다! 고게쓰 씨도 짐작 가는 곳이 있으시면……."

"알겠습니다. 찾아볼게요."

고게쓰는 전화를 끊고 히스이를 보았다. 에비나의 초조한 목소리가 들렸을 것이다. 눈이 휘둥그레져서 고게쓰를 올려다보고 있다.

"선생님……."

"우리가 의심한다는 걸 눈치챘을지도. 잡힐 걸 각오하고 마지막으로 살인을 즐기려는 생각이라면……."

고게쓰는 뛰려다가 이내 그만뒀다.

"아니, 무턱대고 찾아다녀도 의미는 없겠어."

아무리 여기가 교외의 조용한 지역이라 해도 와라시나 고토네가 가려는 곳을 특정할 수 없다면 헛걸음을 할 뿐이다.

"하지만 서두르지 않으면 사쿠라가!"

히스이가 비통하게 소리쳤다.

"히스이 씨는 사쿠라 학생에게 연락해주세요."

"그게…… 전화를 안 받아요……."

와라시나는 요시하라 사쿠라를 죽이려 한다.

지금까지와 마찬가지로 사람들 눈에 띄지 않는 곳에서 목을 조를 것이 분명하다.

"공원이나 공터, 인적 드문 장소……."

스마트폰으로 주변의 지도를 살폈다.

정보가 별로 없다. 어디가 공터고 어디가 주택지인지 구별이 되지 않았다.

항공 사진으로 전환한 뒤 주변을 확대했다.

아니다, 이쪽은 훨씬 외진 곳이다. 사람들 눈에 띄지 않는 장소가 압도적으로 많다⋯⋯.

어떻게 해야⋯⋯.

"나쓰키⋯⋯ 가르쳐줘."

아차 싶어 돌아보았다.

히스이가 땅에 무릎을 꿇고 있다.

후지마 나쓰키가 싸늘히 식은 채 쓰러져 있던 곳이다.

"히스이 씨, 안 돼. 그건 부담이 너무 커!"

고게쓰는 히스이가 무얼 하려는지 눈치채고 황급히 그녀 쪽으로 달려갔다.

팔을 붙잡고, 강제로 일으키려 했다.

"그렇지만!"

당장이라도 울부짖을 듯한 표정으로 히스이가 신음했다.

"억지로 나쓰키를 불러와도 그 아이는 죽는 순간의 고통을 호소할 뿐이야! 고토네가 어디 있는지 그 애가 알 리가 없잖아!"

"그럼 어떻게 해야 하는데요! 또 친구가 죽게 내버려두는 건가요!"

손을 뿌리치며 히스이가 열변을 토했다.

"그건⋯⋯."

하지만 지금 할 수 있는 것은 아무것도 없다.

경찰은 영장을 받아 와라시나 고토네의 GPS 정보를 추적하려

할 것이다. 허나 그러려면 시간이 걸릴 터. 너무 늦는다.

뭔가, 추리할 재료는 없을까.

어떻게 하면…….

"고게쓰 선생님."

"네."

통통 튀듯 밝은 목소리에 고개를 들자 히스이가 고게쓰를 보고 있다.

뭔가 이상했다.

마치 딴사람 같은 느낌이 든다.

조금 전까지의 비통한 표정이 거짓말처럼 지워져 있었다.

왠지 명랑하기까지 한 웃음을 머금고 히스이는 고게쓰를 보고 있다.

고개를 살짝 까딱하며 부드럽게 웃었다.

그러더니 팔을 들었다.

방향을 가리키듯.

"저쪽. 하루카가 발견된 공원이에요. 사쿠라를 도와줘요."

오싹, 바르르 떨리는 듯한 감각이 온몸을 관통했다.

"너는."

"지금은 사쿠라 언니가 어떻게든 막고 있는 것 같은데, 아마 오래 못 버틸 거예요."

고게쓰는 스마트폰으로 시선을 떨어뜨렸다.

다케나카 하루카가 살해된 공원은 여기에서 그다지 멀지 않다. 차로 가면 오 분도 걸리지 않을 것이다.

"저는, 선생님 원망하지 않아요."

아주 조금 슬픈 듯, 히스이는 처연하게 웃었다.

차가운 바람이 일었다.

"잠깐만……."

손을 뻗으려 한 순간에 히스이의 몸이 무너져 내리고 있었다.

서둘러 그녀를 끌어안았다.

"히스이 씨!"

히스이는 눈을 질끈 감고 희미하게 신음했다.

몸이 몇 차례 부들부들 떨렸다. 히스이가 관자놀이에 손을 대며 얼굴을 찌푸렸다.

"선생님……?"

"시간이 없어. 걸을 수 있겠어요?"

히스이는 당혹스러워하는 모습이었지만 몸에 이상은 없어 보였다. 고게쓰는 그녀의 팔을 잡고 주차해둔 차 쪽으로 뛰기 시작했다.

"선생님……?"

겨우겨우 쫓아오는 히스이가 숨을 헐떡이며 물었다.

"와라시나 고토네가 어디 있는지 알았어요. 서둘러야겠어요."

자동차에 올라탄 후 시동을 걸었다. 히스이가 안전벨트 매기를 기다리는 것도 조바심이 날 정도였다. 시간이 없다. 당장이라도 와라시나 고토네가 요시하라 사쿠라의 목에 손을 대려 할지 모른다…….

고게쓰는 히스이에게 부탁해 에비나에게 전화를 걸었다.

핸즈프리 상태로 핸들을 꺾으며 소리쳤다.

"에비나 형사님! 처음 시신이 발견된 공원입니다! 와라시나 고토네는 거기 있어요!"

"알겠습니다. 그런데 고게쓰 씨, 대체 그걸 어떻게……."

"자세한 얘기는 나중에요! 서둘러요!"

통화가 끊긴 후에도 고게쓰는 만에 하나라도 길을 잘못 들지 않도록 온 신경을 곤두세웠다.

신호가 걸리지 않기를 기도하며 액셀을 밟는다.

"제발, 빨리……."

조수석에 있는 히스이가 두 손으로 스마트폰을 꽉 쥐며 중얼거렸다.

"더는 누구도 죽게 하고 싶지 않아……."

눈물 젖은 두 눈이 스마트폰을 가만히 쳐다봤다.

히스이의 손끝이 빠르게 움직이고 있었다. 요시하라 사쿠라가 알아차리도록 계속해서 메시지를 보내보라고 고게쓰가 부탁한 것이다. 하지만 소녀에게서는 아직 답장이 없다.

죽음을 흩뿌리는 저주받은 피.

히스이의 힘은 그 피의 대가인 것일까.

필시 그녀는 어찌할 도리도 없이 죽음을 끌어당긴다고 할 수 있으리라.

하지만 이번에는 돌이킬 수 있을 터였다.

"제발……."

한 번 더 기도의 말을 들었을 때 공원이 보였다.

고게쓰는 갓길에다 거칠게 차를 세운 뒤 입구로 가지 않고 정원수 사이를 가로질러 공원 안으로 뛰어들었다. 재빨리 주위를 둘러봤다.

미끄럼틀 옆에서 소녀가 소녀를 넘어뜨린 광경이 눈에 들어왔다.

와라시나 고토네가, 요시하라 사쿠라 위에 올라타 목을 조르고 있다.

고게쓰는 소리쳤다.

와라시나 고토네는 뒤를 돌아보지 않았다.

목을 조르기에 여념이 없는 듯했다.

그 옆얼굴에 희열이 새겨져 있었다.

즐기고 있다.

사람을 죽이는 것이, 즐겁다.

사람이 고통스러워하는 모습을 보는 것이, 유쾌하다.

그런 감정이 전해지는 듯해 고게쓰의 마음이 요동쳤다.

등 뒤에서 히스이의 비통한 목소리가 들려왔다.

밑에 깔린 요시하라 사쿠라는 꼼짝도 하지 않는 것 같았다.

입이라도 맞출 듯 코가 맞닿을 거리에서, 와라시나 고토네가 고통으로 일그러진 소녀의 얼굴을 뚫어져라 쳐다보고 있었다.

고게쓰가 소리쳤다.

달리던 속도를 줄이지 않고 그대로, 와라시나 고토네의 어깨를 붙들기 무섭게 그녀의 몸을 넘어뜨렸다.

살인을 즐기는 소녀는 발악했다.

범상치 않은 힘이었다.

고게쓰는 가까스로 소녀의 몸을 짓누르며 팔을 비틀었다.

격투는 오래 이어진 듯하면서도 한순간이었던 것 같다.

"사쿠라! 사쿠라!"

경찰차 사이렌에 뒤섞여 히스이의 목소리가 들려왔다.

신음하는 소녀의 몸을 꽉 누른 채 고게쓰는 숨을 내뱉었다.

양복 차림의 남자들과 제복을 입은 경찰들이 달려왔다.

고게쓰는 히스이를 보았다.

쓰러진 소녀의 몸을 끌어안은 채 히스이가 울부짖고 있다.

"사쿠라, 사쿠라!"

고게쓰는 소녀의 손이 올라오는 것을 보았다.

괴로운 듯 콜록거리며 목에 감긴 흉기를 떼어내려 했다.

"선생님……."

히스이가 얼굴을 들었다.

눈물로 볼을 다 적셨지만 비취빛 눈동자가 희망을 찾은 듯 반짝였다.

소녀는 콜록거렸지만 의식이 있는 것 같았다.

"다행이야…… 늦지 않았어……."

얼굴을 잔뜩 구기며.

"다행이야…… 다행이야……. 살아있었어, 다행이야……. 살아있었어……."

히스이는 소녀의 몸을 사랑스럽다는 듯 꼭 끌어안았다.

고게쓰 시로는 매직미러 너머로 좁은 실내를 보고 있었다.

가네바 경부의 삼엄한 눈빛을 받으면서도 소녀는 태연하게 웃고 있다.

그저 웃기만 한다.

질문에는 거의 대답하지 않았다.

소녀의 가방에는 DSLR 카메라와 교환용 렌즈가 들어 있었다. 요시하라 사쿠라는 무사했다. 흉기가 목에 감겼을 때 목과 흉기 사이에 손가락을 비집어 넣을 수 있었던 것이 일조했을 것이다. 곧장 구급차로 병원에 실려 갔고 목숨에 지장은 없어 간단한 경위 조사가 이뤄졌다. 고토네와 시쿠라는 같은 중학교 출신이라는 연결 고리가 있었다. 서로 연락처도 아는 사이였다고 한다. 다케나카 하루카를 추모하기 위한 사진 작품을 찍고 싶으니 도와달라는 말을 듣고 고토네와 함께 그 공원에 갔다고 했다. 공원에 도착하고 얼마 동안은 하루카와의 추억 이야기를 나눴는데, 벤치에서 꽤 오래 통화를 하던 한 여성이 자리를 뜨자마자 고토네가 갑자기 달려든 모양이었다. 고토네는 대화하는 동안에도 그 여성을 힐끔힐끔 쳐다봤다고 했다. 목격자가 없어지는 타이밍을 참을성 있게 기다렸을지도 모른다.

형사가 사쿠라에게 그 여성의 특징을 묻자 이런 대답이 돌아왔다고 한다.

"그 여자, 전화 연결이 잘 안 됐는지 통화하는 동안에도 여러 번 도중에 끊긴 것 같았어요. 거기서 계속 통화를 시도하다가 겨우 전화가 연결된 것 같았고, 간신히 용무를 마쳤는지 그제야 가더라고요. 선배가…… 그런 짓을 한 건 그 이후였으니 그 사람은 아무것도 못 봤을 거예요."

만약 그 여성이 통화를 금방 마치고 공원을 벗어났더라면 어떻게 됐을까. 와라시나 고토네가 조금 더 빨리 사쿠라의 목을 졸랐다면 고게쓰는 늦었을지도 모른다.

사쿠라네 언니가 어떻게든 막고 있는 것 같은데.

요시하라 사쿠라에게는 수호령 같은 것이 붙어 있다고 히스이는 말했다.

그런 일이 실재할까.

실재할지도 모른다.

인간의 의식은 역시 어딘가에 머무르는 것이리라.

어쩌면 그곳은 이 세계와는 다른 곳에 있을지도 모른다.

하지만 손을 뻗으면 닿을 수도 있겠지.

그렇게 손끝이 맞닿는 찰나의 순간을, 인간은 갈망하며 살아가는 것이다.

"고게쓰."

문이 열리더니 가네바가 얼굴을 내밀었다.

"역시 힘들까요."

매직미러 너머로 와라시나 고토네를 바라본다.

소녀는 따분한 듯 한 손으로 자신의 머리칼을 빗고 있었다.

"들었겠지만, 선생한테라면 얘기하겠다는군."

"왜 저죠?"

"글쎄. 나야 모르지."

갖가지 사건으로 가네바를 도왔지만 취조실에 들어가는 건 처음이었다.

가네바는 고토네의 요구를 수락했다. 고게쓰는 고개를 끄덕인 뒤 취조실로 들어갔다.

실내에 있던 소녀가 고개를 들며 희미하게 미소 지었다.

안경 너머 두 눈이 사냥감이라도 발견한 양 가늘게 좁아진다.

고게쓰는 맞은편 의자에 앉았다.

그러고는 고토네를 응시하며 말했다.

"다케나카 하루카, 기타노 유리, 후지마 나쓰키, 이 세 사람을 죽인 게 너야?"

"네." 고토네는 웃으며 대답했다. 자랑스러워하는 표정이었다. "스카프로 졸랐어요."

소녀가 입고 있는 세일러복의 가슴께에는 그것이 없었다.

고토네는 자신이 늘 몸에 두르고 있던 도구를 이용해 소녀들의 목을 졸랐다.

그때, 요시하라 사쿠라의 목에 감겨 있던 스카프는 반복된 살인으로 닳은 흔적이 있었다. 손가락이 비집고 들어간 자국, 찢어질 만큼 강하게 잡아 늘인 흔적이었다. 소녀들의 DNA를 충분히 채취할 수 있을 것이다. 고게쓰는 세탁은 하지 않았으리라 짐작했다.

그것은 살인귀 와라시나 고토네가 지닌 훈장이었던 것이다.

"왜 죽였어?"

"궁금한 게 있어서요."

"뭐가?"

"예쁜 애도 목을 조르면 얼굴이 추해지는지."

소녀는 거침없이 대답했다.

털어놓고 싶어 입이 근질근질하다. 얼른 들어줬으면 하는 마음에 좀이 쑤신다. 드디어 누군가에게 자신이 한 일을 알려줄 수 있다. 그런 표정으로 와라시나 고토네는 노래하듯 말했다.

"왜, 인간은 목이 졸리면 얼굴이 흉측해진다고들 하잖아요. 얼굴에 피가 몰리고, 눈이랑 혀가 튀어나오고, 보기에도 처참한 얼굴이 된다고. 그래서 어떤 식으로 변하는지 궁금했어요. 귀엽게 생긴 애도 목을 조르면 다 똑같은 얼굴이 되는지. 한번 궁금해지기 시작하니까 밤에 잠도 못 자겠더라고요."

"그래서…… 해본 건가."

"네. 해봤더니 의외로 간단했어요. 역시, 귀여운 애도 얼굴이 엉망이 되더라고요. 실험이 성공했으니 제가 틀리지 않았던 거죠. 중요하잖아요? 예측하고, 실험하고, 실증해보는 거……. 그래서, 좋은 그림인 것 같아서 사진을 찍었어요. 그, 카메라 메모리카드에 작품 다 있으니까 한번 보세요. 다른 사람한테 얼른 보여주고 싶은 거 참느라 혼났어요. 소감 듣고 싶어서요."

소녀는 거의 책상을 넘어올 듯한 기세로 말했다.

"유리와 나쓰키도…… 같은 이유로?"

"그렇죠. 저기, 제 카메라 어디 있어요?" 소녀는 실내를 두리번거렸다. "꼭 봐주셔야 해요. 완성도가 엄청 좋거든요."

고게쓰는 한숨을 내쉬었다.

"참을 수가 없어서, 죽인 건가."

"맞아요. 실험을 더 해보고 싶어져서. 예쁜 애뿐 아니라 심심한 애, 못생긴 애, 더 다양하게 실험해보고 싶어졌거든요. 그런데 다들 비슷한 얼굴이 되더라고요. 죽으면 사람은 다 비슷해지나봐요. 왠지 경이로웠어요."

"사쿠라를 죽이려고 했던 건…… 의심받고 있다 생각해서?"

"네. 잡히지 않게 머리를 썼는데 이제는 안 되겠구나 싶었어요. 그래도 수험 준비는 하고 싶지 않고, 대학에 가도 하고 싶은 게 없고. 그런 것보다는 실험이랑 작품이 중요하다고 생각했어요. 왜, 학교 선생님들도 고등학교 생활은 삼 년밖에 못 하니까 후회가 안 남게 하고 싶은 걸 하라고 하잖아요. 어차피 잡혀도 금방 나올 테고, 도전한다면 지금밖에 없을 것 같았죠."

소녀는 초롱초롱한 눈으로 말했다.

볼이 발그레한 것이 명백하게 흥분한 상태였다.

선생님한테 칭찬받고 싶어 공부해 온 어린아이 같았다.

줄곧, 얼른 털어놓고 싶어 어찌할 바를 몰랐을 것이다.

그 꿈이 이루어진 것이다.

"왜 가네바 경부님이 아니라 나한테 얘기하는 거지?"

"엇, 그야……."

소녀는 뭘 그런 걸 묻느냐는 표정이었다.

그러고는 생각하듯 눈썹을 찡그렸다.

"당신이라면 알아줄 것 같았으니까."

"전혀 모르겠는데."

그렇게 말하자 소녀는 충격을 받은 듯했다.

마치 사랑 고백을 거절당한 여학생 같은 표정으로 고개쓰를 쳐다봤다.

그러더니 소녀는 고개를 숙였다. 그리고 불쑥 내뱉었다.

"마지막으로, 그 예쁜 사람으로 작품을 남기고 싶었는데. 이름이 뭐였죠. 아저씨랑 우리 집에 같이 왔던, 눈동자가 비취색인……."

고토네는 얼굴을 들고 고게쓰를 응시했다.

이름을 알려달라는 뜻일 것이다. 하지만 고게쓰는 답을 돌려주지 않았다.

"그 사람, 엄청난 미인이잖아요. 그런 사람은 본 적이 없어요. 예쁘면서도 뭔가 달라요. 아저씨랑 똑같아요. 무슨 생각을 하는지 알 수 없는 느낌이, 조금 무섭죠. 그 사람도 목을 조르면 죽상이 될까요? 아저씨도 보고 싶죠? 해보고 싶었는데……. 예쁜 얼굴도 추하게 부풀고, 침 줄줄 흘리고, 바르르 떨면서 거품 뱉을지……. 궁금해……. 스타일이 좋으니까 누드사진도 찍고 싶은데."

고게쓰는 자리에서 일어나 아무 말 없이 취조실을 나왔다.

옆방에서 가네바가 얼굴을 내민다.

"뒷일은 내가 맡을게. 이제는 얘기하겠지."

"네."

어째서인지 엄청난 피로감이 밀려왔다.

연쇄 살인범 체포로 어수선한 경찰서의 복도를 빠르게 걸어 나왔다.

복도를 따라 놓인 소파에 여자가 한 명 앉아 있다.

고게쓰는 그곳에서 발을 멈췄다.

어지간히 지쳤으리라.

조즈카 히스이는 잠들어 있었다.

등받이에 몸을 기댄 채 당장이라도 옆으로 쓰러질 듯한 모습이었다.

고게쓰는 그녀 옆에 걸터앉았다.

히스이의 입술에서 숨이 새어 나왔다. 그러더니 몸을 살짝 움직이며 고게쓰의 어깨에 머리를 기댔다.

아직은 깰 것 같지 않았다.

고게쓰는 잠든 히스이의 얼굴을 바라봤다. 반질반질한 뺨을 장식한 검은 머리칼 다발에 손가락을 뻗었다. 그러고는 눈가를 가만히 어루만졌다.

그곳이 젖어 있었기 때문이다.

히스이는 그때 소녀의 몸을 끌어안고 울었다. 구급차가 올 때까지 엉엉 목 놓아 울며 소녀의 머리카락을 한없이 쓰다듬었다. 다행이야, 다행이야, 그 말만 반복하면서.

그녀는 틀림없이 한 소녀의 생명을 구했다.

뒷맛이 결코 개운하지 않은 사건이었지만 그것만은 사실이다.

히스이가 희미하게 신음한다.

하얀 볼이 아련한 주홍빛으로 물들어 있다.

숨을 내뱉는 입술은 너무나도 매끄럽고 촉촉한 윤기로 가득했다.

뜨거운 감정이 불끈 솟아오르는 것을 참아냈다.

그녀의 웃는 얼굴을 보고 싶다. 그렇게 생각하며.

아저씨도 보고 싶죠? 해보고 싶었는데…….

소녀의 목소리가 귓전에 맴돌았다.

소녀의 동기는 지독히도 순수한 호기심이었지만 이 사회에서 받아들여지지 않는 것이었다.

어떤 의미로는 딱하다 할 수 있을지도 모른다.

인간은 자신의 충동을 선택하는 것 따위 불가능하니까.

긴 속눈썹이 고요히 열린다. 비취빛 두 눈이 의아하다는 듯 방황하더니 고게쓰를 보았다.

"선생님……."

고게쓰가 얼굴을 빤히 쳐다보고 있어서인지 히스이는 창피한 듯 눈을 내리깔았다.

"어쩌면……."

고게쓰는 말했다.

"천국은 있을지도 몰라요."

히스이는 무슨 말인지 모르겠다는 듯 눈을 깜박였다.

영매 아가씨도 모르는 게 있나보다. 공명이 일어난 순간 히스이는 의식을 잃은 듯, 고토네가 있는 곳을 고게쓰가 어떻게 알아냈는지 아직 모르고 있는 것이다

그때 나쓰키는 고통스러워하지 않는 것처럼 보였다.

미소마저 환하게 머금고 있었다.

사람의 혼은 어디에 있을까.

죽으면 그 넋은 어떻게 될까.

수수께끼는 많지만 손을 뻗으면 닿을 수 있는 것도 있다고, 그걸
알게 된 것만으로도 위안은 되리라.

죽으면 그걸로 끝이다, 그건 너무 가혹하니까.

고게쓰는 일어서서 히스이에게 손을 내밀었다.

"갈까요?"

"네……."

영매 아가씨가 부드럽게 미소 지으며 그 손을 잡았다.

"Scarf" ends.

# 인터루드 Ⅲ

쓰루오카 후미키는 조즈카 히스이를 실험 대상으로 정했다.

결단을 내리기까지는 긴 숙고가 필요했다. 갖가지 주저가 있었고 욕구를 향한 저항이 있었다. 위험과 저울질하며, 일상의 대부분을 그 고민에 허비했다 해도 과언이 아니었다. 그녀의 사진을 바라보며 끓어오르는 감정에 몸부림쳤고 사랑스러움에 한숨마저 내쉬었다. 그녀는 완벽한 소재였다. 어떻게든, 실험에 쓰고 싶다……. 하지만 더는 돌아오지 못할지도 모른다는 예감에 몇 번이나 망설였다. 평온한 일상을 계속 누리고 싶다고, 필사적으로 항거도 해봤다.

그러나 운명은 그렇게 해야 한다고 말하고 있다.

모든 것이 쓰루오카의 등을 떠밀고 있다.

그래, 이게 운명이다.

어쩔 수 없다.

위험은 크고 잡힐 가능성이 높으니 신중하게 일을 진척시켜야 했다.

잘만 풀리면 모두 의문이 해결되고 이것으로 실험도 끝날 것이었다.

그런 예감이 들었다.

지금껏 쓰루오카가 실험 대상을 고르는 데 썼던 대표적인 수법은 거의 SNS를 이용한 것이었다. 얼마 전 대규모 화장품 커뮤니티 사이트의 개인정보가 유출된 사건이 있었는데, 쓰루오카는 그 사실이 발각되기 훨씬 전에 불법 사이트를 거쳐 그 리스트를 입수했다. 리스트에는 메일 주소 외에도 비밀번호가 고스란히 적혀 있었다. 요즘 세상에 비밀번호를 암호화하지도 않고 데이터베이스에 저장해두다니, 보안 관리가 너무나도 형편없다 할밖에.

메일 주소와 비밀번호 조합이 있으면 거기에서 실로 많은 정보를 추적할 수 있다. 보안에 관심이 없는 사람은 대부분, 모든 사이트에 같은 메일 주소와 비밀번호로 가입하기 마련이니까. 하물며 화장품 커뮤니티 이용자는 당연하게도 거의 다 여성으로, 사용하는 브랜드와 리뷰에 게재한 사진 일부를 통해 어느 정도 인물상을 유추할 수 있다.

거기에서 다른 SNS를 추적하고, 공개된 사진이 쓰루오카의 취향에 맞으면 주소를 찾는다. 미인이란 으레 SNS에 자신의 사진을 업로드하고 싶어하는 생물인 모양이다. 주소는 메일 서비스나 인터넷 쇼핑몰을 이용했다면 쉽게 드러난다.

그 밖에 가공의 인물이나 여자로 가장해 SNS로 접촉한 뒤 정보를 캐내는 수법도 애용했다. 이러한 인터넷상의 움직임은, 최종적으로 입수한 비밀번호로 본인인 척 로그인해 증거를 지워버리면 흔적을 찾기 힘들다. 서버에는 기록이 남을지도 모르지만 경찰이 그 사실을 알아챌 가능성은 지극히 낮다. 실험 대상을 납치할 때 입수한 스마트폰에서 이력과 애플리케이션을 삭제해버리면 그녀들이 그런 서비스를 이용했다는 사실조차 알아낼 수 없다. 납치할 때 스마트폰의 전원을 끄지 않고 비행기 모드로 해두는 까닭은 여기에 있다. 전원을 켜두면 실험을 마친 여자의 지문으로 잠금 상태를 쉽게 해제할 수 있기 때문이다. 혹시 모를 상황에 대비해 비밀번호가 걸려 있지 않은 와이파이 전파를 써서 접속하면 쓰루오카를 특정할 수도 없다. 일본 경찰은 사이버 범죄에 관한 지식이 심히 부족하다.

하지만 이번에는 지금까지와는 수법이 너무나도 달랐다. 평소보다 훨씬 더 신중을 기할 필요가 있었다. 경찰이 그가 관여한 사실을 감지할 위험성도 높다.

하지만 결단을 내리고부터는 허무하리만치 순조로웠다.

우려했던, 그녀 옆에 있던 장애물도 생각지 못한 행운을 만나 떼어낼 수 있었다. 어떤 식으로든 뒤처리는 해야 했지만 히스이로 실험을 마친 뒤에 생각해도 늦지는 않으리라⋯⋯.

그래.

마침내 이 순간이 찾아왔다⋯⋯.

쓰루오카는 눈앞에 누워 있는 히스이를 내려다봤다.

그녀는 고개를 내저으며 조금이라도 그에게서 멀어지려 몸을 뒤틀었다.

애벌레처럼.

"살, 려……."

공포에 떠는 목소리를 어떻게든 쥐어짜내고.

바닥을 기며.

"살려…… 살려줘……!"

히스이가 목을 젖히며 절규한다.

"도와줘! 누구……! 도와주세요……! 누구 없어요……!"

눈물을 흘리며 온 힘을 다해 히스이는 울부짖었다.

"소용없어. 아무도 못 들어."

"싫어……!"

히스이는 몸을 비틀며 다리를 버둥거렸다.

조금이라도 떨어지려고 애벌레처럼 기어갔다.

하지만 그렇게 해서 도망칠 수 있을 리가 없다.

"살려줘……. 살려주세요……."

아리따운 얼굴은 눈물과 공포로 일그러졌고, 결박된 연약한 신체
는 꼴사납게도 애벌레처럼 굴러다니기만 했다.

"선생님, 제발……."

하지만 그 염원은 더는 이뤄지지 않는다.

좀 전부터 이미 그녀의 스마트폰은 비행기 모드로 변경된 후 전
원까지 꺼진 상태.

누가 그녀가 있는 곳을 알아낸다는 건, 초현실적인 힘을 썼을 때

만 가능한 일일 것이다.

공포를 부추기듯 칼을 든 채 거리를 좁혔다.

벗어날 수 없다는 것을 깨달았을지도 모른다. 히스이는 입술을 다물고, 떨리는 마음을 질타하듯 숨을 뱉었다.

"다, 당신은…… 당신은, 악마야……."

젖은 두 눈망울에서 눈물을 한없이 흘리면서도 당당하게 이쪽을 노려본다.

"이런 식으로, 여자들을 속인 거지……."

아름다운 치아를 딱딱 부딪치면서도 다부지게 말한다.

"하지만, 하지만…… 다, 당신은 반드시 잡힐 거야! 내가 여기에서 죽더라도, 나처럼 당신을 용서하지 못하는 사람은 많아요! 다, 다, 당신이, 아무리 증거를 없애도, 언젠가…… 언젠가 반드시, 당신의 정체를 알아낼 사람이 반드시 나타날 거야……!"

하지만 굳센 반항심도 표정 변화가 전혀 없는 그에게는 무의미하다는 것을 깨달았으리라. 그것이 마지막 저항이었다.

칼끝을 겨누자 히스이는 눈을 감았다.


"이제 끝났어. 넌 죽을 거야."

거친 소리가 났다.

그녀에게 다가가 어깨를 붙집있다.

붙들린 그녀를 향해, 거꾸로 쥔 칼을 크게 휘둘러 쳐든다.

히스이는 복부도, 다리도, 밧줄로 묶여 있다.

아무리 발버둥질해도 도망칠 수 없다.

그래, 이게 죽음이라는 것이다…….

그는 히스이의 가슴에 칼을 꽂았다.

최종화
## VS엘리미네이터

고게쓰 시로는 그 여성의 의뢰를 수락하기로 했다.

항간을 떠들썩하게 하는 연쇄 살인마의 정체를 밝힌다.

그러려면 가네바와 히스이의 협력이 필수 불가결이다.

고게쓰는 즉각 가네바 마사카즈에게 연락을 했다. 경찰이 살인마의 정보를 어디까지 파악했는지 알아둘 필요가 있었다.

약속 장소는 언제나 그렇듯 찻집의 칸막이 자리였다.

"난 특별수사본부 멤버가 아니라서 정보는 전해 들었어. 자료는 간신히 가지고 나왔지만 여기에서만 보는 걸로 하자고."

가네바는 닫힌 파일을 테이블에 올려놓으며 말했다. 고게쓰는 머리를 숙였다.

"감사합니다."

"왜 또 갑자기 이 사건에 흥미를 느낀 거야?"

지금까지도 둘 사이에서 이 살인마가 화젯거리가 된 적은 종종 있었다. 하지만 가네바가 얼핏 들은 자잘한 정보를 알려주는 정도였고 고게쓰는 딱히 무어라 말을 하지 않았다.

"유족분께 부탁을 받았어요. 원통해하시는 것 같았습니다."

고게쓰는 파일을 들어 펼쳤다.

탐정이라면 비밀엄수 의무에 따라 의뢰인에 관해서는 언급하지 않아야 할 것이다. 하지만 고게쓰는 일개 작가였다. 우연히 가네바 형사와 은밀하게 협조하는 일이 이어져 운 좋게 사건을 해결한 적이 몇 번 있는 정도였다. 하지만 진실의 일단을 꿰뚫어 보는 히스이를 만나며 우연한 해결은 어느새 필연적인 해결에 가까운 형태로 변모했다. 고게쓰는 겨울이 오기까지, 엉겁결에 휘말린 사건이나 가네바가 조언을 구한 많은 사건을 히스이와 함께 해결해왔다.

그 변화의 원인을 가네바는 이미 간파한 듯했다.

"난 심령이나 초능력 같은 건 안 믿지만…… 그래도 이 개자식을 잡을 수 있다면 자네 의견을 참고해야 한다고 생각하고, 이렇게 규칙도 깰 수 있어."

"경부님은 상대가 신일지라도 거리낌 없이 수갑을 채울 분이니까요."

고게쓰의 말에 가네바는 인상을 찌푸렸다.

하지만 이번 사건에서만큼은, 조즈카 히스이의 영시는 맥을 못 출 것이다.

"역시, 살해 현장은 아직 모르는군요."

"응. 갈피를 잡을 수가 없어. 범인은 피해자를 납치해서 어딘가 다른 곳에서 살해한 뒤 자동차로 시체를 옮겨 산속이나 밭 같은 남의 눈에 잘 띄지 않는 곳에 유기했어. 유류품은 거의 안 나왔고. 피해자들은 나이와 생김새가 비슷하다는 정도의 공통점밖에 없고, 교우 관계에서 짐작할 수 있는 것도 전혀 없지. 유기 현장은 매번 각양각색이고 부근에는 CCTV가 거의 없어. 그런 덴 피하는 거겠지. 진짜 골때리는 놈이라니까. 정말 망령이라는 생각밖에 안 들어."

고게쓰는 파일에 시선을 떨어뜨린 채 자료를 꼼꼼히 읽었다.

첫 범행이 발각된 것은 사 년 전 여름.

군마 현의 산속에 있는 병원 부지에 담력 체험을 하러 간 대학생 그룹이 폐허에 유기된 여성 시체를 발견했다. 담력 체험과 폐허 사진의 촬영 스폿으로 나름 이름난 곳이라 고게쓰도 가본 적 있는 곳이었다. 하지만 평소에는 사람의 출입이 전혀 없었고, 그로 인해 시신 발견이 늦어져 부패가 진행된 상태였다. 부검 결과 시체는 죽은 지 삼 개월이 지난 것으로 판명되었다. 시신에는 소지품은커녕 옷도 없어서 신원을 특정하는 데 애먹었지만, 봄에 실종 신고가 접수된 여대생과 치아 배열이 일치했다.

시신의 복부에는 칼에 찔린 자국이 있었고 치명상은 아니었지만 과다 출혈로 인해 사망한 것으로 보고 있다. 시신에는 손목과 발목에 밧줄로 묶인 자국이 남아 있었다. 범인은 피해자를 전라 상태로 묶은 뒤 칼로 복부를 찔렀다가, 칼을 빼낸 뒤 과다 출혈로 죽어가는 모습을 참을성 있게 지켜보았을 것이라는 게 특별수사본부의 견해였다. 범인의 DNA는 검출되지 않았다.

당초에는 원한에 의한 범죄로 보고 수사를 진행했지만 피해자의 교우 관계를 아무리 파헤쳐도 단서를 찾을 수 없었다. 마지막으로 발신된 휴대전화의 미약한 전파를 통해 밤에 집으로 가던 도중 범인에게 납치됐을 가능성이 높다고 판단했다. 범인은 그때 피해자의 휴대전화 전원을 끄는 등의 조치를 잊지 않았기에 그곳에서부터는 추적이 불가능했다.

그로부터 한동안은 수사가 제자리만 맴돌아 미궁에 빠지는 듯했다.

그런데 일 년 뒤 또 다른 시체가 발견되었다.

두 번째 피해자의 주검이 발견된 곳은 도치기 현의 산중으로, 범인은 차도에서 시신을 던졌을 것이라 추정했다. 사후 일 개월 정도가 지났는데, 첫 번째 피해자와 마찬가지로 유류품이나 소지품이 없어 신원 확인에 시간이 걸렸다. 하지만 이 역시 실종 신고 상태였던 여대생이라는 것이 밝혀졌다. 교우 관계에서는 단서가 없으며 군마에서 발견된 시신과 동일한 수법이라는 점에서 새로이 특별수사본부가 세워졌고, 일본에서는 보기 드문 연쇄 살인범에 의한 연쇄 사체 유기 사건의 가능성이 높아지며 수사 방침이 굳어졌다.

"하지만 아무리 뒤져도 증거가 털끝만큼도 안 나왔어."

범인은 CCTV에 찍히지 않게 움직여 피해자를 납치했고, 인적

드문 곳에 시신을 유기했다. 행적을 전혀 쫓을 수 없었다.

"녀석은 교활하고 경찰의 수사 기법도 잘 알아. 우리 쪽 수사 기법을 하나하나 찌부러뜨리듯 신중해. 이런 범죄자가 존재하다니, 믿을 수가 없다니까. 비정상이야. 수법이 비정상일 뿐만이 아니야. 이렇게나 범행을 반복하면서 아무런 단서도 없다는 게 말도 안 되게 비정상이야."

수사원들은 착실히 탐문을 계속할 수밖에 없었고, 그러는 동안에도 세 번째, 네 번째 시신이 발견되었다. 피해자들의 용모가 유사하다는 점에서 범인이 여자들의 정보를 어떻게 입수했는가 하는 부분이 수사의 열쇠가 될 것이라 여겨졌다.

"피해자는 대체로 여대생이거나 이십대 직장인 여성…… 심지어 다들 혼자 살았군요."

"맞아. 그래서 실종 신고가 늦었어. 직장인의 경우에는 황금연휴처럼 긴 연휴일 때 납치돼서 피해 사실을 아무도 몰랐어. 의도적으로 노렸겠지."

"그렇다면 역시, 어떻게 정보를 입수해서 피해자를 선별했는지가 관건이겠네요."

"SNS 계정을 가지고 있는 피해자가 많아서 거기에서 개인정보가 샜을 가능성은 있어. 하지만 이렇다 할 흔적은 안 나왔어. 전원이 얼굴이나 사는 곳을 노출하지는 않았던 거야."

"그럼 그 밖에 뭔가 숨겨진 연결 고리가 있는 건지……. 피해자는 도쿄에 살았던 경우가 많군요. 사이타마나 가나가와도 섞여 있지만."

"공통점다운 공통점은, 피해자의 자택 주변에 CCTV가 거의 없다는 거야. 사전 답사로 확인했을지도 몰라."

"편집증 수준으로 조심스럽네요. 끌리는 여성을 찾아 그 인물을 표적으로 삼고도, 사전 답사 때 자택 주변에 CCTV가 많다고 판단되면 조용히 물러나 다른 표적을 찾았겠죠. 상당한 자제심입니다."

"응. 그런데, 이런 유의 범죄는 늘 그렇지만 범행 시기의 간격이 점점 짧아지고 있어."

가네바의 말이 맞았다.

두 번째 범행까지 일 년 떨어져 있던 간격이 그다음은 반년에 한 명, 그다음은 수개월에 한 명으로 줄었다. 특히 최근 반년 동안에는 이미 세 구의 시신이 발견되었다.

"범인이 범행에 익숙해져서 욕구를 억누르지 못하는군요. 발견되지 않았을 뿐 피해자가 더 있을 수도 있겠어요……."

"맞아. 언젠가는 꼬리가 밟힐지도 모르지. 머리가 좋은 놈이라는 걸 자기도 알고 있을 거야. 그래서인지 두 건 전의 사건부터는 수법이 약간 바뀌었어."

"수법이…… 정말입니까?"

고게쓰는 두 건 전의 피해자 자료를 살펴보았다.

피해자가 실종된 것은 초여름 무렵.

마침 고게쓰가 히스이를 알게 된 시기였다.

"피해자의 몸을, 샤워인지 목욕인지 아무튼 꼼꼼하게 닦아내기 시작했어. 피부에서는 표백제 성분까지 검출됐어."

"여름이니 자신의 땀이 묻는 걸 걱정했을까요?"

"모르지. 하지만 전에도 여름 범행은 있었어."

"욕망을 억제할 수 없게 된 한편, 증거 인멸에는 더욱 신중을 기하게 됐다는 건가……."

가장 최근에 발견된 사건의 상세 내용에 시선을 떨어뜨린다.

현장은 지치부秩父의 산속으로, 시신은 기적적으로 빨리 발견되었다. 피해자의 사망 추정 시각을 보니 마침 여고생 연쇄 교살 사건으로 속을 끓이던 때였다.

후지마 나쓰키가 살해되기 전날.

씁쓸한 기억이 되살아났다.

"어때? 뭐 좀 알겠어?"

"글쎄요……."

고게쓰는 턱을 쓸어올린 뒤 예전에 수경장에서 구로고시와 지인들에게 읊었던 프로파일링을 가네바에게 말했다. 하지만 그 정도의 이야기는 이미 수사본부의 전문가가 거론했을 것이다.

"덧붙이자면, 칼을 빼고 피해자가 과다 출혈로 죽어가는 걸 지켜봤다는 이 엽기적인 수법에는 뭔가 의식적인 의미가 있을 거라 생각합니다."

"의식적이라면, 오컬트인가 뭔가 하는 거? 그걸로 악마라도 불러내려고?"

"경부님은 웃으며 말씀하시지만 범인에게는 중요한 일이었겠죠. 아마 숭배는 극단적인 사례지만, 그런 걸 정말 맹신할 가능성은 있어요."

"그런데 범인 상을 특정해도 그런 용의자는 얼마든지 있어. 도쿄 도내에 살 가능성이 높지만 그렇다고 도쿄에 거주하는 운전면허 소지자 남성을 일일이 찾아다닐 수는 없지."

"그 교살 사건처럼, 남자라고 단정 지을 순 없어요. 성폭행 흔적이 없으니까요."

"그런가……."

가네바는 신음했다.

"단, 이렇게나 집요하게 사전 조사를 한 걸 보면 범인은 일정한 직업이 없을 수도 있겠어요."

고게쓰는 파일을 덮어 가네바에게 돌려주었다.

"벌써 다 외웠어?"

"네."

"역시." 가네바는 웃으며 자리에서 일어났다. "뭔가 알게 되면 연락 줘."

"노력은 해보겠습니다."

떠나는 가네바에게 인사하고, 고게쓰는 다 식은 커피를 한 모금 마셨다.

그러면서 신중히 사색했다.

조즈카 히스이의 영시 능력을 이용해 이런 정보로 범인을 특정할 수 있을까?

예를 들면 수경장 사건 때 그랬듯 그녀는 범죄자의 냄새를 구별할 수 있다. 그러나 연쇄 교살 사건의 와라시나 고토네처럼, 죄책감이 없는 사람이라면 도움이 되지 않을 것이 뻔하다. 그렇다면 정보를 얻을 가능성이 있는 것은 영혼의 공명이라 칭하는 그 현상에 의지해야 하는데, 그것은 피해자가 살해된 현장에서만 일어난다. 히스이 말에 따르면, 죽은 자의 혼은 그곳에 안개처럼 흩어져 머무르기 때문이다. 혼은 시신이나 묘지에 깃드는 것이 아니다. 히스이는 그곳에 떠도는 넋의 잔향 같은 것을 맡는다. 그렇다면 역시 살해 현장이 밝혀지지 않는 한 공명 현상은 일어나지 않을 터.

결과적으로 현재로서 조즈카 히스이가 살인범을 쫓는 건 불가능했다.

고게쓰 시로는 그렇게 판단했다.

고게쓰 시로는 차가 거의 지나다니지 않는 신중의 자도에 서 있었다.

아직 초저녁이기는 하지만 족히 삼십 분은 지났을 텐데 차가 지나갈 것 같지 않다.

고게쓰는 가드레일 옆에 차를 세워뒀는데, 도로의 폭이 그다지 좁지 않아 혹여 다른 차가 지나가더라도 별다른 문제는 없으리라 판단했다.

조즈카 히스이는 조금 떨어진 곳에 서 있었다.

겨울바람이 그녀의 부드러운 머리칼을 살며시 흔들고 있었다.

오늘 그녀는 고운 빛을 발하는 베이지색 코트로 몸을 감쌌다.

처음에는 가드레일을 넘어 시신이 유기된 곳에 최대한 가까이 가려 했다. 하지만 발이 미끄러지기라도 하면 너무 위험하다고 고게쓰가 만류한 참이었다. 범인은 이쪽에서 가드레일 너머로 시체를 던졌다. 시체는 멀리까지 굴러가지 않고 눈에 띄는 나무 기둥에 걸렸다. 그래서 비교적 빨리 발견됐다고 한다.

히스이가 감은 눈을 떴다.

그러고는 역시나 망연한 표정으로 고게쓰를 보았다.

눈꼬리가 내려가 있다.

"어때요?"

고게쓰는 그렇게 물으며 히스이에게 다가갔다.

히스이는 고개를 저었다.

"죄송해요⋯⋯. 아무것도 못 느꼈어요."

"밑져야 본전이니까요. 애초에 살해 현장이 아닌 이상 어쩔 수 없죠."

"다른 쪽으로라도 선생님께 도움을 드리고 싶은데……."

"충분히 도움받고 있어요." 고게쓰는 별수 없다는 듯 어깨를 으쓱했다. "이번 건은 히스이 씨의 힘과는 맞지 않네요. 적어도 살해 현장을 알 수 있다면 좋을 텐데 말이죠."

"네." 히스이는 고개를 끄덕였다. "피해자가 전부 젊은 여성이라면서요. 죽은 곳을 알면 한 명 정도는 공명이 일어나도 이상하지 않을 거예요."

"역시 유기 현장에서는 아무것도 못 읽는 거죠?"

"그런 것 같아요. 도움이 되지 못해 죄송해요……."

이 사건에 대해 이야기했을 때 히스이는 자신의 생각을 전했다.

사고 현장이나 살해 현장이 아니면 공명이 일어나지 않는다는 것은 어디까지나 히스이 자신의 경험을 통해 알아낸 법칙에 지나지 않는다. 영혼의 이치 따위 누가 설명해줄 리도 없으며 진실은 아무도 모른다. 어쩌면 그 법칙은 착각이고, 유기 현장에서 공명이 일어나는 경우가 있을지도……. 히스이는 그렇게 말하며 유기 현장에 가보고 싶다고 했다.

또한 일종의 유령, 즉 지박령이나 수호령, 우는 여자, 수경장에서 느낀 정체를 알 수 없는 기운 등 그 법칙성이 분명하지는 않지만 히스이가 느낄 수 있는 영혼이라는 것도 이 세상에는 확실히 존재한다. 피해자 중 한 사람이라도 그런 존재가 되어 혼이 유기 현장에

있을 가능성도 없지는 않다고, 히스이는 말했다. 하지만 그 경우라
도 그런 영혼은 자신이 죽은 곳이나 매장된 곳에 나타나는 경우가
대부분인지 결과적으로는 헛수고였다.

오늘은 이미 유기 현장 네 곳을 돌았다.

내내 긴장한 상태로 집중한 탓이리라.

히스이의 모습에서 지친 기색이 엿보였다.

"곧 해가 져요. 오늘은 그만하고 저녁이라도 먹을까요. 뭐 먹고
싶은 건 없어요?"

"흐음……."

미안해하던 히스이는 잠시 생각한 뒤 밝은 표정으로 말했다.

"저기, 그럼, 저, 휴게소에서 식사하고 싶어요. 맛있는 음식을 잔
뜩 먹을 수 있다고 마코토가 그랬어요. ……안 될까요?"

"아아, 네…… 괜찮아요."

고게쓰는 웃었다.

미모의 아가씨와는 더 고급스러운 곳에서 식사를 즐기고 싶었는
데, 히스이가 그쪽을 바란다니 별수 없었다. 여기 오기까지 거쳤던
휴게소 중 인기 있는 곳을 알고 있었다. 에도시대 때 거리를 재현한
곳으로, 히스이라면 좋아할지도 모른다.

히스이와 함께 그 휴게소로 향했다.

"우아…… 사무라이는요? 사무라이는 없어요?"

아니나 다를까 히스이는 눈을 반짝이며 연신 소리쳤다.

"음, 아무리 그래도 사무라이는 없지 않을까……."

"아, 그럼, 닌자가 숨어 있군요?"

닛코日光 쪽으로 데리고 갔다면 더 귀여운 반응을 볼 수 있었을지 모르겠다고, 고게쓰는 아주 조금 후회했다. 외출할 일이 별로 없는 듯 이런 곳에서 식사를 하는 것도 처음이라고 했다. 체질 탓인지 푸드코트에 들어서자 컨디션이 안 좋아지는 것 같았다. 아마 외출을 즐기지 않는 이유는 그 때문일 것이다. 혼의 냄새를 느낀다…….이런 곳에서는 온갖 냄새가 뒤섞여 그녀를 덮치겠지. 필요 이상으로 신경을 곤두세우게 되어 몸에 부담이 가는 것이 틀림없다. 차를 타고 도로를 달릴 때도, 그녀가 의도하지 않았는데 공명 현상이 일어나버릴 가능성도 있는 것이다.

최소한, 그녀를 아는 사람이 곁에서 같이 행동해야 한다.

식사하는 동안에는 생글거리던 히스이도 식사 후 시간이 지나자 말수가 줄었다. 이유를 물으니 머리가 아프단다. 히스이를 데리고 차로 돌아가려던 참이었다. 그런데 히스이가 소프트서브를 먹고 싶다는 말을 꺼냈다.

"소프트서브? 아아, 소프트아이스크림이요?"

히스이가 가리키는 매점을 보고 고게쓰는 이해했다.

"맞아요, 맞아요. 아, 아이스크림이군요."

"콘에 올려 먹는 건 소프트아이스크림이라고 해요. 봐요, 저기 석혀 있네."

"아, 그러네요……. 가끔씩 헷갈려요."

"오늘은 포근한 편이긴 하지만 한겨울에 아이스크림이라뇨."

"죄송해요." 히스이는 풀이 죽은 표정을 지었다. "한 번쯤 이런 데서 먹어보고 싶었어요."

"사과하지 않아도 돼요." 고게쓰는 웃는다. "저걸로 기분이 좋아진다면 얼마든지요."

고게쓰는 소프트아이스크림을 하나 사서 히스이에게 건넸다. 앉을 만한 곳에는 사람이 많아서, 사람이 별로 없는 조금 떨어진 곳에 가서 섰다. 차로 가는 것도 생각했지만 히스이는 조금 더 바깥 공기를 쐬고 싶다고 했다. 고게쓰는 소프트아이스크림을 맛있게 즐기는 히스이의 옆얼굴을 바라보았다.

윤기 나는 핑크빛 입술 사이로 혀가 빼꼼 나와서는 새하얀 그것을 핥아 올린다.

"맛있어요?"

고게쓰가 묻자, 히스이는 눈을 치켜뜨고 고게쓰를 올려다보며 싱긋 웃었다.

"네. 엄청. 선생님도 드실래요?"

그렇게 말하더니 손에 들고 있는 소프트아이스크림을 천진스럽게 내민다.

"하핫." 고게쓰는 마지못해 웃었다. "그럼, 한 입만."

"네, 선생님, 아……."

확실히, 이건 쑥스럽다.

낯간지러운 마음을 누르며, 히스이가 들이민 소프트크림을 살짝 베어 먹었다.

새하얀 표면이 아주 엷은 분홍으로 물들어 있었다.

히스이의 입술 흔적이리라.

그녀는 그 사실을 모르는 듯했다.

오랜만에 먹는 소프트크림은 달콤했고 무척 차가웠다.

눈이 마주치자 별 의미도 없이 웃음이 차올랐다.

히스이도 부끄러워하는 듯하면서 키득키득 웃었다.

소프트크림을 먹은 뒤 두 사람은 따뜻한 음료를 마시며 시시콜콜한 대화를 나눴다.

고게쓰가 빈 캔 두 개를 휴지통에 버리고 돌아왔을 때, 히스이는 느릿느릿 말했다. 조금 전까지의 웃음빛은 사라졌고 조금은 쓸쓸한 표정을 짓고 있었다.

"선생님…… 저, 선생님에 대해서, 더 깊이 알고 싶어요."

"저에 대해서요?"

히스이는 주차장에 늘어선 자동차들 쪽으로 시선을 던지며 말을 이어갔다.

"선생님은…… 혹시, 소중한 사람을 잃지 않았나요? 구라모치 씨 말고요."

"왜, 그렇게 생각하는 거죠?"

"냄새요."

히스이는 적적한 얼굴로 고게쓰를 보았다.

"처음 선생님을 만났을 때부터 느꼈어요. 이 사람은 소중한 사람을 잃고 그 상처를 계속 끌어안은 채 살아가고 있다고…… 그렇게 느꼈거든요."

그러고는 "죄송해요" 하고 중얼거리며 고개를 숙였다.

"저는 제 주변 사람들의 비밀을, 알려고 하지 않아도 알게 돼요. 그래서 다들 저라는 존재와 깊게 만나려 하지 않고 불쾌해하며 떠나가요. 저는 그게 너무나 무서워서…… 그래서, 느끼는 모든 걸 굳이 입 밖에 내지는 않아요. 선생님의 그 부분도……. 선생님이 직접 얘기해주시기 전까지 말하지 않으려고 했어요. 하지만…… 자꾸만 마음이 쓰여서요. 뭔가 힘이 되고 싶어서요……."

히스이는 몸을 옆으로 돌리더니 고개를 떨어뜨렸다.

"아뇨, 아니에요. 분명…… 비밀을 알면서 모른 체하는 죄책감을 견디지 못하게 된 것 같아요. 이기적인 감정이죠. 기분 나쁘시죠? 알리고 싶지 않았던 것까지 알게 돼서……."

"딱히 비밀로 하고 싶었던 건 아니에요."

고게쓰는 한숨을 흘린 뒤 웃었다.

히스이가 미안한지 눈꼬리를 축 늘어뜨린 상태로 힐끔 쳐다본다.

"그냥, 재미없는 이야기라……. 그래도 히스이 씨가 괜찮다면 들어줄래요?"

히스이의 표정이 확 밝아졌다.

"네."

"어릴 때였어요. 벌써 한 이십 년 됐네요."

고게쓰는 코트 주머니에 손을 찔러 넣은 채 어둑어둑해진 하늘로 시선을 보냈다.

"나이 차이가 많이 나는 누나가 있었어요. 정확히 말하면 혈연관계가 아닌 이복 누이였어요. 아버지와 재혼한 아주머니가 데려온 딸…… 당시 초등학생이었던 제게 갑자기 열 살이나 위인 누나가 생긴 거예요. 다정하고 예쁜 사람이라 처음에는 너무 놀라서 미묘한 거리감이 있었지만, 금세 동경에 가까운 감정을 갖게 됐어요."

그때의 마음을 으스러뜨리듯 고게쓰는 주머니 속에서 주먹을 꽉 쥐었다.

"제가 초등학생이었을 때예요. 누나는 강도의 칼에 찔려 죽었어요."

어렴풋이, 히스이가 숨을 삼키는 것이 전해졌다.

"제가 아주 잠깐 자리를 비운 사이였죠. 발견 당시 누나에게는 아직 숨이 붙어 있었어요. 하지만 누나가 마지막으로 무슨 말을 하려 했는지……. 아팠는지, 고통스러웠는지, 아니면 또 다른 무슨 말을 하려고 했던 건지……. 그걸, 저는 알아들을 수 없었어요. 그날 이후로 그게 계속 후회돼요. 범인은 아직 안 잡혔어요. 추리소설을 쓰고, 가네바 경부님께 협조해서 살인사건을 추적하고…… 제가 범죄 수

사라는 것에 이끌리는 건 아마도 그 영향이 클 거예요. 특히 이 연쇄 사건의 피해자들은…… 죽은 누나와 거의 비슷한 나이고…… 그래서 남의 일 같지 않은 건지도 몰라요."

조용히 깊게 숨을 내뱉는다.

그런 다음 고게쓰는 히스이를 돌아보았다.

고게쓰는 웃으며 말했다.

"봐요, 재미없는 얘기죠?"

하지만 히스이는 아름다운 눈썹을 찌푸린 채 입술을 앙다물고 있었다.

왠지 당장이라도 울음을 터뜨릴 듯한 얼굴이었다.

그녀는 눈을 질끈 감았다.

그러고는 크게 숨을 내쉬더니, 이내 비취빛 눈을 떴을 때는 미소를 띠고 있었다.

"선생님, 꽉 안아드릴게요."

"네?"

고게쓰가 놀라자 히스이는 부끄러운 듯 웃었다.

두 팔을 벌려 고게쓰를 맞이하는 듯한 자세였다.

"사양하지 않아도 돼요. 힘들 때는 제가 꽉 안아드릴게요. 그게 제일 효과가 좋거든요. 저도 헛헛할 때는 마코토가 이렇게 해줘요."

그거랑 같나 싶어 고게쓰는 웃음을 터뜨렸다.

"왜 웃으세요?"

히스이는 입술을 비죽거리며 토라진 듯한 표정이었다.

"아니…… 전 이제 어린애가 아니니까요."

"그, 그렇게 말하면 제가 어린애 같잖아요."

히스이는 팔을 내리고 못마땅하다는 듯 말했다.

어린애라고 생각하는데요, 하는 말을 고게쓰는 꾹 삼켰다.

그리고 다른 이야기를 했다.

"내일부터는 저만 수사를 이어갈 거예요."

"네……?"

"애초에 의뢰를 맡은 건 저니까요. 히스이 씨에게 더 기댈 수도 없고, 수사의 가닥이 잡힌 것도 아니라 무리하면 안 돼요. 살인마를 쫓기로 한 이상 위험한 상황이 생기지 않을 거라는 보장도 없고요."

"선생님……."

히스이가 서글픈 얼굴로 중얼거렸다. 고게쓰는 말했다.

"뭔가 불길한 예감이 들어요. 오늘 하루 도와준 것만으로도 너무 고마워요."

히스이는 고개를 숙였다. 완만한 물결을 그리는 머리칼이 힘없이 떨어졌다.

"선생님은…… 혹시, 저를, 이 사건에서 떼어내려 하시는 거예요?"

"네." 고게쓰는 고개를 끄덕였다. "아마, 히스이 씨가 느낀 거역할 수 없는 죽음이란 건 이 사건과 관련 있을 것 같아요. 전 그 예감이 옳다고는 생각하지 않아요. 기분 탓이기를 바라고 싶어요. 하지만 무시할 수도 없어요. 당신이 사건을 쫓다가 살인마의 표적이 될 가능성이 있다면 그건 피해야죠. 예감이 운명이라면, 그 운명에 저항하려면, 선수를 칠 수밖에 없어요. 운명이 당신을 삼키기 전에 범인을 먼저 찾으면 돼요. 히스이 씨는 충분히 협조해줬어요. 앞으로는 저 혼자 할게요."

그렇게 말하는 고게쓰의 음성을, 히스이는 고개 숙인 채 가만히 듣고 있었다.

이윽고 히스이가 불쑥 입을 열었다.

"선생님은…… 절, 걱정해주시는군요."

"네."

"전, 욕심 많고 어리석은 사람인지도 몰라요. 언젠가는 끝이 온다는 걸 알면서도 이 관계를 이어가고 싶어 길을 되돌아가지 못하고 있죠. 상상할 수 있는 미래가 착오이기를 기도하면서도, 그런 가능성에 매달리는 게 바보 같다고 생각해요. 하지만, 그래도……."

그녀는 한 발짝, 고게쓰와의 거리를 좁혔다.

그러고는 결심한 듯 숨을 내뱉으며 말했다.

"저…… 진심으로, 선생님께 힘이 되고 싶어요."

아래로 뜬 눈을 장식한 속눈썹이 미세하게 떨리고 있다.

히스이는 고게쓰를 보지 않았다. 시선을 마주하지 않은 채 그녀는 말을 엮어갔다.

"선생님은…… 제게는 빛이에요. 저는 여태껏 이 힘을 저주라고 생각했어요. 하지만 선생님, 아무도 돕지 못했던 무력한 제게 빛을 줬어요. 저를 믿어주고…… 저를 구원해줬어요. 저의 이 힘에도 뭔가 의미가 있을 거라고…… 그렇게 생각할 수 있게 된 건 선생님 덕분이에요."

고게쓰는 가슴이 아려오는 것을 느꼈다.

말없이 히스이를 바라봤다.

그녀가 얼굴을 들었다.

투명하게 젖은 비취빛 눈망울이 고게쓰를 비췄다.

"저, 선생님 눈에는 어린애 같을지도 몰라요. 그래도 선생님께 힘이 되고 싶어요. 설령 도망칠 수 없는 운명이라 해도, 선생님 곁에……."

고게쓰는 참지 못하고 히스이를 끌어당겼다.

차갑게 식은 몸을 감싸듯 끌어안았다.

"내 눈에는……" 고게쓰는 히스이의 귓가에 속삭였다. "언제나 아프게…… 외롭게 보이는 건, 너야."

"선생님……."

자신의 등에 그녀의 손이 닿는 것을 느낀다.

보드라운 손바닥이라고 생각했다.

히스이가 말했다.

"꼬옥 안아드릴게요."

그 가녀린 팔에 살며시 힘이 들어갔다.

고게쓰는 한동안 팔 안의 온기를 느꼈다.

그리고, 그녀의 어깨를 잡고 살짝 몸을 뗐다.

히스이가 턱을 들고 이쪽을 보았다.

하늘거리는 눈빛.

비취빛 눈망울을 덮는 눈꺼풀.

촉촉한 입술.

참을 수 없이 아름다워…….

키스를 했다.

소프트크림의 맛이 느껴진 것은 기분 탓일지도 모른다.

두 사람은 함께 웃으며 차에 올랐다.

시동을 걸었다.

난방이 될 때까지는 시간이 걸릴 터였다. 몸은 따뜻했다.

고게쓰는 말했다.

그 말을 하기까지는 망설임이 필요했다.

수없이 망설였지만, 기회는 이번뿐일 것이다.

"실은, 여기서 한 시간 정도 떨어진 곳에 제 별장이 있어요."

"앗, 정말요?"

히스이가 눈을 동그랗게 뜨고 고게쓰를 보았다.

"말이 그렇지 아버지가 남겨주신 거예요. 여러 추억이 있다 보니 팔지도 못하고 가까스로 유지만 하고 있죠. 집필에 집중하고 싶을 때 작업실로 쓰기도 하는데, 뭐, 한 번씩 제대로 돌보지 않으면 상하기만 하더라고요."

히스이는 얼굴을 이쪽으로 향한 채 눈을 살짝 내리깔고 힐끔힐끔 고게쓰를 보고 있었다.

"어때요. 내일부터 시작될 수사에 대비해서 자고 가지 않을래요?"

히스이는 고개를 숙였다.

무릎 위에 긴장한 듯 꼭 쥔 주먹을 올리고 있었다.

"네……."

모기 같은 목소리였다.

형언할 수 없이 사랑스러웠다.

참아낼 수 없는 감정의 동요를 간신히 억눌렀다.

고게쓰는 차를 몰았다.

한동안 정적이 이어졌다.

"지와사키 씨는…… 본가에 간다고 했죠?"

"아, 네. 집안에 안 좋은 일이 생겨서…… 일주일 정도 홋카이도에요."

"그렇다면 딱 좋네요."

"그러, 게요."

히스이는 중얼거리더니 키득 웃는다.

"마코토한테는 아직 비밀이에요."

"메시지도 보내지 마세요. 지와사키 씨, 상당히 예리한 것 같으니까."

친구가 적어서인지도 모르지만, 자신과 함께 있을 때 히스이는 어지간한 일이 아니면 스마트폰을 보거나 만지지 않았다. 조수석에 앉아 있을 때는 예외였지만 그럴 때도 메시지를 확인해도 되는지, 실례가 되지 않도록 미리 양해를 구하는 사람이다. 예절 교육을 제대로 받았으리라. 즐겁게 이야기를 계속하면 그녀가 스마트폰을 꺼내는 일은 없을 것이다.

또다시 대화가 굴러가기 시작했다.

한동안 꿈결 같은 시간이 흘렀다.

때때로 흘깃 보면 히스이가 고게쓰를 보고 수줍은 듯 웃었다.

사소한 이야기로 쿡쿡거리고, 후후후 소리 내 웃고, 비취빛 눈으로 열심히 고게쓰를 바라본다.

도중에 길이 막혀 시간이 걸렸지만, 고게쓰가 소유한 산속 별장에 무사히 도착했다. 차를 세우고 내렸을 때는 주위에 인공적인 빛이 모두 사라져 있었다. 부근에는 건물다운 건물이 전혀 없다. 현수교 같은 것을 건너는 건 아니었지만 재차 주위를 둘러보면 이곳은 클로즈드 서클[고립된 장소에서 일어나는 사건을 다룬 미스터리 장르] 장르의 무대로 알맞은 장소였다. 참극이 벌어지더라도 아무도 눈치채지 못할 것이다.

히스이를 안내해 산장으로 들어갔다. 2층 건물인데 그다지 크지는 않았다. 현관에서 신발을 벗고 히스이의 코트를 받아들어 행거에 걸었다. 오늘 히스이는 엷은 광택이 있는 핑크 블라우스에 헐렁한 재킷을 걸쳐 평소보다 분위기가 어른스러웠다.

거실로 그녀를 들였다.

불은 켜지 않았고, 현관에서 새어드는 낡은 전구의 빛이 그곳에 비쳐들 뿐이었다.

"선생님, 불은……."

실내에 발을 들이고 몇 발짝 걸은 그녀를 뒤에서 끌어안았다.

더는, 참지 못할 것 같았다.

"아, 선생님……."

가녀린 골격을 확인하듯 고게쓰는 그녀의 몸을 힘껏 껴안았다. 부드러운 머리칼에 얼굴을 파묻으며 목덜미의 감미로운 향기를 맡았다.

"히스이."

그렇게 부른 뒤 그다지 저항을 하지 않는 몸을 애무했다.

히스이는 간지러운지 귀와 목덜미에 손을 갖다댔지만 고게쓰를 막지는 않았다.

"음…… 선생님…… 안 돼요……. 이런 곳에서는……."

달콤한 향기를 들이쉬며, 케이크처럼 하얀 목덜미를 핥았다. 손바닥에 느껴지는 블라우스이 감촉은 부드러웠고, 은근히 선해지는 브라의 형상과 단단함이 그 안에 있는 것의 존재를 고게쓰에게 알리고 있었다.

하지만, 안 된다. 역시, 이렇게는…….

"아, 음…… 훗…… 선생님도…… 하…….'

오른쪽 귓불을 핥자 들려온 엷은 웃음에 곤혹과 윤기가 뒤섞여 있었다. 스타킹을 매만지며 위로 올라가는 손을, 그녀의 허벅지가 품었다. 그녀의 몸이 조금씩 움찔거렸다.

그러다가 그녀의 몸이 뻣뻣해졌다.

뭔가를 알아차린 듯 몸이 굳었다.

"아…….'

정감이라고는 전혀 없는 아연한 목소리가 새어 나왔다.

공포가 그녀의 전신을 휘감은 듯, 고게쓰의 코에 닿은 피부에 소름이 돋아 있었다.

"선생님, **여기는**…….'

히스이는 헐떡이며 공기를 갈구하듯 입을 열었다.

"**여기는, 뭐예요**…… 어떻게, 이런…….'

"역시, 넌 느끼는구나."

고게쓰는 히스이의 목덜미에서 코를 뗐다.

놓치지 않도록, 바들바들 떨기 시작한 어깨를 붙들었다.

"뭐, 뭐예요…… 선생님, 여기는…….'

"냄새가 모여 있어? 아니면, 공명이 일어났나? 뭐, 열 명 이상은 죽었으니 뭐라도 느껴지겠지."

"선생님……?"

비틀하며 히스이가 고게쓰를 돌아봤다.

고게쓰는 씩 웃으며 아연한 표정의 히스이에게 말했다.

"히스이. 넌 너무나도 사랑스러워. 그래서, 더는 참을 수가 없어."

비취빛 눈동자가 커다랗게 열리더니 공포의 색이 깃든다.

"내가 죽였어. 벌써 열 명도 넘게 실험을 했지. 이제는, 너로 실험하고 싶어."

"거짓말……."

그녀의 몸에서 끝없이 떨리며 금방이라도 쓰러져버릴 듯한 감각이 손바닥으로 전해졌다.

"거짓말……이죠, 선생님?"

애써 웃으려는 듯 히스이는 입술 끝을 일그러뜨렸다.

언제나 그랬던 것처럼 해맑은 미소를 보인다면.

고게쓰가 다시 웃어줄 거라고, 그렇게 믿고 있는지도 모른다.

"거짓말 아닌데."

고게쓰는 히스이의 팔을 비틀어 올렸다. 고통에 신음하는 그녀의 손을 뒤로 해 묶고 바닥에 무릎을 꿇렸다. 그녀는 거의 저항하지 않았다. 그저 입술이 새파래진 채 가냘프게 떨고 있었다. 바로 옆에 있는 테이블에 준비해둔 밧줄로 그녀의 손목을 단단히 묶었다.

"선생님…… 이, 이런 장난은 안 돼요……. 회, 화닐 거예요, 저……."

"장난 아니야."

겁에 질린 자그만 동물 같은 눈망울이 눈물을 그렁그렁 머금은 채 흔들렸다.

그 모습을 보자 역시나 격하게 마음이 아파왔다.

하지만 더는 참을 수 없었다.

고게쓰는 히스이를 바닥에 쓰러뜨렸다.

히스이가 작게 비명을 질렀다.

그녀의 어깨를 붙잡아 천장을 보도록 눕혔다.

더, 이 사랑스러운 표정을 보고 싶다.

"자, 이러면 믿을 수 있겠지?"

고게쓰는 칼을 꺼내 칼끝을 보여주었다.

어슴푸레한 어둠 속, 현관 틈새로 들어오는 미약한 빛에 서슬이 번뜩였다.

"말도 안 돼……" 히스이는 거칠게 머리를 흔들었다. 흐트러진 긴 머리칼이 볼을 가로지른다. "거짓말, 이런 거…… 거짓말이라고, 말해……."

"여태껏 네게 사실대로 말하지 못해서 마음이 아팠어."

고게쓰는 그 고통을 뱉어내듯 한숨을 내쉬었다.

"하지만…… 욕구를 참을 수가 없더군."

히스이의 떨리는 입술이 열리더니 몇 번이나 실패하며 말을 자아냈다.

"서, 선생…… 선생님이…… 주…… 죽였어요……?"

그러나 그가 대답을 할 것까지도 없이, 히스이는 진실을 깨달은 듯했다.

아마도 냄새를 느꼈으리라.

거기에 죄책감도, 허언도, 그 무엇도 들어 있지 않다는 것을.

고게쓰는 그저 진실을 말하고 있다는 것을…….

그것이 히스이에게 무엇보다도 중대한 증거였다.

"그래. 실험이야. 해야만 했어."

물기 어린 비취빛 두 눈이 감긴다.

"거짓말…… 거짓말이야……."

뚝뚝 떨어지는 눈물방울이 가닥가닥 하얀 볼을 수놓는다.

"이런 거 꿈……. 거짓말이야! 거짓말이에요! 거짓말! 거짓말거짓말거짓말!"

히스이가 몸을 비틀며 어린애처럼 울부짖기 시작했다.

고게쓰는 멀거니 서서 그 모습을 바라보았다.

마음이 아팠다.

하지만, 그 이상으로 흥분되었다.

"아프지는 않을 거야." 고게쓰는 거칠게 숨을 내쉬며 말했다. "칼로 찌르기만 할 거거든."

"거짓말이에요…… 거짓말이에요, 이건 거짓말이라고요! 거짓말이에요! 거짓말! 거짓말이죠?"

"아픈지 안 아픈지 실험하는 것뿐이야."

"싫어……."

고게쓰의 눈을 본 히스이의 눈망울에 허망함이 스며들며 혼탁해진다.

그녀는 고개를 내저으며 조금이라도 그에게서 떨어지려 몸을 뒤틀었다.

애벌레처럼.

"살, 려……."

공포에 떠는 목소리를, 어떻게든 쥐어짜내고.

바닥을 기며.

"살려…… 살려줘……!"

히스이가 목을 젖히며 절규한다.

"도와줘! 누구……! 도와주세요……! 누구 없어요……!"

눈물을 흘리며 온 힘을 다해 히스이는 울부짖었다.

"소용없어. 아무도 못 들어."

"싫어……!"

히스이는 몸을 비틀며 다리를 버둥거렸다.

조금이라도 떨어지려고 애벌레처럼 기어갔다.

하지만 그렇게 해서 도망칠 수 있을 리가 없다.

"살려줘…… 살려주세요……."

눈물로 얼굴을 일그러뜨리며 계속해서 애원한다.

"선생님, 제발⋯⋯."

하지만 그 염원은 더는 이뤄지지 않았다.

좀 전부터 이미 그녀의 스마트폰은 비행기 모드로 변경된 후 전원까지 꺼진 상태.

누가 그녀가 있는 곳을 알아낸다는 건, 초현실적인 힘을 썼을 때만 가능한 일일 것이다.

공포를 부추기듯 칼을 든 채 거리를 좁혔다.

벗어날 수 없다는 것을 깨달았을지도 모른다. 히스이는 입술을 다물고, 떨리는 마음을 질타하듯 숨을 뱉었다.

"다, 당신은⋯⋯ 당신은, 악마야⋯⋯."

젖은 두 눈망울에서 눈물을 한없이 흘리면서도 당당하게 이쪽을 노려본다.

"이런 식으로, 여자들을 속인 거지⋯⋯."

그녀는 아름다운 치아를 딱딱 부딪치면서도 다부지게 말한다.

"하지만, 하지만⋯⋯ 다, 당신은 반드시 잡힐 거야! 내가 여기에서 죽더라도, 나처럼 당신을 용서하지 못하는 사람은 많아요! 다, 다, 당신이 아무리 증거를 없애도, 언젠가⋯⋯ 언젠가 반드시, 당신의 정체를 알아낼 사람이 반드시 나타날 거야⋯⋯!"

하지만 군센 반항심도 표정 변화가 전혀 없는 그에게는 무의미하다는 것을 깨달았으리라. 그것이 마지막 저항이었다.

칼끝을 겨누자 히스이는 눈을 감았다.

원통한 듯, 고통스러운 듯, 슬픈 듯…….

입술을 깨물고, 헐떡이듯 호흡하고, 한탄하듯 눈물을 흘렸다.

"흐윽…… 으아아아아…… 아아아아아……!"

조즈카 히스이의 예감은 지극히 옳았다.

이것이 거역할 수 없는 죽음이다.

그녀는 일찍이 자신의 운명을 받아들였지만 그게 설마 이런 결말일 줄은 상상도 하지 못했으리라.

하염없이 눈물을 떨어뜨리는 히스이에게 그가 말했다.

"무서워하지 않아도 돼. 바로 죽이지는 않을 거니까. 네가 해줘야 하는 게 있어."

히스이는 고게쓰의 말을 듣는지 마는지 눈물만 흘리고 있었다.

"강령을 해줘. 우리 누나를, 불러줘."

히스이는 힘없이 고개를 가로저었다.

"살려줘…… 이런 거, 거짓말이야……."

조금 과하게 괴롭혔는지도 모른다.

마음이 무너져버린 것인가…….

흥분이 되어 자신을 제어할 수가 없었다.

"누나에게 확인하고 싶은 게 있어. 그걸 물어볼 수 있다면 널 죽이지 않아도 돼."

그 말에 히스이는 희미하게 반응을 보였다.

"아, 으……."

어깨를 움찔하더니 힘없이 쳐든 머리를 움직인다.

히스이와는 함께 살아가고 싶었다.

그녀를 사랑스럽게 여기던 감정은 진심이었다. 둘이 달콤한 관계를 이어가며 사건을 해결해가는 미래도, 어쩌면 존재했을지 모른다. 그렇기에 고게쓰는 고민하고 또 고민했다. 그녀를 죽이지 않을 수 있는 방법이 없을지 숙고했다. 히스이가 자신의 범죄를 눈치챌 가능성은 없다는 것도 인지했다. 욕구를 이기고 죽이지 않는 것, 그편이 더 안전했다. 그녀는 지금까지의 피해자들과 달랐다. 고게쓰와 결정적인 끈을 가지고 있다. 자칫하면 경찰의 의심을 살지도 모른다.

하지만 고게쓰는 자신의 욕구를 제어할 수 없었다.

그녀로 실험을 하고 싶었다. 강령도 하게 해야 했다.

더욱이, 여기서 참더라도 이 사랑스러움이 언젠가는 그녀를 죽이고 말 것이다.

팔뚝을 붙들고 히스이를 강제로 일으켜 세웠다. 고개 숙인 그녀를 걷게 한 뒤 다이닝 테이블의 의자를 당겨 그곳에 앉혔다. 테이블에는 히스이의 사진이 놓여 있다. 수경장에서 바비큐를 할 때 몰래 촬영한 것이었다. 희미하게 벳쇼가 같이 찍힌 바람에 일부분 잘랐지만, 그녀의 미소를 가장 예쁘게 담아낸 사진이라 자부한다.

삶의 의지를 포기했는지 히스이는 아무런 저항도 하지 않았다. 그저 어깨를 떨며 눈물에 히덕였다. 그녀가 코를 훌쩍이는 소리를 들으며, 고게쓰는 만약을 위해 그녀의 발목과 허리에 새 밧줄을 둘러 의자에 묶었다. 저항할 기력은 거의 없어 보였지만 신중을 기해 나쁠 것은 없다. 이 편집증적이기까지 한 경계심이 자신에게 숱한 실험 기회를 부여해줬으니까.

고게쓰는 테이블 건너편에 서서 히스이를 내려다보았다.

"강령할 때 이름이 필요했던가?" 고게쓰가 히스이에게 물었다. "이름은 쓰루오카 요코. 스물하나에 죽었고 살해 현장은 여기야. 어때? 할 수 있을 것 같아? 시간이 너무 많이 지나긴 했지만 시도해보고 싶어."

하지만 히스이는 아무런 대답도 하지 않았다.

고개를 떨어뜨린 채 얼굴을 가리고 있었다.

"충격이 클 거라는 건 이해해." 고게쓰는 짜증을 참아내며 말했다. "하지만 빨리해줬으면 해. 진수성찬이 눈앞에 있는데 언제까지 참을 수 있을지 모르겠으니까……."

그렇게 웃으며 칼을 들어 보였다.

히스이는 묵묵부답이었다.

고개를 숙인 채로.

그때, 고게쓰는 기묘한 목소리를 들었다.

무심결에 눈살을 찌푸렸다.

후후후후후…….

히스이가 목소리를 내고 있었다.

웃고 있는 것이다.

"후훗…… 후후후후……."

드디어 완전히 미쳐버린 것인가…….

신뢰하며 자신을 다 내어준 사람에게 배신당했다.

그녀의 마음을 덮친 충격이 헤아려지고도 남았다.

가엾다는 생각에 그녀의 얼굴을 들여다보려 하던 그때, 고게쓰는 등줄기에 오한이 엄습하는 것을 느꼈다.

히스이는 고게쓰를 쳐다보고 있었다.

고게쓰의 눈이 비취빛 두 눈과 마주치고.

까닭도 모른 채 간담이 서늘해졌다.

뭐지?

히스이는 웃고 있었다.

평범한 미소가 아니다.

난감하다는 듯 눈꼬리를 내리고, 미간을 찌푸린 채 **히죽히죽 웃고 있는 것이다.**

기묘한 위화감이 덮쳐오며 가슴이 극심하게 요동쳤다.

뭐지, 이 얼굴은…….

역시 미쳐버렸나?

그렇다고 하기에는, 뭐랄까…….

"<u>흐흐흐</u>…… <u>으흐흐흐</u>…… 후훗…… 아핫……."

뭐랄까, 이 웃음소리는, 마치, 무언가가, 너무나도 우스워서 참지 못하겠다는 듯한…….

— "Iced coffee" again.


어둠 속, 고게쓰 시로는 마음의 동요를 감추기 위해 제자리를 서성이고 있었다.

손에 든 칼의 감촉을 확인한다. 괜찮다고, 자신에게 되뇐다. 무기는 여기에 있다. 두려워할 필요는 전혀 없지 않은가. 애초에 자신은 무엇을 두려워하는 것일까. 바로 여기에 있는 그녀가, 손발이 묶여 의자에 결박된 상태인데도 섬뜩하고 꺼림칙한 웃음을 도무지 멈추지 않는다고 해서, 자신이 겁낼 이유는 어디에도 없지 않은가.

그런데도 고게쓰 시로는 공포를 닮은 감정을 느끼고 있었다.

"왜…… 웃지?"

그녀는…….

조즈카 히스이는 아무 말이 없다.

그저 가냘픈 두 어깨를 들썩이며 키득키득 범상치 않은 웃음을 흘리면서 두 눈으로 고게쓰를 올려다보고 있다.

"뭐가 웃긴 거야? 미치기라도 했나?"

히스이는 얼굴을 들어 고게쓰를 보고 있었다.

난처하다는 듯 여전히 눈꼬리를 내린 채 웃고 있다.

"제가 선생님에게 배신당한 충격으로 정신이 나가기라도 했다는 거예요?"

"그럼 아닌가?"


358

희미한 조명 아래에서 칼날을 번뜩여본다.

고게쓰가 알고 있는 조즈카 히스이라면 거기서 겁에 질린 듯 몸을 움츠릴 터였다.

그러나 히스이는 꼿꼿했다.

그저 음침하게 웃고 있다.

히스이가 아닌 것 같았다.

마치 무언가가…….

"히스이가 아닌가? 벌써 누구를 불러들인 거야?"

또 히스이가 웃었다.

"하핫, 후후……."

"왜 웃어?"

"아뇨, 그냥." 히스이는 웃음을 삼키는 표정으로 고개를 저었다. "것보다 선생님, 손목의 밧줄 좀 풀어주시지 않을래요? 누나의 영혼을 부르고 싶죠? 이대로는 집중할 수가 없어요."

여유 있게 웃는 히스이를 내려다보며 고게쓰는 망설였다.

히스이는 강령을 해야 한다. 집중해야 한다는 점을 생각하면 결박이 방해될지도 모른다. 망설여지지만 겁낼 것은 없다. 체격도 차이가 나고 자신에게는 무기도 있다. 반격당하더라도 쉽게 제압할 수 있을 것이다. 허리와 발목의 결박을 그대로 두면 괜찮을 터였다.

애초에 뭔가를 두려워할 필요가 있나?

상대는 저 순진하고 가련한 미소를 짓는 것밖에 할 수 없는 히스이인데…….

"좋아. 하지만 쓸데없는 짓은 하지 마."

고게쓰는 칼로 손목의 밧줄을 풀었다.

자유로워진 손목을 들더니 히스이가 머리칼을 뒤로 넘겼다.

그러고는 손가락으로 눈물 자국을 닦았다. 그러고는 목을 비틀어 가까운 창문에 반사되는 자신의 얼굴을 확인했다.

"아아, 화장이 엉망이겠어요. 오늘은 연하게 했으니 티가 많이 나지는 않겠지만……."

고게쓰는 놀라움을 금치 못하고 히스이를 보았다.

왜 여기에서 그런 걸 신경 쓰지?

히스이는 그런 고게쓰의 시선을 마침내 눈치챘다는 듯 고게쓰 쪽을 올려다보았다.

"아, 맞다. 조금 전 이야기를 계속하면요, 확실히 일반적으로는 친한 사람이 소문 속 연쇄 살인마라는 걸 알면 충격을 받겠죠."

"설마…… 알고 있었나. 아니, 그럴 리는 없다……."

고게쓰의 사고는 혼란으로 흔들리고 있다.

아니, 그럴 리 없다. 조금 전, 그렇게나 몸부림을 쳤는데.

자신의 범행을 눈치챘을 가능성 따위 추호도 없다.

왜냐하면 히스이의 능력으로는…….

"넌 혼의 냄새를 맡아 범죄자를 판단하지만…… 나처럼 살인에 전혀 죄책감을 느끼지 않는 인간에게는 그 힘이 소용없을 텐데. 그 위험성은 항상 주의했지만 그건 와라시나 고토네의 사건 때도 명백하게……."

히스이가 웃는다.

낄낄 웃기 시작한다.

"하핫, 아하하하, 하하하하하하!"

그녀가 그런 식으로 웃는 건 처음 보았다.

의자에 묶여 있는 상태로, 배를 부여잡고, 몸을 비틀고, 고개를 절레절레 흔들며 웃고 있다. 묶여 있지 않았다면 그대로 바닥에 굴러떨어졌을 정도로.

"아아, 웃기다, 너무 웃겨……. 선생님도 참, 웃음을 참아야 하는 입장도 좀 생각해주세요."

"뭐가 웃겨!"

"안타깝지만 선생님의 누나를 불러들일 수는 없어요. 선생님의 목적을 달성하고 그 김에 절 가지고 놀다가 죽이려 한 것 같은데, 목적의 반은 실패하셨네요."

"무슨 소리야? 순순히 따르지 않으면 진짜 죽일 거야."

"그러니까, 못해요."

"왜!"

"그야……."

키득키득, 다시 웃음을 참지 못하겠다는 듯 히스이가 웃는다.

손으로 입을 가리고 어깨를 들썩이며 히스이는 말했다.

"아아, 너무, 웃겨…… 지금까지 참느라 얼마나 힘들었다고요, 선생님……. 그러니 지금 이 순간만큼은 마음껏 경박하게 웃어도 괜찮겠죠?"

후훗.

큭큭큭큭.

으ㅎㅎㅎㅎㅎ…….

"뭐가 웃기다는 거야!"

"그야, 가능할 리가 없잖아요, 강령이라니……. 여태 믿으셨던 거예요?"

"무슨 소리야!"

그녀가 하는 말의 의미를 알 수 없어 고게쓰는 되물었다.

"그러니까……."

연약한 어깨를 들썩이던 영매가 천천히 고개를 갸웃거렸다.

어둠 속에서 비취빛 눈망울이 반짝인다.


"여태까지, 제가, 진짜 영매라고 생각하신 거예요?"


고게쓰 시로는 히스이가 그렇게 비웃는 것을 보았다.

"무, 슨……."

어리둥절하다.

어안이 벙벙해진 채, 고게쓰는 그녀를 내려다본다.

동요로 심장이 방망이질한다.

소리내어 크게 웃는 히스이에게서 떨어지듯 고게쓰는 한 발짝 물러났다.

"무슨 뜻이야……."

"누나의 영혼을 부른다? 그런 거, 가능할 리 없잖아요. 전 **가짜 영매**라니까요?"

"그게 무슨 소리야……?"

뭐가 뭔지 모르겠다.

느닷없이 뭐라고 지껄이는 거지?

역시 충격받아 제정신이 아닌가…….

아니면, 궤변으로 위기를 모면하려 하는 건가……?

"장난하지 마…… 네 힘은 진짜야."

"선생님이 그렇게 믿었을 뿐이에요."

"진짜야! 지금까지 영시를 했잖아! 믿기 어려운 힘으로, 나와 여러 사건을 해결했어!"

"그럴지도 모르겠네요."

아무리 윽박질러도 히스이는 냉정했다.

냉정하게, 그러나 딴사람인 듯 히죽히죽 비웃고 있었다.

"그런데, 그걸 정말 믿기 어려운 힘이라고 할 수 있을까요?"

"무슨…… 아니…… 진짜야. 넌…… 그래, 네가 처음으로 나한테

보여준 영시는 구라모치 유이카 때였어. 걔의 직업을 맞췄잖아. 진
짜잖아!"

"그러니까, 몇 번을 말해요. 속임수라고요."

"속임수……?"

놀라움에 중얼거리는 고게쓰를 보고, 히스이는 어이가 없다는 듯
한숨을 내쉬었다.

그러고는 비취빛 눈을 감더니 기도하듯 두 손을 맞대고 나지막
이 무어라 읊조렸다.

유려한 영어였기에 고게쓰가 그 의미를 파악하기까지는 다소 시
간이 걸렸다. 기억의 한쪽 구석에서 뭔가가 걸린다. 그것이 무언가
를 인용한 글귀라는 사실을 알아챘을 때는 눈을 뜬 히스이가 일본
어로 같은 말을 읊고 있었다.

"중간 과정을 모두 생략하고 출발점과 결론만 보여주면, 다소 유
치하긴 해도 상대를 놀라게 할 수 있다……."

설마 이건…….

아서 코넌 도일의 단편소설 〈춤추는 인형〉에서 셜록 홈스가 뱉은
유명한 대사.

히스이는 입술 끝을 치켜올리며 웨이브를 그리는 머리칼을 한
손으로 넘겼다.

"자. 선생님이 이해를 못 하시는 것 같으니 여흥 삼아 설명해 드
릴게요. 이대로 죽을 거라면, 그 전에 적어도 죄를 고백할 필요가

있으니까요."

히스이는 검지를 세워 들었다.

그것을 지휘봉처럼 흔들며 술술 말하기 시작했다.

"구라모치 씨는 인터폰을 울렸을 때, 젊은 여성치고는 드물게 말투가 시원시원하고 또렷했고 자신 있는 목소리로 응답하셨어요. 상담할 때 관찰했지만 앉는 자세도 반듯해 예의범절이 바른 분이라는 걸 알 수 있었죠. 화장도 능숙하게 하신 모습에서 평소 사람들에게 보이는 걸 의식하고, 회사 조직 같은 곳에서 사회 경험을 쌓은, 이런 것들을 업무에서 배우는 동시에 활용하는 분이라는 걸 알 수 있었어요. 예를 들면 모델, 배우, 아나운서, 승무원. 또는 회사나 쇼핑몰, 백화점 등의 안내데스크 직원이거나 은행원……."

그렇게 말하는 동안, 히스이는 이리저리 휘두르던 손가락에 자신의 긴 머리칼 한 다발을 빙빙 감고 있었다.

고게쓰는 어안이 벙벙해져 히스이의 말을 듣고 있었다.

뭐지?

지금 무슨 말을 하는 거야?

"하지만 걸을 때의 몸동작을 보니 모델이나 배우가 아니라는 건 알겠더군요. 발음이 좋은 것도 아니고, 예쁘장한 편인데도 인터넷에 이름을 검색해도 아무 정보가 없는 걸 보니 아나운서도 아닌 것 같았죠. 그나저나 제가 아주 유복하다는 이야기는 선생님한테도 했을 거예요. 돈이 있으면 의외로 많은 걸 살 수 있답니다."

"뭘……."

쿡쿡, 장난을 털어놓는 소녀처럼 히스이는 말을 이어갔다.

"선생님, 그 집 말이에요, 제가 투자를 약간 해서 어떤 장치를 설치했어요. 제 집에 들어오기까지 입구, 로비, 엘리베이터…… 곳곳에 손을 써서 소리를 다 들을 수 있게 해뒀거든요. 인터폰을 눌렀을 때, 또랑또랑한 말투로 인사하던 구라모치 씨에게 선생님은 '역시 다르네'라고 말했어요. 저는 뭐가 역시 다르다는 걸까, 생각했어요. 연기를 잘하고 발성이 좋고…… 즉 평소 그런 직업에 종사한다는 뜻이죠. 배우의 가능성을 부정했으니 연기는 아니고. 성우라기에는 목소리에 이렇다 할 특징이 없고. 콜센터도 생각했는데, 사람에게 보이는 직업이라는 점과 맞지 않아요. 역시 기업이나 백화점, 쇼핑몰 같은 곳에서 파견이 아니라 제대로 연수를 받아 안내하는 분 혹은 은행원이라 보는 게 타당했어요. 그리고 그날은 평일이었어요. 일반 기업이나 은행에서 일할 가능성은 낮죠. 즉 구라모치 씨는 백화점이나 쇼핑몰의 안내 직원일 거라 추정할 수 있었어요."

검지가 멈추고 손이 멀어지자 감겨 있던 머리칼이 스르륵 소리를 내듯 풀리며 히스이의 어깨에 떨어졌다.

고게쓰는 뒷통수라도 맞은 듯 그 광경을 보고 있었다.

"바보 같은……."

마음의 동요를 감추듯 고게쓰는 숨을 내쉬었다.

"아냐…… 그런 건……."

"뭐, 틀렸다면 틀린 대로 상관없었어요. 상대의 반응을 보면서 두 번째 후보를 말하면 되니까요. 가이드일 가능성도 잠깐 생각했어요. 그런데 정답이더라고요. 오랫동안 해왔으니 거의 들어맞아요."

"그럼 내가 작가라는 건……."

"엘리베이터에 탔을 때 구라모치 씨가 말했잖아요. 추리작가로서 심령현상에 부정적이지 않을까."

고게쓰 안에서 기억이 되살아났다.

그러고 보니 그런 말을 했던 것 같다…….

"도청……?"

"가장 간단하고도 효율적인 수법이죠."

"아냐……."

몸이 휘청, 한쪽으로 쏠릴 것 같았다. 고게쓰는 필사적으로 머리를 흔들었다.

"하지만 영적인 힘으로 유이카의 어깨와 손을 만졌잖아."

"그런 건 그냥 눈속임이에요."

"눈속임?"

"마술이요. 대중적인 현상인데, 몇 가지 기법이 있어요. 관객이 스스로 내뱉는 말에서 심리적인 서틀티subtlety가 발생되는 흥미로운 현상이죠. 기회 되면 찾아보세요."

말도 안 돼.

궤변이다…….

"그럴 리가……. 아니, 넌 진짜야. 그렇게 날 속여서 여기를 벗어나려는 거잖아. 강령을 하면 내가 죽일 것 같으니까 그러는 거지! 그래서 못한다고 거짓말하는 거야!"

히스이는 측은해하는 눈빛으로 고게쓰를 보고 있었다.

어쩌면 좋겠냐는 듯한 표정의 눈썹, 일그러진 핑크빛 입술.

연민으로 가득 찬 비취빛 눈동자…….

"그래, 진짜야! 애초에 속임수라면 어떻게 설명해? 구라모치 유이카의 사건은 네가 영을 불러들여서 얻은 정보로 해결했어. 아니, 애초에 시체를 발견한 직후에 넌 영혼과 공명해서 고바야시 마이가 안경을 떨어뜨렸단 걸 알아냈잖아! 시체를 발견한 직후였다고! 넌 그때 고바야시 마이의 존재도, 걔가 안경을 썼다는 것도 전혀 몰랐어! 영혼의 공명이 일어나서 유이카의 영혼을 불러들였기 때문에 알게 됐잖아! 그게 증거야!"

"앗하하하하하하!"

또다시 웃음소리가 퍼졌다.

히스이가 배를 붙잡고 웃고 있다.

"장난치지 마!"

고게쓰는 그녀의 옆까지 다가가 블라우스의 옷깃을 쥐었다. 옷감이 찢어질 정도로 손가락에 힘을 주어 멱살을 잡아 올렸다.

히스이는 웃다 말고 싸늘한 눈으로 고게쓰를 보았다.

"이런, 냉정해지지 않으면 제 손톱에 피부 조직이 남을 거예요,

선생님."

히스이의 손가락이 고게쓰의 손목 위를 기었다.

고게쓰는 소름이 돋는 것을 느끼며 팔을 뗐다.

히스이가 옷깃을 정리하며 말했다.

"어쩔 수 없네요."

히스이는 입술을 씰룩였다.

불쌍하다는 눈, 조롱하듯 웃는 입술.

**"아이스커피**예요, 선생님."

"아이스커피……?"

"정말, 아무것도 모르시네요. 선생님은 추리작가잖아요. 엘러리 퀸 작품 같은 거 안 읽으시나봐요?"

"아이스커피가 어쨌다는 거야. 설마, 마시다 남은 게 흘렀으니 친구가 범인이라고 생각한 건가? 헛소리하지 마. 그때 정보로는 그 아이스커피가 **언제 준비된 건지** 알 수 없었어. 경찰이 처음 판단한 것처럼 마시다 남은 게 테이블에 남았을 가능성도 있었지. 유이카는 청소 같은 집안일에 서툴렀고, 너무 많이 만들어서 남긴 게 많았을 가능성도……."

히스이가 고게쓰의 말을 잘랐다.

이지적인 빛이 깃든 눈동자가 고게쓰를 뚫어져라 올려다보고 있었다.

"맞아요. 선생님 말씀처럼, 경찰은 구라모치 씨의 위에서 커피가 검출되지 않았으니 마시다 남긴 거라고 판단했어요. 뭐, 그것도 무리는 아니에요. 빈집털이범의 소행이라면, 구라모치 씨는 집에 오자마자 바로 범인과 맞닥뜨렸을 테니 아이스커피를 준비할 시간이 있을 리가 없어서 모순되니까요."

그 달달하고 어딘가 혀짤배기 같았던 목소리가 논리정연한 말을 열거해나간다.

"그런데요. 그런데 말이죠. 위에서 커피가 검출되지 않았다는 건, **아이스커피를 안 마셨을 가능성이 높다**는 사실만을 의미해요. 구라모치 씨가 살해됐을 때, **그녀가 아이스커피를 만들었다는 걸** 부정하는 게 아니에요. 오히려 구라모치 씨가 그때 아이스커피를 만들었다는 걸 증명하는 요소는 그 현장에 확실히 남아 있었잖아요?"

"그런 게, 어디에······?"

"현장에 **물방울이 떨어져 있었잖아요**. 그걸 봤을 때, 전 그 정체가 무엇인지를 생각했어요. 가장 먼저 떠오른 건 **얼음이에요**."

"얼음······?"

히스이는 엄지와 검지로 동그라미를 만들어 무언가를 나타내는 동작을 취했다.

얼음을 표현하는 것일지도 모른다.

"선생님은 우는 여자가 흘린 눈물 자국이라고 믿어버리셨을 수도 있죠. 하지만 저는, 그 흔적이 눈물 자국이라는 말을 **단 한 번도 하지 않았**답니다? 그건 어떻게 봐도 얼음이 녹은 흔적이에요."

히스이는 비웃으며 설명을 계속했다.

"그 물방울의 정체가 얼음이라고 가정하죠. 아이스커피를 어떻게 만드는지 아세요? 구라모치 씨는 **페이퍼 드립으로 아이스커피를 만들었어요**. 즉 급랭식으로요. 평소처럼 드립을 해서, 얼음을 많이 넣어 한 번에 식히는 거죠. 그렇게 만들어진 커피를 서버에서 잔에 옮겨 담고 다시 얼음을 추가하면 완성. 현장에는 아이스커피 잔이 떨어져 있었어요. 즉 얼음이 들어 있던 아이스커피 잔이 떨어지면서 **그 얼음이 날아갔다**는 가설을 세울 수 있죠. 시체 발견 전날 밤, 기억하세요? 그날, 밤부터 아침까지 **무척 쌀쌀했어요**. 큰 얼음이라면 녹아서 증발하지 못하고 작은 물방울이 되어 바닥에 남았을 거라는 건 충분히 추측할 수 있어요."

히스이는 도전적인 눈빛으로 고게쓰를 올려다보며 기도하듯 두 손을 맞댔다.

"그렇게 가정하고, 생각을 한번 해보시죠. 얼음이 남아 있다는 건 귀가 후 사망 추정 시각 전에 구라모치 씨가 아이스커피를 만들었다는 뜻이에요. **마시다 남은 것일 수가 없어요**. 그 밖에 미리 만들어둔 것에 얼음을 넣었을 가능성도 생각할 수 있는데, 급랭식 아이스커피는 신선도가 생명이에요. 실제로 구라모치 씨는 맛이 떨어지기도 하고 **딱 맞는 보관 용기가 없다**고 하셨죠. 만들어둔 걸 내는 건 심리적으로도 물리적으로도 맞지 않으니, 드립을 해서 만들었다고 결론지을 수 있어요."

유유히 말하는 히스이를, 고게쓰는 내려다본다.

이 녀석 지금 무슨 소리를 하는 거야?

"이런 것들로 사망 추정 시각에 구라모치 씨가 아이스커피를 만들었다고 가정하면 빈집털이 범행설에는 맹점이 생겨요. 다른 것도 검토해보실래요? 그럼, 집에 와서 바로 당한 것이 **아니라** 아이스커피를 만들어서 마시려던 찰나에 **우연히 빈집털이범이 들어왔을 가능성**은 어떨까요. 이것 역시 말이 안 돼요. 왜냐면 **깜깜한 상태로는 드립을 할 수 없으니까요.** 불이 켜져 있고 커피 향이 나는 집에 굳이 빈집털이범이 들어올 리는 없죠. 그렇다면, 범인이 **일찍 침입했다가** 집주인이 귀가한 걸 알고 다른 방에 숨었고, 그걸 모르는 상태로 구라모치 씨가 커피를 내렸을 가능성은? 없어요. **베란다 창문이 열려 있는 것도 모르고** 태평하게 커피를 내렸을 거라는 생각은 안 들어요. 즉 빈집털이 범행설은 **얼음의 존재를 알아차릴 수 있다면 그 시점에서 간단히 부정 가능**하답니다."

히스이는 별반 대수롭지도 않다는 듯 어깨를 으쓱였다.

"그래도…… 그래도……. 그렇다면…… **어떻게 범인을 특정하지?** 친구만이 아니라 직장 동료, 스토커가 될 뻔했던 니시무라…… 그 밖에도 여러 인물이 범인일 가능성이 있는데……?"

"네, 그렇다면 다음에 검토해야 할 의문점은 이거예요. 구라모치 씨는 아이스커피를 **혼자 마셨는가**, 아니면 **누군가와 함께 마셨는가**. 실제로 살해를 당했으니 사건 발생 당시 그 방에 누가 있었다는 건 의심의 여지가 없어요. 범인이 창문으로 들어온 게 아니라면 그녀와 함께 들어왔겠죠. 구라모치 씨가 범인을 집 안에 들였다는 걸 알 수 있어요. 그런데 선생님, 구라모치 씨가 했던 말 기억나요? '**한 잔만 만드는 게 어려워서, 카페인에 약한** 데도 잔뜩 만들고선 결국 다 못 마신다'고 했던 거요. 이 말을 생각하면 구라모치 씨는 아이스커피를 한 잔 분량이 아니라 두 잔 분량, 즉 두 사람이 마실 만큼 만들었을 가능성이 높아요. 구라모치 씨의 복장을 보면 집에 온 직후에 화장도 지우지 않은 상태로 재킷만 벗고 옷도 안 갈아입었다는 걸 알 수 있었어요. 일을 마치고 집에 와서 피곤한데 자기가 마실 한 잔만, 구태여 수고를 들여 아이스커피를 만들까요? 아시겠지만 드립 커피는 일반 에스프레소보다 카페인이 더 많이 들어 있어요. **이 제 곧 잘 시간인데 카페인에 약한 분이 굳이 수고와 시간을 들여 카 페인이 많은 커피를?** 다음 날 아침부터 일정이 있는데요? 하지만 잘 생각이 없고 **누구하고 같이 밤을 샐 작정이라면** 그렇게 할 가치 가 있을지도 모르죠……. 가령 혼자 마실 요량으로 만들었다 해도 한 잔 분량만 만드는 게 어려운 이상 커피 서버에는 여분의 커피가 남아 있었어야 해요. 하지만 커피 서버는 냉장고에 들어 있지 않고 텅 빈 상태로 주방에 놓여 있었죠. 일 인분만 만들었을 가능성은 부정할 수 있어요. 즉 구라모치 씨는 **누군가와 함께 아이스커피를 마 셨다.**"

"아니, 잠깐……. 현장에는, 유리잔은 한 잔밖에……."

"그 부분은 지금은 제외하죠. 그런데 선생님, 선생님은 구라모치 씨가 제게 보여준 방 사진 기억하세요? 뭔가에 써먹을 수 있을 것 같아서 찍어달라고 했는데, 추리의 요소가 될 거라곤 저도 생각지 못했어요. 선생님이 보셨는지는 모르겠지만 사진들 중에 **4인용 다이닝 테이블이 찍힌 사진**이 있었어요. 물건을 치우지 못했다고 창피해했죠. 앞쪽 의자는 정돈돼 있고, 동쪽 벽에 있는 안쪽 의자 두 개에 **짐이 놓여 있었어요.** 이 상태는 시신이 발견됐을 때도 똑같았죠. 구라모치 씨는 그곳을 정리하지 못한 거예요. 즉 **범인이 위장했을 가능성이 없다**는 걸 의미해요. 전 가짜 단서에 낚이는 사람이 아니거든요."

"그게…… 대체, 무슨……?"

"구라모치 씨가 범인과 둘이 아이스커피를 마셨다고 가정하죠. 그럼 범인은 **어떤 인물**이었을까요? 스토커? 직장 동료? 상사? 그런 인물이 밤에 찾아왔을 때 과연 집 안에 들일지, 좀 의심스럽지 않나요? 뭐, 들였다고 칩시다. 스토커에게 시간을 들여 아이스커피를 만들어주고 같이 마신다? 이것도 생각하기 어렵지만, 일단은 같이 마셨다고 가정할게요. 어쨌든 친하거나 안 친한 누가 찾아와서 그녀와 아이스커피를 마셨다. 그럼, **어디서** 마시겠어요?"

"어디서?"

"서서 마시겠어요?"

두 손을 펼친 채로 어깨를 으쓱이며, 바보 취급을 하는 듯한 표정으로 히스이가 히죽히죽 웃는다.

"그건……."

**"보통은 의자에 앉죠.** 테이블에 와서, 잔을 내려놓고, 의자에 앉아요. 그럼 어떤 의자랑 테이블일까요? 그 거실에는 후보가 두 군데 있었어요. 하나는 4인용 다이닝 테이블, 또 하나는 텔레비전 쪽 낮고 둥근 테이블 앞에 있는 소파. 먼저 4인용 다이닝 테이블을 썼을 거라 가정해보죠. 그런데 테이블 안쪽에 있는 의자 두 개는 짐으로 꽉 차 있어요. 못 써요. 그럼 앞쪽에 앉을까요? **사이좋게 나란히? 연인처럼?** 스토커, 아니면 상사든 뭐든 직장 사람이랑? 말도 안 돼죠……."

히스이는 기세 좋게 내갈겼다.

손끝에 머리카락을 감으면서 논리를 펼치며 빠른 어조로 고게쓰를 압도해나갔다.

"피치 못해 손님과 이야기를 해야 했고, 무언가 이유가 있어 아이스커피를 내렸다 가정해도, 별반 친하지도 않은 사람을 불러들여 앉힌다면 저라면 의자 위의 짐을 치운 뒤 마주 보고 앉겠어요. **하지만 구라모치 씨는 그러지 않았죠.** 자, 이제 소파가 남았습니다. 그런데 그 소파는 **좁은 2인용.** 몸이 밀착되죠. 즉, 어디에 앉았든 범인은 구라모치 씨와 **사이좋게 어깨를 나란히 하고 앉았다**는 뜻이에요. 이런 점에서 범인은 구라모치 씨와 **상당히 가까운 사이였다**는 설 알 수 있어요. 몸이 밀착될 만큼 퍼스널 스페이스를 침범해도 괜찮은 상대. 그럼 연인일까요? 그건 아니라고 생각했어요. 선생님도 아셨듯 구라모치 씨는 선생님을 좋아했으니까요. 저희 집에 왔던 구라모치 씨의 표정과 동작, 선생님을 보는 시선에서 훤히 드러나더군요. 좋아하는 사람이 있는데 다른 남자와 어깨를 나란히 하고 밤을 보내는 건, 그분의 성격을 고려할 때 생각하기 어려워요. 제가 모르던 사이에 선생님과 구라모치 씨가 그런 사이가 됐나 하는 생각도 했지만, 시신을 발견했을 때 선생님은 연기라고는 생각할 수 없을 정도로 놀라셨으니 그건 제외. 그렇다면 남는 건 여성이에요. **아주 친한 여자 친구와 밤새 시간을 보낼 생각이었던 거죠.**"

어지럽다.

고게쓰는 놀라움을 금치 못했다. 칼을 쥔 손에서 힘이 빠져나가는 것 같다.

"그렇게나 친한 사람이 왔다면 테이블이 아니라 소파에 앉았을 거예요. 나란히 앉아 같이 벽을 보며 시간을 보내지는 않았겠죠. 앉는다면 텔레비전 앞이에요. 그런데 있죠, 그러면 신기한 사실을 알게 돼요. 소파 앞의 **낮고 둥근 테이블** 말인데요, 선생님, 거기 **카펫이 깔려 있던** 것 기억하세요? 둘이서 텔레비전 앞, 소파에 나란히 앉아 둥근 테이블에 차가운 아이스커피 잔을 놓는다. 거기서 모종의 이유로 두 사람이 싸운다. 옥신각신하다가 언쟁이 격해진다……. 쿡쿡 찌르고, 목덜미를 잡고? 으아, 무섭네요. 자아, 거기에서 유리잔이 떨어져서…… **깨진다?** 어라, 이상하네……."

'깨진다'라는 부분에서 히스이는 두 손을 치켜든 채 검지와 중지를 세워 두어 번 까딱거렸다. 큰따옴표를 나타내는 동작이었다. 히스이는 고개를 갸웃거리며 까불대듯 어깨를 움츠렸다.

**"낮은 테이블에서 푹신한 카펫 위로 유리잔이 떨어지면, 깨져요?** 안 깨지죠, 보통은. 아무리 생각해도 이상해요. 그렇다면 유리잔이 왜 깨졌을까요?"

"그럼, 설마……?"

"말다툼할 때 던졌을까요? 그렇다면 얼음이나 내용물이 더 넓게 튀어요. 하지만 유리잔은 4인용 테이블 쪽에서 깨져 있었어요. 마치 고의로 4인용 테이블에서 떨어뜨린 것처럼요. 확실히, 거기에서 떨어지면 유리잔이 깨져도 이상할 게 없어요. 가까이에는 뭐가 있었을까요. 맞아요, 구라모치 씨의 시신이 있었죠. 범인은 **굳이 유리잔이 4인용 테이블에서 떨어진 것처럼 연출하고 싶어한** 것 같아요. 그렇다면 **그 목적은?** 유리잔이 깨지는 게 어떤 메리트가 되길래? 간단해요. 작은 파편이 생기면 **유사한 무언가**를 숨길 수 있어요. 현자賢者는 잎을 어디에 숨기죠? 그, 일본어로는 뭐라고 해요? 나무를 숨기려면 숲에? 체스터턴은 이런 말을 썼어요. 마른 잎을 숨기고 싶어하는 자는 고목나무 숲을 만들어낼 것이다. 즉 범인은 유리로 된 뭔가를 떨어뜨려 어떤 파편을 숨기고 싶어했다는 걸 유추할 수 있어요."

히스이는 검지와 중지 끝으로 자신의 이마를 만졌다. 그러더니 신기하다는 듯 고개를 갸우뚱했다.

"어라라, 그런데, 잠깐만요. 그대로 둘 수 없다면 주워서 없애면 되는데 이상하네요. 그렇게 하지 않은 이유는 뭘까요? 당연히 **그럴 수가 없었기 때문**이죠. 예를 들어 눈이 잘 안 보이는 상태에서 흩어진 작은 조각들을 빠짐없이 회수하기란 무척 어려운 일이에요. 다 없앴다고 생각했지만 미세한 입자가 남았을 수도 있고. 불안했던 **범인은 일부러 유리잔을 떨어뜨려 산산조각을 냈죠.** 그렇게 하면 다른 작은 파편도 유리의 일부로 보일 테니⋯⋯. 그러고는 자기 잔에 묻은 지문을 닦고 싱크대에 정리한 후 창문을 열어 빈집털이범의 소행으로 위장, 주방의 고무장갑 같은 것으로 지문이 묻지 않도록 문을 열고 나가면 증거는 사라진다. 살짝 떨어진 곳에 물방울 자국이 있었던 이유는 뭘까요? 눈이 거의 안 보이는 채로 걷다가 바닥에 떨어진 얼음을 발끝으로 차버려서 얼음이 테이블 아래로 미끄러지며 이동했다⋯⋯ 있을 수 있는 일이에요."

분주하게 꿈실대던 손가락이 다시 기도하듯 모이더니 정지했다.

영매가 고게쓰를 올려다보며 고개를 살짝 갸웃했다.

"이런 사실들을 통해 범인은 구라모치 유이카 씨와 상당히 친밀한 여성이며 안경을 쓴 인물이라는 걸 알 수 있었어요."

"서⋯⋯ 서⋯⋯ 설마⋯⋯ 그 시점에서⋯⋯ 처음 집 안으로 들어간, 그 시점에서, 거기까지 생각했던 거야?"

"그럼요. 선생님은 몰랐어요?"

"하……."

입이 벌어져 닫히지 않는다.

그렇게.

**그렇게 짧은 시간에?**

히스이는 거기까지 내다봤던 것인가?

"남은 건 선생님을 그 해답으로 유도하는 것뿐이었어요. 다이어리 이야기를 듣고 사건 당일 전화했다는 고바야시 씨가 범인이란 걸 알았죠. 제가 구라모치 씨의 교우 관계를 조금 더 잘 알았다면 살해 현장을 봤을 때 바로 범인을 지명할 수 있었을지도 몰라요. 아시겠지만 우는 여자 이야기는 전부 다 제가 지어낸 거예요. 물방울 같은 건 어떤 집에서든 가끔씩 나타나는 현상이라, 물어보면 그런 경험이 있는 사람이 많을 거예요. 변칙적 바넘 효과보편적으로 적용되는 성격 특성을 자신과 정확히 일치한다고 생각하는 경향인 셈이죠. 마침 구라모치 씨도 그런 적이 있었으니 그 덕을 봤어요. 주로 에어컨이나 관엽식물이 원인일 때가 많아요. 여자들은 머리가 기니까 씻고 나왔다가 자기도 모르는 새에 머리카락에서 물이 떨어졌을 가능성도 높죠. 또는 아이스커피를 만들 때 송곳으로 얼음을 깨다가 파편이 튈 수도 있고……. 이야, 설마, 우는 여자 이야기가 그렇게까지 부풀려질 줄이야. 거기까지는 생각 못 했어요. 선생님, 우는 여자의 법칙성을 찾아냈다면서 의기양양해하셨잖아요. 저, 웃음 참느라 얼마나 힘들었는지 아세요? 아 정말, 그 생각하면……."

쿡쿡, 어깨를 흔들며 히스이는 손으로 입가를 가린다.

고게쓰는 멍한 상태로 말했다.

"하지만…… 실제로 유이카는 우는 여자가 꿈에 나왔다고 했어……. 그건 어떻게 설명하지?"

"그러게요." 히스이는 고개를 갸웃거리며 웃었다. "구라모치 씨는 암시에 걸려들기 쉬운 타입이었을지도 몰라요. 우는 여자 꿈을 꾸게 된 건 **점을 본 뒤부터**였다고 하니, 그게 무의식에 반영돼서 그런 꿈을 꾸게 됐을지도 모르죠. 아니면……."

히스이는 검지 끝으로 아랫입술과 턱 사이를 찌르는 듯한 동작을 취했다.

"실제로 알 수 없는 뭔가가 있었을지도……. 하지만 전 영감이란 게 전혀 없으니 그런 건 모르겠고, **어찌 됐든 상관없어요.** 기이한 존재가 있든 없든 초자연현상이 일어나든 말든, **논리를 구축하는 노력을 포기해도 되는 이유가 되지는 않으니까요.**"

"넌…… 대체 누구야?"

뭐야, 이 녀석은.

정체가 뭐야.

조즈카 히스이는 누구지?

"저요?"

히스이는 웃는다.

"저는 영매지요. 단순한 사기꾼이자, 그 본질은 단순한 마술사이기도 하고……. 현대 일본에서는 '멘털리스트'라는 말도 쓰이던데요. 코인맨이 코인으로 놀고 카디션이 카드를 가지고 놀듯 저는 인간의 심리를 가지고 노는……."

"마술사……?"

"영매는 마술 속에서 태어났어요. 그리고 마술은 영매에게서 태어났고요."

"무슨, 목적으로, 이런 짓을……?"

"선생님에게 흥미를 느꼈으니까요. 처음 만났을 때부터 이 사람은 특이하다고 생각했어요. 제가 알아서는 안 되는 비밀이 있구나 하고요. 저, 인간 심리를 읽는 게 특기거든요. 당신에게선 살인자의 냄새가 났어요."

"그래서…… 설마, 날, 조사하기 위해?"

"맞아요. 당신의 가면을 벗기려고. 선생님이 증거를 일절 남기지 않는 연쇄 사체 유기 사건의 범인이라면 차분히 관찰할 필요가 있다고 느꼈어요. 도중부터 저를 죽이고 싶도록 상황을 꾸미는 게 제일 확실하다고 생각했는데, 흐음, 설마, 이렇게 묶여버릴 줄이야. 살짝 방심했어요……."

커다란 눈동자를 빙그르르 움직이며, 실패가 부끄럽다는 듯 핑크빛 혀를 빼꼼 내민다.

"설마…… 아냐, 불가능해. 아무리 생각해도 네가 흰 긴 초능력 없이는 불가능한……."

"**불가능**이요? 암요, 선생님이 그런 걸 믿고 싶어하는 마음도 이해해요. 특수 설정 미스터리도 유행하고 있잖아요. 하지만 특수한 힘 따위 하나도 없어도, 불가능을 연출해서 마법과 초능력을 보여주는 게 저희 마술사들이랍니다."

히스이는 입꼬리를 끌어올리며 검지로 관자놀이를 가리켰다.

"그렇다고는 해도 모든 건 상상 속, 관객의 머릿속에서 일어나는 환상이에요. 이렇게 표현하면 추리소설을 쓰는 선생님 일과 제법 비슷할지도 모르겠네요. 차이가 있다면 저희는 일상적으로 그걸 실천한다는 점이라고나 할까요."

"바보 같은……."

"뛰어난 마술사는 관객이 마법을 믿게 될 때까지의 도구, 즉 마법의 길을 구축하기 마련이에요. 저 같은 경우는 심령을 믿기까지의 길이라고 할 수 있겠네요. 그 길에서, 지금까지 제가 어떻게 불가능을 연출했는지 알고 싶으세요?"

도발적으로 웃는 히스이의 눈동자를 보며, 고게쓰는 그녀를 만난 뒤에 있었던 일들을 당혹스러운 마음으로 돌이켜보았다.

"마술에서 가장 중요한 건 트릭 그 자체가 아니라 트릭을 다루는 방법이에요. 예를 들자면, 선생님과 처음 만났을 때 전 가면을 쓴 조즈카 히스이로서 연기했어요. 인간은 스스로 수수께끼를 풀거나 비밀을 찾아내면, 어리석게도 그곳에 그 이상의 수수께끼나 비밀이 있을 거라고는 생각하지 않지요. 선생님은 역 앞에서 남자들에게 둘러싸여 난처해하던 저를 **우연히** 봤어요. 그렇게, 조즈카 히스이가 가면을 쓰고 있었다는 비밀을 **우연히** 알아버리죠. 미스터리했던 히스이는 만들어진 인물이었고, 실제로는 초능력에 가까운 힘을 어찌 다룰지 몰라 난감해하는, 나사가 하나 빠진 것 같지만 사랑스럽고 고독한 여성이었다…… 그렇게 해서 선생님은 제게 그 이상의 비밀은 없을 거라고, 근거도 없이 그렇게 믿어버렸던 거예요."

"그것도…… 계산, 이었나……."

"마술에서의 이런 서틀티는 추리소설에도 써먹을 수 있을 것 같지 않아요? 쉬운 수수께끼를 내고 일부러 독자가 풀게끔 유도한 뒤 그걸 해결하지 않은 채 이야기를 끌고 가다가, 막바지에 전혀 다른 답 또는 숨겨져 있던 굉장히 큰 수수께끼를 보여주는 거죠."

히스이는 두 손을 번쩍 위로 들더니 다섯 손가락을 팔랑팔랑 움직였다.

"숙련된 마술사는 빈손을 내보이면서 '아무것도 없습니다'라고는 안 해요. 그저 은근히, 그러나 인상에 남도록 빈손을 보여줄 뿐이죠. 인간은 설명으로 들은 것보다 자신의 눈으로 본 것, 자신이 직접 얻으려 한 정보를 믿어요. 예를 들어 선생님은 본인의 직업을 맞춰보라고 하셨잖아요. **제가 그 말을 기다리고 있었다**는 건 전혀 생각 못 하셨죠?"

"그것도 유도한 건가……."

"마법은, 합당한 순간에 행했을 때 비로소 마법이 되는 거예요.

그 밖에도 친밀도를 형성하려고 머리를 많이 썼죠. 동정심을 유발해서 저라는 인간에게 감정이입을 할 수 있게 하거나, 힘의 우열을 컨트롤해서 선생님이 절 지배할 수 있는 관계성을 만들거나. 맞다, 제 능력에서 논리적인 부분을 찾아내게끔 한 것도 그 일환이에요. 사람은 그럴싸한 이론으로 포장된 근거를 쉽게 믿잖아요. 독심술을 심령술이라고 하기보다 심리학이라고 해야 더 잘 믿어주는 것과 마찬가지죠. 사람들은 거기서 리얼리티를 찾거든요."

삐딱한 미소와 함께 거침없이 말하는 히스이를 내려다보며 고개 쓰는 놀라움에 신음했다.

"아냐…… 그럴 리가……. 설령 그렇다 해도…… 그렇다면 지금까지의 사건은 어떻게 되는 거지? 설마 유이카 때처럼 전부 다, **넌 이미 답을 알고 있었고 영시라고 칭하면서 나를 유도**하기라도 했다는 거야?"

"그렇다니까요?"

말똥말똥, 순진한 표정으로.

아무것도 아니라는 듯.

영매는 그렇게 대답했다.

"그럼…… 여름에, 수경장에서 일어난 그 사건도……."

"아아, 멋진 추억이죠. 그럼 다음에는 그 사건을 말씀드릴까요? 제가 어떻게 그 사건을 **영시**했는지."

— "Grimoire" again.

고게쓰 시로는 자신을 둘러싼 세계가 무너져 내리는 듯한 착각
에 사로잡혔다.

매달리듯 칼자루를 움켜쥐고 비틀거리는 다리에 힘을 줬다.

그렇게, 어딘가 자랑스럽다는 표정으로 술술 말하는 영매를 응시
했다.

조즈카 히스이.

그녀가 검지를 세우고 역시나 그것을 지휘봉처럼 흔들며 말을
이었다.

"그 사건을 정리해보자고요. 저와 고게쓰 선생님은 추리작가인
구로고시 아쓰시 씨의 초대를 받아 수경장에 갔어요. 바비큐도 즐
기고, 와인을 마시며 담소도 나누고, 너무나 유쾌하고 좋은 시간을
보냈죠. 심령현상의 정체를 알아내려고 담력 체험 비슷한 것도 하
고. 멋진 밤이었어요."

히스이가 키득거리며 나이에 맞는 소녀 같은 미소를 지었다.

"그때는 이상했어요. 아무리 술이 들어갔다지만 심령현상이 나
타나는 밤늦게까지 버티다니……. 맞아요, 멍청한 대학생이라도 된
듯한 기분이었어요. 그때 선생님은 정말……. 아, 웃겨. 선생님, 엄
청 허둥댔잖아요. 연애 안 해보셨어요?"

히스이는 손으로 입가를 가리고 기품 있는 동작으로 웃었다.

하지만 그 입술에는 정체를 알 수 없는 사악한 뒤틀림이 내걸려 있다.

"저도 그때는 괴로웠어요. 이 얼마나 비열한 연기인가 하면서 스스로에게 질려버렸다니까요. 여자가 보면 누가 봐도 연기라는 걸 알았겠지만 남자들은 대부분 믿어버린다는 게 신기해요."

"그 말은…… 취한 척했다는 거야?"

"당연하잖아요."

비웃는 입술에 갖다댔던 검지가 턱을 타고 서서히 목 언저리로 내려간다. 하얀 목을 간질이듯 움직이더니 이내 블라우스의 단추를 능숙하게 풀었다. 꿈틀꿈틀 손가락이 독립된 생물인 양 꿈실거리며 속살을 슬쩍 내비친다.

"이렇게, 절 맛있어 보이게 해서 먹고 싶어지게끔 유도하는 게 빠를 거라 생각했어요. 그런 노력이 쌓여 마침내 오늘, 달려들어주셨으니 다시 생각해도 감개무량하네요."

"담력 체험이라고 말하는데, 넌…… 거기서 이상한 기운을 느꼈잖아."

"그럴 리가 없잖아요."

"하지만 난 실제로 파란 눈의 여자를 거울 속에서 봤다고!"

파닥파닥, 거북하다는 듯 손을 흔들더니 영매라 자칭하는 아가씨가 웃는다.

"뭐, 유령 같은 게 있었을지도 몰라요. 선생님이나 신타니 씨 등

실제로 본 사람들이 있으니 그런 나쁜 게 씌었을지도 모르고, 아니면 기분 탓이었을 수도 있죠. 그런데 저는 영감 비슷한 게 눈곱만큼도 없어서, 뭔가가 씌었다 해도 전, 혀, 몰라요. 도대체 그게 뭡니까, 흑서관이라니……. 개화기 때 들어온 외국 마술사? 이건 뭐, 크툴루 신화예요? 형언하기 어려운 악령 같은 게 씌었을까요? 그런 얘기, 설마 믿는 거예요……?"

"그럼…… 어떻게 영시를 한 거야?"

"영시 같은 거 할 줄 모른다니깐요."

"닥쳐! 넌 사건이 알려지자마자 구로고시 선생님을 죽인 게 벳쇼 고스케라고 단정했어! 그때는 아직 경찰도 현장을 보지 않았을 때야. 지문 채취조차 하지 않았을 때였는데 어떻게 특정할 수 있었던 거야!"

"아아, 그거요……. 그게 말이죠."

히스이는 성가시다는 듯 실눈을 떴다. 사색을 하듯 얼굴을 돌리더니 손가락에 검은 머리칼을 빙빙 말며 말했다.

"선생님한테는 거짓말한 걸 사과해야겠어요. 실은 저, 미스터리, 특히 일본 미스터리 무진장 좋아해요. 그래서 어렸을 때 그런 책으로 일본어를 배웠을 정도거든요. 선생님은 미스터리작가시니 일본 추리소설 중에 '일상 미스터리'라는 장르가 있다는 거 아시죠?"

"그게 무슨 상관이야……."

"엄청 있어요." 흘끗, 비취빛 눈동자가 고게쓰를 쳐다본다. "'일상 미스터리'란 대충 말하면 일상 속의 사소한 수수께끼, 작은 수수께끼에 착안해 진상을 밝히는 과정 또는 밝혀진 이후의 심리 변화를 그리는 작품군이라고 전 알고 있어요. 저, 그 장르가 제일 좋아요."

그야말로 좋아하는 영화 이야기라도 하듯 무사태평한 표정으로 히스이는 말을 쏟아냈다.

"하지만 개중에는 혹평을 하는 독자도 있어요. '별거 없다' '하나도 안 신기하다' '그런 건 열심히 추리할 가치가 없다' 등등. 뭐, 이해가 안 되는 건 아니에요. 하지만 그런 사람들은 분명 평소에도 세상에 관심이 없을 거예요. 선생님처럼 아무것도 궁금해하지 않고 탐정이 중요한 단서를 알려주기를 가만히 기다리기만 할 뿐, 중요한 대목을 마구 건너뛰고 읽어버리죠."

"무슨 뜻이지……?"

"우리 일상에 탐정은 없어요. 저건 이상하다, 이걸 생각해야 한다, 그게 수상하다, 앞장서서 친절하게 알려주는 사람은 눈 씻고 봐도 없죠. 우리는 일상 속에서 뭘 생각해야 하는지, 뭘 눈여겨봐야 하는지, 우리 눈으로 직접 보고 확인해야 해요. 뭐가 이상한지 모른다? 너무 사소한 문제라서 생각할 필요가 없다? 그럴 가치가 없다? 정말로?"

빙글빙글 머리카락을 감던 손가락이 멈췄다.

스르륵 흑발이 풀리더니 완만한 웨이브를 그리며 원래 자리로 돌아왔다.

히스이는 그 검지를 관자놀이에 대고 말했다.

"탐정이 되고 싶은 마음이 없더라도, 우리는 명탐정의 시선을 가져야 해요."

"그러니까 무슨 소리를 하는 거야!"

히스이는 어깨를 으쓱했다.

**"흑서요. 흑서는 어디로 사라졌**을까요?"

"그건…… 흑서관을 세운 마술사가 썼다는 주술서?"

"그러니까, 크툴루 신화 같은 건 아무래도 상관없다니까요. 전 구로고시 선생님의 마지막 작품인 《흑서관 살인사건》을 말하는 거예요. 그게 벳쇼 씨의 범행 동기가 됐으니 확실히 저주의 책, 그리모어라고 할 수도 있는 거잖아요. 범행 현장을 봤을 때 제가 궁금했던 건 **《흑서관 살인사건》은 어디로 갔나** 하는 의문이었어요."

"어디로, 갔나……?"

의미를 알 수 없어 고게쓰는 눈살을 찌푸렸다.

"어라, 모르셨어요? 안 되겠네, 선생님은 진짜 세상을 보는 눈이 없나 봐요. 눈으로 보는 것과 관찰하는 것은 완전히 별개라니까요?"

또 셜록 홈스의 인용이다.

"설명을 해!"

"들을 준비 되셨죠?" 히스이는 혀를 날름 내밀더니 익살맞은 표정을 지으며 떠들기 시작했다. "선생님, 이제부터는 해결편입니다. 뭘 생각해야 할지 모르는 독자에게 탐정이, 주목해야 할 증거를 들며 '범인은 왜 그런 짓을 했나' 하고 신중히 생각해야 하는 문제를 제시하는 단계예요. 단서는 이미 다 있어요. 구라모치 씨 사건 때와 같은 수법으로, 저는 시신을 보고 대략 십 초 만에 범인을 특정했어요. 추리소설이라면 여기에서 독자에게 도전장을 내미는 타이밍이죠. 자, 탐정은 어떻게 범인을 특정할 수 있었을까요? 당신은 단서를 바탕으로 같은 추리를 할 수 있겠습니까? 하고 말이에요. 뭐, 이미 해결한 사건에서 독자에게 도전장을 던지는 경우는 거의 없을지 모르겠지만요."

고게쓰는 동요되는 것을 억누르며 히스이가 한 말의 뜻을 곱씹었다.

단서?

구로고시가 쓴 《흑서관 살인사건》이 어디로 사라졌냐고?

그게, 무슨 뜻이지……?

"됐으니까 설명해!"

고게쓰가 소리 지르자 히스이는 눈살을 찡그리며 성가시다는 듯 머리칼을 뒤로 넘겼다.

"괜찮겠어요? 제가 설명해버려도? 생각하는 걸 포기하는 거예요? 이대로 페이지 넘겨도 돼요?"

고게쓰는 약 올리듯 말하는 히스이를 노려보았다.

"괜찮으시겠죠. 그럼 해결편입니다."

히스이는 어깨를 으쓱하더니 두 손의 손끝을 맞댄 포즈로 고게쓰를 정복하듯 올려다봤다.

"바비큐가 끝났을 때를 떠올려보세요. 거실에서 담소를 나눌 때 가정부인 모리하타 씨가 오셨죠. 그때 이런 대화가 오갔어요. 구로고시 선생님 작업실의 휴지통을 비웠다는 모리하타 씨가 '선생님 신간을 읽어버렸다'고 했어요. 그 말을 듣고 구로고시 선생님이 뭔가 생각났다는 듯 소포 꾸러미를 거실로 가져왔죠. 맞아, 선생님 신간인《흑서관 살인사건》견본이 도착했다면서요. 그걸 우리에게 나눠주셨죠."

"그게…… 어쨌다는 거야. 이상한 건 없잖아?"

"그 소포는 언제 도착했을까요? 그래요, 바비큐가 한창이던 때였어요. 제가, 동성이었다면 손발이 오그라들 정도로 내숭을 떨며 대사를 쳤을 때였죠. '이런 곳까지도 택배 배송원이 와주시나봐요'. 그렇다면 구로고시 선생님이 신간을 나눠주셨을 때 **그곳에는 몇 명 있었**을까요? 마침 집에 가려는 작가님들도 있어서 **전원이 모여 있었어요.**"

"몇 명, 있었냐고?"

고게쓰는 당시를 떠올렸다.

고게쓰 자신, 히스이, 구로고시, 아리모토, 벳쇼, 신타니, 모리하타, 니도리, 아카자키, 하이자와.

"열 명, 있었어."

"맞아요, 정답. 백 점 드릴게요." 짝, 손뼉을 치며 히스이기 웃었다. 그러고는 고게쓰의 날카로운 시선을 아랑곳하지 않고 말을 이어갔다. "열 명 있었어요. 그때 구로고시 선생님은 **인원수에 딱 맞게 책을 나눠주셨어요**. 우연이었겠지만 마침 사람 수만큼 갖고 있었던 거죠."

"그게, 왜……."

"이상하지 않아요? 수수께끼라 할 것까지는 없어요? 추리할 가치가 없어요? 글쎄, 생각해봐야 알 수 있지요. 불가사의는 우리 주변에 잔뜩 숨겨져 있거든요. 그걸 직접 찾아내는 게 바로 미스터리의 묘미예요. 여기에도 불가사의는 숨겨져 있어요. 열 명 있었죠. 하지만 나눠준 당사자는 **당연히 책을 받지 않았어요**. 그렇게 해서 딱 맞았으니, 구로고시 선생님이 가져온 꾸러미 안에는 **아홉 권이 들어 있었던 거예요**. 그런데 선생님, 저는 작가가 아니라서 잘 모르겠는데, 완성된 책의 견본을 작가에게 몇 권 증정하는 게 일반적이에요? 아홉 권인가요?"

"기본적으로, 문고본이라면 열 권이야. 출판사에 따라 제각각이지만……."

"네, 제각각이겠죠. 그래도 아홉 권, 열한 권, 일곱 권, 이런 어중간한 수로는 안 주지 않아요? 수량이 어느 정도 이상일 경우에는 **홀수라면 포장이 쉽지 않을 거예요**."

고게쓰는 서서히, 히스이가 하고 싶은 말이 무엇인지 이해하기 시작했다.

히스이는 두 손의 손가락을 펼쳐 살랑살랑 흔들었다. 10이라는 숫자를 나타내는 듯했다.

"우선 열 권이 도착했다고 가정해보죠. 그러면 **나머지 한 권이 어디 갔는지 모르는** 상태예요. 음? 아니다, 그런 것 같지도 않네요. 그러고 보니 구로고시 선생님 방을 청소했던 모리하타 씨가 말했어요. '호호호, **선생님 신간, 살짝 읽어버렸어요**'라고······. '아이엠소리', 이런 느낌으로 말씀하셨죠. 자, 모리하타 씨가 말한 '선생님 신간'은 《흑서관 살인사건》이 분명합니다. 그럼 모리하타 씨는 그걸 **어디에서 봤**을까요? 구로고시 선생님 방을 청소할 때, 책상 위에 있던 소포에 손을 대서 그걸 마음대로 열고 그 안에서 한 권을 꺼내, 맛보기라도 하듯 읽기 시작했을까요? 그래서 '아이엠소리' 하셨나? 가사 도우미가 그런 행동을 할 거라는 생각은 안 들어요. 제일 합리적이고 그럴싸한 건 이거예요. 바비큐를 하는 동안 택배가 도착해서 구로고시 선생님이 받았다. 그걸 작업실로 가져간 뒤 봉투를 열어 신간을 한 권 꺼냈다. 바비큐 도중이기는 했지만, 자기가 낳은 자식이잖아요. 책으로 만들어진 결과물을 일단은 손으로 직접 확인하고 싶은 욕구가 생기는 것은 자연스럽죠. 구로고시 선생님은 책상에, 소포 꾸러미와 **개인 소장용 《흑서관 살인사건》을 두고** 바비큐장으로 돌아왔다······."

"즉······ 가정부가 읽은 건 **책상에 나와 있던 책이었다.** 그런 말인가."

"그렇게 생각하면 총 열 권이에요. 모순을 해결한 데다 짝수가 됐어요. 합리적이죠? 언뜻 생각하면 저희 입장에서는 안 보였지만 그때 구로고시 선생님의 작업실에는 열 권째 《흑서관 살인사건》이 있었던 거예요."

히스이는 그렇게 말하고는 팬터마임을 하듯 두 손으로 뭔가를 표현했다. 그것은 보이지 않는 한 권을 나타내는 것이리라. 허공에 떠 있는 문고본.

"그런데."

확 하고 꽃잎을 날리듯 히스이는 손을 펼쳤다.

"시신 발견 당시, 방 안에서는 《흑서관 살인사건》의 **그림자조차 찾을 수 없었어요.**"

마치 비둘기를 없앴다는 걸 보여주는 마술사 같은 동작을 해 보이며 히스이는 웃음을 머금었다.

"선생님도 확인하셨죠. 방에는 시신이 있고, 흉기가 있고, 혈흔이 있는 것 외에는 바비큐 전에 저희가 확인했을 때와 **달라진 게 전혀 없었어요.** 책상에는 노트북과 각티슈가 있을 뿐. 그리고 작은 책장에는……."

"그렇군……."

그랬다. 그 책장에는 이미 책이 **빽빽하게** 꽂혀 있어서 추가로 책을 꽂을 수 있는 공간이 없었다.

"선생님은 어떻게 하셨는지 모르겠지만, 저는 책장 쪽에도 혈흔이 튀어 있는지 관찰했어요. 아무런 이변도 없었죠. 강제로 책을 끼위 넣은 흔적도 없었고요. 애초에 구로고시 선생님은 그 책장에는 **자기 책을 안 꽂으려 한다고** 말씀하셨어요."

그 말이 맞았다.

가령 무언가의 이유로 신간을 책꽂이에 둘 필요가 있어 기존의 책과 바꿨다 해도 그렇게 바꾼 여분의 한 권이 생기게 된다. 하지만 이렇다 할 책이 있던 흔적은 없었다.

"모리하타 씨가 작업실에서 신간을 확인하고, 구로고시 선생님이 작업실에 그걸 가지러 가는 사이에는 아무도 서쪽 동으로 가지 않았어요. 즉 아무도 작업실에서 신간을 가져가지 않았고, 가져갈 이유도 없었죠. 그런데, 그런데 말입니다? 그런데도 시신 발견 당시 **작업실에는 열 권째 신간이 없었어요.** 이상하죠."

그래……

있어야 하는 것이 없었다.

고게쓰는 그 사실을 알아차리지 못했다.

"시신을 보고 거기까지 생각하는데 대략 팔 초 정도 걸렸어요. 수면 부족 상태라 시간이 제법 걸렸지 뭐예요." 히스이는 태연하게 내뱉었다. "자, 그렇다면, 범인이 신간을 가져갔다고 생각하는 게 자연스러워요. 그런데 왜? 왜 문고본을 가져가야 했을까요?"

히스이의 손이 또다시 팬터마임을 하듯 한 권의 문고본을 허공에 그린다.

그녀는 보이지 않는 그것을 홀홀 넘기며 말했다.

"여기에서 등장하는 게, 범인이 남긴 억지스러운 흔적…… 책상에 피로 그린 만자卍 같은 마크입니다."

손가락이 춤을 추며 당시의 문양을 허공에 그리기 시작한다.

"고게쓰 선생님과 가네바 경부님은 마크에 의미는 없고, 범인이 자신에게 불리한 흔적을 지운 거라고 판단하셨죠. 얼핏 보면 맞아요. 하지만 책 한 권이 책상에 있었다는 걸 생각하면 다소 다른 사실이 보이지 않나요?"

"설마, 책이 놓여 있던 흔적이었나……!"

"네, 정답. 추가로 50점 획득. 50억 점 달성하면 뽀뽀해드릴게요."

검지로 조준하듯 고게쓰를 가리키며 히스이가 웃는다.

"책상 한쪽에 신간이 놓여 있었다. 범인은 구로고시 선생님을 죽였다. **그때 피가 튀면서 신간에 묻어버렸다.** 특정 이유 때문에, 범인은 어떻게든 신간을 가지고 나가야 했다. 방사형으로 튄 피가 선과 같은 자국으로 책에 묻었다면, 책을 들어내면 선 형태의 혈흔이 부자연스럽게 끊겨 뭔가가 놓여 있었다는 것이 드러난다. 고로, 범인은 그 흔적을 없애기 위해 의미 없는 마크를 그렸다……"

"하지만, 왜, 굳이 책을 가지고 나가야 했지? 무엇을 위해서?"

"그러게요. 왜였을까요?"

히스이는 책장을 넘기는 시늉을 한다.

"책은 이런 식으로 넘겨서, 이런 식으로 읽잖아요. 뭔가 이유가 있어서 범인은 책장 몇 군데를 펼쳤을지도 몰라요. 그러면 어떻게 되죠? 범인이 애써 닦은 게 덕지덕지 남지 않겠어요?"

"지문……!"

"선생님도 아시겠지만 지문이라는 건 종이에 쉽게 찍혀요. 하물며 문고본 책장을 수차례 넘겼다면 어떨까요? 커버는 물론이고, 어느 페이지에 지문이 묻었을지 알 수가 없죠. 모든 페이지를 한 장한 장 정성 들여 닦을까요? 바보 같은 짓이에요. 그것보다는 책 자체를 가져가버리는 게 현명할 거예요."

벳쇼는 구로고시가 자신의 아이디어를 훔쳤기 때문에 살해했다고 진술했다.

구로고시를 추궁하며 그 방에 있던 문고본을 들고 책장을 펼쳐 이게 어떻게 된 것이냐, 이 부분은 내 아이디어이지 않느냐, 여기도 마찬가지 아니냐……. 그런 광경이, 마치 직접 보기라도 한 것처럼 되살아났다.

하지만 히스이는 시신을 본 **즉시 그 광경을 본 것**이다.

"자, 여기까지 오면 막바지예요. 저도 선생님과 마찬가지로 어느 정도는 시신의 사망 추정 시각을 도출할 수 있어요. 선생님처럼 용의자를 그 세 사람으로 좁혔죠. 누군가가 구로고시 선생님을 죽인 후 우리 앞을 유유히 지나갔어요. 자, 그럼 이제는 아리모토 씨를 여기에서 제외합시다."

"어떻게, 제외할 수 있지?"

"아리모토 씨는 리스크를 무릅쓰면서까지 책을 가져갈 이유가 없으니까요."

"무슨 뜻이야?"

"생각해보세요. 거실에서 담소를 나눌 때, 아리모토 씨는 구로고
시 선생님과 함께 업무로 상의할 일이 있다며 단둘이 작업실에 갔
어요. 설령 책상 위의 신간에 지문이 묻었다 해도 그때 묻은 거라고
하면 돼요. 그분은 그 밖에도 여러 번 화장실에 갔고, 충분히 그럴
가능성이 있다는 건 거실에서 담소를 나누던 모두가 증언할 수 있
어요. 지문이 나와도 아무런 증거 능력이 없고, 그러니 피 묻은 책
을 굳이 몰래 들고 나와서 저와 고게쓰 선생님 앞을 지나갈 필요도
없는 거죠. 그런 짓을 하면 오히려 옷에 피가 묻어 결정적인 증거를
만드는 꼴이 돼요."

"확실히, 아리모토는 그때 구로고시 선생님과 자리를 비웠
어……."

"자, 그럼 자연스럽게 유키노…… 신타니 씨도 제외할 수 있네
요."

"왜지?"

"어라." 히스이는 멍청하다는 듯 비웃으며 고개를 갸웃거린다.
"선생님, 변태처럼 신타니 씨를 빤히 쳐다봤으면서!"

"지금 날 조롱하나? 적당히 하지 않으면……."

고게쓰는 손에 쥔 칼을 들어 보였다.

"그러지 마세요, 위험하게……. 선생님을 놀리는 건 아니에요. 저

도 선생님처럼 사회 부적응자로 분류되는 인종이라 남을 배려해서 말하는 게 서투를 뿐이에요. 나쁜 뜻은 없어요. 아이엠소리."

"잔말 말고 대답해……. 어떻게 신타니를 제외했지?"

"남자라면 예를 들어 바지 뒷주머니, 아니면 배 쪽에 문고본을 찔러 넣어 숨길 수 있어요. 배 아픈 척을 하거나 배를 문지르면 눈에 띄지 않을 수도 있죠. 하지만 신타니 씨의 그 복장으로는 무리였어요."

"**원피스**……!"

"네. 문고본을 숨기기에 원피스만큼 부적절한 옷도 없어요. 남자와는 달리 벨트도 안 차고, 바지처럼 배나 허리에 꽂을 수도 없죠. 팬티스타킹을 신었다면 어땠을지 모르겠지만 선생님도 보셨다시피 그때 신타니 씨는 맨다리였어요. 흠, 설령 속바지에 꽂을 수 있었다 해도, 신타니 씨는 차를 우릴 때 몸을 앞으로 숙이기도 하고 우리랑 얘기할 때 앉기도 했어요. 옷감이 그렇게 얇으면 형태가 드러날 수밖에 없잖아요. 하지만 그런 낌새는 전혀 없었죠. 아니, 선생님도 그때 허리선 끝내주네, 이러면서 정신없이 보지 않았어요?"

고게쓰는 입술을 깨물었다.

수많은 힌트가 눈앞에 있었던 것인가.

나는 모조리 놓쳤는데, 이 계집애는…….

"자, 그럼 남은 건 벳쇼 씨예요. 벳쇼 씨는 거기에 있던 사람 중 누구보다 시분이 묻은 책을 현장에 남기면 안 되는 사람이었어요.

왜냐면 그는 바비큐 때 택배가 도착한 시점부터 파티가 끝나 각자의 방으로 돌아갈 때까지 **화장실에도 안 가고 제 옆에 딱 붙어 있었으니까요.** 아, 정말, 쇄골을 어찌나 쳐다보던지 기분 나빠서 혼났네. 그런 페티시라도 있는 걸까요? 그게 발목을 잡은 거예요. 분수도 모르고 저를 눈으로 추행한 벌을 받은 거죠. 아주 잠깐, 다들 딴 데 정신이 팔린 틈에 구로고시 선생님의 작업실에 갔다가 지문을 묻혔다는 변명조차 전혀 할 수가 없어요. 벳쇼 씨가 지문을 묻힐 수 있었던 건 심야에 구로고시 선생님을 살해한 **바로 그때뿐**이에요."

히스이가 셜록 홈스처럼 두 손의 다섯 손가락을 맞대고 가히 명탐정이라 할 만한 추리를 펼친 뒤 비취빛 눈동자를 반짝이며 고게쓰를 응시했다.

"선생님이 보여준 추리는 정말 어찌나 수고스러운지, 번거롭기 짝이 없었어요. 우는 여자 때처럼 유도해서 해결하는 게 선생님 취향에 맞을 것 같아 연출했는데……. 아니다, 거북한 로직이었지만 벳쇼 씨로 좁혀서 다행이었네요. 세면대 거울은 선생님이라면 알아낼 수 있을 것 같아서 정보를 수집하며 애드리브 쳤는데 저도 조마조마했어요. 그래도 이건 추리소설이라고 생각하면 희귀한 케이스일지도 모르겠네요. 어쨌거나 **진상에 도달할 수 있는 논리가 두 가지** 있었으니까요. 그래요, 차분히 생각해보면 진실에 다다르는 논리가 딱 하나여야만 한다는 법은 어디에도 없어요. 아주 재미있는 발견이었어요. 이 세상에 있는 추리소설 중에서도 작중 탐정이 이용한 것과는 전혀 다른, 숨겨진 논리를 이용해 범인을 특정할 수 있는 작품이 어딘가에 숨어 있을지도 모른다는 생각이 들었다니까요?"

"캐비닛에 지문이 묻었다는 걸 어떻게 알았지?"

"아아, 그건, 선생님이 가네바 경부님과 이야기하는 사이에 세면실에서 감식 작업 하는 걸 슬쩍 봤어요. 시력이 좋은 편이라 캐비닛 거울의 일부분이 닦이고 거기에 지문이 찍혀 있는 게 보였죠. 누구 지문이었는지는, 닦인 곳에 지문이 묻은 이유를 생각하면 쉽게 추정할 수 있고요. 저는, 제가 웃어준 남자가 절 비난할 생각을 잃게 하는 특별한 능력을 가지고 있어서, 감식원에게도 혼나지 않았어요."

"전부, 연기였던 건가……."

"그렇다니까요. 그렇게 주야장천 친구 없다고 어필하는 정신이상자가 세상에 존재할 리가 없잖아요. 아니, 있을 수도 있지만, 저처럼 매력적인 애가 외톨이일 것 같아요?"

히스이가 날름, 혀를 내밀며 웃었다.

망연자실한 고게쓰를 뒷전에 둔 채 히스이는 후유 하고 한숨을 내쉬며 등받이에 기댔다.

"자, 이게 수경장 살인사건에서 있었던 영시의 내막입니다. 말을 많이 했더니 피곤하네요. 목이 말라요. 선생님, 귀찮게 해서 죄송한데 마실 것 좀 주실래요?"

— "Scarf" again.

초조한지 제자리를 왔다 갔다 하며, 고게쓰 시로는 마음을 가라
앉히려 기억 속에 있는 온갖 정보를 정리하고 있었다.

조즈카 히스이는 섬뜩하게 웃으며 그런 고게쓰를 올려다볼 뿐이
었다.

"그럼…… 다음은, 그래…… 여고생 연쇄 교살 사건은 어떻게 되
는 거지? 그건, 대체……."

"아아, 그 사건이요?"

히스이는 턱을 들더니 벌레라도 씹은 듯한, 뭐라 형언할 수 없는
표정을 지었다.

"그 사건은, 글쎄요……. 저한테는 오점이라 할 수 있어요. 설마
와라시나 고토네가 그렇게까지 빨리 다음 범행을 저지를 줄은 몰
랐거든요. 별로 언급하고 싶지 않은 사건이에요. 다른 사건 얘기를
하죠. 둘이서 다양한 사건들을 해결했잖아요. 아직 남은 게 많답니
다?"

"시끄러워! 난 그때 사후세계를 확신했어……. 사람의 혼과 의식
은 죽으면 끊어져 흩어지지만, 넌 그 정보의 편린에 다가갈 수 있다
고 생각했어. 그런데 후지마 나쓰키는…… 끊어진 세계의 끝자락에
있는 것처럼 보였어."

"아아, 그거요."

히스이는 시선을 들어 천장을 바라봤다. 그러고는 인상을 찌푸리며 말했다.

"그건 실책이었어요. 어쩔 수 없었다지만 나쓰키인 척 연기하는 건, 아무리 저라 해도 마음이 아팠으니까요."

"그것도…… 연기였나……."

"당연하잖아요." 히스이는 딱하다는 표정을 지었다. "죽으면 거기까지예요. 나쓰키는, 이제 없다고요."

"그럼…… 결국, 어떻게 된 거야……. 아니, 그래, 순서대로 설명해. 넌 나와 함께 두 번째 살해 현장을 봤을 때 영시를 했어……. 범인을 어떻게 알았지?"

"아아, 제가 선생님한테 가슴을 보였을 때네요." 두 손을 들고 다섯 손가락을 팔랑거리며 히스이가 웃는다. "은근하긴 했지만 매력적이었죠?"

"그것마저, 계산인가……."

"당연하죠. 마술사는 쓸데없는 동작은 일절 하지 않아요. 그런 되바라진 여자가 있다면 연기를 하는 게 아닌지 제일 먼저 의심해야죠. 현실감이 없어도 너무 없잖아요."

"그때는…… 어떻게 추리했어?"

"어머, 벌써 말해도 돼요? 아까랑 마찬가지로 독자에게 도전장, 이 경우라면 선생님께 도전장을 던질 타이밍인데, 제가 어떤 증거에 착안해서 논리를 세웠는지 가끔은 직접 생각해보시는 게 어때요?"

"아이스커피와 구로고시의 신간…… 그리고 이번에는 뭐지? 대체, 무엇에 착안해야 그런 걸 할 수 있는 거야?"

"지금 그걸 생각할 기회를 드리고 있잖아요. 모르시겠어요?"

"빨리 대답이나 해!"

고게쓰의 고성에 히스이는 인상을 찌푸렸다.

"남자들은 왜 이렇게 툭하면 소리를 지르는지 모르겠어요."

영매는 후우, 한숨을 내쉬며 고개를 절레절레 흔들었다.

그러더니 도전적인 눈빛으로 고게쓰를 올려다보았다.

"스카프예요, 선생님."

"스카프?"

히스이는 두 손을 펼쳤다. 각각, 좌우의 검지와 엄지를 붙여 무언가를 집어 펼치는 동작을 해 보였다.

"삼각 타이라고도 하죠. 세일러복의 옷깃을 장식하는 그 깜찍한 천요."

"와라시나 고토네가 썼던 흉기?"

"아뇨. 정확하게는, 제가 착안한 건 **기타노 유리 양의 시신 옆에 떨어져 있던 스카프**였어요."

"어떻게 다르지?"

히스이는 너스레를 떨며 눈을 동그랗게 떴다.

"선생님 진짜 안 되겠네. 아예 다르죠. 달라도 그렇게 다를 수가

404

없는데요. 완전히 딴판이에요. 그런 것도 몰라요?"

단서가 스카프?

거기서, 어떻게 생각해야 그런 결론에……

히스이는 분주하게 두 손을 움직였다.

어깨를 으쓱이고, 머리카락을 뒤로 넘기고, 양팔을 벌려 고게쓰를 가리켰다.

"자, 눈여겨봐야 하는 단서는 알려드렸어요. 선생님, 이거, 어떤 의미로는 도서倒敍미스터리 즉 범인 시점 미스터리랑 비슷한 부분이 있네요. 독자는 이미 범인을 알고 있고, 어떤 사건이 일어났는지 파악했고. 그러니 이제 탐정 역이 어떻게 범인을 궁지로 모는지가 풀어야 할 수수께끼가 됐다가 종극에는 의외의 추리가 밝혀지는 거죠. 이번에는 제가 그때 어떻게 영시를 했는가, 하는 게 풀어야 할 문제인데……. 연극이었다면 이쯤에서 불이 꺼지고 선생님께 묻고 싶어질 거예요. '자, 추리에 필요한 증거는 다 갖춰졌습니다. 스카프를 단서로 미녀 영매 조즈카 히스이가 어떻게 논리를 짜 맞췄는지 **추리를 추리할 수 있겠습니까?**' 하고요."

"잔말 말고…… 설명이나 해."

그녀는 끝까지 고게쓰를 약 올릴 모양이었다. 고게쓰가 칼끝을 보이며 협박하자, 그게 효과를 본 것 같지는 않지만 히스이는 어깨를 으쓱하며 지루하다는 듯 말했다.

"페이지 넘겨도 되겠어요? 그럼 해결편 시작합니다."

히스이는 검지를 빙글빙글 움직였다.

"기타노 유리 학생의 시신 옆에는 유리 학생이 평소 하고 다녔던 스카프가 떨어져 있었어요. 착안할 점은 이 스카프에 **본인의 발자국이 찍혀 있었다**는 사실이죠. 수사본부 사람들은 유리 학생이 도망가려고 했거나, 옷을 벗기려는 범인에게 저항하다가 떨어진 스카프를 밟았을 거라 생각했어요. 하지만 과연 그게 맞을까요?"

"뭔가 부자연스러운 점이 있다는 건가?"

"뭔가고 나발이고 완전히 부자연스러워요. 불가능해요. 차례대로 살펴보죠. 제가 한순간에 생각한 걸 범인凡人에게 설명하기란 정말이지 시간과 노력이 필요한 작업이지만, 뭐, 선생님과 제 사이를 생각해서 특별 서비스를 하죠."

히스이가 스카프를 집는 동작을 재개하더니 다른 세 손가락을 나풀나풀 움직이며 말을 이어갔다.

"떨어진 스카프에 피해자의 로퍼 자국이 찍혀 있었다는 건, 스카프는 피해자가 살아있을 때 떨어졌다는 뜻이에요. 즉 목을 졸리기 전이거나 목을 졸리던 와중이었겠죠. 죽으면 스카프를 밟을 수 없으니까요. 당연히 수사본부분들도 그렇게 생각했을 거예요. 범인이 피해자를 놓치지 않기 위해 붙잡고 밀치락달치락하다가 스카프를 잡아 뜯었다……. 아니면 옷을 벗기려고 고의로 스카프를 잡아 뜯었다……. 흐음, 그런데 좀 이상해요. 억지로 잡아 뜯었다면 스카프는 조금 떨어진 곳에 있었어야 하거든요. 피해자가 직접 밟는 게 정말 가능했을까요? 도망가려고 한 피해자를 쫓아가 스카프만 잡아 뜯었다면? 그 경우에도 역시 스카프는 조금 더 멀리 떨어질 것 같고요. 도망치려 했으니 스카프가 떨어지는 걸 보면서 차분하게 그 자리에 서 있었을 거란 생각은 안 들어요. 조금이라도 그 자리에서 벗어나려 했겠죠. 범인은 스카프를 잡아 뜯는 게 최선이었던 것 같으니 피해자의 몸을 붙잡아두지 못했을 가능성이 높아요. 반대로, 몸을 잡고 있었다면 일부러 스카프를 잡아 뜯을 필요가 없죠. 역시 이상해요."

"저항해서 몸싸움을 할 때 마침 가까이에 떨어졌고 우연히 그걸 밟았겠지. 충분히 있을 수 있는 일이야."

"맞아요. 여기까지는 **맞든 틀리든 상관없는 지루한 논리**예요."

히스이는 어깨를 으쓱였다.

"그렇다면 이쯤에서, 세일러복에서 스카프라는 게 어떤 것인지 다시 생각해보죠."

히스이는 손가락으로 집은 투명한 천을 펄럭펄럭 흔들듯 마임을 계속했다.

"이게 스카프예요. 보이세요? 안 보이면 이해가 잘 안 될 거예요."

히스이는 왼손을 활짝 펴더니 곧장 가볍게 주먹을 쥐었다. 그녀는 천천히, 오른손으로 집은 투명한 천을 그 주먹 안에 쑤셔 넣는 듯한 동작을 보였다. 쭉쭉, 검지를 밀어 넣으며 보이지 않는 천을 주먹 안에 넣었다.

"자, 이제 주문을 외우고……."

살랑살랑, 오른손의 다섯 손가락이 춤춘다.

그러고는 조금 전 동작과는 반대로 주먹 안에 손끝을 넣어 뭔가를 당기는 듯한 동작을 해 보인다…….

새빨간 천이 주먹 안에서 나왔다.

히스이는 그것을 오른손으로 당겼다.

빨간 손수건이었다.

"어떻게……."

"좀 작죠. 실제로는 더 커요. 한 이 정도?"

히스이는 손수건을 힘차게 흔들었다.

다음 순간, 그것은 주황색 스카프로 변해 있었다.

크다. 스카프가 펼쳐지도록 두 손으로 잡아 보인다.

조금 전의 팬터마임과 같은 동작이었다.

보이지 않는 천이 실체가 되었다는 듯.

"이건 그 고등학교 교복에 있는 것과 같은 브랜드의 스카프예요. 정식 상품명은 삼각 타이니까 이제부터 삼각 타이라고 부를게요. 제법 크다는 걸 알 수 있어요. 밑변 길이가 140센티미터 정도, 보시다시피 삼각형이라서 삼각 타이라고 하죠."

"대체 어디에서 꺼낸 거야……?"

"말했잖아요. 저는 마술사이기도 하다고. 이런 건 초보적인 마술이에요."

별것 아니라는 듯 히스이는 어깨를 으쓱해 보였다.

"삼각 타이는 세일러복의 옷깃을 귀엽게 장식하는 데 쓰여요. 어떻게? 자, 정확히, 이런 식으로, 목에 둘러서 사용하죠."

히스이는 너풀너풀 흔들던 타이를 자신의 목에 감았다.

"양쪽 끝이 가슴까지 떨어지는 형태예요. 자, 세일러복이라고 뭉뚱그려 칭해도 그 안에 여러 종류가 있다는 건 아시겠지만, 실은 삼각 타이를 어떻게 매는지에 따라 크게 두 종류로 나눌 수 있어요."

"두 종류, 라고……?"

**"가슴에 스카프 고리가 있는지 없는지."**

"스카프 고리?"

"보통 세일러복이라고 들었을 때 쉽게 떠오르는 건 이 스카프 고리가 있는 형태지 않아요? 스카프 고리란 가슴께의 옷깃 부분에 고리 모양으로 붙어 있는 천을 말해요. 학교 휘장 같은 게 박음질돼 있는 경우도 많죠. 스카프 고리가 있는 세일러복은 여기로 삼각 타이 양쪽 끝을 통과시켜요. 타이의 양쪽이 스카프 고리로 고정돼서 리본의 아랫부분처럼 보이는 거예요. 귀엽겠죠."

블라우스의 앞가슴에 늘어뜨린 붉은 타이. 히스이는 그 양쪽 끝을 엄지와 검지로 만든 고리에 통과시켰다. 그녀의 말대로, 리본을 늘어뜨린 듯했다.

"이 타입의 세일러복은 **스카프 고리에 타이를 통과시키기만** 하면 되니 아주 간단해요. 그런데, 세상에는 스카프 고리가 없는 타입의 세일러복도 많아요. 그 경우에는 삼각 타이를 **직접 묶어야 하죠.** 리본 모양으로 묶는 매듭 방법에도 여러 가지가 있어요. 전통 있는 명문교에서는 거기 다니는 학생들 사이에서만 알려진 방법도 있다더라고요. 저는 리본을 나비처럼 묶는 방법을 좋아하는데, 으음, 그건 옷깃이 없으면 예쁘게 재현할 수 없으니 여기에서는 못 보여드리겠네요. 아쉬워요."

"그게…… 어쨌다는 거야?"

"어머나, 선생님, 아직도 모르시겠어요? 별수 없네요. 나쓰키네 학교의 세일러복이 **어떤 타입이었는지** 기억할 수 있겠어요? 그 아이들의 교복 옷깃을 잘 떠올려보세요. 거봐, 생각났죠? 걔네 학교에서는 **삼각 타이를 넥타이처럼 맸어요.** 제가 뻔뻔하게 코스프레를 할 때 힌트로 언급했지만, **그 교복에는 스카프 고리가 없어요.**"

"설마…… 아니, 그런가, 넥타이라면…….'

"맞아요. 이렇게 스카프 고리에 통과시키는 스카프는, 말씀하신 대로 몸싸움을 하거나 벗기려 할 때 쉽게 떼어낼 수 있어요."

히스이가 가슴에 떨어진 타이의 한쪽 끝을 잡고 밑으로 힘껏 당긴다. 타이는 스르륵 소리를 내며 엄지와 검지로 만든 고리를 통과하더니 히스이의 목에서 떨어져 내렸다.

"그런데 말이죠, **그런데 말입니다.**"

히스이의 손이 빠르게 움직인다. 그녀는 삼각 타이를 띠 모양으로 접더니 그걸 다시 목에 두르고 가슴께에서 넥타이 모양으로 묶었다.

"넥타이예요. 넥타이입니다? 남자들은 일상적으로 넥타이를 매니 잘 아시겠지만, 넥타이는 **한쪽 끝을 당긴다고 해서 쉽게 풀리지 않아요.** 세일러복의 삼각 타이로 묶은 넥타이도 마찬가지죠. 한쪽 끝을 잡아당겨도 **풀릴 리가 없어요.**"

힘차게, 마치 자신의 목을 조이는 걸 즐기기라도 하듯이 히스이는 목에서 내려온 타이를 잡아당겼다.

"그럼 기타노 유리 학생 옆에는 어떻게 삼각 타이가 떨어져 있었을까요? 조금 전 논리로 말하면, 범인이 풀었을 가능성은 없는 것 같아요. 강제로 당겨서 떨어지는 게 아니니까요. 상상해보세요. 몸싸움을 할 때나 상대방의 옷을 강제로 벗기려 할 때, 그 넥타이를 풀 수 있겠어요? 풀 수 있다 쳐도, 그런 짓을 할 필요가 있을까요? 세일러복의 삼각 타이는 그냥 장식일 뿐이에요. 그걸 풀어야만 옷을 벗길 수 있는 게 아니에요. 애써 넥타이를 풀 필요가 전혀 없다는 거죠. 남의 넥타이를 푸는 건 원래 힘들어요. 가능한 경우라면, 의도적으로 매듭 부분을 잡고 특정 방향으로 단번에 당기면······ 뭐, 저항해서 몸부림치는 사람을 상대로 그게 가능할까 하는 의문을 차치한다면 어쩜 풀 수 있을지도 모르죠. 하지만 그 경우에 삼각 타이가 깔끔하게 반으로 접은 상태로 떨어질까요? 그래요, 유리 양의 시신 옆에는 삼각 타이가 **반 접힌 상태로** 떨어져 있었어요. 넥타이 모양으로 묶으려면 방금 제가 한 것처럼 삼각 타이를 띠 모양으로 접어야 해요. 우연히 타이가 풀렸을 거라고 보기는 어렵고, 범인이 그럴 이유도 전혀 없고, 의도적으로 시도한다면 기적적으로 가능할지도 모르지만 현장 상황과 일치하지 않죠……. 그러면 왜? **어째서 옆에 삼각 타이가?**"

"왜, 떨어져 있었지?"

"음. 거기에서 삼 초 정도 생각했어요. 범인이 푼 게 아니라면 이건 **피해자가 스스로 풀었다**고 볼 수밖에 없어요."

"기타노 유리가 스스로 타이를 풀었다……. 왜 그런 행동을 한 거야?"

"여기서부터는 몇 가지 의문을 합해 다각적으로 생각할 필요가 있어요. 첫째, 범인이 천으로 된 흉기를 썼고 그 정체가 불분명하다는 것. 둘째, 범인이 시신의 손톱을 잘라서 집요할 정도로 증거를 은폐하려 했다는 것. 셋째, 첫 사건 때 벤치에 앉았을 것으로 보이는 피해자에게서 저항한 흔적이 보이지 않았다는 것. 선생님과 제가 오붓하게 실험한 대로, 정면에서 흉기를 감으려면 어떻게 해도 동작이 부자연스럽기 때문에 일반적으로는 도망가겠죠. 처음에는 머플러가 사용됐을 것이라 추정했지만 두 번째 사건 때 초여름이었는데도 흉기가 같았으니 그 가능성은 옅어졌어요. 그럼 그 밖에, 어떤 것이어야 **머플러처럼 흉기로 쓸 수 있으면서 정면에서 감아도 부자연스럽지 않을까?** 여기까지 재료가 갖춰지면 추론은 간단해요. 당연히 삼각 타이가 떠오르죠. 기타노 유리 양의 시신 옆에는 삼각 타이가 떨어져 있었어요. 그래, 머플러를 감는 동작처럼, 예를 들어 **타이를 다시 매주는 동작**이라면 정면에서 목에 감아도 이상할 게 없지 않을까요? '어머, 유리, 타이가 비뚤어졌네'라고 말해서 피해자가 타이를 풀게 하고, 자기가 매주겠다고 하며 목에 감는다…….'"

"하지만…… 기타노 유리의 삼각 타이는 **흉기가 아니었어**."

"네, 불가능해요. 유리 양의 타이에는 본인의 발자국이 찍혀 있었으니 흉기였을 리가 없어요. 경찰도 그게 흉기인지 아닌지는 조사했을 테고요. 하지만 기타노 유리는 스스로 타이를 풀었다. 그런데 그건 흉기가 아니다. 안 맞아요. 왜일까요? 어떤 상황이어야 타이를 직접 풀게 하고, 의심받지 않고 흉기를 상대에게 두를 수 있었을까……. 이때, 한 가지 중요한 사실이 모든 걸 해결해줬어요. **타이의 색이요.**"

"타이의 색……? 맞아, **입학 연도에 따라 타이 색이 다르다**고 했는데…….'"

"네. 사건 현장에 가기 전에 예습 차원에서 학교 정보를 인터넷으로 알아봤어요. 핫리딩hot reading이라는 단순한 테크닉인데, **와라시나 고토네는 주황색**, 후지마 나쓰키, 다케나카 하루카, 기타노 유리는 **초록색**이었어요. 제 눈동자 색과 비슷하죠. 뭐, 제 눈동자만큼 예쁜 색감은 아니지만요."

히스이는 타이를 만지작거리며 천연덕스럽게 말했다.

"학년에 따라 타이 색이 다르다. 그 말은요, 그 말은 말이죠." 히스이는 빠르게 떠들었다. "그 말은, 이런 상황도 있을 수 있다는 거예요. '유리 너한테는 주황색 타이가 어울릴 것 같은데, **재미 삼아 바꿔 매지 않을래? 사진도 찍어줄게**'."

거기에서 마침내, 고게쓰의 눈에도 추리의 줄기가 보였다.

"선생님은 상당히 시간이 걸렸지만 저는 렌즈 캡의 자국, 미끄럼틀, 컨테이너의 사다리, 피해자가 사진부 소속이었다는 점에서 범인이 시신을 찍었을 가능성이 높다는 사실을 진작 눈치채고 있었어요."

스르륵, 소리를 내며 히스이는 삼각 타이를 풀어 보인다.

그러더니 그것을 삼각형으로 접어 이번에도 밑변의 끝을 집어 보였다.

"3학년 타이는 주황색이에요. 여자애라면 좋아할 만한 색이죠. 전 초록색을 좋아하지만, 어차피 세일러복이니 주황색 타이를 매보고 싶어하는 것도 자연스러워요. 교환 가능성은 충분히 있을 수 있다고 생각했어요. 여자애들은 그런 거 엄청 좋아하거든요. 자, 이 방향성에서 첫 번째 사건의 생각을 부풀려보자고요. 범인은 피해자와 나란히 벤치에 앉은 상태에서 타이를 바꿔보자고 했다. 다케나카 하루카 양은 그 말에 동의하고 타이를 풀었다. 범인은 자신의 타이를 매주겠다고 하며 하루카 양의 목에 삼각 타이를 둘렀다."

히스이는 손에 든 삼각 타이를 넥타이처럼 접더니 가상 인물의 목에 감는 시늉을 했다.

"마주 보고 타이를 매는 기술이 있었을지는 의문이지만, 흠, 목을 조르는 게 목적이니 그건 문제가 아니었겠죠. 하루카 양은 약간 의아했을 수도 있지만 손재주가 좋은 사람인가 보다 했을 정도지 설마 목을 조르리라고는 꿈에도 생각지 못했을 터, 도망치려고도 하지 않았어요. 뒤에서 조르는 게 범인에게는 편했겠지만 정면에서 조르면 상대의 얼굴이 보여요. 그 당시 동기까지는 추측하지 못했는데 연쇄 살인마라면 얼굴을 보고 싶어할 수 있겠다 싶더라고요. 그렇게, 범인은 하루카 양을 교살합니다. 그 후 벤치에 눕혀 흉기를 알아낼 수 없도록 하루카 양이 푼 타이를 **시신에 다시 묶었어요.** 벤치에 눕힌 상태라면 쉽게 묶을 수 있었겠죠. 이 가설이라면 다 들어맞아요."

"설마, 그러려고 벤치에 눕혔나?"

"글쎄요." 히스이는 고개를 갸웃거렸다. "거기까지는 모르겠네요. 뭐, 어쨌거나 상황이 들어맞았겠죠. 자, 다음은 기타노 유리 양. 같은 수법으로 타이를 바꾸자고 말하고 자신의 타이로 조른다. 여기에서 범인의 계산 밖에 있었던 건, 지난번처럼 앉은 상태가 아니라 **선 상태에서 타이를 교환했다는 점**이에요. 서서 졸랐으니 유리 양이 손에 들고 있던 타이가 발밑에 떨어져버린 거죠. 유리 양은 자신의 타이를 풀고, 잠깐은 안 쓸 테니 반으로 접어 손에 쥐고 있었을 기예요. 그런데 범인이 목을 조르자 저항하며 버둥거렸어요. 그때, 유리 양은 떨어뜨린 타이를 밟았죠. 첫 범행 때 하루카 양은 자신의 타이를 무릎 위나 벤치 위에 뒀을지 몰라요. 하지만 두 번째 범행은 달랐어요. 피해자가 직접 삼각 타이를 들고 있을 수밖에 없었고, 목이 졸리자 손에서 놓아버렸죠. 범인은 거기까지는 생각 못 했을 거예요. 미숙하죠."

히스이는 어깨를 으쓱거리며 훗, 한숨을 내쉬었다.

"발자국 때문에 더러워졌으니 첫 범행 때처럼 피해자의 목에 다시 두르는 건 부자연스러워요. 흉기도 들킬 위험이 있고. 그래서 범인은 위장을 위해 피해자의 옷을 벗겼어요. 삼각 타이만 떨어져 있으면 이상하지만 옷이 흐트러져 있다면 벗기려 했던 것처럼 보일 수 있어요. 어린애치고는 그럭저럭 기지를 발휘한 거죠. 어쨌든 타이를 바꾸자는 구실로 범행을 저질렀다고 보면 부자연스러운 점이 없고 오히려 무척 합리적인 데다 다양한 상황을 설명할 수 있어요. 그래그래, 범인이 시신의 손톱을 잘라 집요하게 증거를 없애려 했던 이유에도 부합해요. 범인은 자신의 피부 조직뿐 아니라 스카프 섬유가 피해자의 손톱에 남는 것을 막고 싶었던 거예요. 흉기를 들키면 범인을 가리키는 힌트가 될 테니까요. 범행 수법은 이게 틀림없어요. 그렇다면 남은 건 범인 상이에요. 피해자들과 가까운 관계이니 학교 관계자겠죠. 삼각 타이를 교환했으니 세일러복을 입은 학생으로 좁혀져요. 학원 관계자 등 외부의 인물인가 싶기도 했는데, 하루카 양은 학원에 다녔지만 유리 양은 아니었어요. 그럼 역시 같은 학교에 다니는 여학생이에요. 남학생 교복은 스탠딩 칼라니까요. 타이를 교환할 구실이 있어야 하니 **같은 학년은 아니에요**. 유리 양은 2학년이었으니 **1학년이거나 3학년**. 하루카 양이 살해된 건 **1학년 때니까**, 1학년일 수는 없어요. 그렇게 되면 소거법에 의해 **3학년 여학생이 범인**이라는 뜻이죠…….."

히스이의 눈동자가 어둠 속에서 예리하게 빛난다.

그녀는 삼각 타이를 손수건처럼 작은 사이즈로 접었다.

"이상이, 그 당시의 영시에 대한 설명이에요. 휴, 영혼이 가르쳐 줬다고 하면 한마디로 끝날 것을, 역시 범인에게 설명하자니 시간도 들고 번거롭네요. 피곤해요. 갈증 난다니까요."

"정말…… 한순간에, 생각한 건가."

"타이 색처럼 미리 알아본 것도 있는데, 사건의 자세한 내용은 선생님과 함께 들었어요. 하지만 범인 상을 파악하기만 하고 개인을 특정하지는 못했죠. 제가 잘 다루는 건 더 폐쇄적인 상황에서 일어난 사건이라서요. 이렇게 범위가 넓은, 심지어 동기를 짐작할 수도 없는 정신이상자를 상대하는 건 성가셔요. 선생님을 상대로 고전한 것과 마찬가지네요."

고게쓰는 아무 말 없이, 사악한 빛을 머금은 히스이의 눈동자를 응시했다.

"하지만 이런 건 너무나 단순한 추리예요. 왜 아무도 타이에 대해 알아채지 못했을까요? 흠, 남자는 여자 복장 따위에 관심이 없으니까요. 남자들에게 중요한 건 '복장이 야한지 아닌지'잖아요? 수사본부는 여성 인력을 더 늘려야 해요. 선생님도 전혀 몰랐으니…….음, 여고생의 교복을 잘 아는 남자 미스터리작가라, 상상만 해도 오싹하니까 선생님이 그런 변태가 아닌 게 다행이라 해야 할지도 모르겠네요. 그래도 타이에 주목하면 쉽게 풀 수 있는 논리라, 생각이 못 미쳤다는 변명은 안 통합니다? 참고로 말이에요, 타이를 넥타이가 아닌 리본 형태로 묶는 방식이었을 경우에도 같은 논리가 성립해요. 리본 묶음은 얼핏 보면 나비매듭처럼 쉽게 풀 수 있을 것 같지만 그렇지가 않거든요. 넥타이보다 어려워요. 남자들은 리본 묶는 법을 몰라서 추리가 불가능하다고 변명할 수 있을지도 모르지만, 이번 사건은 흔치 않은 넥타이 매듭이었으니 남자라도 충분히 알아차릴 기회가 있었어요. 무척이나 공평한 사건이었죠."

"아니……. 잠깐……. 그런데, 요시하라 사쿠라는 어떻게 설명할 거야? 그거야말로 기적이잖아. 어떻게 와라시나 고토네가 있는 곳을 알고 마지막 범행을 막았지? 그거야말로 네가 진짜 영매라는 증거잖아!"

고게쓰가 추궁하자 히스이는 지긋지긋하다는 눈빛으로 고개를 돌렸다.

"선생님. 아직도 그렇게 믿고 싶으세요? 좀 불쌍해지려고 해요."

"진짜가 아니라면 그 기적을 설명해봐!"

히스이는 못 말린다는 듯 두 손을 들고 말했다.

"와라시나 고토네가 범인이라고 특정하기까지의 순서는 선생님과 같았어요. 나쓰키가 화를 입기 전에는 저도 하스미 아야코가 의심스러웠거든요. 하지만 렌즈 캡 때문에 범인이 아닐 가능성도 있어서 결정적인 뭔가가 없었어요. 다음 범행이 일어나기 전에 경찰이 다른 정황을 찾아 특정할 거라고 낙관하기도 했겠죠. 저 자신에게 환멸을 느낄 지경이에요."

히스이는 인상을 찌푸리며 시선을 떨어뜨렸다.

손장난을 하듯 접은 삼각 타이를 쓰다듬으며 말을 잇는다.

"제가 방심한 바람에 모처럼 사귄 친구가 죽어버렸어요. 아직 어리고 앞날이 창창한 소녀예요. 화가 났어요. 저도, 수단을 가릴 때가 아니라고 생각했어요."

"너의…… 그 눈물은, 진심이었던 건가."

"흠, 글쎄요." 히스이는 고개 숙인 채 어깨를 움츠렸다. "적어도 선생님보다는 인간적인 마음을 갖고 있어요. 그건 치명적인 실수였지만 그렇다고 해서 침울해할 수는 없었죠. 실패도 유효하게 활용해야 했어요. 넘어져도 절대 빈손으로는 안 일어나는 게 조즈카 히스이예요. 선생님과 더 깊은 사이가 되기 위해 활용했죠. 솔직히 그날 밤은 불안했어요. 분위기가 무르익어서 그대로 섹스 쪽으로 흐르면 어쩌지 싶더라고요. 당연히 그럴 기분은 아니었으니까요."

소녀의 죽음을 애도한다 싶더니 선뜻 그런 발언도 섞는다. 히스이라는 여자의 정체를 알 수가 없어, 아득함에 고게쓰는 공포마저 느꼈다.

"넌, 어디까지가 연기고 어디까지가 진짜인지 전혀 모르겠어……."

"맞아요, 때때로, 저도……."

히스이는 후우, 한숨을 내뱉더니 얼굴을 들었다.

표정이 쓸쓸해 보였다.

"자, 하던 얘기나 마저 하죠. 와라시나 고토네에게 집중했지만 경찰은 소극적이었고, 몰래 지문을 채취해 범인의 것과 대조한다는 작전으로 나왔어요. 상대가 미성년자이고 명확한 증거가 없는 이상 그럴 수밖에 없었겠죠. 우리는 와라시나의 집에 갔어요. 거기서, 저는 그 아이가 **학교 가는 날이 아닌데도 세일러복을 입은** 걸 보고 다음 범행을 우려했어요. 세일러복을 입은 이유는 흉기인 타이를 안전한 장소에 숨기기 위해 즉 몸에 두르기 위해서였는지도 몰라요. 그런데 '이제 곧 사람을 죽이러 갈 거라서 세일러복을 입었구나' 하고 의심하는 건 억측이었을까요? 그럴지도 모르지만 저는 같은 실패를 반복할 수 없었어요. 가능성이 조금이라도 있다면 다음 범행을 막아야 한다고 생각했죠. 거기서 제가 덤벙대는 연기를 했던 거, 기억하세요?"

"차를 엎지르는 연기……?"

"그 뒤요. 거기까지는 에비나 씨, 선생님과 말을 맞춘 대로였고요. 그 뒤는 제 애드리브였어요. 말했잖아요. 이유 없는 행동은 없어요. 의미도 없이 스타킹을 벗고 맨다리를 내비치거나 하진 않아요.

제가 화장실을 가려다가 삐끗하면서 그 아이와 부딪친 거, 기억하세요?"

"설마……."

"그때 그 애 스마트폰을 빌렸어요. 시계를 슬쩍하는 것보다 훨씬 쉽거든요. 그렇게 해서 화장실에서 잠깐 들여다봤죠. 비밀번호가 생일이라 잠금 상태도 쉽게 풀 수 있었어요."

"그 시점에, 와라시나 고토네의 생일은 어떻게 알았지……?"

"언뜻 열 개 정도 떠오르는데, 그때 제일 먼저 시도한 건 사진관 차량의 번호판에 적힌 숫자였어요. 대부분 자기 생일, 자녀가 있는 집에서는 아이 생일로 차량 번호를 달고 싶어하거든요. 이 나라의 보안 의식은 너무 허술하다니까요."

히스이는 어깨를 으쓱이며 계속했다.

"사과 마크 기종이 아니어서 다행이었어요. 그것 말고 다른 OS는 애플리케이션 보안이 엉성해서, 인터넷을 이용하면 준비한 걸 쉽게 설치할 수 있어요. 그걸로 메시지와 통화 이력을 살펴서 위치 정보를 특정 서버에 전송하는 거죠. 증거가 남기 쉬운지라 부자를 낚아서 거금을 등칠 때밖에 안 쓰는 수법인데, 나쓰키를 그렇게 만들었으니 봐주지 않기로 했어요."

"그래서…… 와라시나 고토네의 위치 정보를 계속 쫓고 있었던 거야?"

"메신저 애플리케이션을 보고, 요시하라 사쿠라에게 연락했다는 걸 알았어요. 죽이러 갈 가능성이 높았죠. 경찰은 미행을 붙였다며 다소 안심했겠지만 만일의 상황이라는 게 일어날 수 있어요. 아니나 다를까, 실제로 미행을 따돌렸단 말이죠. GPS 정보를 쫓아서 그 아이의 범행을 저지해야 했죠."

"아니…… 넌, 나랑 계속 같이 있었어. 스마트폰도 거의 안 봤잖아. 어떻게……."

**"마코토요."**

태연하게 말한다.

"지와사키 마코토는 제 파트너예요. 주로 그 친구가 발로 뛰어서 정보를 수집하고 저는 미모와 머리를 쓰죠. 상담자의 정보를 사전에 모을 수 있는 경우에는 그 친구가 나서요. 저는 눈에 띄는 미인이다 보니 탐문 같은 건 안 맞거든요. 그에 비해 마코토는 변장을 잘하고요."

"설마, **공원에서 전화를 했다던 여자**가……."

"네, 마코토예요. 제가 선생님이랑 같이 있으면 와라시나 고토네의 동향을 확인할 수 없으니 마코토가 계속 그 아이의 스마트폰을 감시했어요. 그러면서 가끔씩 보고해주는 거예요. 이걸로."

히스이는 검지를 세웠다.

그 손끝이 웨이브를 그리기 시작하는 위치의 흑발을 가리키고 있다.

은은히, 어렴풋이 보이는 하얀 귀.

히스이는 고개를 기울여 귀를 노출했다.

하얀 무선 이어폰 같은 것이 박혀 있다.

"스마트폰이랑 페어링한 이걸로, 마코토의 보고를 들을 수 있어요."

"뭐……?"

고게쓰는 어안이 벙벙해진 채로 그 작은 장치를 바라봤다.

"선생님이 제 스마트폰을 건드렸는지, 지금은 통신이 끊겨버렸네요. 어떻게 된 일일까요?"

히스이는 난처한 듯 울상을 지었다.

"항상, 그런 걸 끼고 있었던 거야……? 아니, 잠깐, 아까는 그런 게……."

"아, 아까 선생님이 제 몸을 애무했을 때요? 으, 불쾌했어요. 잽싸게 팜palm, 손안에 숨기는 기술으로 숨겼죠."

"팜?"

"신경 쓰지 마세요. 단순한 마술 용어예요. 귀를 애무하면 들킬 테니 일단 숨겼다가 틈을 봐서 다시 꽂았어요."

히스이는 별 대단한 것도 아니라는 듯 설명을 계속했다.

"얘기를 계속하죠. 이 도구의 단점은 들을 수만 있고 제가 지시를 할 수 없다는 거예요. 선생님과 공원에 있을 때 스마트폰을 꺼내서 문자 보냈는데, 기억하세요? 그때 마코토의 보고에 답장을 했어요. 와라시나 고토 네가 요시하라 사쿠라를 데리고 다케나카 하루카가 살해됐던 공원에 들어가는데 어떻게 할 거냐고 묻더군요. 그래서 전 **통화하는 척하며 공원에서 시간을 벌어달라**고 부탁했어요."

그때 자신의 눈앞에서 그런 계획을 둘러치고 있었던 것인가.

"그때부터 내키지 않는 연기를 했어요. 어떻게든 선생님에게 와라시나 고토네가 있는 곳을 알려야 한다. 망설였다가는 마지막 살인이 일어난다. 미모의 영매 조즈카 히스이의 설정에서는 죽은 사람의 영혼은 정체할 뿐이니, 와라시나 고토네가 있는 곳을 나쓰키가 안다는 건 어불성설이에요. 하지만 그때는 어쩔 수 없이 설정을 깰 수밖에 없었어요. 때마침 사쿠라 양에게 수호령이 붙어 있다는 복선을 깔아뒀던 것도 한몫했죠. 마코토가 알아낸 정보를 통해 사쿠라 양의 언니가 어려서 죽었다는 사실을 알고 있었으니, 나중에 혹시나 필요해질까 싶어 선생님한테도 흘려뒀던 거예요. 나중에 활용하지 못할 때도 많지만 이런 씨앗을 살짝살짝 뿌려두는 게 제 방식이에요. 나쓰키 연기를 해서 어떻게든 선생님에게 와라시나 고토네가 있는 곳을 전달하고……. 나머지는, 선생님도 아시다시피 차로 달려갔죠. 현장에서 맞닥뜨리지 않도록 도착 직전에 마코토에게 공원을 빠져나가라고 메시지를 보냈어요. 설마 그 직후에 와라시나 고토네가 범행을 시도하리라고는 저도 상상하지 못했지만, 결과적으로는 드라마틱한 연출이 된 셈이에요."

낱낱이 드러난 기적의 정체에 맥이 풀렸다.

넋이 나간 고게쓰를 히스이가 히죽히죽 웃으며 올려다보고 있다.

사후세계는 없다…….

사람은 죽으면 그걸로 끝인가…….

"이상이, 여고생 연쇄 교살 사건에 관한 제 영시의 상술입니다. 이제 가짜라는 걸 믿어주시겠어요?"

고게쓰는 비틀거렸다.

모조리 다, 허구였다.

모조리 다, 연기였다.

히스이가 다정하게 머금던 그 미소도…….

"피차 마찬가지잖아요?" 히스이가 비웃는다. "선생님이나 저나 서로가 서로를 속였으니까요. 제가 비난받을 이유는 없을 텐데요."

"확실히…… 그건, 그렇, 지만……."

하지만, 나는…….

"것보다, 선생님."

히스이는 지겹다는 얼굴로 손에 든 삼각 타이를 놓았다.

사르르, 빨간 천이 바닥으로 떨어졌다.

"이제는 선생님 얘기를 해보세요. 잠깐이지만 로맨스를 연기한 사이잖아요. 선생님이 어쩌다 이런 짓을 하게 됐는지 궁금해요. 누군가에게 말하고 싶죠? 저도, 어차피 이대로 선생님 손에 죽을 거라면 내막이라도 알고 싶어요."

고게쓰 시로는 테이블에서 의자를 빼내 손으로 등받이를 짚었다.

테이블을 사이에 두고 마주 보는 형태로, 조즈카 히스이를 내려다본다.

자신의 사고가 거칠게 파헤쳐지는 것이 느껴졌다. 감정의 동요로 인해 심장이 요동쳐 눈을 감으면 혈류가 흐르는 소리까지 귓가에 울렸다.

의식이 위험하다고 외치고 있다.

빨리 죽이는 게 좋다.

하지만, 적어도, 실험을 해야 하는데…….

떨어져 있던 히스이의 핸드백을 주워 들고 안을 살폈다.

히스이의 스마트폰을 본다. 그녀가 차도에서 공명의 낌새를 찾고 있을 때, 고게쓰는 차 안의 핸드백에서 스마트폰을 꺼내 비행기 모드로 바꾼 후 전원을 껐다. 지금도 그대로다. 외부와 연결될 일은 없다.

괜찮다…….

적어도, 실험을 하고 싶다.

그녀의 신체를, 차분히, 맛보고 싶다…….

그렇다면, 바로 행동으로 옮기는 게…….

"어허, 어떻게 된 거예요, 선생님."

히스이가 생글생글 웃으며 말했다.

"선생님 얘기는 안 해주실 거예요?"

"그럴 필요 없잖아."

그러자 히스이는 어깨를 살짝 으쓱한 뒤 어이없다는 듯 한숨을 내뱉으며 말했다.

"알았어요. 그럼, 동기가 뭐였든 상관없어요. 피해자를 어떻게 선별해서 어떻게 납치했는지…… 적어도 그것만 말해주시면 안 돼요?"

"그건 모르겠던가?"

"유감스럽지만, 논리를 이용해도 해결할 수 없는 것이 이 세상에는 얼마든지 있어요. 편집증적으로까지 증거를 남기지 않는 선생님이 상대라면 저는 무기력하죠. 그래서 이렇게 적진으로 뛰어들 필요가 있었는데…… 이렇게 돼버리니 볼품없네요. 방심했어요."

"언제부터 의심했지?"

"글쎄요. 선생님을 처음 봤을 때부터 제가 알면 안 되는 무언가가 있다는 건 느꼈어요. 전 사람의 미세한 표정까지 잘 캐치하거든요. 일본인 얼굴은 좀 어렵긴 하지만. 구라모치 씨와 오셨을 때, 이 사람은 내가 영시를 하면 난처해질 비밀을 갖고 있다, 그런 느낌이 들었어요. 전 남을 속이는 걸 워낙 좋아해서 다음 타깃은 이 사람으로 해야겠다고 결심했죠. 별일 없으면 다행인 거고, 실전에서 기술을 연마하는 건 중요한 일이잖아요. 뭐, 그러다 돈을 벌게 되는 경우도 많고요. 그런데 구라모치 씨의 시신을 본 선생님에게서는…… 뭐랄까, 놀라움과 분노밖에 느껴지지 않았어요."

"그게, 이상한 일인가?"

"네. 일반적으로는 한탄하고 슬퍼해요. 하지만 선생님은 시신을 보고 놀라면서 '골치 아픈 일이 생겼네' 하는 표정만 지었죠. 정상인의 반응이 아니에요. 소설에 비유하자면 심리 묘사가 거의 안 되는, 속이 텅 빈 주인공의 이야기를 읽는 느낌이랄까요. 이 사람을 조금 더 알아봐야겠다고 생각했죠. 이후로도 저와 사건 이야기를 할 때면 분노 정도의 감정만 표출했어요. 나중에야 깨달았는데, 선생님이 화났던 이유는 범인이 선수를 쳤기 때문이죠?"

고게쓰는 그때의 감정을 곱씹으며 깊은 한숨을 내쉬었다.

"맞아. 이렇게 될 줄 알았다면 차라리 내 손으로 실험에 쓸걸……. 하지만 나와 유이카 사이에는 접점이 있어. 경찰의 의심을 사고 싶지는 않았으니 애초에 그 아이로 실험하는 건 포기했지. 그런데……."

"분명 원통했을 거예요. 그녀의 죽음을 애도한다기보다는 자신의 행동을 후회한다. 이런 감정을 겪게 한 범인에게도 앙갚음을 하고 싶다. 그런 느낌이었어요."

"그래서 날 의심했던 거야?"

"네. 하지만 제가 연쇄 사체 유기 사건의 살인마와 선생님을 밀접하게 결부한 건 살인마가 다음 범행을 저질렀을 때였어요. 시신을 처리하는 방식이 조금 바뀌었더라고요."

"네가 그걸…… 어떻게 알지?"

"그게 무슨 상관이에요." 히스이는 어깨를 으쓱거렸다. "지금까지 살인마는 시신을 비닐에 싸서 유기했는데, 그때부터는 **샤워와 표백제로 시신을 씻어**냈어요. 가뜩이나 증거가 남지 않도록 행동했는데도 증거 은폐에 더욱 공을 들이게 됐죠. 왜 행동을 바꿨을까요? DNA가 검출될지도 모른다는 걱정이 커져서? 그렇다면 이렇게 생각할 수 있겠네요. 범인은 전과자는 아니었기에 혹여 DNA가 검출된다 해도 결정타가 되지는 않을 거라 생각했다. 그런데 전혀 다른 이유로 경찰 측에 DNA를 제공하게 돼서 더 조심할 필요성이 생긴 건 아닐까……. 뭐, 논리라고까지는 할 수 없는 단순한 추측, 상상이에요. 그런데, 아주 최근에 제 주변에 **DNA를 몰래 채취당한 정신이상자가 있다**는 걸 깨달았죠."

고게쓰는 숨을 내쉬었다.

"단순히 사건 관계자의 DNA였어요. 임의로 채취한 경우에는 데이터베이스에 등록하지 않을 테지만, 경찰이 그런 정보를 실제로 어떻게 취급할지는 모르는 거잖아요? 돌다리도 두들겨보는…… 엄청나게 조심성 있는 범인이니 불안해졌던 게 아닐까요? 고로, 수법을 변경해 최대한 자신의 DNA가 나오지 않도록 조심했다. 그래서 전 선생님을 수상히 여기고 같이 행동하기로 했어요. 수경장 때는 엉뚱한 프로파일링을 하면서 **성도착자의 범행은 아니라**고 범인을 옹

호하는 발언까지 하더군요. 점점 수상했죠. 뭐, 그렇다고는 해도 증거다운 증거는 못 잡았으니 이렇게 스스로 미끼가 될 수밖에 없었지만요."

"혹시, 네가 말했던 죽음의 예감이라는 건……."

"네. 간단한 암시예요."

히스이는 빙긋 웃으며 말했다.

"제가 사건의 피해자들 유형과 유사하다는 건 알고 있었어요. 선생님이 범인이라면 결국에는 절 죽이고 싶어지겠죠. 제가 죽음을 예감하고 있다고 말해두면 그건 자신이 죽이는 게 틀림없다고 생각했을 거예요. 저와 선생님 사이에는 끈이 있으니, 선생님이 범행을 주저할 가능성은 충분히 있었어요. 그걸 부추기기 위한 한 수였어요."

"그럼…… 만약 내가 범인이 아니었다면 어쩔 셈이었어?"

"그러게요. 아주 조금은 그러기를 바랐어요. 선생님에게 결박당하는 마지막 순간까지 확신은 없었으니까요. 어쩌면 헛다리를 짚었을 수도 있다고, 늘 생각했어요. 그랬다면 잠시 로맨스를 연기한 후에 뭔가 이유를 만들어서 페이드아웃했겠죠. 둘이서 더 많은 사건을 해결하는 것도 좋았을지 모르겠네요. 그렇게 되지 않아 아쉬워요."

"난…… 내가 널 사랑한 건 사실이야."

그렇기에 고게쓰는 몹시 괴로웠다. 히스이가 사랑스러웠다. 그래서 넘쳐나는 욕구를 줄곧 억눌렀다. 언젠가 자신의 정체를 알게 될지도 모른다고 두려워하면서도 두 사람의 관계가 이어지기를 소망했다. 자신이 잡힌다면 그것은 운이 외면했을 때이거나 히스이의 비상한 능력 때문이리라 생각했다. 그녀의 능력으로 살인마의 정체를 알아챌 가능성이 있는지 숙고했고, 그것이 어렵다는 결론을 내린 후에는 이 관계를 이어나갈 방법을 모색했다. 이 별장에 그녀를 데려오는 것도 마지막까지 망설였던 것이다. 하지만 히스이의 암시가 고게쓰의 등을 떠밀었다. 운명이 정해져 있다면 참는 의미가 없다고 생각했다. 그것만 없었다면, 뒤틀린 욕망을 삭이며 계속 히스이를 사랑할 수 있었을지도 모른다.

하지만 히스이는······.

"그랬겠죠. 제게 빠지지 않는 남자는 거의 없으니까요."

히스이는 뻔뻔하게 웃을 뿐이다.

그녀는, 날 사랑하지 않았다.

그렇게나 순수한 눈망울을 글썽였는데.

그렇게나 다정한 미소를 머금었는데.

죄다 교활한 올가미였던 것이다.

"그렇게 유도했으니까, 알아요. 선생님은 절 사랑해주셨죠. 그래서 더욱더 저로 실험을 하고 싶었던 거죠? 선생님, 제 상상을 들어보실래요? 추리라고 할 것까지는 없지만 저도 어느 정도는 선생님을 이해한 것 같아서요."

고게쓰는 눈을 가늘게 떴다.

이야기를 하게 유예를 줘야 할지 주저됐다.

하지만 바로 칼을 꽂기가 망설여지는 것은, 역시나 그녀가 자신을 이해해주기를 바라는 욕구 때문일지도 모른다.

"마음대로 해. 그런데, 네가 뭘 안다고?"

히스이는 검지를 아랫입술에 갖다대고 말했다. "선생님과 달콤한 키스를 나누던 때의 이야기를 감안하니 대략 파악이 되던데요. 그때의 미세한 표정으로 추측하건대 선생님은 거짓말을 하지 않으셨어요. 누나는 강도의 칼에 찔려 죽었겠죠. 연쇄 사체 유기 사건의 피해자들과 선생님의 누나는 연령대가 비슷했을 거예요. 선생님은 피해자들에게 죽은 누나를 투영했어요. 그렇다면 사인은 동일할 터. 사체 유기 사건의 피해자들은 칼에 찔렸지만 바로 죽지 않고, 칼이 빠진 뒤 과다 출혈로 죽었어요. 즉 누나도 그랬을 거예요. 분명, 선생님 눈앞에서 피를 흘리며 죽었겠죠."

"틀린 말은 아니야……."

어둠 속에서 고게쓰가 칼로 시선을 떨어뜨렸다.

히스이는 딱히 측은해하는 표정을 짓지는 않았다.

오히려 유쾌하다는 듯 웃고 있었다.

"그렇다면, 선생님이 한 실험이라는 게 뭔지 궁금해지더군요. 단순히 누나가 과다 출혈로 죽어가는 모습을 본 거라면 이렇게까지 삐딱한 살인마가 되지는 않았을 테니까요. 어디까지나 상상이지만, 아픈지 안 아픈지 확인한다는 말에서 저는 이런 망상을 해봤어요.

432

선생님의 누나는, **선생님이 칼을 빼서 죽어버린 건 아닐까……?**"

고게쓰는 눈을 감는다.

그리고 조용히 숨을 뱉어냈다.

떨리는 한숨이 싸늘한 실내에 녹아 스러져간다.

"어렸던 선생님은 분명 도와주고 싶었을 거예요. 그저 정신없이, 누나에게 박혀 있던 칼을 뽑았죠. 하지만 그게 **치명적인 행위가 돼 버렸어요.** 만약 그러지 않고 구급차를 기다렸더라면 누나는 살았을지도 몰라요. 아니, 어쩌면 찔린 시점에서 죽는 게 정해졌을지도 모르죠. 선생님이 죄책감을 덜 수 있는 방법이라면, 칼을 빼서 누나가 아픔을 느꼈는지……. 아팠을까? 안 아팠을까? 나 때문에 누나가 죽었나? 내가 누나를 죽인 건가……. 당신은, 그때의 행위가 옳았는지를 확인하고 싶은 거예요."

고게쓰는 손에 든 칼을 움켜쥐었다.

어렸던 그때의 감촉이 손끝에 되살아났다.

필사적이었다.

어떻게든 살리고 싶었다.

그래서, 빼낸 것이다.

잔학무도한 남자에 의해 알몸이 된 그녀의 배에 꽂힌 무시무시한 흉기.

그걸 빼면 살 수 있을 거라고 그렇게 생각했다.

핏줄기가 솟구치고 고통에 절규하던 목소리가 귓가에 울린다.

몸의 혈액을 잃어가며, 그녀는 마지막으로, 따스하게 미소 지으며, 이렇게 말했다.

괜찮아. 후미키 잘못이 아니야…….

하지만 정말, 그랬을까?

자신이 없다.

그때 그녀는 정말 웃었던 걸까?

자신의 염원이 만들어낸 거짓 기억은 아닐까?

눈동자가 실망과 증오로 얼룩진 채 '왜 그런 짓을 했어'라고, 나를 욕하지 않았을까?

나는 너 때문에 죽는 거야…….

어느 쪽이었을까.

어느 쪽…….

그녀가 무어라 중얼거린 것은 사실이었다. 그 한마디가 자신이라는 존재를 송두리째 뒤바꾸고 말았다. 하지만 그녀가 무어라 중얼거렸는지, 고게쓰는 그것을 알 수 없었다.

그래서 확인해야 했다.

"선생님은 합리적으로 생각하는 것치고 사후세계를 믿고 싶어하는 모습이었어요. 그 자체는 이상할 게 없어요. 코넌 도일, 해리 후디니도 사후세계를 갈망했죠. 누나와 이야기를 할 수 있다면 당신은 묻고 싶었을 거예요. 나는 틀리지 않았다, 나는 옳았다, 그걸 당신은 확인하고 싶었어요. 하지만…… 제 눈에는, 당신은 죽음에 사

434

로잡혀 영원히 답이 나오지 않는 무모한 실험을 반복하는 것처럼 보여요."

단죄하는 듯한 히스이의 말이 고게쓰의 두개골을 흔든다.

"틀렸어…… 필요한 일이야……."

히스이가 고게쓰를 보고 있다.

영매의 눈빛이었다.

냉엄한 빛을 머금은 비취빛 두 눈이 어둠 속에서 고게쓰를 꿰뚫고 있다.

"필요한 일이 아니에요. 선생님 누나는 선생님이 칼을 빼서 죽은 거예요. 아픈 게 당연하잖아요. 선생님은 그 사실을 받아들이지 못하고 젊은 여성을 납치해 부조리한 분노를 터뜨릴 뿐인 사이코예요."

"너까짓 게……."

"내친김에 말하면, 그런 식으로 실험이라고 칭하지만 실은 그것마저도 어떻게 되든 상관없었던 거 아니에요? 어렸던 당신은 알몸으로 칼에 찔린 누나를 보고 그릇된 성적 욕구를 느꼈을 거예요. 그때의 흥분을 잊지 못한 것뿐이라고요."

"아니야……!"

난감하다는 듯 눈꼬리를 내리고.

삐딱한 입술로 조소하며.

측은히 여기듯.

조롱하듯.

히스이가 웃는다.

"아니, 맞아요! 당신은 젊은 여성을 납치해 실험이라는 명목으로 자신을 정당화하며 불쾌하게 뒤틀린 성욕을 발산했을 뿐인, 평범한 방식으로는 죽었다 깨도 발기가 안 되는, 추악하고 비열한 변태 시스터콤플렉스 새끼에 불과하다고요!"

아하하하…….

조소하는 음성을 들으며 고게쓰는 터져 나오는 분노가 이끄는 대로 난폭하게 테이블을 밀쳤다.

"이제 끝났어. 넌 죽을 거야."

거친 소리가 났다.

그녀에게 다가가 어깨를 붙잡았다.

붙들린 그녀를 향해, 거꾸로 쥔 칼을 크게 휘둘러 쳐든다.

히스이는 복부도, 다리도, 밧줄로 묶여 있다.

아무리 발버둥질해도 도망칠 수 없다.

그래, 이게 죽음이라는 것이다…….

그는 히스이의 가슴에 칼을 꽂았다.

둔탁한 소리가 났다.

그런데 칼끝이 의자 등받이에 꽂혀 있다.

히스이의 모습이 사라졌다.

눈앞에 없다.

뭐지……?

"어휴, 위험하다니까요. 저, 폭력은 싫어요."

빠져나간 것처럼, 어느 틈엔가 히스이는 의자 옆에 서 있었다.

바보 같은…….

분명 밧줄로 묶었다.

히스이는 여성스럽게 두 팔을 굽혀 팔꿈치를 허리에 붙인 상태로 깡총깡총 뛰듯 고게쓰에게서 떨어졌다. 그녀의 몸을 동여매야 할 밧줄이 발치로 사르르 떨어진다.

의자를 내려다보니 히스이의 허리에 감았던 밧줄이 그대로 남겨져 있다.

"어떻게……."

"말했잖아요." 히스이는 태연하게 말했다. "전 영매이자 마술사라고요. 그렇게나 시간이 많았는데 이 정도도 못 풀면 어떡하라는 거예요? 묶인 상태에서 빠져나가거나 어둠 속에서 팔다리를 더듬는 건 우리 주특기예요."

"그래……. 네 위험성은 잘 알았어."

고게쓰는 칼을 다시 잡았다.

유유히 서 있는 히스이를 향해 칼끝을 겨눈다.

"그런데 선생님, 지금 몇 시예요?"

고게쓰는 미간을 찌푸렸다.

부심코 손목시계를 쳐다볼 뻔했지만 그 꼼수에 넘어가줄 수는 없다.

그런데, 그 순간, 새삼스럽게도, 깨달았다.

오한이 엄습했다.

"아 참, 선생님 손목시계가 저한테 있었죠."

히스이는 어디선가 고게쓰가 차고 있던 시계를 꺼냈다.

그걸 장난스럽게 흔들더니 숫자판을 보여준다.

"11시 35분이네요. 벌써 오십 분쯤 여기서 이야기를 했어요."

"언제 뺐지⋯⋯?"

휘둥그레, 자신의 왼쪽 손목을 본다.

거기에 채워져 있던 손목시계가 없다.

언제부터였어⋯⋯?

아니, 손목시계인데?

손목시계를, 어떻게⋯⋯.

"저, 손버릇 안 좋아요."

히스이는 그렇게 말하며 뭔가를 하나 더 꺼냈다.

고게쓰는 공포에 질렸다.

히스이가 손에 들고 있는 것은 스마트폰이었다.

히스이의 것이 아니다.

고게쓰의 것이다.

심지어 그것은⋯⋯.

화면이, 휘황찬란하게 번쩍거렸다.

통화중이었던 것이다.

'가네바 마사카즈'라는 글자가 환히 빛나고 있다.

통화 시간이 이미 오십이 분이 넘었다는 걸 표시하고 있다.

"언제······?"

아니······.

고게쓰는 주머니의 감촉을 확인했다.

분명, 여기에, 스마트폰이 들어 있는 느낌이······.

다급히, 그것을 더듬어, 꺼낸다······.

이게 뭐야······.

작고 납작한 검은 판 같은 것이 들어 있다.

빨간 램프가 점멸을 반복한다.

왜, 이런 게, 여기에······.

"GPS 발신기예요. 혹시 몰라서 넣어뒀어요."

"언제, 부터······."

절망하며 고게쓰가 신음했다.

"언제 넣었는지가 무슨 상관이에요. 기회는 엄청 많았어요. 현상을 곧바로 일으키는 건 삼류나 하는 짓이에요. 진짜 마술사는 시간마저 지배하는 법이죠."

히스이의 멱살을 잡고 위협했을 때······.

또는 그녀의 몸을 탐닉하려 했을 때······.

아니면 키스했을 때······?

그렇다면 나는…….

훨씬 전부터…….

"경부님. 저, 이제 질렸으니까 오셔도 돼요."

히스이가 스마트폰을 향해 말한 것과 거의 동시였다.

거친 진동이 울리더니 현관에서 무장한 남성 여럿이 뛰어들었다.

이미, 저항할 기력조차, 고게쓰에게는 남아 있지 않았다…….

정신을 차리고 보니 고게쓰는 경찰에게 제압당해 바닥에 엎드려
있었다.

뭐가 뭔지 모르겠다.

얼굴을 들자 옆에서 자신을 내려다보고 있는 가네바 마사카즈의
얼굴이 보였다.

"고게쓰 시로. 아니, 쓰루오카 후미키. 여덟 건의 사체 유기 용의
및 살인, 살인미수 용의로 체포한다."

등 뒤로 비틀려 올라간 손목에 수갑이 채워진다.

뭐지…….

이건 대체…….

"쓰루오카 후미키…… 아, 이제야 알았어요." 히스이가 손뼉을
딱, 치며 말했다. "카오루薰 쓰키月 후미史에다 남자 이름에 붙이는
로郎를 더한다. 그래서 고게쓰 시로薫月史郎였군요. 변칙적 애너그
램이네요."

히스이는 이내 싱긋 웃으며 가네바에게 말했다.

"경부님, 시간은 걸렸지만 약속대로 살인마는 인도했습니다."

"응. 앞으로가 마음이 무거워. 난 이 녀석에게 정보를 흘렸으니 더는 형사로 먹고살지 못하겠지. 이제 너도 못 챙겨주게 됐으니 다른 사람한테 인계해야겠어."

"저만큼은 아니지만 교활한 인간이에요. 속은 것도 무리는 아니죠. 괘념치 마세요."

"어떻게, 된, 거야……."

고게쓰는 필사적으로 얼굴을 들며 신음했다.

히스이가 고게쓰를 내려다보며 가엾다는 듯 웃는다.

"어머, 아직도 모르겠어요? 경찰에 수사 협조를 하는 사람이 본인뿐일 거라는 착각은 언제부터 했던 거예요? 아 참, 수경장 사건 때 벳쇼 씨의 가택을 수색해서 찾은 건, 피에 묻은 티슈가 아니라 없어진 열 권째 책이었어요. 추리의 단서를 알아채지 못하도록 제가 가네바 경부님께 부탁해 잘못된 정보를 선생님에게 흘렸거든요. 잘 생각하면 티슈는 수경장 화장실 변기에 버릴 수 있으니까, 이제 알겠죠?"

"너, 누구야……."

"그렇네요. 선생님은 추리작가니까 온갖 명탐정을 탄생시킨 미스터리에 경의를 표하며, 저도 이렇게 소개할까요?"

히스이는 고게쓰를 내려다보며 무릎을 살짝 구부렸다.

스커트 끝을 잡아 살짝 들어올리는 고전적인 인사였다.

"전 탐정이에요. '영매탐정 조즈카 히스이'라고 해두죠. 선생님 같은 사회악을 없애는 것이 제 일이에요. 이제 만날 일은 없겠지만, 잘 기억해주세요."

"탐, 정……?"

고게쓰는 입을 다물지 못했다.

가네바가 말했다.

"연행해."

경찰들이 고게쓰를 강제로 일으켜 세웠고, 고게쓰는 그 자리에서 끌려나갔다.

멀어져가는 히스이의 모습을 멀거니 바라보았다.

죄다 연기였다…….

죄다 날 속이기 위한…….

그렇다면 심령은…….

영시는…….

사후세계는…….

어슴푸레한 어둠 속에 떠 있는 히스이의 눈을 보았다.

안됐다는 듯 내려가는 눈꼬리. 조소의 형태를 띤 핑크빛 입술.

"아냐……."

고게쓰는 작게 신음했다.

아직 설명되지 않은 것이 많다.

도대체가, 한순간에 추리를 했다고?

그런 건 불가능하다.

그래…….

반대는 아닐까?

영시로 범인을 알았으니, 그것과 모순이 없도록 **나중에 논리를 끼워 맞춘 거라면?** 마치 고게쓰가 수경장 사건 때 진상에 맞춰 논리를 만들었던 것처럼…….

그럴 가능성도 있다.

그래, 그게 틀림없다…….

분명 그거다…….

히스이는 진짜다…….

그런데, 답은 어디에 있지……?

그 진실은 영원히 얻을 수 없다.

뇌리에는 삐딱하게 입술을 일그러뜨리고 비웃는 조즈카 히스이의 비취빛 눈동자가 영원토록 각인되었다…….

"VS. Eliminator" ends.

# 에필로그

　지와사키 마코토는 콧노래를 흥얼거리며 휑뎅그렁한 거실 쪽으로 청소기를 밀고 간다.

　기계 소리는 조용해서 그녀의 음색을 방해할 정도는 아니다. 구석에 모인 약간의 먼지와 머리카락을 놓치지 않도록 구석구석 깔끔히 청소했다. 여자 둘이 살다 보면 빠진 머리카락이 아무래도 여기저기에 떨어지기 일쑤였다.

　얼마 후 스마트폰의 착신을 알리는 소리가 들려왔다.

　마코토는 청소기를 돌리던 손을 멈추고 전화를 받았다.

　조즈카 히스이에게 상담받고 싶다는 요청이었다. 자살한 딸의 진심을 알고 싶다는 용건이었는데, 바로 의뢰를 승낙할 수는 없었다.

　"네. 죄송합니다. 선생님이 몸 상태가 안 좋으셔서 잠시 휴가를 내신 상태예요. 글쎄요, 언제 복귀하실지는……. 다음에 다시 연락

주시면……."

수화기 너머로 속상해하는 한숨을 느끼며, 마코토는 희미하게 마음이 아려오는 것을 느꼈다. 의뢰를 거절하고 예약을 연기한 것이 몇 번째일까.

히스이에게 매달리는 사람들은 생각보다 많다.

이 일을 돕게 됐을 때는 상상도 하지 못했던 일이다.

그만큼 인간이란 죽음에 사로잡히는 존재라는 뜻이리라.

가까운 사람의 죽음을 극복할 수 있는 사람은 행운아다. 그러지 못하는 사람은 순식간에 슬픔에 휩쓸린 채 그늘이 드리운 인생을 걸어야 한다. 시간이 약이라고들 하지만 얼마만큼의 시간이 필요한지는 아무도 알지 못한다. 하지만 조즈카 히스이는 그런 사람들을 조금이나마 구원할 수 있다.

이곳을 찾고, 그리고 떠나가는 사람들.

씌었던 것이 떨어져 나간 듯 쾌청해진 표정을 마코토는 몇 번이나 보았다.

이 일을 돕게 됐을 때는 단순한 사기 행위인 줄 알았지만 놀랍게도 히스이는 대부분 사례를 받지 않는다. 순전한 호의일 경우에는 잠자코 받는 것 같은데, 자신에게 주는 급여를 생각하면 아무리 봐도 타산이 맞는 일이 아니었다. 왜 이런 일을 계속하는지 묻자 히스이는 사술詐術을 훈련하기 위해서라고 대답한 적이 있다. 하지만 정말 그게 목적이라면 그렇게 갈고 닦은 사술은 무엇에 쓰려는 것

446

일까.

음소거를 해둔 대형 텔레비전 쪽으로 눈을 돌리자 역시나 와이드쇼에서 그 연쇄 살인마를 체포했다는 소식이 흘러나오고 있었다. 그로부터 제법 시간이 지났는데도 새로운 사실이 드러날 때마다 그 화제만 오르내린다. 볼륨을 조금 높이니 전前 경찰 관계자가 범인 체포는 끈질긴 탐문 수사의 결과였다고 말하고 있었다.

그 끈질긴 탐문 수사 뒤에서 펼쳐진, 속고 속이던 물밑의 심리전이 세간에 알려지는 일은 아마도 없을 것이다.

마코토는 복도 끝의 문을 바라본다.

히스이가 방에 틀어박힌 뒤로 시간이 얼마나 흘렀을까.

때때로 화장실에 드나드는 발소리가 들려 식사는 어떻게 할 것인지 물으면 "필요 없어요" 하는 힘없는 목소리가 돌아오니, 분명 살아있기는 할 터였다. 이런 경우는 이 일을 시작하고 처음이라 어떻게 대응해야 할지 막막했다.

청소를 재개하려 할 때 복도 쪽에서 소리가 났다.

크응 하고 상당한 기세로 코를 푸는 듯한 소리였다.

마코토는 희미한 낌새에 뭔가를 예감하고, 손에 청소기를 든 채 숨죽여 문 쪽을 살폈다.

잠시 후 복도 쪽의 문이 열렸다.

오랜만에 보는 조즈카 히스이의 코가 빨갛다.

머리는 퍼석퍼석하고, 잠옷 차림은 너무나도 촌스럽고, 눈두덩이가 벌겋게 부어 있다.

"괜찮아?"

마코토가 묻자 히스이는 멀뚱멀뚱 그녀를 쳐다보았다.

"뭐가요?"

"눈도 코도 빨개서. 꽉 안아줄까?"

히스이는 큰 눈을 느릿느릿 슴벅거리며 대답했다.

"이거, 꽃가루 알레르기예요."

"꽃가루 알레르기가 있는 줄은 몰랐네."

"올해 데뷔했어요."

"흐음. 그렇다 쳐도 너무 오래 틀어박혀 있는 거 아니야?"

히스이는 입술을 살짝 삐죽거렸다.

"연쇄 살인마와의 기나긴 싸움을 마쳤다고요. 잠깐 쉰다고 해서 벌을 받지는 않을 텐데요?"

"그건 그렇긴 한데. 그래서 휴식은 끝났어?"

"네. 조금 전에 경찰 의뢰가 들어왔어요. 어느 외딴 섬의 저택에서 일어난 살인사건인데 의견을 달라네요. 얘기를 들어보니 아무래도 저한테 맞는 사건이에요. 내일 바로 현장에 가보려고요. 그……같이 가줄 거죠?"

"그래도 상관은 없는데……."

마코토는 찰나의 순간 움직인 히스이의 시선을 좇았다. 그러고는 리모컨으로 텔레비전을 껐다.

"안됐어. 저 사람, 네 이상理想의 왓슨일 수 있었는데." 마코토가 말했다.

"무슨 헛소리예요."

히스이는 힐끗, 마코토를 흘겨보았다.

"난 철두철미하게 내 직감과 관찰력을 믿었어요. 저 사람이 살인 마가 아니었으면 좋겠다는 그런 생각을 한 적은 한순간도 없어요."

"그래."

마코토는 고개를 크게 끄덕이며, 비딱하고 별난 연하의 친구를 바라봤다.

오랜 시간을 함께했기 때문일까.

요즘 들어 조금씩 그녀를 알게 되는 것 같기도 했다.

그때, 토라진 듯한 표정을 짓던 히스이가 돌연 난처한 듯 눈꼬리를 내리며 말했다.

"저…… 뭐 좀 만들어주면 안 돼요? 배가……."

마코토는 웃었다.

"그래. 뭐 먹고 싶어?"

"가능하다면, 오므라이스……."

그걸 좋아하는 게 어린애 같다고 자각하고 있는지, 그렇게 말하며 히스이는 언제나 쑥스러워했다.

"알았어. 만들어둘 테니까 샤워라도 하는 게 어때? 냄새나."

히스이의 머리칼을 만지작거리자 그녀는 볼이 부루퉁해져서 있는 힘껏 반발했다.

"애, 애 취급 하지 마세요. 참 나, 뭐예요, 고용주한테 냄새난다니…… 말해보세요. 당신이 어디 소속인지를."

"네, 네. 어차피 전 약점 잡혀서 혹사당하는 노동자 신세죠. 쓸데없는 말은 안 하겠습니다요."

마코토가 웃자 히스이는 흥, 콧방귀를 뀌며 복도로 사라졌다.

히스이가 샤워하는 동안 방을 청소해두려고 마코토는 히스이의 방으로 들어갔다.

오랜만에 둘러본 히스이의 방은 너저분했다. 속옷은 당연하다는 듯 바닥에 떨어져 있고, 사이드테이블에는 냉장고에서 행방불명됐던 푸딩 용기가 열 개쯤 흩어져 있다. 그랬군, 이걸로 허기를 견뎠구나. 초등학생 공부 책상 같은 테이블에는 트럼프 카드가 널려 있고 바닥에도 떨어져 있다. 틀어박혀 있는 동안 읽은 것인지 검은 표지에 무지갯빛 새의 실루엣이 그려진 외국 서적이 놓여 있다. 스페인의 마술 이론을 영어로 번역한 책이라고 들었는데, 마코토는 이쪽 지식은 전혀 모른다. 많이 손대지는 않는 편이 좋을 것이다. 손에 쥔 쓰레기봉투에 푸딩 용기 따위를 던져 넣는다.

그러다 휴지통 안에 있는 뭔가를 보고 마코토는 손을 멈췄다.

마코토가 조즈카 히스이에 관해 아는 것은 별로 없다.

특히 히스이가 일본이 아닌 해외에서 보낸 십대 전반 시절이라면 더더욱.

그저 상상할 수 있는 만큼의 정보가 단편적으로 있을 뿐.

어디까지나 만약의 이야기다. 예를 들어 뛰어난 사기꾼 아버지에게 어릴 때부터 기술을 배운 소녀가 있다고 치자. 소녀는 아버지보다 뛰어난 재능을 발휘하는데, 너무나 어린 나머지 선악을 판단할 수 없어 자신들의 행위에 의문도 갖지 않고 오히려 사람을 돕는 일이라고 믿게 된다. 소녀와 아버지를 중심으로 한 단체는 미국에서 그럴싸한 종교 단체가 되어 막대한 부를 얻었을 터. 어떤 사건을 계기로 아버지가 연방 수사국에 체포되기 전까지는…….

아버지의 품을 벗어난 뒤, 평범하게 연애하는 십대 시절을 보내지 못한 소녀는 어떻게 됐을까. 소녀에게 선악의 판단력이 싹틀 즈음 자신이 저지른 짓에 가슴앓이하는 일이 있었을까.

조즈카 히스이가 쓰루오카 후미키와 어떤 식으로 대결을 했는지 마코토는 모른다.

그저 그 순간에 평소 모습대로 임할 수 있었을까 하는, 친구를 걱정하는 마음뿐.

무언가 가면을 쓰지 않고서는 싸울 수 없었던 게 아닐까.

그런 직감과 통찰이 조금이라도 어긋나기를 바랐던 순간은 없었을까.

상상할 수 있는 미래가 착오이기를 기도한 적은?

모든 것은 마코토의 상상이다. 소망이라고 할 수도 있다. 확인하려 해도 히스이는 부정하겠지. 다른 사람을 멋대로 넘겨짚다가는 큰코다친다는 사실을 마코토는 잘 알고 있었다.

마코토는 휴지통 안으로 시선을 떨어뜨렸다.

거기에 놀이공원 티켓이 떨어져 있다.

여름에 히스이와 마코토, 고게쓰 시로, 이렇게 셋이서 놀러 갔을 때의 티켓.

놀이공원에 간 적이 없다는 히스이의 말에 고게쓰는 놀란 듯했으나 마코토는 그럴 수도 있겠다고 생각했다. 해외에서는 어땠는지 모르지만 일본에서 같이 놀러 갈 수 있는 친구는 자신 정도밖에 없으니. 최근에는 친구가 늘었는지 스마트폰을 들여다보며 히죽히죽 웃기도 했지만, 같이 놀이공원까지 갈 정도의 사이는 아니었을 것이다.

그때, 소녀처럼 들떠 있던 히스이의 미소를 떠올렸다.

몇 개월도 더 전에 갔던 놀이공원의 티켓이 이제야 휴지통 안에 들어간 의미를 생각했다.

의미는 없을지도 모른다.

하지만 의미가 있다면…….

"순진하기는."

그렇게 중얼거리며 마코토는 휴지통 안의 내용물을 봉투 안에 버렸다.

그래. 기분 전환이 필요하다.

내일도 다시, 조즈카 히스이의 힘을 필요로 하는 사건이 그녀를 기다리고 있으니.

"Medium Detective Hisui" closed.

# MEDIUM REIBAI TANTEI JOZUKA HISUI

by Sako AIZAWA

Copyright ⓒ Sako AIZAWA 2019
All rights reserved.

Original Japanese edition published by KODANSHA LTD.
Korean translation rights arranged with KODANSHA LTD. through JM CONTENTS AGENCY.

Korean translation copyright ⓒ Viche, an imprint of Gimm-Young Publishers, Inc. 2021

**영매탐정 조즈카** 블랙&화이트 095

**1판 1쇄 발행** 2021년 5월 26일  **1판 4쇄 발행** 2024년 11월 11일

**지은이** 아이자와 사코  **옮긴이** 김수지
**펴낸이** 박강휘
**편집** 장선정  **디자인** 홍세연 유향주

**발행처** 김영사
**주소** 경기도 파주시 문발로 197(문발동) 우편번호 10881
**등록** 1979년 5월 17일 (제406-2003-036호)
**구입 문의전화** 031)955-3100 **팩스** 031)955-3111
**편집부 전화** 02)3668-3295 **팩스** 02)745-4827 **전자우편** literature@gimmyoung.com
**비채 카페** cafe.naver.com/vichebooks **인스타그램** @drviche
**트위터** @vichebook **페이스북** facebook.com/vichebook
**ISBN** 978-89-349-8961-5 03830  책값은 뒤표지에 있습니다.

비채는 김영사의 문학 브랜드입니다.